新潮文庫

岬へ

［海峡 青春篇］

伊集院 静著

目次

岬へ

［海峡　青春篇］

第一章　旅立ち

眼下を、瀬戸内海の汐路《しおじ》を渡り切った潮流が、明石《あかし》海峡から押し出されるように大阪湾へ流れ込んでゆく。潮の勢いに乗って来た大小無数の船が、広い湾内を、目指す桟橋にむかって白波を蹴立《けた》てて進んでいる。入船とは逆に、出港する船はゆっくりと桟橋を離れ、湾の中程へ進むと、そこから鞭《むち》を入れられた駿馬《しゅんめ》のように、白い飛沫《しぶき》を船首に上げて外海《そとうみ》にむかって乗り出してゆく。出入りする船の航跡が幾重《いくえ》にも交差して、そこに春の陽差《ひざ》しが当たり、湾の水面《みなも》に美しいモザイク模様を浮かび上らせている。

その煌《きら》めきを覆《おお》い隠すように、時折、帯状の雲が南西の風に乗って流れて来る。よく見るとそれは雲ではなく、右手下方の海岸に連なる工業地帯に立ち並ぶ煙突群から吐き出された煤煙《ばいえん》であった。垂水《たるみ》、須磨《すま》の工業地帯を、和田岬《わだみさき》、メリケン波止場《はとば》、神戸港を白く霞《かす》ませる煙りの帯は、湾の中央に流れ出し、そこから潮風に引き寄せられるように、淡路《あわじ》・洲本《すもと》の島影と和歌山・和泉《いずみ》の山並みが重なる方角へ消えてゆく。島影と山影が水門のように迫る紀淡《きたん》海峡の沖合いには、水平線が春霞に朧《おぼろ》に揺らぎ、上空を積乱雲に似た雲がひろがろうとしていた。雲の勢いは、その下に汐音を響かせて流れる紀伊水道と、広大な太平洋を激走する黒潮を予感させた。

高木《たかぎ》英雄《ひでお》は六甲山《ろっこうさん》の中腹に立ち、春の陽差しにかがやく海を眺めていた。

「兄《にい》ちゃん、あの青い岬のむこうに太平洋があるのかの？」

かたわらで、弟の正雄《まさお》が遥《はる》か彼方《かなた》を指さして声を上げた。

「そうじゃ。あの雲の下に太平洋があるんじゃ」

英雄は大きく頷《うなず》いて答えた。

「広い海なんじゃろうなあ……」

「ああ、広くて大きな海じゃ。古町《ふるまち》から見る海と違《ちご》うて、潮の流れる音が聞こえて来るし、海の色も雲母《うんも》みたいに、黒くて硬《かと》う見えて、勇しかったの」

英雄は去年の夏、高校の野球部の遠征試合で四国に渡った折、土佐の下竜頭岬《しもりゅうずざき》から眺めた黒潮を思い出していた。

「そんな海があるのか。いっぺん見てみたいの」

正雄が羨《うらや》ましそうに言った。

「正雄も高校生になったら、御袋《おふくろ》が旅行するのを許してくれるから、行ってみればええ」

中学の制服を窮屈そうに着て海を見ている正雄に、英雄は言った。

「そうじゃの。楽しみじゃの……。兄ちゃん、東京は、あの山の方角にあるのかの？」

正雄が紀伊半島の山影を指さした。

「いや、東京はもう少し左の方じゃ」

「この神戸の町も大きな町じゃが、東京はもっと大きいらしいの」

「おう、たしかに大きいのう。東京駅を降りたら、もうそこらじゅう建物だらけじゃし、車と人の数に驚くぞ」

英雄は一カ月前、大学の受験で上京した時に見た東京の様子を話して聞かせた。

「そうか、わしは、この神戸を見ただけでびっくりしてしもうたのに……。駅を降りて、あんなにたくさん人がおるのも初めて見たし、山に登って、こんなに大きな港を目にしたのも初めてじゃ。ここよりもまだ大きな町で、兄ちゃんはひとりで住むのか……」

英雄は、沖合いを見つめている正雄の横顔を見て訊《き》き返した。

「どうしてじゃ？　ひとりで住んではおかしいかの？」

「いや、おかしゅうはないが……。わしには少し怖い気がする」

正雄の言葉に英雄が笑い出した。正雄も釣られてぎごちなく笑った。

「お母《か》やんは、兄ちゃんが東京の大学に試験を受けに行った日からずっと、水天宮《すいてんぐう》にお参りに行っとったし、小夜《さよ》に兄ちゃんのことが心配じゃと話しとったのも聞いたもんだから……」

それを聞いて、英雄は苦笑した。

「女児《おなご》はいろいろ心配するのが仕事じゃ。今朝、駅で御袋の泣いとる顔を見たじゃろう」

「その言い方は、お父やんと一緒じゃな。たしかに女児は心配するのが仕事じゃ。けど……、お父やんも面白《おもしろ》いの」

「何が面白いんじゃ？」

「だって、駅から真《ま》っ直《す》ぐ病院へ見舞いに行ったら、わしらによう来たも言わんで、すぐに六甲の山へ登って来い、言うんじゃもの」

「面白いかどうかはわからんが、うちの親父《おやじ》は他所《よそ》とはたしかに違うとる。変な奴《やつ》じゃ」

「そんな言い方をしたら怒鳴られるぞ」

「かまうもんか」

「ここにはおらんからの」

今度は正雄が大声で笑い出した。

三月の初めに、父の高木斉次郎《さいじろう》は、仕事先の神戸の町で交通事故に遭《あ》い、市民病院に運ばれた。大腿骨《だいたいこつ》を骨折した斉次郎の治療は思ったより長引き、入院生活は二カ月目に入っていた。最初の内は、母の絹子《きぬこ》が神戸に駆けつけ付き添っていたが、斉次郎の怪我《けが》が骨の固まるのを待つばかりになると、英雄の入学準備もあるので、絹子は夫の世話を若衆にまかせて家に戻った。

英雄は絹子に、上京の途中、弟の正雄を連れて神戸に立ち寄り、斉次郎に見舞かたがた東京行きの挨拶《あいさつ》をするように、と言われた。

「どうしても行かにゃいかんかの」

「当たり前でしょう。初めて家を離れて、ひとりで暮らすんですよ。お父さんに大学へ行かせて貰《もら》うお礼と、しっかり勉強をして来ますと報告するのは、あなたの務めでしょう」

嫌がる英雄に絹子が珍しく強い口調で言った。

高木の家では子供たちの義務教育が終了すると、進学について家長である斉次郎に願い出る習慣があった。それは絹子が長女の進学の時から子供たちにさせたことだった。十二年前、中学生だった長女が高校へ進みたいと言い出した時に、斉次郎は娘の進学に反対した。以前と違って、娘を高校まで行かせる家が増えていた。世間並みに高校までは行かせたいと思った絹子は一計を案じ、子供たちを斉次郎に直談判《じかだんぱん》させることにした。長男の英雄の進学については斉次郎は何も言わなかったが、それでも高校へ入学した時、英雄は絹子とともに斉次郎の前に座り、進学クラスに入って大学へ進む準備をしたい、と申し出た。

「高木の家のために大学へ行って、しっかり勉強をする意志があるんだな？」

斉次郎は念を押すように英雄に訊いた。英雄が黙っていると、絹子がかたわらから、

「はい。英雄はしっかり勉強をすると言っています」

と助け舟を出した。

「おまえに訊いてるんじゃない。英雄、どうなんだ、はっきり答えろ」

「はい。しっかり勉強しますから、大学へ進学させて下さい」

英雄が両手をついて言うと、

「わかった。ならわしも援助する」

斉次郎はそう言って奥の部屋へ消えた。英雄が顔を上げると、絹子が笑ってちいさく頷いた。

上の姉たちは斉次郎の意志で大学へは進学させて貰えなかった。高校も家庭科か商科で学ばせられた。

斉次郎は英雄の大学進学については許可したが、東京の大学へ行くことをすぐには承知しなかった。地元の大学か、せめて九州の大学へ行けと言った。それを説得したのも絹子であった。

「一流の人間になるためには、一流の人たちが勉強している場所へ行かせた方がいいと思います」

学校を出ていない斉次郎は、女学校を出ている絹子に言われると、承諾せざるを得なかった。

英雄は、ともかく高木の家を離れたかった。

そして念願どおり今朝、生まれ育った家と町を後にした。

英雄は、春休みに入った正雄を連れて、見送りに行くという絹子とお手伝いの小夜との四人で、高木の家の若衆・江州《ごうしゅう》の運転する車に乗り込み、明け方に家を出た。

絹子は朝から口をきかなかった。車に乗っている時も、駅に着いてからも一言も発しなかった。

「英さん、東京で美空ひばりに逢《あ》ったらサインを貰って下さいよ」

小夜がプラットホームで無邪気《むじゃき》に英雄に話しかけていた。

列車がホームに入って来た。荷物を担《かつ》いだ江州に続いて、英雄と正雄は列車に乗り込んだ。

「英さん、身体《からだ》に気をつけて下さい」

鞄《かばん》を網棚に置いて江州が言った。

「江州さん、いろいろありがとう。母さんたちを頼むね」

英雄の差し出した手を江州はしっかりと握った。

正雄が窓を開けると、絹子が車窓に寄って来て、窓辺に出ている英雄の手に触れ、初めて口をきいた。

「英さん、東京はここより寒いっていうから、まだ冷える日もあるので、夜は必ず肌着を着て寝るんですよ」

「わかってるよ。もう子供じゃないんだから……」

英雄は苦笑して応《こた》えた。

「食事をちゃんと摂《と》るようにね。それに水が違うから気をつけるのよ」

絹子の目から大粒の涙が溢《あふ》れ出し、白い頰《ほお》に零《こぼ》れ落ちた。

「くれぐれも危ない所へは行かないでね。約束よ」

「わかったよ。約束するよ」

「それから……」

絹子の指が震えていた。

ホームに発車のベルが鳴り響き、列車が動き出した。絹子は英雄の手を離そうとしなかった。

「絹さん、危ないよ。じゃね。手を離さないと危ないって……」

絹子がホームを駆け出した。英雄は照れ笑いをしながら手をふった。それでも絹子の姿が消えて、今しがた見た母の泣き顔が浮かぶと鼻の奥が熱くなった。

「まったく心配性だよな、御袋は……」

英雄が言うと、目の前で正雄が目頭を拭《ぬぐ》っていた。

「何だ、おまえが東京に行くんじゃないだろう」

英雄の言葉に正雄はうつむいた。

車窓に目をやると、見慣れた風景が流れてゆく。故郷を去る感傷よりも、英雄には東京へ行くことのできる喜びの方が大きかった。……

「正雄、少し腹が空《す》かないか？」

英雄が、いつまでも海を眺めている正雄に言うと、

「兄ちゃんもか、わしも腹が鳴っとった」

正雄が学生服の上から腹をおさえて笑った。

二人は先刻《さっき》乗って来たケーブルの駅の方を振りむいた。売店の赤い旗が山風になびいている。

「兄ちゃん、わしが買って来る。パンでいいか？」

「ああ、それと喉《のど》が渇いたな。あそこの公園に水飲み場があるじゃろうから、そこで待っとるわ。正雄、金は持っとるか」

「まかせとけ。冬休みに新湊《しんみなと》劇場でアルバイトした金がある。兄ちゃんの出発祝いに奢《おご》ったる。牛乳一本とパンは二個でええな」

正雄はポケットを叩《たた》くと、売店にむかって駆け出した。

英雄はベンチに座って正雄を待った。しばらくして、正雄はパンの入った紙袋を持ったまま、生け垣をらくらくと飛び越えて戻って来た。紙袋を逆さにすると、ベンチ

の上にパンを並べた。

「えらいたくさん買って来たの」

「わしは四個食べる。ほれっ、兄ちゃん、好きなのを取っていいぞ」

英雄が一個を食べ切らないうちに、正雄は二個目の餡《あん》パンを頰張っていた。

「おまえ、えらい食欲だな」

「この頃、腹が空いて、たまらんのじゃ。学校でも昼前にはもう腹が鳴りはじめる」

正雄の学生服の袖口《そでぐち》が短く見えた。袖口にある継《つ》ぎ接《は》ぎで、英雄が以前に着ていた服だとわかった。

「正雄、おまえ、しばらく見ないうちにまた背が伸びたんと違うか？」

英雄が訊くと、正雄は口の中にパンを入れたまま頰を膨らませて頷いた。急いで飲み込んだせいか噎《む》せかえり、顔をしかめて胸を叩いた。英雄は正雄の背中を叩いてやった。

「ありがとう、兄ちゃん。たしかに大きゅうはなっとる」

正雄が口をおさえたまま言った。

「背丈はいくらになった？」

「一六五、六センチかの。けど、それも去年の秋に計った数字だから、今はもっと伸びとるかもしれん」

「そんなか……。じゃ、クラスでも後ろの方だろう」

「うん。中学に入ってから、あっという間に高うなった。やっぱり兄ちゃんの言うてたことは本当じゃったな」

「俺《おれ》が何か言ったか？」

「うん。わしが背が伸びんで悩んどる時、兄ちゃんはわしに、自分もチビじゃったが、中学生になってから大きゅうなったから心配するなって……」

「そんなこと言うたかの」

英雄は首を傾《かし》げた。

「うん、言うてくれた。わしが海側の門のところでボールを投げとる時じゃ。今にきっと大きゅうなるから心配するなって。わしは兄ちゃんの言葉を信じとった。それでこの通りでっかくなったんじゃ」

「それは気休めで言うたんじゃろう」

「いや、違う。兄ちゃんは嘘《うそ》はつかん。わしはわかっとる」

その時だけ正雄は真剣な顔で言った。

「俺は嘘をつくぞ」

英雄が笑って言い返すと、正雄は白い歯を見せて、英雄の二の腕を殴る仕種《しぐさ》をした。英雄も拳《こぶし》を握りしめて、正雄の胸板を突く真似《まね》をした。

「そろそろ引き揚げるか」

英雄が立ち上ると、正雄もパン屑《くず》を払うようにズボンを叩いてベンチを離れた。あらためて見直すと、たしかに正雄は大きくなっていた。正雄は足元の紙袋を丸めて空中に放り、素早く右足で蹴り上げた。紙の玉はむかいにあった護美箱《ごみばこ》に見事に入った。

「そう言えば、おまえはサッカー部に入ってるんだってな。華北《かほく》中学にサッカーのグラウンドはあったか？　俺の頃はサッカー部はなかったものな」

「野球部と同じグラウンドを使うとるから、毎日、野球部員と揉《も》めてばかりじゃ。サッカー部はできたばっかりで、野球部みたいに部費がたくさんあるクラブが羨ましいわ」

「サッカーは面白いのか？」

「うん。ゴールを決めると爽快《そうかい》じゃ」

「そうか……」

二人は再び、海を見下ろす場所へ戻った。

「正雄、おまえも高校を卒業したら東京へ来ればいい」

「わしは、東京へはあまり行きとうない」

「どうしてじゃ？」

英雄は正雄を見返した。

「わしまでが高木の家を出て行くと、お父《と》やんもお母《か》やんも淋《さび》しゅうなる」

「そんなふうに親父と御袋が言ったのか？」

「いや、言われてはおらんが、今朝、駅で泣いとるお母やんを見て、そう思った。それに、わしはいずれ兄ちゃんが戻って来たら、一緒に働くんじゃから……」

ひとりで頷いている正雄にむかって、英雄はきっぱりと言った。

「俺は家を継ぐ気なんかないぞ」

「えっ……」

正雄は目を見開いて英雄を見た。

「兄ちゃん、今言うたことは嘘だろう？」

「嘘じゃない。俺は東京へ出たら自分のやりたいことを見つける」

英雄は強い口調で言い切った。

「やりたいことって何じゃ？」

「わからん。だから、それを見つけるために東京へ行く」

「そんなことをしたら、お父やんやお母やんはどうするんじゃ。お父やんはかんかんに怒るんと違うか」

正雄の声がくぐもって聞こえる。

「親父が怒ろうとかまわん。俺は俺のために生きる」

「源造《げんぞう》さんや江州さんたち東の衆は、兄ちゃんが戻って来るのを楽しみに待っとるんと違うのか？　源造さんは、わしら兄弟が高木の家をもっともっと大きゅうしてくれるはずじゃ、と言うとったぞ」

英雄は険しい表情で正雄を睨《にら》んだ。

「正雄、おまえは家を継ぐだけのために生きて行くのか」

「わしは、お父やんにも、そうしろと言われとるし、高木の家の人は皆好きじゃし……。そんなこと考えてもみなんだ」

正雄は戸惑ったような口調で言った。

「俺も、おまえと同じ歳《とし》の頃は高木の家を継ぐことが自分の定めだと思うとった。だから別に、今、おまえがそう考えても、当たり前じゃと思う。けどの、正雄……」

英雄は正雄を見つめ直した。正雄はうつむいたまま両手の拳を握りしめている。

「もし、おまえにやりたいことができたら、そん時は俺に話してくれ。俺たちは、この世の中でたった二人の男の兄弟なんじゃから」

正雄は英雄の言葉にちいさく頷《うなず》いた。

「余り考え込まん方がええ。考えてもどうにもならん。まあ、自己実現いうことじゃ」

「ジコ？」

英雄の言葉に正雄が顔を上げた。

「自己実現という言葉があるんじゃ。これは又吉《またよし》先生から教わった言葉じゃ」

「又吉って、あの屋敷町の隅のオンボロ家に住んどる、酔っ払いの先生のことか？」

「あの先生は、ただの酔っ払いじゃない。立派な人じゃ。大きい、大木みたいな先生じゃ」

英雄は、高校時代の恩師である又吉加文《ますふみ》先生の髭面《ひげづら》を思い浮かべた。……岬へ
二人が病院に戻って、父親の病室へ入ろうとすると、中から斉次郎の怒鳴り声が聞こえて来た。廊下に響き渡る声に、英雄と正雄は顔を見合わせて立ち止まった。

コノ、バカッタレガ、アホヅラシテ、アルイトッタンダロウ、デテイケ……。怒鳴り声に続いて物が毀《こわ》れる音がした。

「お父やんじゃ。何かあったんじゃろか」

　正雄が言うのと同時に、病室の扉が開き、男が転がるように廊下へ飛び出て来た。その男にむかって、病室から枕《まくら》が投げつけられた。

「おやじさん、わかりましたから、わしからよう言うてきかせますから……」

　番頭の源造が、病室の中へむかって頭を下げながら出て来た。源造は廊下に落ちていた枕を拾い、中から伸びて来た手にそれを渡すと扉を閉めた。

「二度とわしの前に顔を見せるなと言っておけ」

　斉次郎の怒声が廊下中に響いた。

　源造は、髪をふり乱してむこう向きに立っている男の腕を摑《つか》まえると、引き寄せた。男は高木の若衆の時雄《ときお》だった。源造が抗《あらが》う時雄を英雄たちの居る方へ引っ張って来た。

　英雄と正雄はあわてて階段の中程に身を隠した。

「なんで俺があんなにおやじさんに叱《しか》られなきゃなんないんだよ。掏摸《すり》に遭《あ》ったのは俺だぜ。俺が、手前《てめえ》の金を盗まれたんだ。別におやじさんの金を盗《と》られたわけじゃねえだろうが」

　時雄が口元を拭いながら源造に食ってかかった。

「いいから大声を出すな。こっちへ来い」

源造が階段の踊り場に時雄を連れて行った。

英雄と正雄は階段を登り、手摺《てす》りの陰から源造たちの様子を窺《うかが》った。

「どうして俺が殴られなきゃいけないんだ？　盗られたのは俺の金だぜ」

時雄は斉次郎に殴られたのか、廊下に血の混じった唾《つば》を吐き、舌打ちした。

「馬鹿野郎《ばかやろう》、だからおまえは甘いんだ」

源造が張りのある声で叱りつけた。

「何が甘いんだよ」

「いいか、たしかに盗まれたのはおやじさんの金でも、わしの金でもない。おやじさんは金のことを言ってなさるんじゃないんだ。おまえが掏摸に狙《ねら》われたことを怒ってらっしゃるんだ」

「どういうことだよ。俺にはわからねえ」

時雄が口を尖《とが》らせて源造の顔を見た。

「だから、他所《よそ》の者が掏摸にあったのなら何もおやじさんは怒ったりはなさらない。高木の家の者が狙われたことに腹を立てていなさるんだ。いいか、時雄。おまえが神戸の駅を降りて歩き出した時から、いや、ひょっとして電車の中からかもしれんな。掏摸はおまえに狙いをつけてたってことだ。相手はプロだ。獲物《えもの》の値踏みには長《た》けている。そいつがおまえならやれるって踏んだんだ。この間抜けなら仕事ができるってな」

源造の声が少しずつ低くなっていった。

「狙われたのが高木の人間だってことが、おやじさんには許せないんだ。金のことなんか、どうでもいい。高木の者で金を掏られるような奴《やつ》がいちゃいけないんだ。わかったか」

源造は立ち上ると、時雄の胸倉を摑んだ。

「とっとと引き揚げて、一からやり直せ」

時雄を突き放すと、源造は病室にむかって歩き出した。時雄はその場にしばらく立っていたが、

「馬鹿野郎、能書《のうが》きこきやがって」

吐き捨てるように言うと、踊り場にあった椅子《いす》を蹴《け》り上げて階段を駆け下りて行った。

「時雄さん、金を盗まれたんだな……」

正雄が、時雄の走り去った階段の下方を覗《のぞ》き込みながら言った。

「そうらしいな……」

英雄は階段を下りて、廊下の壁に吐きつけられた時雄の赤い唾の跡を見つめた。

——どうして親父《おやじ》は、高木の者にすぐ暴力をふるうんだ……。

英雄は胸の中で呟《つぶや》いた。


その夜、斉次郎は病院から外出許可を貰《もら》い、神戸の港近くにある料理店へ英雄たちを連れて行った。

コートを肩にかけ、ソフト帽を被《かぶ》り、松葉杖《まつばづえ》をついて歩く斉次郎の巨軀《きょく》を、道行く人々が振り返って見た。通りに人波が増えると、若衆が斉次郎の前を歩き、すれ違う相手を捌《さば》くようにして進んだ。

英雄は、若衆に守られるようにして歩く斉次郎のうしろ姿を、眉間《みけん》に皺《しわ》を寄せて見ていた。

「兄ちゃん、あれは何じゃろうか」

正雄が指さしたあたりには、赤や黄色の派手な色彩の見慣れぬ屋根の建物が並んでいる。湯気《ゆげ》が濛々《もうもう》と煙る屋台の前では大勢の人が群がっていた。

「南京町《ナンキンまち》ですよ、ここは。中国の人たちが集まって町を作っているんです」

かたわらで源造が説明した。

「あの通り全部に中国の人が住んでるの？」

正雄が目を丸くして源造に訊《き》いた。

「そうです。華僑《かきょう》と言いましてね。中国の人たちはいろんな国で、ああやって店を出して働いているんです。家族や親戚《しんせき》、同じ村の出身者がどんどん集まって来ます。町の中に学校を建てて、子供たちに国の言葉も勉強させるんです。たいした連中です」

源造の声に斉次郎が振りむいて、

「源造、英雄の土産《みやげ》に中華饅頭《まんじゅう》でも帰りに買ってやれ」

と機嫌の良い声で言いつけた。

英雄は立ち止まって、屋台の脇《わき》で遊んでいる子供たちを見ていた。少年が二人、道にしゃがみ込んで頭をつき合わせるようにして何かをしていた。悪戯《いたずら》の相談でもしているのか、二人は顔を見合わせて笑っている。

英雄は、中学三年生の夏に別れた、幼な友だちの宋建将《そうけんしょう》のことを思い出していた。建将の一家は台湾から渡って来て中華料理店を営んでいた。あらぬ疑いをかけられ、教師から制裁を受け、その上、中国人と罵《ののし》られた建将は、その教師を刃物で刺して逃亡した。

屋台脇で遊んでいる少年たちの姿に、建将と二人で過ごした少年の日々が重なった。

——この町で生まれていたら、建将もあんな目に遭わずに済んだのかもしれない……。

少年たちのむこうに立っている若者に英雄の目が止まった。うしろ姿が建将に似ている気がした。確かめに若者の方へ行こうとした時、正雄が英雄を呼びに来た。

「兄ちゃん、何を見とる？　お父やんたちはもう店へ入ってしもうたぞ。どうしたんじゃ？」

「おうっ、すぐに行く」

英雄が正雄に返答している隙《すき》に若者の姿は消えていた。

「兄ちゃん、えらいたくさんの人たちがお父やんを待っとったぞ。まるで東の棟の宴会そっくりじゃ」

正雄が両手を挙げて踊る仕種をした。高木の家では働く衆が時折、宴会を開いた。板敷の広間に皆が集まり、料理を並べ、酒を用意し、興が乗ると歌い踊る賑《にぎ》やかな宴《うたげ》であった。

正雄が英雄を連れて行ったのは、バラック建ての店が立ち並ぶ通りの一番奥にある店だった。

中へ入ると、いくつもの裸電球を吊《つる》した大広間には、頬を赤く染めた男衆や女衆が車座になっており、その中央に斉次郎が座っていた。広間の奥は厨房《ちゅうぼう》になっていて、いくつかの竃《かまど》に大きな鍋《なべ》がかけられ、数人の女が湯気の立つ中で忙しそうに立ち働いていた。天井《てんじょう》からは骨つきの大きな肉の塊《かたまり》が吊され、揺れている。

「兄ちゃん、あれを見てみろや」

正雄が英雄の背中を指で突いた。

「何じゃ？」

「ほれっ、あの竃の上じゃ」

正雄が小声で言って、目くばせした。見ると豚の頭がふたつ、金釘《かなくぎ》に吊してあった。その顔に裸電球の照明が当たって、豚が今にも吠《ほ》えそうに見えた。正雄は眉間に皺を寄せて豚を見ていた。

「あの豚が気味悪いのか？　おまえは豚の頭も足も、子供の頃は美味《うま》そうに食うとったぞ」

「えっ、本当か？……」

正雄は目を見開いて英雄の顔を見た。

「覚えとらんのか？　金魚婆《きんぎょばあ》さんに渡されて、かぶりついとったのを」

「金魚婆さんって、あの鬼みたいな顔をした婆さんか」

「そうじゃ、顔は怖かったかもしれんが、やさしい人じゃった」

金魚婆は以前、高木の家に住んでいた賄《まかな》いの老婆《ろうば》で、三年前の冬、半島へ家族と引き揚げていった。

女が二人がかりで湯気の立つ鍋をかかえて、声を上げながら座敷に運んで行った。

「ほれっ、病上《やみあが》りには、この鍋が一番じゃ。高木の大将、たんと食べて下さいよ」

座敷に上った老婆が笑いながら言った。

「おうっ、ひさしぶりにあんたの鍋を食べるのう」

斉次郎は嬉《うれ》しそうに言ってから、近寄ってきた老婆を両手で抱擁《ほうよう》した。それを見て皆が冷やかすように声を上げ、手を叩《たた》いた。

源造が土間に立っている英雄と正雄を見つけ手招いた。二人は座敷に上った。

「どこへ行っとった、おまえたち。ここに座れ。皆の衆、紹介しよう。わしの息子たちじゃ」

斉次郎が言うと、衆が歓声を上げ、英雄たちを見上げた。

「これが跡取りの英雄じゃ。こっちが下の息子の正雄だ。ほれっ、皆に挨拶《あいさつ》しろ」

英雄と正雄は交互に名前を名乗り、お辞儀をした。

「いや、しっかりした息子さんじゃ。これなら高木さんの家も安泰ですな。それに二人とも男っ振りがええから女児《おなご》もたくさん寄って来ますな。高木さん似で、女が泣きますな」

白髪《しらが》頭の男が大声で言って囃《はや》したてた。

「ほんまや。抱かれてみたい男っ振りやわ」

衆の中から女が半畳《はんじょう》を入れた。

「この女に言い寄られたら、男は皆骨抜きになるぞ」

今度は男が茶々《ちゃちゃ》を入れた。その声に皆が腹をかかえて笑い出した。

「息子はまだ子供じゃ。からかわんでくれ」

斉次郎が言うと、また別の女が声をかけた。

「坊ちゃん。お幾つですか？」

「十八歳です」

英雄が女の方をむいて答えると、

「立派な男じゃないの。女は知っとられるわ」

今度は奥の方から歳嵩《としかさ》の女が言った。

こらこら、女衆、高木の大将が心配そうにしとられるぞ、冗談もそのくらいにしろ、と先刻の白髪頭が皆を制した。斉次郎が頭を掻《か》くと、またドッと笑い声が上った。

女たちがこしらえた料理が次から次に運ばれて来て、英雄たちの卓の前は料理で溢かえった。食欲旺盛《おうせい》な正雄でさえ、食べながら溜息《ためいき》をついている。それでも正雄は目の前の皿の料理を平らげていった。

「こりゃ、えらい美味い脂身《あぶらみ》じゃの、兄ちゃん。塩をつけるだけでぺろりじゃ」

「それが金魚婆さんの得意の料理だ」

「そうか……、うん、美味い」

「豚の足じゃ」

英雄はそう言うと、素手《すで》で摑んでいた豚足《とんそく》に齧《かじ》りついた。

正雄は口を開いたまま手の中の脂身を見つめていたが、

「えっ、豚の足……」

「まあいいや。こんなに美味いなら」

と言って骨までしゃぶりはじめた。

斉次郎の前に、替る替る男衆、女衆が酒を注《つ》ぎにやって来た。子供と一緒に挨拶に来る者もいた。泣きながら斉次郎の手を握りしめて、礼を言っている女もいる。衆たちは酒を飲み、笑いながら語らっていた。

英雄は小便へ行こうと立ち上り、竈のかたわらにいる老婆に便所の在《あ》りかを聞いた。

老婆は脇の戸を押し開けて外を指さした。戸外へ出ると、そこは海へむかって板が数枚突き出た桟橋になっていて、ベカ舟が一艘杭《そうくい》に繋《つな》がれていた。下でぽちゃりと水音がした。

英雄は桟橋の突端に立ち、前をあけて小便をした。海からの風が心地良かった。大きく息を吸ってみたが、潮の香りはしなかった。

背後で拍手と歓声が上り、乾いた太鼓の音がした。音はすぐに連打に変わり、強く、早く、抑揚をつけながら鳴り響いた。懐《なつ》かしい音色《ねいろ》だった。

店の中に戻ろうとすると、軒のむこうに春の半月が浮かんでいた。英雄は立ち止まって、人肌色の月を眺めた。昨夜は、この月を高木の家の庭で絹子と二人で見ていた。大柳の木が風に揺れ、月光に柳葉が鋭く光っていた。絹子の声がよみがえって来た。

……

「身体《からだ》に気をつけて下さいね、英さん。あなたは少し我慢をし過ぎる時があるから。痛いものは痛い、苦しい時は苦しいと、口にした方がいいですよ。身体がしんどい時はひとりではどうにもなりませんから……」

「そりゃ、絹さん。痛がっとったら、男らしゅうはないよ」

英雄が言うと、

「男らしさなんて、何の役にも立ちません。……馬鹿げたことです」

絹子が強い口調で言った。英雄は驚いて絹子を見返した。絹子は顔を上げ、険《けわ》しい表情で月を仰いでいた。

「英さん、約束をして下さい」

「何を?」

「人には絶対に手を挙《あ》げないと、約束して下さい。東京は私も知らない町です。いろんな人がいるでしょう。あなたにとって善い人ばかりではないはずです。腹が立つこともきっとあるでしょう。どんなに嫌なことがあっても、人にむかって手を挙げないで下さい。父さんも私も、高木の人たちもいない所です。あなたはひとりで自分を守らなくてはいけません。だから、人に手を挙げないで下さい」

「それじゃ、弱虫になってしまうよ」

「弱くってもかまわないじゃありませんか。弱い人のどこがいけないんですか。人の強さはそんなものでは決まりません。その人が本当に強いかどうかは、もっと違うことで試されるんだと思います」

「よくわからないな……」

「わからなくったっていいですから、約束して下さいね。どんなことがあっても、どんなところにいても、あなたには無事に生きていて欲しいのです。それが私の願いです」

絹子は言って、英雄の肩に手を置き、

「それに、あなたのように大きな身体をした人を誰が弱虫なんて思うものですか。だから、今の約束をきいて下さいね」

英雄の目を見つめて、促《うなが》すように言った。

「わかった。なるたけ守るようにする」

英雄が答えると、

「ありがとう。今夜母さんは、あなたに今までのことのお礼を言います」

そう言って絹子は深々と英雄に頭を下げると、母屋《おもや》へ引き揚げて行った。英雄はなぜ絹子が、改まって礼など言うのかわからなかった。……

六甲の山の上に皓々《こうこう》とかがやく月に、頭を下げた絹子の白いうなじが重なった。

表戸が音を立てて開き、白髪頭の男が股座《またぐら》を両手でおさえて出て来た。

「坊ちゃん、踊りがはじまってますよ。いやー、本当に大きな身体ですね。東京へ行かれるんですってね……。あっ、いかん、いかん、一寸《ちよつと》失礼」

男は小走りに英雄の脇を抜けると、海にむかって放尿した。聞こえて来る太鼓の音に合わせて男の背中が揺れ、小便が途切れ途切れに水面に落ちていった。

広間に戻ると、座敷の中央で斉次郎が三人の女に手を引かれ、足を引き摺《ず》るようにして踊りをおどっていた。かたわらで源造が心配そうに斉次郎を見守っている。太った女がひとり、太鼓と鉦《かね》に合わせて、美しい声で歌っていた。

斉次郎は上機嫌であった。酒に酔っているのか、目は半分閉じているが、楽しくて仕方がない様子であった。

英雄はこんなに心底から喜んでいる斉次郎の姿を見たのは初めてだった。高木の家の宴会でも、以前、元遊廓《ゆうかく》の土佐屋で芸妓《げいぎ》たちに囲まれていた時も、斉次郎にはどこか冷《さ》めた表情が漂っていた。

鈍い音を立てて斉次郎が尻餅《しりもち》をつき、源造があわてて駆け寄った。

歌が止まった。

源造の差しのべる手を払いのけ、斉次郎は座り込んだまま手振りだけで踊っている。再び太鼓と鉦の音が鳴り、女が歌い出した。斉次郎は満足そうに首をふりながら両手で調子を取った。女たちも斉次郎の前にしゃがみ込むと、上半身を揺らしながら手で調子を取り出した。女のひとりが斉次郎に鼻先をつけるようにして舞った。斉次郎も女に顔を寄せて、上半身を揺らした。斉次郎が笑っている。目を拭《ぬぐ》いながら笑っている。おかしくて涙が出ているのだろう。

英雄には、斉次郎が子供のように見えた。どうしてこんなに喜んでいるのかわからなかった。時雄を病室で怒鳴りつけたり、神戸の町中を人を威圧するように歩いていた斉次郎とは、まったくの別人が目の前にいた。

ほどなくして、斉次郎は疲れ果てたのか、寝息を立てて眠りはじめた。女たちが蒲《ふ》団《とん》を持って来て斉次郎にかけた。すぐそばで正雄も横になっている。

「ひさしぶりの酒で、おやじさんも酔われたんでしょう。英さんも正雄さんもみえて、さぞ嬉しかったんでしょう。なにしろお二人とも、おやじさんの自慢の息子さんですから」

斉次郎を見ながら源造が目を細めて言った。それから源造は、皆に食事を摂《と》るように告げた。

飯ができたよー、と女が大声を上げた。座敷の衆は飯茶碗《めしぢやわん》を手に土間へ移り、スープを注いで貰った。

「皆、楽しそうだね。ここの人は」

英雄が周りを見て源造に語りかけた。

「おやじさんが見えたからですよ。今夜、ここに集まった連中は皆、おやじさんに世話になった者ばかりです。おやじさんがいなかったら、こうして踊ったりできなかったことを、皆わかってるんです。だからよけい嬉しいんですよ」

源造も座敷の衆を見回しながら言った。

「源造さん、それはどういうこと？」

英雄が訊《たず》ねた時、女がひとり、英雄のそばにやって来て、スープの入った碗を差し出した。

「いや、もうお腹《なか》は一杯です」

英雄が言っても、女は手を差し出して食べてくれという仕種《しぐさ》をした。

「わかった。ご馳走《ちそう》になります」

英雄が女に頭を下げると、

「坊ちゃん。私、覚えて、ますか？」

女がたどたどしい日本語で自分の顔を指さしながら言った。英雄は女の顔に見覚えがなかった。

「坊ちゃん、私、覚えて、ないか？」

女は源造に訴えかけるような目つきで訊いた。英雄も源造の顔を窺《うかが》った。

「覚えてはいらっしゃらんでしょう。ずいぶん昔のことだから。英さんはまだちいさな子供でしたから……」

源造は、英雄の背丈を片手で示しながら言った。

「この人と逢《あ》ったことがあるの？」

英雄が言うと、源造と女が頷《うなず》いた。女が大声で、ヤンソーと叫んだ。女は手を叩き、土間の方へ大きく手をふってまた大声でヤンソーと呼んだ。正雄と同い歳くらいの小柄な少年がひとり、おずおずとあらわれた。女は少年の耳元で大声で、タカギ、タカギと言い、彼の手を取り、掌《てのひら》に指で文字を書いて、英雄を指さした。少年は小首を傾《かし》げていた。女はもう一度少年の掌に文字を書いて笑った。少年が羞《はず》かしそうに白い歯を見せた。

「この子はまだガキだったから覚えちゃいないだろう」

源造が女に言うと、女は険しい顔をして首をふり、少年の掌《てのひら》に文字を書き、彼の背を押した。少年が手を差し出した。英雄は少年の手を握った。

「坊ちゃん、ヤンソー、可愛《かわい》がってくれました」

女の言葉を聞きながら、英雄は少年の顔をじっと見つめた。綺麗《きれい》な目をした少年だった。その瞳《ひとみ》に何か見覚えがあるような気もしたが、思い出せなかった。

「耳が、聞こえません」

女は少年の頬を撫《な》でて言うと、何度も頭を下げながら少年と土間の方へ立ち去った。

「あの子は、母親が夜働いているもので、夜中に母親を探しに家を出て、誰かに殴られるかしたんです。どうせどこかのゴロツキでしょうが……、それで耳が聞こえなくなったんです」

源造が忌々《いまいま》しそうに言った。

「俺、あの親子といつ逢ったんだろうか？」

「いいんですよ、随分昔のことですから。ただ礼を言いたかったんでしょう」

座敷の奥で唸《うな》り声がして、斉次郎が起き上った。源造は立ち上り、斉次郎の許《もと》へ行った。先刻の女がスープの入った碗を手に斉次郎の前へ歩み寄った。少年も斉次郎のそばで飯を食べている。三人は家族のように映った。斉次郎がちらりと英雄を見た。斉次郎の目は、元の鋭い目に戻っていた。英雄はあわてて視線を逸《そ》らすと、目の前のスープを飲みはじめた。

「今夜はどうなさいますか。宿の用意もしてございますが……」

源造が斉次郎に尋ねた。

「今夜はここで休む。正雄を連れて宿へ引き揚げてくれ」

斉次郎が低い声で答えた。

「それでは、お二人を宿へお連れします」

「英雄はもう少し残してくれ。話がある」

「わかりました」

若衆が正雄を起こして、源造たちは先に引き揚げた。

「英雄、少し表へ出よう」

斉次郎はそう言って松葉杖《まつばづえ》を摑《つか》むと席を立った。

二人して波止場へむかう途中、英雄は斉次郎に大学へ行かせて貰《もら》う礼を言い、明日、東京へ出発することを報告した。斉次郎は英雄の言葉に耳を傾けていたが、桟橋に着くと木箱に腰を掛け、黙りこくってしまった。英雄も何も言わずに、斉次郎の少し後方に控えた。

港に停泊する船の灯《あか》りがゆっくりと揺れ、夜光虫の群れが静かに舞っているように見えた。揺れる灯りのむこうを、時折、夜間航路の船が水面を滑るように移動して行く。対岸に淡路島の灯りが煌《きら》めいている。右手の岬の方角からキィルルーと甲高《かんだか》い機械音が響く。新しい埠頭《ふとう》の工事をはじめた浚渫船《しゅんせつせん》の、水底をさらうモーターのエンジン音がかすかに聞こえてくる。背後から吹く山風が、斉次郎のコートの裾《すそ》を揺らした。

「絹子は何か言っていたか？」

斉次郎がやっと口を開いた。

「身体に気をつけるようにと……」

「そうか……。身体にな……」

そう言ったきり、斉次郎はまた黙ってしまった。英雄には斉次郎と二人でいることがひどく息苦しく感じられた。

斉次郎が立ち上ろうとした。英雄は木箱の横に立てかけてある松葉杖を取り、斉次郎に渡した。斉次郎が振り返って英雄を見た。英雄も一瞬、斉次郎と目を合わせたが、すぐに視線を逸《そ》らした。斉次郎は岸壁に数歩近寄った。

「おい、あの島の灯りを見てみろ」

闇《やみ》の中に淡路島の灯りが点滅するように輝いていた。

「あの灯りひとつひとつの下に、人が生きているということだ。島でさえ、あれだけの数がある。東京には、あの何百倍、何千倍という灯りがあって、おまえのことなど、知らない連中が大勢生きている。東京へ行けば、おまえは馬の骨だ。おまえは明日から、わしの目の届かないところへ行ってしまうので、ふたつ、みっつ、話をしておく」

そう言って斉次郎は沖合いを睨《にら》み、大きく息をひとつ吐《は》き出した。

「……ひとつは、おまえが東京で、行き倒れで道に倒れてしもうたとする。その時、おまえの隣りにもうひとり、人が倒れていたとしよう。そいつは何人もの人を殺した日本人の極悪人だ。どちらも早く助けねば死んでしまう。東京の人はおまえと悪人のどちらを先に助けると思うか？」

英雄は何と答えていいのかわからなかった。

「どちらを先に助けると思う？」

斉次郎の声が強くなった。

「俺は人など殺していないから、俺を先に助けてくれると思う」

英雄があわてて答えると、

「違う」

斉次郎の口調はさらに強くなった。

——どうして違うんじゃ？

英雄は斉次郎の背中を無言で見つめた。斉次郎は穏やかな口調に戻って続けた。

「それは違っている。東京の人間は先に悪人を助けるんだ。……どうしてだかわかるか？ それはおまえが他所者《よそもの》だからだ。人はまず、同じ国の人間から助けるんだ。たとえどんな悪いことをそいつがしていてもだ。嘘《うそ》だと思うか？　わしはそんなことを何度もこの目で見て来た。おまえは後回しだ。荷車にはもうひとりの方を乗せて運んで行くんだ。おまえは放りっぱなしだ。それが東京だ。東京でなくとも、それがこの国のやり方だ。それならおまえはどうやったら助かると思う？」

「友だちを作って助けて貰うか、でなければ……」

「人の生き死にの時に、他人が当てになるものか。その友だちはおまえをいつも見ていてくれるのか」

「そ、それは……」

英雄は口ごもった。

「おまえはくたばって死ぬだけだ」

「……」

英雄は反論したかったが、何を言えばいいのかわからなかった。

「助かる方法がひとつだけある」

——何なんだ？　それは……。

英雄は沖合いをじっと睨んでいる斉次郎を見続けた。

「それは……、倒れんことだ。何があっても、おまえは倒れちゃならんということだ。

倒れれば、おまえは死ぬ。それを忘れるな」

背後からの風にコートがふくれ、斉次郎の身体《からだ》をさらに大きく見せた。

「それから、もうひとつは、何か面倒が起きて、誰かがおまえのことを卑怯者《ひきょうもの》と言ったら、そいつから、その場から決して逃げるな。たとえ相手がおまえより大きくて強い相手でも、そいつに背中を見せて逃げるんじゃない。戦え。そこで逃げたら、おまえは一生逃げて生きにゃならん。人は逃げては生きられん。誰にも頼らず戦い抜け。相手が降参するまで絶対に許すな。わかったな」

腹の底から絞り出すような声で斉次郎は言い切った。

「はい」

英雄が返事をすると、斉次郎は振りむいて目を細めて英雄を見た。

「疲れた。肩を貸してくれ」

英雄は松葉杖を預かると、斉次郎に肩を寄せた。斉次郎の巨体の重みが英雄の全身にかかった。酒の臭《にお》いが鼻を突いた。

「少し酔った。長く病院におったせいか足元がふらつく。あれしきの酒で、情けないことだ」

「大丈夫ですか？」

「たいしたことはない。あとひとつ、これは絹子には内緒のことだが……」

斉次郎は口元をゆるめて言葉を継いだ。

「女児《おなご》を一度抱いたら、最後まで面倒をみてやれ。一度でも抱いたら、最後までだ」

「どんな女でもですか？」

「ああ、どんな女でもだ。英雄……」

斉次郎が立ち止まった。

「英雄、女は誰でも皆同じだ。女を分けていたら、痛い目に遭《あ》うぞ」

斉次郎はそう言って、鼻に皺《しわ》を寄せて笑った。

斉次郎の手が英雄の肩を強く摑んだ。痛みが走った。英雄は、この力が斉次郎の生き抜いて来た力なのだと思った。

前方に人影が見えた。高木の若衆と、先刻の母子《おやこ》だった。

ヤンソー、と斉次郎がやさしい声で呼びかけた。少年と若衆が斉次郎に駆け寄り、若衆が英雄に替って肩を貸した。

「じゃ、俺は明日の朝早いから、これで……」

英雄は斉次郎に頭を下げ、若衆と母子に会釈《えしやく》してその場を離れた。別れ際《ぎわ》に、少年とどこかで逢ったような気がして来た。

英雄は波止場を駅の方にむかって小走りに歩き出した。倉庫棟を抜け、古いホテルの前に出た時、先刻の少年が、八年前の初夏に高木の家に立ち寄って、一緒に燕《つばめ》の絵を描いた少年だったことを思い出した。たしか少年の描いた大柳の木の絵を壁に貼《は》っていた。

――そうだ。たしかにヤンソーという名前だった。

英雄はあの少年の手を引いて、水天宮や辰巳《たつみ》新地へ遊びに行ったことをはっきりと思い出した。

英雄はホテルの前で立ち止まり、引き返して、あの母子に思い出したことを告げようかと思った。その時、沖合いから船の汽笛が湾の中に響いた。英雄は斉次郎と寄り添っていた母子の姿を思い出した。

「明日は東京だ」

と呟《つぶや》いて、宿にむかって走り出した。

第二章 カモン先生

朝の六時に、神戸駅からその二等寝台車に乗り込んだ乗客は、英雄ひとりだった。寝台車の客はまだ皆寝込んでいるらしく、車内は暗かった。英雄は通路の誘導燈の灯《あか》りを頼りに、切符に記された自分の席を探した。一カ月前に東京まで往復した時、三段になった寝台の一番上で寝たのだが、寝相の悪い英雄は落ちそうでほとんど眠れなかった。だから今回は割増料金を払って、一番下の寝台を取っていた。

席の番号を確認してカーテンを開けると、人影が見えた。

「あっ、すみません」

英雄はあわててカーテンを閉じた。もう一度切符の番号を見直したが、たしかにこの席だった。英雄が小首を傾《かし》げているところへ、車掌が通りかかった。

「すみません。この切符の席に人が寝てるんですが……」

英雄は車掌に切符を差し出した。

「この切符は小郡《おごおり》からになっていますね」

切符を見て車掌が言った。

「はい。神戸に用事があって、一日早くこちらに来ていたものですから」

「そう。この席は……と、そうですね。ここだ。誰か寝てるって？」

車掌が訝《いぶか》しそうにカーテンを開けると、

「うるせえな、静かにしねぇか」

野太い男の声がして、熟した柿のような臭《にお》いがした。

「すみません。ここはあなたの席とは違うんですが……」

車掌が男に告げると、

「いい加減にしねぇか。上の席が空いているだろうが」

男は声を荒らげて言い、カーテンを足で閉めた。むかいのカーテンの奥から咳込《せきこ》む声がした。

「どうせ、もうすぐ寝台は畳みますから……。君は若いんだし、上で休んで貰《もら》えませんか。ねぇ、そうして下さい」

車掌が困ったような顔をして言った。

「けど、俺《おれ》はわざわざ一番下の寝台の切符を買ったのに……」

英雄が口を尖《とが》らして言うと、

「まだ皆さん就寝中ですし、お願いしますよ」

車掌は両手を合わせ、頭を下げた。

「あっ、それと、これ君の荷物ですか。大きいね。通行の邪魔《じゃま》になるから、車掌室の脇《わき》に置いておきましょう」

車掌はトランクを持ち上げようとしたが、重くて持ち上らない。トランクの中には野球部の先輩と下宿の大家に届ける酒の一升壜《いっしょうびん》が五本入っていた。

「こりゃ無理だ。寝台席の間に置いて下さい。じゃ、よろしくね」

そう言い捨てると、車掌は足早に立ち去っていった。

英雄は先刻の男の寝ているカーテンを睨《にら》みつけた。無理遣《むりや》り起こして席を替わらせようかと思ったが、絹子の言葉を思い出し、トランクを奥へ押し込んだ。

一番上の寝台に登って横になったが、下の男のことを考えると腹が立って仕方がなかった。車掌の、君は若いんだし、という言い方もおかしいと思った。

どうしたものかと考えていると、腹がきゅんと鳴った。出発が早かったので、朝食を食べていなかった。旅館を出る時に源造から手渡された包みを開けて見ると、大きな中華饅頭《まんじゅう》が三つ入っていた。英雄は饅頭を食いながら、目の前に迫る天井を見つめていた。

二個目の饅頭を食べていると、今しがた神戸駅まで見送りに来てくれた弟の正雄の顔が浮かんだ。源造と二人して、駅の改札口まで英雄を送って来たのだが、正雄はプラットホームまで見送ると言って、一緒について来た。

「兄ちゃん、兄ちゃんがいない間、俺は高木の家を守るからな」

正雄はそう言って涙ぐんでいた。正雄はこころねがやさしいのだと思った。もじもじしながら正雄はポケットからちいさな紙袋を取り出すと、

「これ、水天宮のお守りじゃから」

と羞《はず》かしそうに差し出した。あとは列車が来るまで黙った切りだった。プラットホームに列車が入って来ると、正雄は真顔になって、言いにくそうに話しはじめた。

「兄ちゃん、俺のことを……」

「何だ？」

「いじめた連中から助けてくれたこと、ありがとうな。それが、ひとこと言いたくて
……」

正雄の目から涙が溢《あふ》れた。

「馬鹿《ばか》だな、おまえ。そんなこと気にしなくてもいいのに」

英雄が照れ臭そうに言うと、

「とにかくこのことだけ言っときたかったんじゃ。わし、もう大丈夫じゃから」

正雄は鼻水をぐしゅんとすって笑うと、力瘤《ちからこぶ》をこしらえた右の二の腕を左手で叩《たた》き、右足を蹴《け》り上げて空を切って見せた。

デッキから見た、手をふる正雄の姿が思い出された。どうして正雄が急に昔のことを言い出したのかわからなかった。手を伸ばしてポケットに入れていたお守りに触れた。正雄が自分のことを心配してくれていることが、英雄は嬉《うれ》しかった。草っ原で大きな喧嘩《けんか》相手にむかって突進していった正雄の姿を思い出しているうちに、英雄はいつしか眠っていた。……


物音で目覚めると、カーテンの隙間《すきま》から陽《ひ》が射し込んでいる。

英雄は起き上ってカーテンを開けた。車窓を流れる田圃《たんぼ》が見えた。梯子《はしご》を下りて通路に出た。他の乗客たちも起き出して来て、通路に立っている。町並みが見えて来たので、どのあたりかと通過する駅名を読むと、高槻《たかつき》とあった。まもなく京都である。

二月に上京した時はひどい雪で、外の景色はほとんど見ることができなかった。

車内にアナウンスが流れて、ほどなく寝台を片づけ、座席に替えると告げた。英雄は洗面所に立った。便所の前には客が何人も並んでいた。英雄の背後でむずかる子供の声がした。我慢しなさい、という声に振りむくと、幼い女の子を連れた母親が立っていた。英雄は順番を替わってやった。後ろにいた無精髭《ぶしょうひげ》の男が、英雄に白い歯を見せて笑いかけた。

係員が寝台を片づけはじめたので、通路の端に立っていた英雄は、トランクのことが気になり席に戻った。寝台席に男がひとり腰を掛けて、欠伸《あくび》をしながら髪の毛を搔《か》いていた。先刻《さっき》、便所で逢《あ》った男だった。昨夜、自分の寝台を占拠していたのは、この無精髭の男だとわかった。英雄は男を睨みつけた。男は顔を上げて、ぼんやりと英雄を見返した。

「君が上で寝てくれたのか。朝方は済まんかったな。昨夜は少し飲み過ぎて、夜中に小便で下りたら、下の席が空いていたので休ませて貰った。岡山を過ぎとったから、乗り遅れた客の席だと思ってな……」

男は英雄の席で休んだことを当然のような口振りで言った。

「酔っていようが、人の席で休むのは失礼ではないですか」

静かに言うつもりが、きつい物言いになっていた。むかいの席に座っていたハンチング帽を被《かぶ》った男が英雄を見上げて言った。

「そうだ。まったく失礼なことだ」

無精髭は両手を膝《ひざ》の上に置き、肘《ひじ》を張り出すようにして、済まんと大声で言い、頭を下げた。男が謝ったので、英雄はちいさく頷《うなず》いた。

「君ははっきりしていてよろしい」

男の言い方には反省の色がみえず、英雄はまた少し腹が立った。

寝台が座席に替って、皆が腰を下ろした。窓側に無精髭の男、中央に英雄、通路側に若い男がもうひとり。むかいの席にも三人の男が座っていた。列車は京都を過ぎ、米原《まいばら》にむかって走っていた。

むかいの窓側に座った男は口にハンカチを当ててずっと咳《せき》をしていた。明け方、咳込んでいたのはこの男だったのだろう。眼鏡《めがね》をかけた痩《や》せた男で、顔も青白く、どこか病弱に見えた。

「風邪《かぜ》を引いとるのかね？　だったらいい薬がある。沖縄で貰った薬だがよく効く」

無精髭が立ち上り、棚から鞄《かばん》を下ろした。

「いや、いいですから。薬は持ってますし」

眼鏡の男が恐縮して言った。

「いいから騙《だま》されたと思って飲んでみればいい。私もこの冬、えらい風邪を引いたが、この薬を飲んだらすぐに治った。いいから、遠慮はいらん。今夜にでも飲んで休んでみるといい」

無精髭は新聞紙に包んだ薬を取り出して、眼鏡の男に渡した。それから男は、鞄の中から別の袋を取って英雄の方に差し出した。

「鹿児島の椪柑《ポンカン》だ。ひとつどうだ」

見ると砂糖をまぶした橙色《だいだいいろ》の菓子が入っていた。英雄は大きな椪柑をひとつ取って口に入れた。甘い香りが口の中にひろがった。ざらざらとした砂糖の感触を舌先で感じながら、案外と人の善い男なのだ、と英雄は思った。

「あなたは沖縄から見えたんですか？」

むかいの真ん中に座った小柄な男が無精髭の差し出した椪柑を手にして訊《き》いた。

「いや、沖縄本島だけではなく、その先の西表《いりおもて》、石垣、宮古《みやこ》から沖永良部《おきのえらぶ》、奄美大島《あまみおおしま》、屋久《やく》、種子島《たねがしま》と皆回って来ました」

と無精髭は言った。よく見れば男の顔はひどく日に焼けている。

「そんなに島を回って何の仕事をなさってるんですか？」

小柄な男がもうひとつ椪柑を取って通路側に座ったハンチングの男に渡しながら訊いた。

「台風ですよ。台風のことを調べとります」

男が言った。

「台風のことを？　そんな商売があるんですか？　どうやって台風で儲《もう》けるんですか？」

小柄な男の質問に他の二人も興味ありげに無精髭を見た。

「商売？　金儲けでやってることと違います。この頃の日本人は何かと言うと金を儲けることを口にし過ぎる。金儲けが一番大事じゃ淋《さび》しいでしょう。そういう連中の顔を見てみなさい。貧相この上ない」

無精髭の言葉に、むかいの男たちが顔を見合わせた。英雄は無精髭の男の顔を見直し、むかいの男たちと見比べた。三人の男と無精髭の男は違う種類の人間なのだと思った。

無精髭は、いつの間にか腕組みをして眠りはじめた。むかいの小柄な男とハンチング帽の男が九州の鉱山が閉鎖になった話をしていた。眼鏡の男は相変わらず咳込んでいる。

英雄は鞄の中から本を出して読みはじめた。手垢《てあか》で汚れた古い文庫本は、五日前の夜、又吉《またよし》先生の下宿へお別れの挨拶《あいさつ》に行った時、貰った本の中の一冊だった。

神戸へむかう列車の中から読みはじめたのだが、まだ三ページも進んでいなかった。

——最初は意味がわからなくとも、何度も読み返していくと少しずつわかってくることがあります。それが読書というものです。

又吉先生の大きな目と、腕白《わんぱく》小僧のような笑顔が、よく通る声とともによみがえって来た。

この本は先生の机の上にいつも置いてあった本だった。表紙がぼろぼろになって、亜紀子《あきこ》夫人の手で別の紙が貼《は》ってあった。

「その本は加文《かもん》が学生時代からずっと読んでいたものよ。それをあなたに上げるなんて、加文はよくよく英雄君が好きなのね」

あの夜、酒に酔って居眠りをはじめた又吉先生のそばで、亜紀子夫人がそっと耳打ちしてくれた。

「そんな大切な本を貰っていいんですか？」

「いいのよ。本というものは誰かが読んで初めて、生きてくるものなの」

そう言って亜紀子夫人は目を細め、やさしい笑顔で頷いた。

英雄は本を閉じ、鞄の中からハンカチに包んだ野球ボールを取り出すと、それをポケットに入れて立ち上った。後方のデッキへ行き、ポケットからボールを出し、そこに書かれた文字を読んだ。〝高木英雄君へ、君の自己実現を祈る、又吉加文《ますふみ》、由紀子〟と記してあった。あの夜、先生と夫人が英雄に贈ってくれたものだった。

英雄は文字を読み返し、ボールを握ってみた。指先に当たる、ざらっとした革のボールの感触から、先生と過ごした高校での日々がよみがえって来た。……

「おーい、大変だ。喧嘩だぞ」

新学期がはじまったばかりの昼休み、同じクラスの生徒が教室に駆け込んで来るなり、大声で言った。

「三年生の連中か？　昨日も放課後に喧嘩をしてたらしいぞ」

入口の席の生徒が、駆け込んで来た生徒に訊いた。

「違う、違う」

「それじゃ、入ったばかりの一年生がやってるのか」

「違うって、先生同士がやっとる」

「なに、先公が喧嘩を。で、誰と誰だ？」

昼食を食べていた英雄は顔を上げて、入口の方を見た。

「岩倉《いわくら》と、新任の、名前は知らん先生だ」

「えっ、柔道部のガンクラを相手にか、そりゃ、喧嘩にならんわ。けどどこだ、どこでやっとるんだ」

「剣道場の脇だ」

生徒たちが一斉に外へ走り出した。英雄もパンを口にしたまま廊下へ飛び出すと、校舎の西端を目指して走った。

どけどけ、英雄は屯《たむ》ろしている生徒を押しのけて廊下の突端に出た。二階から見下ろすと、剣道場の脇にはすでに人垣ができていた。

「ガンクラを相手にしようってのは誰だ？　見たこともない先公だな……」

「あんな痩《や》せぎすじゃ、ガンクラの相手にならんじゃろう」

見ると、体育の教師で柔道部の監督をしている岩倉の前に、痩せた男がひとり立っていた。岩倉の方はすでに素足になり、柔道着のズボンを持ち上げるようにして、いつでもかかって来いというふうに腰を低くしている。

「あいつは新任の倫理社会の先公だ」

「あの身体《からだ》じゃ、ガンクラに吹っ飛ばされるぞ」

「ガンクラ、得意の一本背負いを見せてみろや」

生徒のひとりが大声で叫んだ。その声に、一階でも三階でもこの喧嘩を見物しているのか、一斉に喚声が起こった。

新任の教師は直立不動の姿勢でいた。

ほらっ、早くやれ、そうだ、早くしろ、と声が飛んだ。新任教師が岩倉を指さした。

「おい、静かにしろ。新任が何か言っとる」

英雄が大声で言った。周囲にいた生徒たちは英雄の顔を見ると、口をつぐんだ。

「下の一年、静かにしろ！」

英雄は身を乗り出して、一階の生徒たちを怒鳴りつけた。

新任教師の声が聞こえて来た。よく通る声だった。

「……岩倉先生、あなたは昨日、この生徒たちが授業中に笑ったというだけの理由で、不当な制裁を加えたでしょう。教師にあるまじき行為です。生徒たちに謝りたまえ」

新任教師の背後には生徒が二人立っていた。

その声を聞いた途端、そうだ、ガンクラ、おまえはやり過ぎだ。ガンクラに制裁だ、と言う声が上った。ガンクラ、やられっちまえ、ガンクラ、やられろ、と生徒たちが声を合わせて野次《やじ》りはじめた。

「うるさい。貴様等、引っ込んでろ」

岩倉が校舎にむかって怒鳴り声を上げた。

「謝りなさい。謝ればいいんです」

新任の教師が冷静な声で言った。

「ほざくな。新任のくせに、この……」

岩倉が唸《うな》り声を上げて突進して行った。新任教師はさらりと突進を躱《かわ》した。岩倉は背後の生徒にぶつかりそうになり、闘牛のように踵《くびす》を返すと、両手を広げ顔を真っ赤にして新任教師に摑《つか》みかかった。肩を摑まれた教師は、素早く後ずさると身体を低くして、その場にしゃがみ込むような姿勢になった。ふわりと岩倉の巨体が浮き上り、鈍い音を立てて背中から地面に落ちた。

オゥーッと、見物の生徒たちから声が上った。

「やるな、あいつ……」

かたわらで声がした。英雄も、偶然にしては岩倉の巨体が跳ね上り過ぎだと思った。

カモン先生、頑張って、と黄色い声が女子校舎の方から聞こえた。

——カモン？　何のことだ？

英雄が女子校舎を見ると、教師たちが剣道場にむかって走って行くのが見えた。五、六人の教師が二人の間に割って入った。岩倉は教師たちを押しのけて、新任教師にむかって行こうとした。教頭がやって来て、岩倉に何事かを告げた。新任教師は教頭にむかって何かを訴えていた。

始業のベルが鳴り、生徒たちはぞろぞろと教室へ引き揚げて行った。

それが、英雄が又吉先生を見た最初の日だった。

三日後に、又吉先生は英雄たちの教室にあらわれた。

先日の勇ましい姿とは打って変わって、教壇に上る前に躓《つまず》き、よろよろと机を抱くようにして皆の前に立った。生徒たちが吹き出した。先生は青白い顔をしていた。クラス委員の声で皆が立ち上り一礼すると、先生は口を手でおさえて、大きな噯気《おくび》をした。それからクラス委員を呼び、耳元で何事かを囁《ささや》いた。クラス委員は教室の後に走り、バケツを持って外へ飛び出すと、すぐに水の入ったバケツを手に戻って来た。先生はしゃがみ込んで、バケツの中に顔を埋めるようにした。皆、立ち上って先生を見た。喉《のど》が鳴る音がした。水を飲んでいるらしい。

「馬みたいだな」

誰かが言った。先生はしばらくバケツに顔を埋めていてから顔を上げ、手拭《てぬぐ》いを出して濡《ぬ》れた髪と顔を拭った。

「いや、失敬」

大声で言うと、黒板に又吉加文と大きな文字を書き、目の前の生徒に、読んで下さいと言った。マタキチクワフミ、いや、カブン、カモンと、指された生徒たちは思いつくままを口にした。

「よろしい。だいたい当たってます。私の名前はマタヨシマスフミと親はつけました。しかし私の先生も友人も、皆、マタヨシカモンと呼ぶので、面倒臭いからカモンでよろしい。外国ならば姓と名前を逆に書くので、カモン・マタヨシです。これを英語と漢文で読みますと、カモン、マタヨシ、つまり〝来るもの拒まず〟でありますから、何かわからないことがあったらどんどん聞きに来て下さい。私もわからない時はわからないとはっきり答えてあげます。では私に何か質問があったら聞いて下さい」

生徒のひとりが立ち上って訊いた。

「先生、どうしてこの間はガンクラ、いや、岩倉先生と喧嘩《けんか》をしたんですか？」

先生は質問した生徒の顔を見て、他の生徒たちの顔をぐるりと見回し話し出した。

「君たちか、野次を飛ばしていたのは。野次馬はいけません。見物する姿勢が一番いけません。若者は見るより飛ぶんです。走るんです。先頭で立ちむかうのが君たちの使命です。先日のことは、喧嘩ではありません。抗議をしに行ったのです。君たちにも、これはわかって欲しい。不正や不当なことがあれば、不正、不当に立ちむかって下さい。君たちが今いる場所、すなわち学舎《まなびや》には、自由、平等がなくてはいけません。それを侵す者があれば断固戦うのです」

先生は拳《こぶし》を上げて言い、最後に机を叩《たた》いた。

「戦おうっ言うんじゃ、やっぱり喧嘩と違うんですか？」

質問した生徒が、再び立ち上って訊いた。

「喧嘩と抗議は違います。喧嘩は暴力で相手を屈服させることです。私は暴力は嫌いです。暴力は戦争に繋《つな》がります。戦争がいかに愚かかは家に帰って親御さんに聞きなさい。もっと知りたければ広島に行きなさい。電車に乗って行けば広島はすぐそこです。広島の原爆資料館を見学して下さい。そうすれば戦争がいかに愚行で、私たち人間がいかに愚かかわかります」

「でも先生は昨日、岩倉先生を投げ飛ばしたじゃありませんか？」

クラス委員が手を上げて言った。

「投げ飛ばした？　あれは私が石に躓《つまず》いたら、岩倉先生が勝手に飛んで行ったんです」

何だ、やっぱりそうかよ、と背後で声がした。

その時、窓側の席の生徒が大声で訊いた。

「先生、わしらなんで勉強せにゃならんのですか？」

その間の抜けた声に生徒たちが笑い出した。いつも成績がビリで、授業を抜け出すことの多い生徒だった。

「おうっ、いい質問だ。君、名前は何と言いますか？」

「阿呆《あほ》の正賀《しょうが》言います」

正賀守《まもる》が答えると、皆がドッと笑った。

「君は自分のことを阿呆と自覚しているんですか。素晴らしいですね。学問の基本はそこにあるんです。すべての学問は、〝自分は何か〟を見つけるためのものです。こむずかしい言い方をすれば、人間とは何か、を追求しているのです。人間とは何かとは、自分とは何かです。君はひょっとして天才かもしれんぞ」

先生の言葉に皆がまた笑い出した。

「今、君たちは正賀君を笑った。それは君たちが正賀君より、何かが優《まさ》っているからだろうか？　もし優っているものがあるとしたら、それは学校の成績くらいでしょう。そんなものは屁《へ》のようなものです。大学へ行くための勉強は学問ではありません。少なくとも正賀君はなぜ学ぶかに疑問を抱いている。まず疑問を持つことです。〝我思う故《ゆえ》に我あり〟です。例えば君たちの家では新聞を取っているでしょう。新聞に書いてあることが皆正しいと考えてはいけません。この間の戦争の時に、新聞はあの戦争を正しい戦争だと書きました。その上敗北が見えていたのに、連戦連勝のように書いたのです。その結果、何百万もの人が死にました。私たちが正しいと信じているものが本当に正しいかどうかを、考えることができる目を持って下さい。それが学ぶということです」

いつの間にか、皆黙って先生の話を聞いていた。

「ところで諸君」

先生の声があらたまった。

「諸君は、童貞ですか？　童貞じゃない人は手を上げて下さい」

正賀が手を上げた。

「正賀、君は偉いな。残りは全員、童貞ですか？　そりゃ、悲しむべきことだ。可哀《かわい》相《そう》だ。可哀相な人は自分で自分を慰《なぐさ》めなさい。大いに慰めなさい。今日も自信を持って慰めたまえ。ではこれで本日の授業は終ります」

そう言って、又吉先生は教室を出て行った。

英雄は、こんな変わった教師を見るのは初めてだった。

「高木、わしゃ、からかわれたのかの？」

正賀が英雄のところにやって来て訊いた。

「そんなことはないよ。あの先生は正直に話したんだと思うよ。俺もおまえを尊敬しているものな」

英雄が笑って言うと、正賀が駅前のジムで習っているボクシングの構えをして、英雄の鳩尾《みぞおち》を突いた。

「おうっ、チャンピオン」

英雄が言うと、正賀は顔を近づけて、

「今夜、駅裏のジャズ喫茶の〝コンボ〟にいるから来いよ。女子校の連中が集まることになっとる。英ちゃんに逢《あ》いたいという女児《おなご》がおるぞ」

と言って低い声で笑った。

「嘘《うそ》をつけ。この間、おまえの言うことに騙《だま》されてえらい目に遭《お》うた。おまえは女児のことになると頭が変に回転するからな」

「そうか、じゃ、カモンが言うたことは本当じゃったかの」

正賀が胸を反《そ》らして言った。英雄は正賀の足元を掬《すく》った。大きな音を立てて正賀が後ろの机に尻餅《しりもち》をついた。英雄は正賀を尻目《しりめ》に見て廊下に出た。背後で大きな音がして、高木、おまえ、童貞じゃないじゃないか、この大嘘つきが、と正賀の怒鳴り声がした。英雄は笑いながら売店へむかった。

又吉先生の授業は、それ以降も毎回、生徒と話し合うかたちで続けられた。先生は教壇の上に立つということが、ほとんどなかった。授業のテーマを黒板に一行書いて、教室の後ろの壁に寄りかかったまま話す時もあれば、欠席した生徒の机に座って、生徒たちの話を聞いていることもあった。時折、青い顔をして教室にあらわれる時は、前の晩、酒を飲み過ぎて〝二日酔い〟の状態なのだということだった。

「わしの叔母《おば》さんがやっとる一杯飲み屋で、カモンが客と酒の飲み比べをやって、十人の相手を皆飲み潰《つぶ》したいう話じゃ。あんな大酒飲みは見たことがないと叔母さんが言うとったわ。酒を見たら、カモン、カモンじゃと……」

「そりゃ本当じゃて、俺の家の兄貴が駅裏の屋台のそばで、カモンがドラム缶《かん》の上に乗って大声で歌を歌っとるのを見たと言うとった」

「喧嘩も滅法強いらしいの。大学で少林寺拳法《けんぽう》部の主将をしとったという話じゃ。どうりでガンクラを投げ飛ばすはずじゃ」

又吉先生の酒豪振りは、まだ着任して一カ月も経《た》たないのに、町では有名になっていた。

その噂《うわさ》を聞いて、授業の時、生徒のひとりが手を上げて又吉先生に言った。

「先生は歌が上手《うま》いそうですが、一曲歌って貰《もら》えませんか。皆、先生の歌が聞きたいと言うとります」

皆が拍手をすると、

「いや、私の歌は皆に聞かせるようなものではありませんから……」

先生は照れたように頭を掻《か》いた。

「やっぱり、一杯入っとらんと歌えませんかの」

誰かが言うと、先生は片目をつぶって頭のてっぺんをパチンと叩き、

「今の一言には参りました」

と直立不動の姿勢を取ってから深々と頭を下げた。

その日の授業は〝日本の民主主義と美空ひばり〟というテーマで、魚屋の娘が歌姫になることの意義を話してくれた。

クラス委員が、教科書を使わないで授業をして受験の時は大丈夫なのか、と質問した。

「君たち、倫理社会を大学受験の選択科目なぞに取るのはやめなさい。倫理や哲学が試験問題になること自体がおかしいんだ。しかしどうしてもという人には、夏休みにでも特訓をいたしましょう。ひと夏あれば充分です」

クラス委員に指でオーケーのサインをして歯を剝《む》きだして笑った。

柔道部の岩倉先生への抗議はまだやめていない様子で、三年生の柔道部員は又吉先生の姿を見つけると威嚇《いかく》するような態度を取った。又吉先生の方は、そんなことはいっこうに気にも止めないふうで、学校の中を寝癖の残った髪を掻きながら、歩いていた。

あと数日で梅雨《つゆ》に入ろうかという、六月の上旬の或《あ》る日、先生は授業時間を二時限分と昼食時間を合わせ、生徒たちを連れて海岸まで遠出した。

校門を出ると、このまま家へ帰ってしまおうかと言い出す生徒もいた。先生は生徒がついて来ようが来まいがおかまいなしにどんどん先を歩き、浜へ着くと靴を脱いでズボンをたくし上げて、水の中に膝《ひざ》まで入った。

「おうっ、こりゃ気持ちいい。二日酔いには水が一番だな」

生徒を放って、水際《みずぎわ》を走ったり、魚を追ったりしていた。生徒たちも先生を見習って、勝手に遊び出した。

「カモンは少しここがおかしいんじゃないのか？　あれじゃ、ガキと一緒じゃないか」

正賀が、手にした浜昼顔《はまひるがお》の茎を頭の横で回しながら言った。

ほどなくして、浜辺に白いワンピースを着た女性がひとりやって来た。女性は砂山の上に腰を下ろして、じっと英雄たちを見ていた。波打ち際で遊んでいた先生は女性の姿を見つけると、ちいさく会釈《えしゃく》した。女性が笑って手をふった。

「おーい、集まれ。少し話をしようか」

先生が砂浜に座った。生徒たちは車座《くるまざ》になって先生を囲んだ。先生は沖合いを見ながら話し出した。

「海はいいな。海を見ていると、漕《こ》ぎ出せばどこへでも行けるような気持ちになりますね。君たちは、この海のようなものだ。どこへだって行けるし、どんなことでもできる。君たちは未来なんだ」

「先生は俺たちの年頃には、何になりたかったんですか。やっぱり先生になろうと思ってたんですか？」

生徒のひとりが訊《き》いた。

「私ですか。私が君たちと同じ年齢の時は、勉強より女児のことばかり考えてたな。好きな人のことを考えると、夜、眠れなくなったことが何度もあったな……」

先生は昔を思い出すような目をして言った。

「それで、自分で慰めとったわけじゃ」

その声に生徒たちが一斉に笑った。

「こらっ、私の十八番《おはこ》を取るな。……私が自分のことを真剣に考えはじめたのは、大学へ行ってからだな。そこで素晴らしい先生や友人と出逢ったからな……。自分の知らないことをいろいろ学んだ。世界が広いことを知ったな。それから私は、この国を本当に自由で平等な国にしようと思った。それが自分の仕事だと思いました……」

先生の口調はいつになく静かで、何かを思い返しているようだった。先生の視線が一瞬、砂山の女性にむけられた。

「その夢は捨てたんですか？」

「いや、捨てたりはしない。こうして君たちと語り合って、その夢が実現するように生きているよ。よし、今日は、国家というものについて話し合おう」

先生は言って、砂の上に〝国〟という文字と〝家〟という文字を指で書いた。

「国家とは何だろうか。ひとつの家のように国があることだろうか？　どうも違うな……」

先生はいつもの口調に返って言うと、またちらりと砂山の女性の方を見た。

先生、と正賀が間延びした声で言った。

「何だ？　正賀」

「あの女児を、ここへ呼んでもかまわんですよ。俺たち、子供じゃありませんから……」

「な、何を言うとるんだ……」

先生は目を白黒させた。正賀は立ち上り、砂山の女性を手招きすると大声で言った。

「どうぞ、こちらへいらっしゃい。かまわんですから……」

女性は立ち上って一礼し、手を横にふっていた。

「遠慮せんと、どうぞ。先生も呼んどりますから……」

正賀はさらに声を張り上げた。先生はうろたえるばかりだった。

「正賀、何を言っとるんだ」

女性が笑いながら、ゆっくりと砂山を降りて来た。生徒たちの輪に近づくと、

「授業中に、お邪魔してすみません」

女性が皆に挨拶《あいさつ》した。

「いや、こちらこそ。ご無沙汰《ぶさた》して……」

先生が女性に深々と頭を下げた。女性は英雄たちの背後に腰を下ろした。

「えーと……」

先生がしどろもどろで口を開くと、国家とは、ひとつの家のように国があること

か？　どうも違うようだ、でしょう、と正賀が口を挟んだ。

「そ、そうだ。国家とは……。あ、あの、君たちに紹介しておく。この人は……」

先生が言うと、彼女は立ち上って、

「初めまして、私、石丸《いしまる》亜紀子《あきこ》と申します。カモンの、いえ、又吉の……」

女性が口ごもると、コレでしょうが、と正賀が右手の小指を突き出して、にたっと笑った。

「わしらをダシにして、カモン先生もやりますのう」

「いや、失敬。実にそのとおりだ」

先生が顔を赤くして頭を下げた。

「いいえ、違うんです。私たちは結婚するんですが、今は貧乏でまだ一緒になれません。私は島根に住んでいて、昨日、半年振りに逢ったんです。私が午後の列車で島根に戻らなくてはいけないので、カモンに授業をしているところを見せてとお願いしたんです。皆さん、すみません」

「かまわんですよ。先生の授業は自由がモットーですから、誰が聞いても」

クラス委員が笑って言った。

「そうじゃ、学舎は自由、平等じゃ」

正賀が、浜昼顔の茎をくわえて言った。

先生のその日の授業はいつになく熱が入った。

「海のむこうには、例えば韓国があり、中国があり、台湾がある。さらに太平洋を越えればアメリカがある。そこには領土、領海がある。しかし海の上に国境の線が引いてあるだろうか。そんなものはない。君たちは歴史でアレキサンダー大王の遠征を学んだだろう。殺戮《さつりく》を行ない他国を征服して、それが国家と呼ぶにふさわしいだろうか。すぐにまた次の征服者があらわれ、殺戮はくり返される。その度に死んで行くのは民衆だ。ギリシャの時代に、その愚かなくり返しをやめようではないかと考えた人たちがいる。彼らの唱えたものが……」

そこまで言って、先生は砂に〝COSMOPOLITAN〟とアルファベットを書いた。

「クラス委員、これは何と読む？」

「コ、コスモ、ポリタン……」

「そうだ。コスモポリタンだ。すなわち」

先生は続いて砂に〝世界市民〟と書いた。

英雄は今まで見たことのない文字をじっと見つめた。

「コスモポリタン。世界市民という意味だ。どこそこの国だとか、何人《なにじん》だとか、肌の色が白いとか、黒いとか、黄色いで、人間を分けたりすることをやめて、世界がひとつの市民になることを提案した。それが、コスモポリタンだ」

英雄は砂に書かれた文字をじっと見つめた。

「近代におけるカントの人類共同体もこれと同じ考えだ。私はこの考えが好きだ。国同士が些細《ささい》なことで啀《いが》み合っていてはだめなんです。私たちは、世界という国の市民なんだと考えれば、去年できたベルリンのあんな壁もいらなくなるし、またはじまったアメリカとソ連の核実験もしなくてよくなるはずです。私たちは日本人を越えて、世界市民になるべきだと思います」

背後で拍手が聞こえた。石丸という女性が嬉《うれ》しそうに手を叩《たた》いていた。先生の頰がちょっと赤く染ったように見えた。

授業が終って、昼食になってからも、英雄は先生が書いた文字のそばに立って、コスモポリタン、世界市民と、くり返し口の中で呟《つぶや》いていた。

――こんな考え方があるんだ。どこの国の人間でもなく、何々人でもない、世界市民という考え方が……。

英雄は自分の胸がひときわ高鳴って来るのを覚えた。ひとつの言葉に、こんなに興奮したのは生まれて初めてのことだった。

高木、高木は飯を食わんのか、と正賀の声がした。英雄は砂の上の文字から目を上げて、夏にむかって積乱雲が出はじめた水平線の彼方《かなた》を見つめた。……

梅雨に入ったばかりの週末の午後、雨で野球部の練習試合が中止になり、英雄は部屋で転寝《うたたね》をしていた。

英さん、奥さまが呼んでいらっしゃいますよ、と外からお手伝いの小夜《さよ》が声をかけた。

英雄は起き上って、雨の中を母屋《おもや》へむかった。縁側に風呂敷《ふろしき》を広げて、何やら荷作りをしていた絹子が顔を上げた。

「これを屋敷町に届けて欲しいの」

「せっかくの休みなのに……お使いなら、正雄がいるだろう」

「あなたに行って欲しいの。屋敷町の酒屋さんの右隣りの家よ。表札は出てないから。酒屋さんはわかるわね」

「ああ、あそこは野球部の先輩の家だから。けど面倒だな。小夜にだって行けるじゃないか」

英雄が舌打ちして言うと、

「英さん。母さんはあなたに届けて欲しいと言ってるでしょう」

絹子が珍しく険しい顔をした。

「わかったよ。じゃ、帰りに映画を観《み》て来ていいかな」

「今日はいけません。お父さんが帰ってみえる日ですから、夕食は皆でします。あなたは野球部の練習でいつも遅くて、お父さんとしばらく逢《あ》っていないんですから
へ……」

絹子の言葉に、英雄は吐《と》息《いき》をついた。

英雄は大きな風呂敷包みを肩に担《かつ》ぎ、酒壜《さかびん》と重箱《じゅうばこ》の入った包みを右手に持ち、左手で傘《かさ》を差して家を出た。

雨は小降りになっていたが、素足に履《は》いた下《げ》駄《た》の先がすぐに濡れた。英雄は古町《ふるまち》の醤油《しょうゆ》工場の方へむかった。昼間に、この界隈《かいわい》を歩くのはひさしぶりだった。

古町の通りを抜け、去年できた公団住宅を右に折れ、屋敷町へむかうゆるやかな坂道を登りはじめると、坂の上からトラックが下りて来た。道の端に除《よ》けた英雄の目の前でトラックが停止して、運転席から酒屋の主人が顔を出した。

「こんにちは」

英雄は主人に大声で挨拶《あいさつ》した。

「おう、今日の試合は中止になったそうだな。あの四国のチームは、去年、甲子園に出ているチームだから楽しみにしてたんだがな」

酒屋の主人は高校の野球部のＯＢで、時々、グラウンドに練習を見に来た。

「はい、残念でした」

「えらい荷物だな。重いものを担いで肩を毀《こわ》すなよ。今年こそ甲子園へ行ってくれよ」

「はい、頑張ります」

英雄はトラックが角を曲るまで見送って、また歩きはじめた。

酒屋の看板のむこうに、目指す家が見えてきた。その家は平家《ひらや》造《づく》りで、家全体が少し左に傾《かし》いでいるようだった。屋根瓦《やねがわら》もところどころ破損していた。

——えらく古い家だな。本当にここに人が住んでいるのか。

英雄は戸口に立って、ごめんください、と大きな声をかけた。返答はなかった。もう一度声をかけたが、何の返事もない。

留守なら荷物は玄関に置いて行くか、と引き返そうとした時、隣りの酒屋から半ズボンに肌着姿の男が、バケツを片手に、もう片方の手を頭にかざして駆けて来た。

英雄は相手の顔を見て声を上げた。

「あっ、先生」

バケツを持った男は又吉先生だった。

「何だ、高木じゃないか。何をしてるんだ？　こんなところで」

又吉先生も英雄を見て、驚いたように目をしばたたかせた。

「先生こそ、こんなところでどうしたんですか？」

「ここが私の家だ」

「えっ……」

中に入ると、天井のあちこちから雨漏りがして、家中、至る所に洗面器や食器が置かれている。手にしたバケツは雨漏りを受けるために酒屋から借りて来たものだった。

英雄は母の使いで来たことを告げた。

「そうか、あの人は高木のお母さんだったのか。そう言えば、どことなく似ているな」

先生は洗面器に溜《たま》った雨水を窓の外に捨てながら、英雄の顔を見て言った。

「そうですかね……」

「君のお母さんはいい人だ。俺が酔いどれている時にタクシーを拾ってくれ、タクシー代まで渡してくれた。もっともその金でまた飲みに行ったけどな。金を返しがてら礼を言いに行ったら、また土産物《みやげもの》を貰《もら》った。あの家がおまえのところか。そうだな、高木という名前だものな。いや、教え子の親に恵んで貰ってたわけか。ハハハッ、こりゃ、愉快だ」

先生は頭を掻きながら大声で笑った。

雨が止《や》んでからも、しばらく雨漏りは続いた。英雄は雨漏り受けの容器が雨水で一杯になると、水を捨てるのを手伝《てつだ》った。

「もう大丈夫だろう」

先生はそう言って、奥の部屋から障子戸《しょうじど》を担いで来て、英雄の居る部屋の敷居に嵌《は》め込み、また奥へと戻っていった。

「これが濡《ぬ》れちゃ、かなわんからな。私の唯一《ゆいいつ》の財産だからな……」

奥から先生の声がした。英雄が部屋を覗《のぞ》くと、丁度、先生が雨戸を開けているところだった。部屋の光景に英雄は目を瞠《みは》った。雨上りの陽差しが差し込む部屋の中には、山のように本が積んであった。

「高木、こっちへ来い。この部屋はあまり雨が漏らないんだ」

英雄は部屋に入ると、ぐるりと四方を見回した。天井に届くほど本が積んである。

「この本、先生は全部、読んだんですか？」

英雄が目を丸くして訊《き》くと、

「全部は読んでいない。ほとんどは読んだが、一回や二回じゃ、理解できない本が多いんだ。これでも少なくなったほうだ。酒代に困ると、少しずつ売ってしまったからな」

先生は残念そうな顔をして本を眺めていた。

「学生時代に何日もアルバイトして、やっと買った本もあるしな……」

「本はそんなに高価なものなんですか」

英雄の家には、絹子が読む俳句や短歌の歌集と百科事典くらいしかなかった。

「うん、しかし本の価値は値段じゃない。中身が大切なんだ。本はたとえると土のようなものかもしれないな」

「土ですか？」

「そう、大地の土だよ。本を読む、私たちが木だ。根っ子で土を懸命に掘り起こして、しっかりと摑《つかま》えるんだ。そうすれば、私たちは最初はちいさな苗木であっても、やがて成長して、大きな木になれるんだ」

英雄には先生の言っている言葉の意味がよく理解できなかった。

「ちょっと見ていいですか？」

「はい、どうぞ」

英雄はすぐかたわらに積まれた本を一冊、手に取った。それは英雄の手の中に入る大きさの本で、色褪《いろあ》せた表紙がいかにも古く、独特の匂《にお》いが漂っていた。頁《ページ》を捲《めく》ると、ところどころに鉛筆で書き込みがしてあった。

「先生、この判子《はんこ》を捺《お》したようなものは何ですか？」

英雄は裏表紙の内頁にあった赤い文字を指して訊いた。

「それは前の持ち主が自分の蔵書印を捺したんだ」

「この本は、前は誰かのものだったんですか？」

「そうだよ。ここにある本のほとんどは古本屋で買ったものだから……。この印だと、おそらく戦前の持ち主だろう。ほら、発行年月日が書いてあるだろう。この本が初めに本屋へ出たのが昭和五年だ」

「昭和五年……」

英雄は他の本も手に取ってみた。どれも皆古い本ばかりで、教科書と違って、文字がびっしりと詰っている。英雄は古い本から漂って来る匂いが、なぜか心地良いものに思えた。

「ところで高木、君は何をしに来たんだ？」

「あっ、忘れてました。実は、御袋《おふくろ》から先生へ荷物を届けるように言われてたんです」

英雄は玄関口へ戻ると荷物をかかえてきた。風呂敷の中身は衣類だった。

「こりゃ、助かるな。丁度、ワイシャツがなくて困ってたんだ。いや、夏の肌着もある。高木、済まないな」

中に絹子からの手紙が入っていた。先生は、その手紙を嬉しそうに読んでいた。

「いいお母さんだな。おまえのことも書いてあるぞ。そうか、高木はあの家の長男なのか。皆の期待がかかっとるわけだ。高木、そっちの包みをくれ」

もうひとつの包みには酒の入った四合壜が二本と重箱が入っていた。先生は重箱を開けると、黒豆をひとつ摘《つま》んで口の中に放り込んだ。

「美味《うま》い。こりゃ、今日はいい夜になる。高木、乾杯するか。いや、君は未成年だったな……」

「酒は何度か飲んでますから」

「そうか、そうだろな。いや、やはりよそう。教師が生徒に酒をすすめてはまずい。まあ一杯くらいならいいか。酒は顔に出る方か？」

「いや、いくら飲んでも変わりません」

「そ、そうか。そりゃ頼もしいな」

先生は机の上の茶碗《ちゃわん》を英雄に渡し、酒甕の蓋《ふた》を開けた。

「先生、この茶碗、今、雨水を受けていた茶碗でしょう。洗わないんですか？」

英雄は茶碗の底を覗きながら言った。

「飲んでしまえば同じだろう」

「いや、洗って来ます。先生の茶碗も下さい」

「そうか……。早くしてくれよ」

先生は最初の一杯を、喉《のど》の渇いたスポーツ選手が水飲み場へ駆けつけた時のように、喉を鳴らして飲み干した。

「これは鯛《たい》の刺身じゃないか。いや、ひさしぶりだな。こんなご馳走《ちそう》は……」

先生は料理を口にする度に吐息をついていた。英雄は机の隅に立てかけてある写真立てを見た。つい先日、海辺で逢った女性と先生が仲睦《なかむつま》じそうに写っていた。

「亜紀子さんだ。美人だろ。最高の女性なんだ」

「見ていいですか？」

先生が笑って頷《うなず》いた。その写真の横に美しい文字があった。

〝この世で死ぬは安きこと。生きることは哀《かな》しいが、悦《よろこ》びはそこにしかない。亜紀子〟と記してあった。

「亜紀子さんの言葉だ。彼女は私の先生みたいなもんなんだ。高木、一曲歌ってもいいよな」

英雄が拍手をすると、先生は立ち上り、直立不動の姿勢でドイツ民謡を歌いはじめた。真《ま》っ直《す》ぐに一点を見つめて歌う先生の姿が、英雄にはひどくまぶしかった。

へ先生が浜辺の砂に書いた、コスモポリタンと世界市民の文字が目の前に浮かんで揺れていた。……


車窓に浜名湖が見えて来た。

ハンチング帽と隣りの男が相変わらず話をしている。無精髭《ぶしょうひげ》は窓辺に寄りかかって眠っていた。

英雄はまた鞄《かばん》の中から本を取り出して読みはじめた。さっきから同じ頁を何度も読み返していた。車内にアナウンスが流れて、浜松駅に着くことを告げた。

列車が駅のプラットホームに入った。弁当売りたちの影が窓辺を往《ゆ》き来《き》する。少し腹が空《す》いてきた。昼食は静岡駅で列車を乗り換える時に摂《と》るつもりだった。英雄はまた本に目をやって、挟んだ栞《しおり》を裏返した。そこに先生の万年筆の文字があった。

〝山上になお山在り〟と記してある。英雄の好きな言葉だった。

山に登って頂きに立てば、その先には初めて見る更に高い頂きがあると、先生から教わった。ひとつの事を成し遂げると、また次に成すべき事が見えて来る。又吉先生が鳥取の大山《だいせん》に登った時に教えてくれた言葉だった。先生は日本海を見渡しながら、

「見てみたまえ、高木。世界は広いんだ。君が生きて行く場所を日本だけと考えなくともいいんだ。この海を渡れば、ユーラシア大陸だ。その果てにはヨーロッパがある。私たちは志だけは高く持って生きような」

雲海の切れ目に日本海が見えていた。

――あの夏から、もう半年が過ぎた……。

英雄はたった半年前の出来事が、今は遠い昔のことのように思えた。

「いい本を読んでるな」

かたわらで無精髭が言った。英雄は腕組みをして感心している無精髭を見た。

「いい本なんでしょうか、読んでいてわからないことばかりです」

「良書というものは、そういうものだ。すぐに理解できる本はじきに内容を忘れてし

まう。少しずつ読んで行けばいい」

「先生もそうおっしゃってました。これは先生から頂いた本です」

「そうか、それはいい先生にめぐり逢えて良かったな。東京へ行くのか？」

「はい。東京の大学へ行きます」

英雄はそう言って、本を閉じ立ち上った。両手に力を込めてトランクを持ち上げ通路へ出ようとすると、

「東京へ行くんじゃないのか？」

と無精髭が英雄を見上げて訊いた。

「はい、そうですが。静岡で鈍行列車に乗り換えます」

「鈍行へ？　どうしてだ」

無精髭が訝《いぶか》しそうな顔で訊いた。

「富士山を眺めながら東京へ行きたいんです」

英雄が笑って言うと、無精髭が白い歯を見せて頷き、餞別《せんべつ》だ、と椪柑《ポンカン》を包んだ紙を渡し、英雄に右手を差し出した。英雄はその手を握った。骨太の指だった。

「健闘を祈るよ」

「ありがとうございます」

英雄はむかいの客たちに会釈《えしやく》し、デッキにむかった。

静岡駅で急行列車を降りた英雄はプラットホームで次の列車を待ちながら、駅弁を食べた。

東の彼方《かなた》に残雪の富士山が淡く浮かんでいた。

第三章　膨《ふく》らむ街

静岡駅に乗替えの列車が入って来た。英雄はトランクをかかえて列車に乗り込んだ。車輛《しゃりょう》の客はまばらだった。自分はひとりで東京へむかうのだと、あらためて思った。今の自分は、瀬戸内海のあの港町で高木の家にいた自分とは違う人間になった気がした。

——今日から、俺《おれ》はひとりで生きて行くんだ。

そう呟《つぶや》くと、英雄は重い呪縛《じゅばく》から解き放たれたような気持ちになった。両手を開いて掌《てのひら》を見つめた。指を何度となく握りしめては開いてみた。

——この手は俺のためにある。この手で何を摑《つか》んでもいいんだ。

英雄は音がするほど自分の顔を両手で叩《たた》いてみた。頰《ほお》が燃えるように熱くなった。英雄は目を閉じた。春の陽差《ひざ》しが瞼《まぶた》を貫いて眼球の奥まで届いた。きらめく光の粒のひとつひとつが、自分の生命《いのち》の証《あかし》のような気がした。

車輪の音が変わって、車輌が横に揺れた。英雄が目を開くと、列車は鉄橋を渡っている。橋梁《きょうりょう》のグレーの色彩が車窓に流れてゆく。それが消えると眼前に、春の空を断ち切るような薄紫色の稜線《りょうせん》が見えた。英雄は息を飲んで雄大な山稜を見上げた。山は英雄に、

——おい、おまえは何者だ。

とでも言っているかのように、悠然と聳《そび》えている。

「俺は……、俺は」

後の言葉が出なかった。英雄は胸の奥に漠とした不安がひろがって行くのを感じた。この山のむこうで英雄を待つものは、さらに巨大で険しいものに思えた。指先がかすかに震えているのがわかった。膝頭《ひざがしら》を握りしめると、足元までが小刻みに震えた。英雄は指に力を込めて、その震えを止めようとした。

——何を怯《おび》えているんだ？　俺は。

英雄は呟きながら、富士山の頂きを睨《にら》んだ。

英雄は、微《かす》かに震えている膝頭を両手で摑むと、ヨォシと腹から声を絞り出して立ち上った。

通路を大股《おおまた》で歩いて洗面所へ入り、洗面台の蛇口を一杯に捻《ひね》った。勢い良く迸《ほとばし》り出

る水で、頬を叩くようにして洗った。火照《ほて》った肌に冷たい水は心地良かった。

——どうした？　あんな山ひとつに怖《お》じ気《け》づいて、みっともないぞ。

英雄は顔を洗いながら自分に言い聞かせた。

両手で掬《すく》って水を飲むと、腹がちいさな音を立てた。英雄は鏡に映った自分の顔を見た。間の抜けた情けない面《つら》だった。

——おいっ、しっかりしろ。

英雄は鏡の中の顔に呟《つぶや》いた。

列車が停車して、背後で乗り降りする人の気配がした。

席に戻ると、むかいの席に老婆《ろうば》と少女が並んで座っていた。腰を下ろした英雄に、老婆がちいさく会釈《えしやく》した。英雄はぎごちなく会釈を返した。窓際《まどぎわ》に座った少女が、こんにちは、と澄んだ声で挨拶《あいさつ》した。大きな瞳《ひとみ》の少女で、長い睫毛《まつげ》がその目をくっきりと見せている。少女は窓に顔を寄せ、外を流れる風景を見つめた。

——誰かに似ている……。

そう思ったが、それが誰だか英雄には思い出せなかった。

老婆の膝には新聞紙の包みが置かれ、その先から草花が覗《のぞ》いていた。鋸歯《のこぎりば》のような葉の間から藤色の花が顔を出し、艶《つや》のある大きな葉からは十字形の白い花が面《おもて》を傾けるようにしているのが見えた。

英雄はその花を見つめていて、母の絹子が花を活《い》けながら、よく花に言葉をかけていたことを思い出した。

「花がお好きですか？」

老婆が目を細めて英雄に話しかけてきた。

「ええ……、母が花好きなもので」

「そうですか、それはいいお母さんで……」

「その藤色の花は野菊ですか？」

英雄は鋸歯の葉から覗いている花のことを訊《き》いた。

「これは都忘《みやこわす》れです」

「ミヤコワスレ？　綺麗《きれい》な名前ですね」

「ほんにねえ……」

「こっちの花は何ですか？」

英雄は白い十字形の花を指さした。

「山葵《わさび》の花」

少女が英雄を見つめて明るい声で言った。

「ワサビ？」

英雄が問い返すと、

「そうです。あのお刺身につける山葵ですわ。ここらあたりの名産なんです。この茎も食べられます」

と老婆が教えてくれた。

「辛《から》い、辛い」

少女が鼻に皺《しわ》を寄せ、首を横にふりながら戯《おど》けたように言った。

英雄は先刻《さっき》、寝台車で乗り合わせた髭面《ひげづら》の男から、椪柑《ポンカン》を貰《もら》ったのを思い出した。ポケットから包みを取り出して少女に差し出した。少女は包みの中を覗き、老婆の顔を見返した。老婆が笑って頷《うなず》くと、少女は白い歯を見せて、椪柑をひとつ摘《つま》もうとした。

「いいよ。全部あげるよ。俺はもうたくさん食べたから……」

英雄が言うと、少女はまた老婆を見て嬉《うれ》しそうに包みを受け取った。

ありがとう、と彼女は言って椪柑を白い指で摘んで口に放り込んだ。少女は口をすぼめて、美味《おい》しい、と笑った。

「ご馳走《ちそう》さまです」

老婆は英雄に丁寧《ていねい》に頭を下げると、膝元の包みから藤色の花を一輪抜き取り、少女に渡した。少女はにこっと笑って、その花を英雄に差し出した。

「ありがとう」

英雄は礼を言って花を受け取った。

少女は空に鳥でも見つけたのか、微《かす》かに顔を上げるようにして英雄の背後の空を目で追った。

「お兄さんはどこまで行くの？　私は田子浦《たごのうら》まで」

少女が片えくぼを見せて言った。

「東京まで行くんだ」

「東京ってどんなところ？」

「俺も初めてのようなもんだから、よくは知らない。ともかく大きな町だよ」

英雄は目を大きく見開いて言った。

「東京へ行かれますか。それはそれは……、どうぞお身体《からだ》に気をつけて下さいまし」

老婆はまた丁寧に頭を下げた。

ふた駅先で二人は列車を降りた。老婆に手を引かれた少女が、プラットホームで英雄に手をふっていた。

列車は沼津止りだった。英雄は沼津駅で東京行の列車に乗り換えた。

英雄は間近に迫った富士の山裾《やますそ》を見つめていた。一時間前に、静岡駅の方角から見たのとはまるで違う山容になっていた。見慣れてくると、妙に大きいばかりで殺風景な山に思えた。右手の窓からは駿河《するが》湾《わん》に反射した強い陽差しが差し込み、車輛の中を光の帯が揺らめいていた。

英雄は窓辺に置いた都忘れの花に目をやった。春の陽差しを受けて花はまぶしいほどに色鮮《あざや》かだった。花を見ているうちに、先刻の少女の片えくぼを浮かべた笑顔が、北条美智子《ほうじょうみちこ》の愛らしいえくぼと重なった。

——そうか、あの子は美智子に似ていたんだ。……美智子はどうしているだろうか？

美智子は中学校を卒業すると同時に上京して行った。明る過ぎるほど快活で、大人の世界にも平気で入って行く大胆な少女だった。英雄は、美智子と過ごした一年余りの日々を思い出していた。

美智子からの手紙はいつも忘れた頃《ころ》に届いた。この二月に東京へ受験に行った時、英雄は美智子に連絡を取ることができなかった。そのことを怒っている美智子からの手紙が、先月、家に届いたばかりだった。

英雄君。この裏切り者め。東京まで来て、よくも私に逢《あ》いに来なかったわね。
この償《つぐな》いはたっぷりしてもらうわよ。
大学合格おめでとう。英雄君と私の新しい展開がはじまる春を楽しみにしてるわ。
必ず連絡してね。　　　　　　　　美智子

相変わらずの文面だった。美智子の手紙を読むと、彼女は三年前と少しも変わっていなかった。英雄が進学するのに東京の大学を選んだのは、美智子に逢いたいからでもあった。初めて美智子に逢った時、彼女の口から聞いた東京言葉と、甘い香りのする髪の匂《にお》いが忘れられなかった。

父の斉次郎《さいじろう》は、英雄を自分の目の届く中国地方か、せめて九州の大学へ進ませることを望んでいた。だが、英雄は早くから東京へ行こうと決めていた。進学クラスの半分以上の生徒は、地元か九州、四国の大学へ進んだ。遠くて関西だった。英雄も、又《また》吉加文《よしますふみ》先生と亜紀子《あきこ》夫人が卒業した関西の大学へ進学しようかと迷ったこともあったが、やはり東京へ行くことにした。勿論《もちろん》、美智子に逢いたいこともあったが、大学へ行くのなら東京がいいと言った絹子の言葉に影響を受けていた。

「東京は日本の首都ですもの。一番大きな町ですから、大きな夢を叶《かな》えるなら東京へ行くべきだと思うわ」

絹子の話し方は、自分も東京へ行きたいと言っているように、英雄には聞こえた。

遠くの町へ息子を出すことに反対していた斉次郎に、

「一流の人間になるためには、一流の人たちが勉強している場所へ行かせた方がいいと思います」

と説得してくれたのも絹子だった。

大学のことで、英雄と絹子には、斉次郎に打ち明けていない秘密があった。それは専攻のことだった。高木の家をいずれ継ぐのだから、当然経済の勉強をするものだと斉次郎は思い込んでいる節があったが、英雄は斉次郎に内緒で文学部を受験し、合格していた。経済学部にも合格していたので、どちらへ進むべきかを英雄は加文《かもん》先生に相談に行った。加文先生が文学部の哲学科を卒業していたこともあって、英雄は文学部へ進みたかった。

「うーん。なかなか難しい問題ですね。高木は家の跡を継ぐ立場だからな……。うーん」

加文先生は書棚の前に座り込み、腕組みして唸《うな》った。するとかたわらで、養護学校の生徒たちが催す絵画展の絵を選んでいた亜紀子夫人が口を挟んだ。

「お金儲《もう》けの勉強をするために大学はあるんじゃありません。大学は人間を作るためにあるのです。加文が、そこで腕組みをしてどうするんですか？」

亜紀子夫人は加文先生の顔を見ずに歌うように言うと、また、子供たちの絵を眺めた。

「うん、この絵はいいなあ。真《ま》っ直《す》ぐに目の前を見ている。どうして大人になると、物事が見えなくなるのでしょう」

加文先生は亜紀子夫人の方をちらりと見て、

「それは理想論を言えば、そうだが……。高木の家の事情は、私もよく知っているしな。教師の立場としては……」

とロごもりながら言うと、

「教師が理想を捨てたら、誰が、この国で理想を抱いて生きて行くのですか？　京都の拘置所《こうちしょ》の、あの絶望のどん底で、新しい日本を作るためにもう一度生きようと宣言されたのは、どこのどなたでしょうか？」

先生と夫人は京都の大学時代に学生運動に参加し、何度も逮捕され拘留《こうりゅう》されていた。

ウォッホン、と加文先生は大きな咳《せき》をひとつした。

「高木、君が文学部へ進みたいのなら、私からご両親にお願いしてみよう。経済の勉強もたしかに大切だが、もっと大事なのは君が、君自身が何たるかを学ぶことだ」

その言葉を聞くと、亜紀子夫人は加文先生の方を嬉しそうに振りむいて手を叩いた。

「いや、本当に子供たちの絵を見ていると、拍手を送りたくなります。私も、この子たちに負けないように志を高く持たなくてはいけないわね。加文、そうですよね」

加文先生は腕組みをしたまま亜紀子夫人に相槌《あいづち》を打ち、また大きく咳をした。

翌日、加文先生の家へ相談に出かけた絹子が、先生の話を聞いて、

「私も先生とまったく同じ考えです。何よりも英雄が人間として成長してくれることが、私どもの願いです」

と言った時、亜紀子夫人がまた拍手をしていたと、英雄は後で絹子から聞かされた。

斉次郎は、英雄が文学部へ行くと知ったら、どんなに怒り出すだろうかと想像した。

「ともかくお父さんには内緒にしておきましょう。又吉先生は、後で経済学部の編入試験を受けることもできるとおっしゃっていたし」

絹子は平然と言った……。

富士山は少しずつ背後へ遠去かって行った。

列車が伊豆山中に入り、トンネルをふたつ抜けると、富士山は消え失《う》せ、右手に白波の立つ相模《さがみ》湾が見えて来た。

間もなく熱海《あたみ》駅に着く、とアナウンスが告げた。英雄は右側の座席に移り、窓を開けた。海の香りがかすかにした。ちいさな湾が見下ろせた。春の海が光っている。沖合いは霞《かす》んで水平線はおぼろであった。

熱海の町は、狭い崖《がけ》のような土地に建物が寄り添うようにして建っていた。列車がホームに入ると、英雄は元気のいい弁当売りの女から茶を買った。陶器の急須《きゅうす》に入った茶を飲むのは初めてだった。熱い茶が喉元《のどもと》を過ぎ、腹の中が温まって来た。

列車は熱海を出て、山沿いの線路を走った。程なく学校が見えた。古びたちいさな校舎だった。小学校だろうか。春休みのせいか、校庭には人影がなく桜の木だけが満開の花を咲かせていた。その校舎を過ぎると、更に大きな校舎があらわれた。グラウンドでは白いユニホームを着た野球部員が白球を追っている。英雄は首を伸ばして選手たちを見た。硬式ボール特有の乾いた打球音が耳に届いた。グラウンド脇《わき》の草叢《くさむら》で、ひとりボールを探している選手の姿が見えた。ユニホームの着方からすると、今春入部した新人選手のようだった。あの選手もこれからレギュラーを目指して頑張るのだろう。自分がそうであったように、甲子園《こうしえん》大会へ出場することを夢見て、毎日練習を積んでいるのだと思った。

英雄には、グラウンドで汗まみれになっていた高校の三年間が、遠い日のことのように感じられた。

英雄は膝の上に置いた両手をゆっくりと開いた。指の付け根には、毎日のバッティングの練習でできた胼胝《たこ》の跡が白く浮き上っていた。英雄は左手の指先で右掌《みぎて》の胼胝にそっと触れてみた。ざらっとした感触がして、そこだけがまだ固かった。胼胝が大きくなり過ぎて、剃刀《かみそり》の刃で削《けず》ったことが何度もあった。人さし指の先端にもボールを投げ続けた証《あかし》の胼胝が残っていた。

——いつかこの胼胝も消えてしまうのだろうな……。

英雄は胸の奥で呟《つぶや》いた。

去年の秋、高校の野球生活が終った時、英雄は野球部のOBから大学の野球部へ入部しないかと誘われた。英雄は野球を続けるつもりはなかった。それは中学の野球部で、筧浩一郎《かけいこういちろう》の投球を目《ま》の当たりにして、自分の力倆《りきりょう》を悟ったからだった。浩一郎には、英雄にはない持って生まれた野球の才能が備っていた。野球は浩一郎が続ければいいと思った。その浩一郎から毎年届いていた年賀状が、今年は来なかった。英雄は浩一郎への年賀状に東京へ行くことを書いたのだが、その返事はなかった。

——東京へ着いたら、浩一郎に逢いに行こう。

英雄は浩一郎が話してくれた神宮球場で、彼が活躍する姿を見てみたいと思った。

すでに春の陽は傾きはじめていた。東京に近づくにつれ、乗客が少しずつ増えて行った。通過する駅の周辺の建物が大きくなり、聞こえて来る会話にもどことなく都会の匂いがした。

大磯《おおいそ》から二人の若い女性が乗り込んで来て、英雄の前に座った。二人はそれぞれ、オレンジ色とブルーのコートを着ていた。どちらも鮮かな色だった。窓際《まどぎわ》の女性はコートと同色のブルーの帽子を被《かぶ》っている。こんな派手な色の帽子とコートを身につけている女性は、英雄の町にはいなかった。

ママからそう言われて、パパが怒り出したの。まあ大変だったわね。そうなのよ。そのことをオジサマは知っていらして……。

英雄がこれまで耳にしたことのない女たちの会話だった。

二人は口元に手を当てて笑っていた。田舎《いなか》の女たちは皆、大きく口を開けて笑うのだが、都会の女は違うのだと思った。

窓際に座った女が、窓の桟に置いてある花を見つけて、あらっ、都忘れね、と甲高い声で言った。そうね、都忘れだわ、と隣りの女が答えた。二人が英雄の顔と花を交互に見較《みくら》べて、耳元で何事かを囁《ささや》き合った。もう一度上目遣《うわめづか》いで英雄を見上げると、二人は吹き出し笑いをした。

——失礼な女たちだ。

英雄は花を手にすると、一瞬躊躇《ためら》いながらも都忘れを窓の外に投げ棄《す》てた。女たちは英雄を見て、ひそひそと声をかけ合い、他の席に移って行った。英雄は花の消えた窓の桟を見つめた。今しがた自分のしたことを花が好きだった絹子が見ていたら、情けなく思ったに違いない。自分でもどうして花を投げ棄てたのか、よくわからなかった。英雄は熱海の駅で弁当売りの女を見て、新開地に住んでいた民子と彼女の赤児《あかご》のことを思い出し、憂鬱《ゆううつ》な気分になっていたところだった。

——あれでよかったのだろうか？　俺は自分が可愛《かわい》くて、逃げ出したんじゃないんだろうか……。

英雄は、赤児のために夜の商売をやめ、駅で弁当売りをはじめていた民子の姿と、あの夏の、霧がかかったような出来事を思い返していた。……

二年前の八月。——

日曜日の夕暮れ、野球の練習試合が終った後、英雄は絹子に頼まれた包みを手に、高木の家を出た。途中、魚屋に寄って風呂敷《ふろしき》に包んだ小桶《こおけ》を受け取り、加文先生の下宿へむかった。

初めて加文先生を訪ねてから、その日が四度目の訪問だった。

表から大声で何度呼んでも返事がないのは、これまでと同じだった。勝手に家の中に入り、また大声を出して先生の名を呼んだが、返事は返って来なかった。

——また酒を飲み過ぎて倒れてるのか？

開け放った障子戸《しょうじど》から奥の部屋を覗《のぞ》いて見たが、人のいる気配はなかった。その時、裏の方で人声がした。裏手に回ると草が伸び放題になった庭の奥に、しゃがみ込んでいる人影が見えた。

「こらっ、静かにせんか……」

先生が草叢《くさむら》にむかって声を上げている。誰と話しているのかと、近づいて背後から覗くと、先生の足元に大きな蝦蟇《がま》が一匹、口をへの字にして目を剝《む》いていた。

「こりゃ、大きなガマじゃ」

英雄が言うと、ヒャーッと先生は声を上げ、振りむきざまに尻餅《しりもち》をついた。

「た、高木か。き、急に声をかけるな。びっくりするじゃないか」

先生は胸に手を当てて、吐息《といき》をついた。

「す、すみません。さっきから何度も声をかけてたんですが……」

「そうか……。あっ、待て、こらっ、逃げるな」

奥の草叢に逃げようとする蝦蟇を先生が棒切れで突いた。英雄は草叢に入り込むと、蝦蟇を両手で摑《つか》んで、先生に差し出した。先生は少し後ずさってから、英雄の顔を見て、大丈夫かと訊《き》いた。英雄が笑って頷《うなず》くと、先生は蝦蟇を両手で摑み、白い歯を見せて、蝦蟇に鼻面《はなづら》をつけるようにして睨《にら》み合った。

「〝朋《とも》あり、遠方より来たる。亦《また》、楽しからずや〟だな……」

と嬉しそうに言って、家の方に歩き出した。

蝦蟇は水を抜いた五右衛門《ごえもん》風呂の中に入れた。初めのうち蝦蟇は釜《かま》の中から逃げ出そうとしていたが、すぐに観念したように目を閉じて動かなくなった。

「あきらめましたね。岩屋の中の山椒魚《さんしょううお》ですね」

英雄が笑って、以前借りた井伏鱒二《いぶせますじ》の本からの受け売りを言うと、

「おう、まさにそうですね。読みましたか？　いよいよ出られないというならば、ガ

マにも相当な考えはあるんだ」

「あの短編は、どういう意味なんですかね？」

英雄が尋《たず》ねると、

「ユーモアですよ。ヒューマン、つまり生きものはすべからくユーモアを持って生きていることを言ってるのでしょう」

先生は蝦蟇に手をふりながら言った。

英雄は絹子から頼まれた包みを手渡した。先生は頬を緩《ゆる》めて包みを解き、台所から酒壜《さかびん》を取って来て脇に置いた。

英雄が次に借りる本を書棚から物色していると、先生は小桶に盛られたアブラメの刺身で一杯やりはじめた。

「高木、今日の試合はどうだった？」

「一試合目が三対零《れい》で負けて、二試合目は九対五で勝ちました」

「そうか、我が校の野球部は強いんだな」

「いや、二試合目は相手が控えの選手を出したんです。むこうは去年、甲子園に出てますから、歯が立ちません」

「でも勝ったんだろう。高木は大きいのを打ったのか？」

「大きいのって何ですか？」

「ほれっ、ホー、ホー何とかだ」

「ああ、ホームランですか？　打てませんでした」

「そうか……。ところでこの煮物は美味《うま》いな。高木は幸せだな、毎日こんなもので一杯やれるんだから……」

「俺はまだ未成年ですから、一杯はやりません。……この二冊、借りていっていいですか？」

「おう、かまわんぞ。さて先週の本は何だったかな。おうっ、魯迅《ろじん》を読みましたか」

「さっぱりわかりませんでした」

「じゃ少し話しましょう」

先生は英雄が読んだ『阿Q正伝《あきゅうせいでん》』について、自分が読んだ時の感想をもとに話をしてくれた。先生の話を聞くと、本の中にそんな段《くだ》りがあったのかと英雄は首を傾《かし》げてしまう。先生は同じ本を何年かして読み返していた。それが先生の読書法だった。

「すぐに理解ができなくてもいいんです。少しずつわかればいい。人間と同じです。すぐには何でもできないいんです。少しずつ成長すればいい。その方が大きな木になれます」

先生の顔が赤くなり、上機嫌になりはじめたので、英雄は引き揚げることにした。

先週、先生は新町《しんまち》の飲み屋へ一緒に行こうと英雄を執拗《しつよう》に誘った。高校生だから一緒には行けないと断っても、手を握って離さなかった。英雄は先生を飲み屋まで送る破目《はめ》になった。そのことを家に戻って絹子に話すと、おひとりだから淋《さび》しいんですよ、と笑っていた。

「じゃ、先生、帰ります」

英雄が立ち上ると、

「もう帰るのか？　もう少し居たまえ」

先生は英雄のズボンを摑もうとした。英雄は素早く後ずさって、

「今夜は蝦蟇と飲んで下さい。俺、これから水天宮《すいてんぐう》の祭りの準備を手伝《てつだ》いに行かんといけませんから」

「祭りか、私は祭りは大好きだ。一緒に行こう」

「だから祭りじゃなくて、その準備です」

英雄は頭を下げて、土間へ降りると、急いで下駄《げた》を突っかけ、外へ駆け出した。

古町《ふるまち》の通りを一気に走り抜け、曙橋《あけぼのばし》の袂《たもと》に着くと隆《たかし》が待っていた。

「待たせるねえ。高木の坊ちゃん」

「悪い、悪い、……でも坊ちゃんはないだろう」

英雄は隆の頭を小突《こづ》いた。隆が英雄の腹に拳《こぶし》を返した。

「さあ腹が減った、行こうや」

二人は新開地《しんかいち》の民子の店へむかって歩き出した。加文先生に祭りの準備へ行くと言ったのは嘘《うそ》で、隆と民子の店でお好み焼きを食べた後、新湊《しんみなと》劇場の最終回の映画を観《み》る約束をしていたのだ。

民子の店へ入ろうとすると、中から怒鳴り声が聞こえて来た。

何を言うてやがる。人をなめるのもいい加減にしろ。私が遊廓《ゆうかく》の出じゃからって金を絞り上げようとしたんか。民子の声だった。男の低い声が続いた。何をもういっぺん言うてみい、黙って聞いとりゃ、その言い種《いぐさ》はなんじゃ。おまえのような女はなへ……。男の怒鳴り声に続いて、物が割れる音がした。

その時、民子の、畜生《ちくしょう》、殺してやる、という声が聞こえた。英雄は店の中へ飛び込んだ。民子が庖丁《ほうちょう》を手に男を睨みつけていた。数年前から民子と同居している男だった。

「やめろ民さん」

英雄が大声で言ったが、民子には聞こえない。男は身を躱《かわ》して民子の庖丁を持った腕を取ると、横っ面を殴りつけた。民子が厨房《ちゅうぼう》へ吹っ飛んだ。男は倒れた民子を蹴《け》り上げた。あばずれが一丁前《いっちょうまえ》の口をききやがって。民子を蹴る鈍い音がした。

「やめないか。この野郎」

英雄は厨房に飛び込むと、男に体当たりして民子との間に立ちはだかった。

「小僧、余計なことをするな」

「うるさい。おまえこそ民さんに何てことをしやがる」

「こいつは俺の女だ。引っ込んでろ」

男が威嚇《いかく》するように英雄を睨んだ。

「私はあんたの女なんかじゃない」

民子が泣きながら叫んだ。

「お、おい、民さんが言ってるだろう。で、出て行け」

背後から隆の声がした。隆は拾った庖丁を男にむけて構えている。男は隆と英雄を交互にゆっくりと睨むと、舌打ちをして店を飛び出して行った。

民子が大声で泣きはじめた。厨房の中に落ちていた徳利を地面に叩《たた》きつけ、土を掻《か》きむしるようにして嗚咽《おえつ》を上げた。

英雄と隆は顔を見合わせた。隆はまだ庖丁を手にしたまま及び腰で立っている。

英雄は民子の嗚咽がおさまるのを待って、身体を起こしてやろうとした。その手を民子が払いのけた。民子は放心したように土間にしゃがみ込んでいた。隆はまだ庖丁を持っている。

「何をしてんだ、おまえ、もういいんだよ」

英雄が声をかけると、隆が唇を嚙《か》みながら首を横にふった。英雄は隆の手から庖丁を奪い取って、洗い場に置いた。隆がへたり込んだ。

「ごめんね。みっともないとこ見せちゃって、英ちゃん。……助けてくれてありがとう」

民子はそう言うと、また泣きはじめた。

「いいさ、大丈夫かい」

英雄が訊《き》くと、民子は両手で顔を覆《おお》い、喉《のど》の奥から絞り出すような声で、私、もう死んでしまいたい、と泣きつづけた。

おい、英ちゃん、隆が小声で呼んだ。隆は目くばせして引き揚げようと合図した。英雄は首を横にふり、土間に落ちた徳利や皿を拾いはじめた。隆も不服そうな顔をしながら散らばった箸《はし》を集め出した。

民子は気持ちがおさまると、顔を洗って戻って来て、笑顔を作って言った。

「さあ、今夜は私がご馳走《ちそう》するわ。どんどん食べてって」

民子は表の灯《あか》りを消し、木戸を閉めてカウンターの中に入ると、肉を切りはじめた。英雄と隆は民子の前に座った。二人は顔を見合せた。隆がジュースを飲んでもいいかと訊くと、民子はビールを出して来た。二人は顔を見合せた。民子は二人のグラスに笑ってビールを注《つ》ぎ、自分のグラスにも勢い良く注いだ。隆はもう口元をゆるめている。民子は店にある肉や野菜をすべて鉄板の上にぶちまけた。ビールを飲み干すと、日本酒を手酌《てじゃく》で飲みはじめた。

「こんなにいいのかの？」

隆が鉄板を見て心配そうに尋ねた。

「じゃんじゃん食べて飲んで。こんな店もうどうだっていいんだから……。それにしても暑いわね」

民子はそう言うと、シャツのボタンを二つばかり外した。下着が覗いて、豊かな乳房がこぼれ出しそうだった。民子はカウンターから出て、英雄と隆の間に椅子《いす》を入れて座った。

「色男二人にはさまれちゃったわね」

民子は隆の頬にいきなりキスをした。隆が相好を崩して民子の胸元を覗いた。

英雄からも民子の乳房の膨《ふく》らみが見えた。英雄は唾《つば》を飲み込んだ。見てはいけないものを目にしている気がした。民子はいつもと違って早くに酔っ払った。

「いや、もう腹一杯だ。こんなにご馳走になっちゃったからな……。隆、持ってる金は全部置いて行こうや」

英雄が隆を促《うなが》した。

「まだ帰らないでよ。今夜はつき合ってよ」

民子は隆の首に手を回した。隆は腕時計に目をやった。

「英ちゃん、もう映画はとっくにはじまってるぞ。またにしよう」

民子が勢い良く注ぐ日本酒をこぼさぬように、隆はグラスを両手で持ち上げた。

「ねぇ、奥に行って皆で飲みましょう」

隆は酒壜を手に奥の座敷へ上った。民子がウィスキーの壜を持ち、戸惑いながら立っている英雄を手招いた。

小一時間、奥で三人は酒を飲んだ。民子は笑いながら隆の顔に触《さわ》った。隆も民子の胸や尻を撫《な》でていた。時折、民子は英雄の手に触れたり胸を撫でたりした。民子の胸元を見ていると、英雄は身体《からだ》が熱くなった。

英雄は立ち上り、店の裏手に回ると、入江にむかって小便をした。ウィスキーを飲んだせいか、紡績工場の灯りや桟橋の影がぐるぐると回っている。隆がやって来て、隣りで小便をしはじめた。

「英ちゃん、民子が抱いてくれと言うとる」

英雄は隆を見返した。隆の顔も揺れている。

「俺が先に抱くからな。英ちゃんにも抱いて欲しい言うとるし……」

隆の言葉が遠くの方から聞こえた。

英ちゃん、逃げるのはなしじゃぞ。先に俺が抱くからな、と言って隆は英雄の尻を叩いた。英雄は目の前で揺れている港の灯りを見ながら頷いた。

裏手に立っていると、家の中から民子の泣くような声が聞こえて来た。その声を聞いているうちに、英雄は目の前で揺れている風景が少しずつはっきりと見えるようになって来た。足音がして、シャツの前をだらしなく開けた隆がズボンのベルトを締めながらやって来た。

「ほれっ、英ちゃん。早く来てくれと民子が言うとる。喜んどるぞ、あいつ。わしはここで待っとるから」

隆が英雄の背中を突いた。

「どうしたんじゃ、怖いか。またこの前の正月の時と同じかよ？　意気地《いくじ》がないの」

隆は去年の正月に二人して旧遊廓の店へ行き、英雄が相手の女のすることに驚いて、階段から転げ落ちた時のことをからかった。

「馬鹿《ばか》を言え。何が怖いもんか」

英雄は隆を押しのけるようにして店の中に入って行った。

部屋の灯りは薄暗くなっていた。卓袱台《ちゃぶだい》が壁側に押しやられ、脱ぎ捨てた衣服の脇《わき》に全裸の民子が英雄を見上げて待っていた。英雄はシャツを脱いで民子の身体の上に覆《おお》いかぶさった……。

民子の店からの帰り、英雄は隆に釘《くぎ》をさした。

「このことは絶対誰にも喋《しゃべ》るなよ。隆」

隆は笑って英雄の肩を叩いた。

年が明けて、英雄は民子に子供ができたという噂《うわさ》を高木の家の若衆から聞いた。

節分の夜に、高木の家の東の棟にある広間で、宴会が開かれた。英雄は家を留守にしている父の斉次郎に代って、上座に座り食事を摂《と》った。いつものように宴が闌《たけなわ》になり、歌が出て踊りがはじまると、絹子と弟の正雄は母屋に引き揚げて行った。

宴が終ろうとする頃、

「新開地の民子がガキを産むらしい。そのガキの親父《おやじ》は誰かって評判だが、案外とこの中にいるんじゃねぇか？」

若衆の時雄が、大声で言った。

そりゃ、時雄、おまえの子じゃないのか、という声が上った。

「馬鹿野郎、俺があんな女を抱くか。俺の種がもったいないってよ」

時雄は小馬鹿にしたように言った。

逃げた男のガキじゃないのか、と男衆が言うと、それじゃ、とんだドジをしたんだね。昔は遊廓に居たんだろう、と女衆が言って笑った。

「遊廓だって……、ちんけな店の立ちん坊の女だったのよ。気が強えばっかりでな」

時雄が吐き棄《す》てるように言った。

「時雄、いい加減にしねぇか」

野太い声がして、江州《ごうしゅう》が広間の入口に立って時雄を睨んでいた。

「おうっ、何だよ。そんな言い種はないだろう。あんな女を庇《かば》うのか。噂じゃ、男が逃げっちまってから店に来る客を奥で取ってたって話だぜ。どうせ爺《じじ》い相手だろうがな……。きっとそこらあたりの老いぼれの種をつけて、金をふんだくろうって魂胆だろうって」

酔っ払った時雄は江州の姿を見ても良い気になって捲《まく》し立てた。皆がゆっくりと歩いてくる江州を見ていた。時雄もその視線に気づいて後ろを振りむいた。時雄の真後ろに来た江州がいきなりその横っ面《つら》を殴りつけた。時雄が顔から床板にのめり込んだ。その背中を江州は鷲摑《わしづか》みにして宙に持ち上げると、胸倉を取った。

「民子は高木の身内も同然だ。昔、ここにいたリンという男が可愛《かわい》がっていた女だ。リンには手前も青二才の時に世話になったはずだ。たかだか十年前の恩を忘れたか。民子の腹の中の子の親は俺だ。文句があるなら、その文句の数だけ手前《てめえ》の身体を切り刻んでやろうか。二度と民子のことでおかしなことを口にしたら、俺が許しちゃおかねぇ」

胸倉を絞め上げられた時雄が苦しそうな顔をして頷《うなず》いた。江州が手を離すと、鈍い音を立てて時雄が床に崩れ落ちた。

「皆の衆も同じだ。あいつは身内だってことを忘れてくれるな」

女衆が息を飲んでいる中を江州は黙って外へ出て行った。

時雄は起き上って、目の前の膳《ぜん》を蹴り上げると、ふらふらと広間から消えて行った。

女衆の囁《ささや》きがひろがった。

江州さんの子のわけがないよね。あの人は原爆に遭《あ》って種なしになったって話だもの。リンさんって誰のこと？ それにしたって、あの怒りようは普通じゃないわよね……。

英雄は女衆を睨《にら》みつけ、外に出た。

部屋へ戻ると、英雄は寝転《ねころ》がったまま天井を見上げて、今しがたの江州の形相《ぎょうそう》を思い返していた。

――リンが可愛がっていた女だ。

リンさんは、英雄が子供の時に可愛がってもらった高木の男衆だった。酔っ払って新湊劇場の桟敷《さじき》席から落ちて死んだ酒好きの男だった。民子がリンさんの恋人だったことを英雄は初めて知った。そう言えばリンさんの納骨の法要には、高木家以外では民子ひとりだけが参列していた。

去年の夏、民子を抱いた時のことが思い出された。あの夜の民子はまるで別人のようだった。英雄の身体に両足を巻きつけ声を上げていた。民子はどこかがおかしくなっていたのだろうか。民子に悪いことをしてしまった、と英雄は思った……。

英雄は民子のお腹《なか》の中の子が自分の子供ではないかと疑ぐった。

「まさか？」

英雄は起き上って、窓から外を見た。月明かりに揺れる八つ手の葉が、人の手のように動いている。

翌日、英雄は学校の図書館へ行き、妊娠について調べた。もしあの夜できた子供なら、五月に赤児が生まれるはずだった。

数日後、英雄が母屋《おもや》へ行くと、縁側で絹子が縫《ぬ》い物《もの》をしていた。英雄を見つけた絹子が、

「英さん、明日からの遠征に持っていく下着が居間に出してありますから。南といっても鹿児島は寒くなるから、厚着をして休んで下さいよ」

と声をかけ、白い布を目の前でひろげた。

正雄が学生服の上着を肩にかけてあらわれた。

「兄ちゃん、今日は練習は休みか？」

「ああ、明日から鹿児島へ遠征試合へ行くんでな。おまえはこれから練習か？」

「うん、新しい監督が練習好きでな。日曜日くらいは休ませてくれてもええのにな」

正雄がうんざりした顔をした。

「正雄、ユニホームが破れてるなら早く言わなきゃ駄目でしょう。洗ったらまた裂けたって小夜《さよ》が怒ってたわよ」

絹子が手元から目を離さずに言った。

「別にてもかまわん。ユニホームがサッカーするわけじゃない」

「何を言ってるの。みっともないでしょうが」

絹子が怒ったような表情をした。

誰にみっともないのかと、正雄は英雄に舌先を出して笑った。正雄は絹子の手元を覗《のぞ》き込んで訊いた。

「お母《か》やん、何を縫っとるんじゃ？」

「腹帯《はらおび》よ。それにおむつ」

「おむつって、お母やん、赤ん坊ができるのか？」

正雄が目を丸くして言うと、絹子は呆《あき》れたように首を横にふり、口先を押えて笑い出した。

「これは新開地の民子さんのお腹の赤ん坊がするんです」

正雄が絹子の脇に置いてあったおむつを手にしてひろげた。

「こんなもんを赤ん坊はするのか？」

「何を言ってるの。あんたたちも昨日までそれをつけて、マンマ、マンマと言ってたんじゃない」

絹子が赤児《あかご》の口真似《くちまね》をした。

「民子さんの赤ん坊はいつ生まれるの？」

英雄はさり気なく訊いた。

「五月の中旬って言ってたわね。でも初産《ういざん》は大変だから、少し遅くなるかもわからないわね。早く遊びたい子はすぐに出て来るし、のんびり屋さんはゆっくりだし……。あなたはゆっくりだったわ」

絹子が笑って英雄を見上げた。

「そう言えば英さん。加文先生、ご結婚なさったのね。一昨日《おととい》の昼間、奥さんが挨拶《あいさつ》に見えたわ。いい奥さんね。養護学校の先生をなさるんですって。あんなふうに世の中の役に立つ仕事をする人はこころが綺麗《きれい》なのね。それに短歌を作られるんですって、何か結婚のお祝いを差し上げなくちゃね……。さて、でき上ったわ。あなた、これを民子さんに届けに行ってくれる」

絹子の言葉に、

「い、いや、俺は用事があるから……」

英雄はあわてて東の棟に戻って行った。

夕刻、英雄は江州が東の棟に戻って来るのを待って、一緒に銭湯へ行った。

江州が肌着を脱ぐと背中一面に刺青《いれずみ》があらわれた。般若《はんにゃ》の面に牡丹《ぼたん》の花が彫《ほ》ってある。その刺青の左肩から脇にかけて大きな痣《あざ》があるのは、広島の原爆で受けた火傷《やけど》の跡だという。以前は東の衆も夏場は平気で上半身裸になって仕事をしていたが、この頃は近所の人の目をはばかって、皆人前では肌着を脱がなくなっていた。

「背中を流そうか、江州さん」

英雄が言うと、江州は手で制して、

「英さん、そんなことして貰《もら》ったら罰が当たります。俺が流しましょう」

と英雄の両肩を摑《つか》んだ。英雄は笑って後ずさった。

「嫌だよ。俺に背中を流させてくれたらいいけど」

江州は頭を掻《か》きながら、

「じゃ英さん、源造さんには内緒ってことで」

と照れたように言って洗い台に座った。江州は目を閉じて、黙って背中をむけた。洗い終えて英雄は江州の背中に湯をかけた。

「いや、気持ちが良かった。俺は幸せ者です」

丁寧に頭を下げて立ち上ると、今度は入れ替りに英雄を座らせて背中を洗いはじめた。

「大きくなられましたね。このぶんじゃ、学校では一番でしょう」

「もっと大きな生徒もいるよ。そう言えば江州さん、民子さんのこと……」

英雄が言いかけると、

「この間の夜はつまらないところを見せてすみませんでした。俺も大人げないですね……」

と江州が苦笑《にがわら》いをしながら言った。

「そんなことはないよ。俺も時雄さんの言い方は良くないと思ったもの。それに民子さんはいい人だし」

「そうですか。ありがとうございます。民子はあれで身持ちの固い女なんです。あの藤本って男が言い寄った時もなかなかこころを許さなかった。あんな男を紹介した俺が悪かったんです。それを時雄の奴《やつ》は、……困ったもんです。根っから悪い奴じゃないんですが、あいつは世間の浮かれ話に乗っちまうんです。それだけまだガキなんです。俺もあいつも、御袋の腹で育てて貰って生まれて来たんですから、お腹に子供がいる女を悪く言っちゃいけませんやね」

英雄は江州の言葉に頷きながら、

「本当に江州さんが父親なの？」

と訊いた。英雄の背中で江州の手が止まった。英雄が振りむくと、

「俺が父親じゃ、やっぱり似合いませんか？」

江州は笑いながら、英雄の顔をまじまじと見た。英雄は首を横にふった。

「本当を言うと昨晩《ゆうべ》民子に聞いたんです。藤本の子供なら、野郎を呼び出して、それなりのことをさせようと思いましてね。どうも違うようだが、本当のことは笑って言いません。でも生まれて来る子供のために、民子はあの店を畳んで、昼間働きはじめました。赤ん坊が生まれるのが楽しみでしょうがないと言ってました。それでいいんじゃないんですかね」

江州が英雄の背中に湯をかけた。その湯が英雄には熱く感じられた。よほど去年の夏の話をしてみようかと英雄は思ったが、話すことができなかった。

その夜、英雄は隆に逢《あ》いに、新湊劇場へ行った。隆は映写室にいた。

「おい、ちょっと話があるから、終ったら裏口のところで待っとるから」

「何じゃ？　ここで話せよ」

「いや、ここじゃ話せん。後でな」

「わかった。お、おい。この次のシーンを見とけ。左側に出て来る女の乳がもろに透けて見えるぞ。ほ、ほれっ、あの女じゃ」

隆が覗き窓を指さした。英雄は隆を見ていて呆《あき》れてしまった。

——こいつは何も心配してないのか。

夜の十時を過ぎて、隆が裏口から出て来た。

「角満《かどまん》食堂でうどんでも食べるか」

「いや、腹は空《す》いとらん。ちょっと歩こう」

「何じゃ、深刻な顔して……」

英雄は歩きながら、民子がもうすぐ赤ん坊を産むことと、去年の夏、自分たちが民子を抱いた夜から計算すると、赤ん坊は二人のどちらかの子ではないかと思っていることを告げた。

隆は英雄の話を聞き終ると、

「英ちゃん、おまえ馬鹿じゃないか」

と英雄の顔を覗き込んで言い、呆れて首をふった。

「何がだよ」

英雄が怒ったように言った。

「どうして、その赤ん坊が、わしらの子供じゃとわかるんじゃ。第一、民子は遊廓《ゆうかく》におった女じゃないか。それに……」

隆が言い終らないうちに乾いた音がした。英雄が隆の頬を叩《たた》いていた。

「痛え、何をするんじゃ」

隆が怒鳴り声を上げた。

「遊廓におった女じゃから、それが何だっていうんじゃ。おまえはそんな奴か」

「抱いてくれと言うたんは民子の方じゃ。だから俺は抱いたんじゃ。おまえだってそうじゃないのか。それに、民子が、腹の子の親が俺かおまえだと言うて来たのかよ」

隆の言葉に英雄は一瞬詰まった。

「……そんなことは、言うて来とりはせんが」

「なら誰の子供かわからんじゃないか。そんなことでなんで俺が殴られにゃならんのか。いくら英ちゃんでも許さんぞ」

隆は地面に唾《つば》を吐くと、拳《こぶし》を握りしめた。

「わかった。じゃ殴り返せ」

英雄が顔を突き出すと、隆は腕を振り上げて殴り返した。

「気が済んだか？」

英雄は左目をつぶりながら言った。

「ああ」

隆は殴った右手をふって頷いた。

「それでどうする？」

「何がよ？」

「民子の赤ん坊のことじゃ」

「どうするって……。どうしようもできんじゃろう。それに俺たちの子供と決まっとらんじゃろう」

隆は嫌になったというふうに身体《からだ》を捩《よじ》った。

「民子に逢って聞いてみるか」

「おまえ本気でそう思うとるのか」

英雄はまた黙り込んだ。

「もしそうじゃったとしても、俺もおまえも高校生じゃぞ。こんなことが親にばれてみろ、怒鳴られるだけじゃ済まんし、第一、俺たちは退学になるぞ。それでもいいのか。こういう時は知らん振りをしとくのが一番ええ」

「隆、おまえ……」

睨みつけると、隆は英雄を避けるようにした。

「今度殴ったら、おまえとは絶交じゃぞ」

隆は後ずさった。ともかく様子を見ようや、民子が何か言うて来たら相談しようや、そう言って駆け出して行った。

英雄は、走り去る隆の影を見ながら、たしかに隆の言うことにも一理《いちり》あるような気がした。英雄は左頰に熱を感じ、そっと触れてみた。隆に殴られた頰に痛みが走った。英雄にはその痛みが誰かの自分への仕返しに思えた。

翌日の朝早く、鹿児島の遠征試合へ出かけるために英雄は駅にむかった。待ち合わせの貨物会社の倉庫の前には下級生部員が集合していた。英雄の姿を見つけた部員たちが、オッス、オッスと挨拶を送って来た。点呼《てんこ》が終り、全員がホームに入った。下りの列車を待って野球部員が屯《たむ》ろしていると、弁当売りの声が聞こえ、数人の売り子が近づいて来た。

腹が空いたな、駅弁でも食いたいの、監督に見つかったら叱《しか》られるぞ、部員たちが口々に言うのを、ぼんやりと聞き流しながら英雄は売り子たちを見ていた。英雄は売り子たちの中にいるひとりの女に目を止めた。民子が両肩に弁当の入った箱を担《かつ》いで、大声で弁当を売り歩いていた。薄っすらと額に汗を搔いて、ホームにいる乗客たちに声をかけている。大きくなったお腹が前掛けの上からでもわかった。ベンチに座っていたパナマ帽の男が民子にむかって手を上げた。民子は小走りに男に駆け寄り、弁当を手渡すと、白い歯を見せて金を受け取った。英雄は民子の方へ歩き出した。民子は額の汗を拭《ぬぐ》いながらホームの客を物色するように見回していたが、英雄の姿を見つけると目をかがやかせて近寄って来た。

「英さん、英さんじゃないですか……。どうしたんですか？　こんな朝早くに？」

「今日から野球部の遠征試合があって……」

「そうなんですか。ひさしぶりですね。お元気ですか？」

「ああ、元気だよ。民子さん、そんな仕事をして、お腹の赤ちゃんは大丈夫なの？」

英雄が心配そうに訊《き》くと、

「えっ、英さん、知ってたんですか……。大丈夫です。少し動いた方がいいんです。それに子供ができるんで、昼間、働くことにしたんです」

民子は頬を赤らめて言った。

「そうだ。弁当を持ってって下さい。いくつでも差し上げますから」

民子が英雄の背後にいる野球部員たちを見た。

「いいんだよ。移動の時に何かを食べるのは禁止されてるんだ」

「じゃ、蜜柑《みかん》ならいいでしょう。持って来ますから」

走り出そうとする民子の腕を英雄が摑んだ。

「いいって、それより身体に気をつけなきゃだめだよ」

英雄の言葉に、民子は英雄をまじまじと見つめた。つぶらな瞳《ひとみ》から涙が溢《あふ》れそうになっている。英雄はどぎまぎした。

汽笛を鳴らして、下り列車が轟音《ごうおん》とともにホームに入って来た。じゃあね、と英雄が言うと、民子はうつむいた。列車に乗り込み英雄は窓際《まどぎわ》の席に座った。ホームでは、民子ひとりが弁当も売らずに、先刻の場所にぽつんと立っていた。

「先輩、あの弁当売りの人、知り合いなんですか？」

後輩の声がした。英雄は何も答えず、民子を見ていた。列車が動き出した。民子が顔を上げた。左手で鼻先をこすりながら、民子は列車にむかって手をふった。英雄は民子の姿が見えなくなるまで首を伸ばして見つめていた。……

三日後の夕刻、遠征試合から帰って来た英雄は部屋に入ると、そのまま倒れるようにして横になった。試合の成績は散々だった。エラーはするし、サインは見落とすしで、試合の途中で英雄は怒った監督から交替させられてしまった。

試合中も宿舎でも、英雄は民子がどうして泣き出したのかを考えていた。家に戻ってからも、そのことがずっと頭から離れなかった。駅のホームで声をかけた時、頬を赤らめた民子の顔と涙の溢れ出しそうな瞳が浮かんだ。その顔が消えると、英雄の胸を掻きむしるようにしていたあの夜の民子の裸身があらわれた。

——俺はどうかしていたんだ……。

英雄は唇を噛《か》んで目を閉じた。

民子のことを考えると、どうしていいのかわからなかった。江州に打ち明けようと思ったが、江州が赤児の父親なら英雄の話を聞いたら怒りだすに違いない。絹子の顔が浮かんだ。こんな話をしたら絹子は驚くに違いない。もし自分が父親なら、これからどうしたらいいのか。民子と一緒にならなくてはいけないのか。高校は退学になるのだろうか……。考えあぐねているうちにカーテンのむこうが明るくなっていた。英雄の身体はずっと火照《ほて》ったままで、眠れそうになかった。

——やはり民子に逢って、直接聞いてみるのがいいのだろうか。

英雄は起き上った。東の棟の洗い場へ顔を洗いに行った。人影が見えた。こんな明け方に誰かと見ると、高木の家の番頭格の源造だった。

「英さん、おはようございます。ずいぶん早いですね。昨夜、遅くに戻ってまいりました」

源造は石鹼《せっけん》の泡のついた顔で笑った。英雄は源造に相談してみようと思った。

材木置場へ行き、英雄は民子とのことを源造に打ち明けた。黙って話を聞いていた源造は、英雄が話を終えると、煙草《たばこ》を一本取り出し、ゆっくりと一服吸った。

「そうですか、そんなことがありましたか……。英さんも、もう大人ですからね。同じような経験が私にもあります」

「そうなの？」

「そりゃ、源造も男ですから。若い時はずいぶんと無茶をしましたし、女も泣かせました……」

　源造は目をしばたたかせて照れたように鼻先を掻いた。

「話はよくわかりました。私が民子に聞いてみましょう。あれも遊廓にいた女ですから、分《ぶん》はわきまえてるはずです」

「それはどういうこと？」

「英さんの子供をこしらえるような無茶はしないでしょう。英さん、このことはおやじさんや女将《おかみ》さんには黙っていて下さいよ」

　源造が念を押すように言った。

「民子さんをどうかするってことなの」

「そうじゃありません。本当のことがわかれば済むってことです。心配いりません」

　英雄は源造の口調に何か冷たいものを感じた。

　数日後、英雄が遅い夕食を終え母屋《おもや》から東の棟の部屋に戻ろうとすると、江州から声をかけられた。

「英さん、ちょっといいですか」

「何？」

「そこまでつき合って下さい」

江州は頭を下げて、海側の門へむかって歩き出した。英雄は江州の後に続いた。江州は何も言わず、曙橋《あけぼのばし》を渡り、新開地へ入った。そうして民子の店の前に着くと、へ
「中で民子が待ってます。英さんに話があるそうです」

江州は静かな声で言った。英雄は驚いて、江州を見た。

「面倒な話じゃありません。すぐに済みますから、民子の話だけ聞いてやって下さい。俺は橋の袂《たもと》で待ってます」

江州は英雄の目を見て頷《うなず》くと曙橋へむかって歩き出した。英雄は戸を開けて声をかけた。どうぞ、と奥から民子の答が返ってきた。電燈の灯りが洩《も》れる奥の部屋を覗くと、民子が卓袱台《ちゃぶだい》の脇《わき》にぽつんと座っていた。卓袱台の上には飲みかけのビールとグラスが置いてあった。英雄は民子の顔を見ることができなかった。

「英さん、こんな遅くにすみませんね。一杯飲みますか？」

英雄はうつむいたまま首を横にふった。

「私のビールじゃ飲めませんか？」

民子のぶっきら棒なもの言いに英雄は顔を上げた。民子は唇を噛んで、英雄を睨《にら》みつけていた。

「そうでしょうね。どうせこんな女ですから……。私はこれまで英さんをいい人だと思うとりました。とんだ見間違いじゃ。私の、このお腹《なか》の赤ん坊が、どうしてあんたの子じゃなくちゃ、いけないんだ。おかしな言い掛かりはやめてくれ。高木の家の息子だから皆にちやほやされてるからって、言っていいことと悪いことがあるじゃろう。馬鹿にするな。何が高木の家じゃ。やくざの集まりじゃないか。いい気になるんじゃないよ。この子の父親はちゃんと他に居るんじゃ。そいつが帰って来たら、あんたを半殺しにさせちゃる。ほらっ、こんなもの持って帰れ」

民子は怒鳴り声を上げて、かたわらにあった風呂敷《ふろしき》包みを英雄に投げつけた。それは絹子の縫い物の入った包みだった。

「民さん、ごめん。俺はただ……」

英雄が頭を下げながら言うと、

「やかましい。私も、この赤ん坊も乞食《こじき》じゃないんじゃ。とっとと出て行ってくれ」

民子がビールの入ったグラスを英雄にむかって投げつけた。ビールが顔にかかり、背後でグラスの割れる音が響いた。英雄は民子の目に涙が溢れそうになっているのを見て、風呂敷包みを手に表へ飛び出した。

曙橋まで駆けて行くと、江州の影が見えた。

「江州さん……」

英雄が言いかけると、江州は英雄の濡《ぬ》れた顔を見て、手拭いを差し出した。

「話は済みましたか……」

「お、俺……」

「英さん、いろいろありますよ。女とのことはめったなことで人に話しちゃ、いけないってことです。あいつが可哀相《かわいそう》でしょう」

江州の言葉に英雄が頷いた。江州は、それは私が預りましょう、と言って、英雄の手から包みを取り、少し飲んで帰りますから、と新町の方へ歩き出した。英雄は橋の欄干《らんかん》の前に立って、新開地の家灯りを見つめた。目に涙を溜《た》めて怒りの声を上げていた民子の顔が、淡い灯りに重なった。

その夜を最後に、民子の姿をこの界隈《かいわい》で見ることはなくなった。……

その年の八月、英雄は亜紀子夫人と広島まで行進する原水爆禁止のデモに初めて参加した。野球部は甲子園の予選で敗退し、三年生は受験勉強に励む季節になっていたが、英雄は亜紀子夫人に誘われて、学校に内緒で二日泊りの行進へ出かけた。広島へ行くことにしたのはツネオに逢《あ》いたいからでもあった。ツネオは中学を卒業すると、広島にある製鉄所の下請会社に就職した。夏休みで帰省したツネオが、広島に遊びに来いと言ってくれていた。

数年前から、日本全国で原水爆に反対する人たちが、原爆が投下された八月六日に広島にむかってデモ行進し、核廃絶を訴える運動がはじまっていた。英雄の隣りで鉢巻をして、原爆ハンターイ、核ハイゼツー、と叫ぶ亜紀子夫人は、英雄たちのグループの中でも一番元気だった。

午前中に広島に入った英雄たちは、決起大会の会場に着くと一時間の休憩を取った。鉄骨を剝《む》き出しにした原爆ドームが、澄んだ青空の下に無気味に聳《そび》えていた。英雄は亜紀子夫人と原爆資料館を見学した。

「英雄君、これが人間のすることなのよ。一瞬の内に、笑ったり、夢を見たり、希望を持っていた人たちが、この世から搔《か》き消えてしまったのよ。愚かなことでしょう……。二度とこんなことを許してはいけないわ」

亜紀子夫人は涙ぐみながら展示場を見て回っていた。河に浮かぶ夥《おびただ》しい数の遺体、一瞬の内に焼きつくされた市街、全身を火傷《やけど》したまま泣き叫ぶ子供……。目を覆《おお》いたくなるほど痛ましい写真が展示してあった。原爆で歪《いびつ》になった水筒や少女の制服を見て、英雄もこんな酷《むご》いことをする人間を許せないと思った。

「人間はどうして、こんなに愚かなことをするんでしょうね。ここを見学すれば、戦争がどんなに悲惨なことかがわかるのに……」

英雄は亜紀子夫人の話を聞きながら、江州の火傷の跡や、子供の頃に友だちになった原爆症で死んだ少女の顔を思い出していた。少年の時には学校の図書館にあった原爆の写真集を見ただけで、怖くなって夜も眠れなかった。英雄は原爆が自分の町に落ちていたら、斉次郎も絹子も、高木の家も消えてしまっていただろうと思った。

資料館を出て、二人は太田川沿いの食堂で昼食を摂《と》った。亜紀子夫人がバッグからちいさな紙の束のようなものを出し、そこに何かを書き込んでいた。

「何をしてるんですか？」

英雄が訊くと、亜紀子夫人は白い歯を見せ、

「短歌を作ってるの。私、加文とは大学の短歌の同好会で知り合ったの。加文はすぐに学生運動の方に行ってしまったけど……」

そう言うと、亜紀子夫人は鉛筆を舌先で舐《な》めながら歌を書きはじめた。それは新聞

のチラシや包装紙を糸で綴《と》じた自家製の手帳だった。絹子も同じものを作って、俳句を書き込んでいるのを英雄は見て知っていた。行進で日焼けした夫人の顔が英雄にはまぶしかった。今春、亜紀子夫人が来てからは、町中で加文先生が酔っ払っていたという噂《うわさ》を耳にすることがなくなっていた。

英雄は、昨夜、岩国の宿舎で亜紀子夫人から聞いた加文先生との話を思い出した。

——加文も、私も、日本とアメリカの安保条約の改定に反対して、学生運動に参加したの。大勢の人が参加していたわ。日本を二度と戦争に巻き込みたくはないと皆が思ってた。でも私たちの願いは果たせなかった。二人とも警察に捕《つかま》り、獄舎に繋《つな》がれたわ。私たちだけじゃない、何百、何千という人が同じ目に遭《あ》ったの。加文も私も、もう日本は絶望的だと思って自殺まで考えた。でも二人で話し合ったの。国家権力を握っている愚かな人たちより、これから大人になる子供たちに私たちの考えていることを理解して貰《もら》おうってね。死ぬのは、いつだってできる。だったら故郷に帰って、教育者になって新しい日本を作ろうって……。あの海辺の野外授業で、半年振りに逢った加文の目はかがやいていた。英雄君、あなたたちのお陰よ。どうもありがとう。私も頑張るから、英雄君も頑張ってね。

差し出された亜紀子夫人の手を握ると、暖かく力が籠《こも》っていた……。

被爆者の慰霊祭が終って、亜紀子夫人と別れた英雄は、ツネオから渡された住所を頼りに、吉島《よしじま》にある工場を訪ねた。京橋川沿いに沢山の町工場が並んでいた。ツネオの働いている工場は製鉄所の裏手にあった。事務所を訪ねて、大田《おおた》原常夫《わらつねお》に逢いに来たことを告げると、あと一時間で就業時間が終了するから待つように言われた。門の脇の荷積場で待っていると、作業服を着たツネオがあらわれた。頰に油がついていた。ツネオはいつの間にか大人になったように見えた。

「よう来てくれたの。すぐに着替えてくるから待っとってくれ。飯でも食べようぜ、英ちゃん」

ツネオは嬉《うれ》しそうに言って、着替えて戻って来ると、バスに乗り天満町《てんまちょう》へ英雄を連れて行った。お好み焼き屋へ入って、二人は乾杯し、中学時代の思い出を語り合った。

「そんなことがあったのう……。あのてふてふは今頃、どこで何をしとるかの」

ツネオが、中学生の時に出逢ったバンドネオンを弾く風来坊《ふうらいぼう》のような男のことを、懐《なつ》かしそうに話した。

「本当じゃの。てふてふはええ男じゃった」

英雄もてふてふの弾く美しいバンドネオンの音《ね》色《いろ》を思い返していた。

「英ちゃんは東京へ行くのか。美智子によろしゅう言うてくれ。あいつはええ女じゃった……」

ツネオは頰杖《ほおづえ》をつき顔を赤らめていた。

「そうじゃ、英ちゃん。この間、宇品《うじな》で民子に逢うた。赤ん坊を背負うて、競輪新聞を売っとったわ。びっくりした」

英雄は目を見開いてツネオを見た。

「そうか……、広島へ来とったのか……。それで民子さんは元気じゃったか」

「おう、元気じゃ。あいつ、こっちで結婚したんじゃろうの。子供がおったからの」

ツネオの言葉に英雄は何も答えなかった。

「しかし工場で働いとってもしようがないの、機械と一緒のような気がするわ。中学出じゃ、二十年働いて主任がええとこじゃ。どうもわしの性《しょう》に合わん」

ツネオが赤い目をして言った。

「それでもツネオ、辛抱せんにゃいかんぞ」

「英ちゃんまでが、御袋《おふくろ》みたいなこと言うな」

ツネオの言葉に英雄が笑い出した。……

その半年後、ツネオがひょっこり高木の家を訪ねて来た。ツネオは広島の工場を出て、四国の松山にある工場へ移るので、母親と妹に挨拶《あいさつ》がてら帰省したという。絹子は大人びたツネオを見て、自分の息子が立派になったように喜んでいた。

「そうか、大学へ合格したか。英ちゃんは、わしと違うて頭が良かったからのう。それで今日は英ちゃんに渡してくれと頼まれたもんを持って来たんじゃ」

「頼まれもん？　何じゃ」

英雄がツネオの顔を見ると、ツネオは上着のポケットから封筒を取り出し、英雄に渡した。

「手紙じゃ。民子に頼まれた。あの後、競輪場でまた民子に逢うて、英ちゃんが広島に来た話をしたら、民子が話があるというんで一緒に飯を食べに行った……」

ツネオの話では昨年の暮、民子は吉島の工場にツネオを訪ねて来て、英雄に手紙を渡してくれと頼んだということだった。

「飯を食べた時もそうじゃったが、民子は英ちゃんに何やら悪いことをしたと言うとったが、何かあったのか？」

「……悪いことしたのは俺の方じゃ。子供も一緒だったか？」

「ああ、可愛《かわい》い赤ん坊じゃった。けど民子はひとりで子供を育てとるんじゃな。大変じゃろう。わしの母ちゃんと一緒じゃもの……」

ツネオの言葉に英雄は目をしばたたかせて、封筒の表に、子供が書いたような文字で記された自分の名前を見つめていた。
封を開けると、四つ折りの便箋《びんせん》に鉛筆で書いた文字がかたむきながら並んでいた。

英雄さま

ごぶさたしてます。お元気ですか。わたしは広島でがんばってます。あの夜のことはほんとにすみませんでした。こころにないことをいってしまいました。ごめんなさい。子供がうまれました。和子といいます。元気な子供です。東京へいって、りっぱな人になってください。おくさまにもよろしくいってください。隆くんにもよろしくいってください。

民子

英雄は手紙を読み終えると、グラスを投げつけた夜の民子の顔が浮かんできた。民子は口惜《くや》しそうに唇を噛んで目に涙を溜めていた。英雄は江州に連れられて民子の家に行った後で、源造と江州が民子を町から出したのではないかと考えることがあった。手紙の文字を見ているうちに、民子の赤ん坊とあの夏の夜のことは、やはり関りがあるのではないかと思えてきた。……

次の停車駅は横浜だというアナウンスが流れた。

昨夜、神戸港の桟橋で斉次郎が言った言葉が耳の底によみがえってきた。

——女児《おなご》を一度でも抱いたら、最後まで面倒をみてやれ。

英雄は車窓を流れる風景を見ながら、自分は民子から逃げ出したのではないかと思った。民子に怒鳴《どな》られビールグラスを投げつけられた時、内心自分と関係がなかったことに英雄は安堵《あんど》した。それが民子の手紙を読んで、やはりあの赤児は自分の子供ではないかと思えて来た。

——思い過ごしだろうか……。

英雄は大きく吐息をついた。

周囲の景色から田や畑は消えて、住宅街がどこまでも続いている。やがて列車はビルの並ぶ中を走っていた。

横浜駅のホームは大勢の人で溢《あふ》れていた。むこうのホームにも次のホームにも人が絶えまなく流れている。喧噪《けんそう》が耳の中で木霊《こだま》した。すでに陽は落ちて、あたりは暗くなっている。駅舎には至る所に灯りが点《とも》り、祭りの夜のような賑《にぎわ》いだった。列車が横浜駅を出ても町の灯りで空は明るかった。

英雄は腕時計を見た。もうすぐ六時になる。あと三十分で東京だった。英雄は腹に力を込めた。すると腹がきゅんと鳴った。静岡駅で弁当を食べてから、何も食べていないことに気がついた。

列車が品川駅を過ぎると、車窓に映る風景は、それまで見たどの町よりも華やいでいた。建物が密集し、ビルの窓には煌々《こうこう》と灯りが点っていた。二月に上京した時は、午前中の列車で東京に着いたので、今とはまるで違う町に見えた。新橋駅に入ると、人の数はさらに増えた。

終点、東京、東京――。

アナウンスとともに、列車はゆっくりとビルの間を抜けて、東京駅のホームに滑り込んで行った。列車のドア付近にはすでに乗客が立ち並んでいる。英雄は荷物をかかえて立ち上った。

一番最後にホームへ降り立った英雄は、ベンチの脇にトランクを置き、掲示板を見上げて山手《やまのて》線のホームの番線を調べた。

地下道をくぐって山手線と記された階段を上るとホームの両側一杯に人が溢れていた。時刻は六時三十分を過ぎたところで、通勤ラッシュの最中だった。水天宮《すいてんぐう》の祭りでも、こんな人出は見たことがなかった。階段の上り際《ぎわ》で呆然《ぼうぜん》と立ち尽《つく》していると、背後から次々に人が昇って来て、肩や腕にぶつかっては過ぎて行った。英雄のトランクに躓《つまず》いて、男が睨みつけて行く。す、すみません。英雄は、その度に頭を下げた。英雄は人の流れに従って外回りのホームに並んだ。

電車が入ります、下ってお待ち下さい。電車が入ります、と駅員が叫んでいる。

英雄はようやくのことで電車に乗り込み、ドアの近くにトランクを下ろして立った。車輛《しゃりょう》からはみ出た乗客の背中を駅員が押し込んでいる。乗客は英雄に平気で身体《からだ》を押しつけて来た。見も知らぬ人間と、こんなに身体を寄せ合ったことがなかったので、英雄はその都度《つど》、身体を捩《よじ》らせた。有楽町、新橋で乗り降りする客が鞄に躓き、刺す《す》ような目で英雄を睨《にら》みつけて降りて行く。大崎を過ぎてようやく電車の中が少し空いた。英雄は肌着の中まで汗だくになっていた。ハンカチを出して顔を拭《ぬぐ》った。乗客は皆押し黙って、話をする者はひとりもいない。誰もがひどく疲《つか》れているように見えた。周囲の乗客を見回したが、誰も英雄と目を合わせようとはしない。

――東京にはこんな無愛想な人間ばかりが住んでいるのか……。

英雄は不機嫌になった。こんな連中とこれから毎日、一緒に生活するのかと思うと嫌気がさした。英雄が顔を顰《しか》めていると、背中を叩《たた》く人がいる。振りむくと、和服姿の短髪の小柄な男が扇子《せんす》で胸元を扇《あお》いでいる。

「兄《にい》さん、背中からシャツが出てますぜ」

男に注意されて、手を回して見ると、学生服の下からシャツがはみ出ている。

「どうもありがとうございます」

英雄が顔を赤らめて礼を言うと、男はすいっと目を逸《そ》らし、

「なーに、おたがいさまよ。礼にはおよばねぇー」

今まで聞いたこともない話し方で言葉を返すと、涼しい顔をして窓の外を見た。

「すみません。渋谷駅はまだ先でしょうか？」

英雄の問いに、男は顔だけむけ、英雄をまじまじと見つめて言った。

「四っつ先だよ。五反田《ごたんだ》、目黒、恵比寿《えびす》と行って、次が渋谷だ。兄さん、東京は初めてかい？」

「は、はい」

「そうかい。大変なところへ来ちまったな。まあ、頑張りな」

そう言うと、また顎《あご》をしゃくるようにして男は外を見た。英雄はぺこりと頭を下げてから、東京で初めて口をきいた人間は奇妙な男だと思った。

英雄は渋谷で井《い》の頭《かしら》線に乗り換え、下北沢《しもきたざわ》にむかった。

山手線と違って、若い乗客が多かった。電車によって、人の種類も変わるものなのかと思った。

下北沢駅で降りると、英雄は商店街を抜け、二月に下見に来た時に目印にと覚えておいた風呂屋《ふろや》の煙突を探した。煙突はすぐに見つかった。風呂屋のひとつ手前の路地を左に折れると、〃若葉荘〃と記された看板が目に入った。この下宿には、下関《しものせき》に居る絹子の女学校時代の友人の息子が、この春まで住んでいた。その部屋を英雄が借りることになっていた。英雄は玄関に入り右手にある管理人室の小窓にむかって声をかけた。スリッパの鳴る音がして、眼鏡《めがね》をかけた見覚えのある女が出て来た。

「あらっ、高木さん。遅かったわね。お母さんからの手紙では、昼過ぎには東京駅へ着くと書いてあったのに」

管理人は分厚いレンズの奥の目を動かした。

「はあっ、ちょっと寄り道をしたものですから……」

英雄は口籠《くちご》もりながら額の汗を拭った。

ちょっと待って下さいな、今、鍵《かぎ》を持って来ますから。靴は名札の書いてある下駄箱に入れて下さい。そう言って、管理人は奥へ入って行った。言われた下駄箱を見ると一番右奥に「高木」と名前を書いた紙が貼《は》りつけてあった。

靴を下駄箱に仕舞い、管理人を待った。奥の廊下から黒い影があらわれ、こちらに歩いて来た。洗面器を手にした褞袍《どてら》姿の無精髭《ぶしようひげ》の男だった。男は英雄をちらりと見て、表へ出て行こうとした。今晩は、と英雄が挨拶《あいさつ》したが、相手は何も言わずに出て行った。

「もう、あの人ったら、挨拶くらいすればいいのにね。あんな人ばかりじゃありませんからね」

戻って来た管理人は呆れたように言うと、英雄を二階に案内した。

「そうそう、午後から二度ばかり、ハヤカワさんという若い方が訪ねてみえましたよ……。ドアの間に伝言が挟んであります」

階段を昇りながら話す管理人の言葉に、英雄は隆が訪ねて来たのだと思った。

「また、お母さんからいろいろ頂き物をして、ご馳走《ちそう》さまです。山口県の蒲鉾《かまぼこ》は腰があって美味《おい》しいですね。見れば宮内庁御用達《くないちようごようたし》じゃありませんか……」

管理人は喋《しやべ》り続けながら部屋の前まで行くと、鍵をいくつも鍵穴に差し込んだ。英雄は、すみませんと言って管理人から鍵を受け取ると、鍵を回しながらどんと戸を叩いた。戸は簡単に開いた。

「送って来た荷物は皆入れてありますから、何かあったらどうぞ言って来て下さい。

それから寝煙草《ねたばこ》だけはしないで下さいよ」

管理人の口元は笑っているが、眼鏡の奥の目は笑っていなかった。

部屋の灯りを点《つ》けると、隅に蒲団《ふとん》袋と段ボールが積んであった。

英雄は窓を開けた。窓の下はちいさな中庭になっていて、蕾《つぼみ》を開きかけた桜の木が手元まで枝を伸ばしている。左側の窓を開けると、風呂屋の煙突が見え、そのむこうに春の月が皓々《こうこう》とかがやいていた。火照《ほて》った肌に風が心地良かった。英雄は殺風景な部屋の中を見回すと、畳の中央に倒れるようにして大の字になった。

「ここが、俺の東京の城だ」

英雄は腹に力を込めた。グーッと腹の虫が鳴いた。

英雄は管理人の言葉を思い出し、戸口のそばに行って隆からの伝言を拾い上げた。

「南口の角のセザンヌで待っている　隆」

英雄は伝言を読むと、炊事場で顔を洗い表へ出た。

南口の駅前にある喫茶店の一番奥の席で、隆は足を投げ出し口を半開きにして眠っていた。いつの間にか髪を長髪にしている。

「おい、どこで寝てるんだ」

英雄は隆の足を蹴《け》り上げた。驚いて目を開けた隆は、英雄の顔を見て呆《あき》れたように言った。

「何をやってんだよ。遅いじゃないか。何時間、人を待たせるんだよ」

「悪い、悪い。富士山が見たくて、静岡から鈍行に乗ったもんだから、遅くなってしまって……。でも、お前と今日逢《あ》うとは約束しとらんぞ」

「おうっ、よく言うね。人がせっかく上京祝いをしてやろうと、忙しい中を出て来たというのによ」

隆が唇を突き出して言った。

「何が忙しいだ。浪人の癖《くせ》して」

「俺はもう働いているの。ちゃんとした映画の助監督のサブなの……」

「何だ、それは？」

「わかっちゃいないな。英ちゃん、今日は大人の世界を案内しようと思ってんだから、学生服を着て出かけるのは困るな」

隆が英雄の姿を見て、うんざりしたような顔つきで言った。

「学生が、学生服着て何が悪いんだよ」

「大人の世界がわかっちゃいないんだな。英雄君はさ」

隆はわざと東京弁で言った。英雄はもう一度隆の足を蹴った。

「暴力は東京の子に嫌われるよ」

隆は顔を歪《ゆが》めて言うと、舌打ちしながら指を立て、横にふった。

二人は駅前の中華料理店でラーメンと焼飯《チャーハン》をそれぞれ注文し、餃子《ギョウザ》を分け合って食べた。英雄はやっと腹が落着いた。隆が楊枝《ようじ》をくわえて立ち上った。

「英ちゃん、ここの勘定《かんじょう》は払ってくれ。俺は次の酒場でたっぷり酒をご馳走するからさ」

隆はそう言って先に店を出た。英雄が会計を済ませて表へ出ると、隆は改札口で手招いている。手を差し出して隆が、切符代、と言った。

「おまえ金がないのか？」

「競馬ですっちまって……」

「競馬なんてやっとるのか。勉強はちゃんとやっとるんか？」

英雄が問い詰めると、隆はにじり寄ってきて、周《まわ》りを気遣うようにして囁《ささや》いた。

「英ちゃん、その、やっとるんかという、山口弁を大声で言うのはやめてくれないか」

英雄は周囲を見回すと、不機嫌そうに口をつぐんだ。

二人は渋谷へ出て山手線に乗り換え、目黒駅で降りた。隆は駅からの坂道をどんどん歩いて行く。坂を下り切ったところに川があり、橋を渡って左に折れると、数軒の酒場が並ぶ路地があった。隆は〝波止場《はとば》〟という店の前に立つと小窓から中を覗《のぞ》き、英雄に手招きしてドアを開けた。中から賑やかな声が溢れ出た。店に入ると、カウンターの中から赤いセーターの女が、あらっ、隆君、いらっしゃい、と声をかけた。赤いセーターの女の奥に、もうひとり若い女がいた。隆は、その女の前のカウンター席に座った。

「こいつ、俺の友だちの英雄。ほらっ、いつも話してるだろう」

隆が英雄を指さして言うと、女はちいさく会釈《えしやく》した。英雄が席に座ると、赤いセーターの女がやって来て、セルロイドのような長い睫毛《まつげ》をしばたたかせて英雄を見た。

「学生服のお客さんってひさしぶりだわ。何か懐《なつ》かしいわね。隆君のお友だちなの？」

英雄は店の中を見渡した。たしかに学生や若者はいなかった。

「ああ、高校の友だちで英雄って言うんだ」

「高木英雄です。初めまして」

英雄が頭を下げると、女はニッコリ笑った。

「あらっ、礼儀正しい好青年。私、ご馳走しちゃいたいわ」

ママ、と客に呼ばれて女は元のところへ戻った。隆が英雄に小声で言った。

「気をつけろよ。あのママ、危ないから」

店の壁にはあちこちに映画の古いポスターが貼ってあった。英雄は隆とウィスキーの水割りを飲んだ。隆は大船《おおふな》にある撮影所でアルバイトをはじめていて、助監督の、サブのそのまたサブだと訳のわからないことを言いながら、撮影所で逢ったスターたちの話をした。

十一時を過ぎた頃、隆がそろそろ行こうかと英雄を促した。英雄が先に店を出て橋の袂《たもと》で待っていると、隆はカウンターの奥にいた若い女と一緒にやって来た。女は隆より背が高かった。

「英ちゃん、もう一軒、つき合ってくれ。こいつ腹が空《す》いとるっていうから……」

女がぺこりと頭を下げた。三人は目黒駅から目蒲線《めかません》に乗り、蒲田《かまた》で降りた。よく電車に乗る一日だと英雄は思った。撮影の苦労話やスターとの豪華な宴会の話をする隆の隣りで、女はうつむいて聞いていた。

蒲田駅から商店街を抜けて角の居酒屋に入った。前掛けをした恰幅《かっぷく》のいい女が隆と女を見て笑いかけた。二人は馴染《なじ》み客のようだった。隅のテーブル席に座ると、女が、ビール飲んでいい、と隆に訊《き》いた。隆は頷《うなず》いて、

「こいつ女優なんだよ」

と自慢気に言った。えっ、と英雄は女の顔を見直した。

「と言ったって卵だよ。女優の卵。そう言えば恰好《かっこ》いいけど、大部屋女優さ」

「そうなんです。大槻良子《おおつきよしこ》と申します」

女は、またぺこりと頭を下げると、喉《のど》を鳴らしてビールを飲んだ。飲み干したグラスに隆がビールを注いでやると、そのビールも一気に飲んだ。

「いや、喉が渇いてたから美味《おい》しい。お店じゃ飲まないようにしてるから……」

良子はビールを飲んだせいか、急に饒舌《じょうぜつ》になり、英雄に、隆が田舎で撮った自主映画の内容を訊いてきた。そんなもの作ったっけ、と英雄が首を傾《かし》げると、良子はさらに有名なスターの名前を挙げ、彼等が封切りには挨拶《あいさつ》へ寄る町なのかとも尋ねた。英雄は笑って、首を横にふった。隆は良子に古町や新町のことをずいぶん大きな町のように吹聴《ふいちょう》しているようだった。

「何よ。話が違うじゃない。あなたの生まれたところもずいぶん田舎《いなか》みたいじゃない」

良子は口を尖《とが》らせて言った。

「何を言ってやがる。おまえの田舎みたいに熊《くま》が出るようなところと違うわ。英ちゃん、こいつの生まれた北海道の山の奥はまだ熊が出るんだとよ。まいるよな」

「何言ってるのよ。この人ね、新宿の町で気分が悪くなって吐いていたのよ。私が声をかけてあげなきゃ、どうなってたか……」

良子の話によると、二人が出逢ったのは新宿の歌舞伎町《かぶきちよう》だった。初めて新宿へ出かけた隆が人の多さに驚き、人混みに酔ってしまい、噴水のそばで嘔吐《おうと》しているのを彼女に助けて貰《もら》ったのだという。良子がその話をすると、隆は不機嫌になった。

良子はビールから日本酒に変えて、出て来た料理をどんどん平らげながら喋り続けた。

「よく喋るな。こいつ今の映画、もう二カ月も撮影所に出かけてんのに、科白《せりふ》はたった一言なんだぜ。『むこうへ逃げて行きました』っていう。それだって訛《なま》って言えないんだから……」

隆の言葉に良子が黙り込んだ。

「隆、そんな言い方はやめろ」

英雄は良子の様子を見て注意した。

「いいんだよ。新人のうちは厳しくしないと……」

隆は威張ったように言った。良子の目が潤《うる》んで来た。彼女は立ち上ると、ハンカチを顔に当ててトイレに駆け込んだ。

「大丈夫か？」

「あいつ酒を飲まなきゃ喋れないんだ。気がちいさいんだよ」

隆が怒ったように言った。

英雄はトイレの方を窺《うかが》いながら隆の方へ身を乗り出した。

「隆、東京へ来る前にツネオが訪ねて来て、民子さんからの手紙を預かって来たんだ。民子さんは広島へ引っ越して、そこで子供を生んで育ててるらしい。これがその手紙だ。おまえにもよろしくと書いてある。隆、民子さんの子供はやっぱり、俺かおまえの子供のような気がするんだがな……」

英雄は内ポケットから民子の手紙を取り出した。

「おまえ、まだそんな馬鹿《ばか》なこと言ってるのか。あんな田舎の女のことなんか、どうだっていいじゃないか」

そう言って隆は、英雄の差し出した手紙を指で摘んで床に捨てた。

英雄は床に落ちた手紙と、頰杖《ほおづえ》をついて口をへの字に曲げている隆を見て、立ち上り手紙を拾った。隆が英雄を嘲笑《あざわら》うように口元をゆるめた。英雄はじっと隆の顔を睨《にら》んだ。

「何だよ、その目は……」

隆が英雄を見上げて言いかけた時、英雄はすでに隆を殴りつけていた。隆はもんどり打って椅子《いす》と一緒に転がった。カウンターの上の皿や酒壜《さかびん》が音を立てて床に散らばった。

床に突っ伏していた隆は頭をふりながら起き上ると、何をしやがる、と怒鳴り声を上げて英雄に突進して来た。英雄は背後の壁に背中を打ちつけた。壁にかけてあった額が外れ、床にガラスが飛び散った。

トイレから良子が出て来て、やめて、と叫んだ。店の中で喧嘩《けんか》はやめとくれ、やるんなら外でおやり、ママと呼ばれた女が大声を上げた。

「外でやるか」

英雄は隆の胸倉を摑《つか》んで、睨みつけた。

「おうっ、やってやろうじゃないか」

唇から吹き出した血を拭《ぬぐ》いながら隆が嘯《うそぶ》いた。良子が隆の腕を摑《つかま》えて、隆君やめて、乱暴はやめて、と取り縋《すが》った。隆は良子の手を払いのけて、表へ出た。

隆はずんずん先へ歩いて行く。英雄も隆の後を追った。線路沿いの道を折れると、看板の立ててある空地があった。家を壊した跡か、隅に瓦礫《がれき》が積んである。隆は空地に入ると、英雄を振りむいた。

「何が民子じゃ。俺はずっとおまえに言いたかったことがあったんじゃ。おまえはいつでも自分だけ優等生面《づら》しやがる。おまえは、あの家に守られてただけじゃないか。あの界隈《かいわい》の連中が、おまえの家のことを、獣《けだもの》の家って呼んでるのを知っとるのか。おまえの家をまともに見とる連中なんかひとりもおりゃせんのだ。口にしてやられるんが怖いから、おまえはちやほやされとったんじゃ。そんなことも知らんで、でかい顔して歩きやがって。あの町は元々、おまえたちの土地じゃないんじゃ……」

隆は一気に捲《まく》したてた。英雄は今の今まで、隆が自分や高木の家をそんなふうに見ていたとは思ってもみなかった。隆の目には憎しみの色が浮かんでいた。

「民子の子供が俺たちの子供じゃと？　笑わせんな。だったらどうじゃて言うんかい。それならおまえはどうして、のこのこ東京へやって来たんじゃ。とっとと広島へ行って民子と子供の面倒を見てやればいいじゃないか。何だ、ひとりでいい子振りやがって。おまえのそんな態度が、俺はずっと鼻持ちならんかったんじゃ。この野郎……」

隆が唸《うな》り声を上げてむかって来た。隆の頭が英雄の鳩尾《みぞおち》に減《め》り込んだ。うっ、と英雄は呻《うめ》き声を上げた。そのまま英雄は後ずさって瓦礫の山にあおむけに倒れ込んだ。後頭部に硬いものが当たった。痛みが走ると、隆の侮辱的な言葉が頭を横切り、英雄は頭に血が昇った。

人の家を馬鹿にしやがって、英雄は怒鳴り声を上げて起き上ると、隆の顔めがけて拳《こぶし》を突き出した。隆が捩《ねじ》るようにして顔を真横に傾けた。ふらつく隆の背中を掴んで、後頭部を殴りつけた。隆が、がくっと膝《ひざ》を落した。

「隆、おまえは俺をそんなふうに思ってたのか。許さんぞ」

英雄が隆の髪を掴んで腕を振り上げた時、やめて下さい、やめて、お願い、と声がして、英雄の腰に良子がしがみついて来た。

「離せ。こいつは俺の家を馬鹿にしたんじゃ。俺のことをずっと騙《だま》していたんだ」

英雄は良子の手を振り解《ほど》こうとしたが、良子はしがみついて離れなかった。

やめて、あなたたちは友だちでしょう。隆君はあなたのことをいい人だといつも言ってたわ、本当よ、お願い、やめて……。

良子の言葉に英雄は隆の髪を持った手を離した。英雄は大きく息をついて、縋《すが》りついていた良子の肩を叩《たた》いた。良子が英雄の顔を見上げた。顔をくしゃくしゃにして泣いている。その良子が目を急に見開いて、英雄の背後を見た。英雄が振りむいた瞬間、隆が手にした棒切れを英雄めがけて振り下ろした。激しい衝撃がして、英雄は目の前が真っ暗になった……。

誰かの呼ぶ声が耳の奥でして、英雄はゆっくりと目を開けようとした。

しかし目は開かなかった。かすかに開いた左目で視界に映るものを把《とら》えようとしたが、闇《やみ》がひろがっているだけだった。

——俺はどこにいるんだ？

英雄は闇の中を見つめた。右目の瞼《まぶた》は何かが被《かぶ》さったように動かない。英雄は頭をふった。頭の先から背中へ激痛が走った。ひどい痛みだった。顔を歪《ゆが》めると、左目の奥にも痛みが走った。

——この痛みは何なんだ？　何があったんだ……。

どこかで物音がした。水音のようだった。足音が近づいて来た。起き上ろうとしたが、体が持ち上らなかった。わずかに開いた左目で相手を見た。赤い影が目前に迫った。冷んやりとした感触が顔にひろがった。濡《ぬ》れタオルをかけてくれたようだった。痛みが少し和《やわ》らいだ。足音が遠のいた。ドアの開く音がして、乾いた足音が続いた。

英雄は左手を上げて顔に触れた。冷たいタオルの感触とともに、隆との争いがよみがえってきた……。

——そうだ。俺は殴られたんだ……。

英雄は隆と諍《いさか》った空地を思い出し、隆が突進して来た居酒屋の光景が浮かんだ。女の泣き顔があらわれた。今、タオルをかけてくれたのはあの女だと思った。

右の方から奇妙な音が聞こえてきた。鼾《いびき》のようだった。英雄はタオルを取って、右手を見た。薄闇の中に、顔の輪郭がおぼろに見えた。目が慣れると、それが隆の顔だとわかった。隆の顔半分が膨《ふく》れ上っている。わずかに開いた唇も歪んだように曲っていた。なのに隆は鼾を掻《か》いて眠っていた。

英雄は身体《からだ》を横転させて、ゆっくりと起き上った。身体に力を入れる度に、ひどい頭痛がした。やっとの思いで蒲団《ふとん》の上に座り直した。隆は毛布一枚を敷いて寝ている。部屋を見回すと、壁に女性の洋服が数枚かけてあった。カーテンのむこうにわずかな光が感じられた。夜明け時なのだろう。喉が渇いていた。英雄は這《は》い出すようにして炊事場へ行き、水道の蛇口を捻《ひね》って顔を近づけた。冷たい水の感触が心地良かった。水を手で掬《すく》って飲んだ。人心地がついて、英雄は炊事場の床の上に座った。こちらに足をむけて大の字になって寝ている隆は相変わらず鼾を掻いている。英雄は右足を伸ばして、隆の足の先を蹴った。隆はちいさな唸り声を上げ、寝返りを打った。英雄は、チェッと舌打ちをした。

女の声が聞こえた。耳を澄ますと、声は止《や》んだ。空耳《そらみみ》かと首を横にふると、また声が聞こえた。

「逃げて行きました。むこうへ逃げて行きました……」

誰かと話しているような女の声だった。しかしその声は何度も同じ言葉をくり返した。

英雄は声の聞こえて来る窓の方へ這って行った。カーテンの隙間《すきま》から覗くと、ちいさな公園が見えた。水銀燈がひとつ点って、その光の輪の中に赤い影が見えた。大槻良子だった。良子は右手をすべり台の方へ真《ま》っ直《す》ぐ伸ばし、むこうへ逃げて行きました、と声を上げていた。

――そうか、たしか彼女は女優の卵と言っていたな。科白の稽古《けいこ》をしているのか……。

英雄は昨夜の隆の言葉を思い出した。

――こいつ、もう二カ月も撮影所に出かけてんのに、科白はたったの一言なんだぜ。その科白だって訛って言えないんだから……。

良子は今度は砂場の方を指さして、同じ科白を言った。科白が上手《うま》く行かなかったのか、良子は額に手を当てて、光の中を回りはじめた。そうしていきなり立ち止まると、両足を踏ん張り、左手を素早く挙げて、大声で科白を言ったが、すぐに首を傾《かし》げ、今度は囁《ささや》くように科白を言い、またうんざりしたように首を横にふった。何度も同じことをくり返している。誰もいない夜明けの公園で、何度も同じ科白を喋り続けている良子の姿を見ているうちに、英雄は胸が熱くなってきた。

良子が空を見上げた。英雄は良子の見ている方角に目を遣《や》った。そこに明けの星がひとつ瞬《またた》いていた。良子は胸の前で両手を合わせ、星をじっと見つめていた。祈るような彼女の姿が、英雄にはひどくまぶしく感じられた。

――美しい人だ。

と英雄は思った。

公園の水銀燈が消えた。彼女の背後に枝を伸ばしていた木々の影が視界にひろがった。さわさわと葉音が聞こえた。良子の髪が風に揺れていた。

次に英雄が目覚めた時、部屋の外からモーター音と金属を叩くようなひどい騒音が聞こえた。

カーテンのむこうにはすでに陽が差している。隆はまだ俯《うつぶ》せたままで寝ていた。

英雄は頭をふった。まだ頭痛がした。炊事場へ行き、顔を洗った。背後で隆が呻《うめ》き声を上げた。炊事場の横に吊《つる》してあるちいさな鏡を覗くと、英雄の顔の右半分は大きく膨れ上っていて、左目の瞼は紫色に変色していた。

「ひどい顔だ……」

英雄は便所を探した。部屋の中にはなかった。ドアを開けて廊下に出ると、入口の階段の脇《わき》にWCと書いた紙の貼《は》ってあるドアが見えた。英雄は廊下を渡って便所に行った。

便所から出ると、隆のいる部屋の突き当たりにある扉が開いていて、そこに青空が見えた。真っ青な空から差し込む陽差しが廊下に光の帯を伸ばしている。英雄は光を踏むようにして歩き、その扉から顔を出した。そこはベランダになっており、洗濯物が四月の風に揺れていた。英雄は素足《すあし》でベランダに上った。

このアパートは、ここら一帯の一番高台に建っているようだった。そこからパノラマのように、東京の海浜地帯が見渡せた。英雄は思わず溜息《ためいき》をついた。東京湾が目の前にひろがっている。水平線のむこうにかすかに見える稜線《りょうせん》は房総半島であろうか。右手の海岸には工場が途切れることなく建ち並び、その先の埋立地では石油コンビナートのタンク群が春の陽差しを照り返し、銀色にかがやいていた。さらに左手には鋸歯《のこぎりば》のようなかたちをした倉庫が続き、真正面には巨大な煙突が濛々《もうもう》と白煙を何本も立ち昇らせている。その煙りを裂くように銀色の飛行機が空へ飛び立って行く。あれが羽田空港なのだろう。その左手に何本もの塔が頭を揃《そろ》えて海へむかっている。湾には大型船が白波を蹴立てて進んでいる。タグボートが小鳥のように従っている。英雄は東京にも海があったことを知って、嬉《うれ》しくなった。

東京湾を囲む工場地帯の内側に目をやると、よくこれだけの家が建ち並んでいるものだと驚くほどの家並みが、石ころを打ち撒《ぶま》けたようにひろがっていた。屋根のかたちは皆まちまちで、この屋根の下に何人の人たちが暮らしているのだろうかと想像したただけで、英雄はおそろしい気がした。その家々の間を切断するように鉄道や道路の高架工事があちこちではじまっている。耳の中で、また工事の騒音が大きく響きはじめた。

——東京はこれから、もっと大きくなろうとしているのか……。

英雄は騒音の中で呟《つぶや》いた。

背後で物音がした。振りむくと、パンツひとつで隆が目をこすりながらベランダに出て来た。

「隆、よくこんなに家があるものだな。このひとつひとつの屋根の下に人が暮らしていると思うと、何か怖い気がしてくるの」

英雄が眼下の家々を見渡して言った。

「英ちゃん、本当の東京は、この逆側にあるんじゃ。ここは海からの東京の入口に過ぎん。こんなもので驚いとったらいかん。東京はこうやって毎日膨らんで行っとるんじゃ。もたもたしとったらわしも英ちゃんも押し潰《つぶ》されてしまうぞ」

隆は赤く腫《は》れ上った鼻先を擦《こす》りながらベランダの突端に立つと、海にむかって、うるさいぞ、工事を止めんか、眠れんじゃないか、と大声で怒鳴った。

英雄も突端に立って、膨張し続ける街にむかって、バカヤロー、と大声で叫んだ。

隆が、トーキョー、バカヤロー、とまた大声を上げた。

それから二人はお互いの顔を見つめ合い、歪んだ顔を指さして大声で笑い出した。

第四章　最後のキャッチボール

鑿岩機《さくがんき》が頭上で、アスファルトの地面を切り裂いている。

背後からコンクリート・ミキサー車を誘導する警笛の音が響き、大型車の鋭いブレーキ音とともに、砂利とセメントが流し込まれる激しい雨音に似た音が続く。工事規制された通りを、猛スピードで行き過ぎる車のエンジン音がそれに重なる。

英雄は背丈より深く掘られた溝の先端で、黒土にむかって鶴嘴《つるはし》をふり上げ、打ち込んでいる。

頭上に吊《つる》された裸電球の灯《あか》りが、英雄の立つ溝の底をわずかに照らしている。英雄は鶴嘴を脇《わき》に投げ捨てると、突き立てておいたスコップで土を掬《すく》い、後方の木箱に放り込んだ。見ると、背後で土を掘っていた男も木箱に土を入れている。

「おい、兄《あん》ちゃん。こっちとペースを合わせろよ」

夕刻、現場で顔を合わせた男が低い声で言った。薄汚れた作業ズボンにランニング・シャツ、首に巻いた汚れ手拭《てぬぐ》い姿は、いかにも現場慣れしているように映った。英雄は自分の掘った溝と相手の溝とを見比べた。男の掘った溝は英雄の半分も進んでいない。

「朝までに、この溝を掘ればいいんだ。おまえのように馬車ウマみたいにやってたら、身体《からだ》が持たないぞ。この溝を掘ったら終りじゃないんだ。東京はそこら中が工事だらけなんだ。次から次に仕事を片づけたからって金を多く貰《もら》えるわけじゃない」

男が英雄の目を見て言った。

「だけど、さっき現場監督が、もたもたするなって言ってましたよ」

「馬鹿野郎《ばかやろう》、俺《おれ》たちを煽《あお》って仕事をさせるのが、あいつの仕事だろうが。いちいち奴《やつ》の言うとおりにしてたら、くたばっちまうぞ」

男は吐き捨てるように言った。

「馬鹿って言い方はないだろう。俺は自分のやりたいようにやる」

「わからねぇ野郎だな……」

男がスコップを地面に投げ捨てた。英雄は相手を睨《にら》みつけた。

「おまえら、そこで何をさぼってやがる。穴に居るからって休んでるんじゃねぇ」

頭上から現場監督の浅葉《あさば》が英雄たちを覗《のぞ》き込んで大声で言った。男は舌打ちをしてスコップを拾うと、黙って土を掬いはじめた。

「おい、若いの、何をぼさっと突っ立ってるんだ。早く掘らねぇか」

英雄は現場監督を見上げて、鶴嘴を拾い黒土に打ち込んだ。

額から汗が滴《したた》り落ちてくる。夜中といっても、六月の東京は蒸し暑い。おまけに溝の底には湿気がこもっている。

頭上の空が少しずつ明るくなってきて、溝の底がうっすらと見えてきた。英雄はむきになって鶴嘴を振るっていたので、両腕がだるかった。

この仕事を終えれば今日の夕刻、三年振りに北条美智子《ほうじょうみちこ》に逢《あ》える。そう思うと、英雄は力が湧《わ》いてきた。

いつの間にか、背後で響いていた鶴嘴の音が聞こえなくなっていた。振りむくと、男は予定の溝を掘り終えて、煙草《たばこ》を吸っている。男が英雄に白い歯を見せた。英雄は不愉快になって、前にむき直り鶴嘴を振り下ろした。

「兄ちゃん、鶴嘴はもっと高く上げるんだ。腰を使って振り下ろしゃ、楽だ。深く入れたらテコの原理で柄の先を撥《は》ねるようにすりゃいい。肝心なのは要領だ」

英雄は男の声を無視して作業を続けた。

「おい、まだか？」

現場監督がまた顔を覗かせた。英雄はヘルメットを阿弥陀《あみだ》に被《かぶ》った監督の顔を見上げると、もうすぐです、と応《こた》えてぺこりと頭を下げた。

「早くやっつけちまえ。夜が明けてきたぞ。おい、モリ、少し手伝ってやれ」

現場監督はそう言い残して立ち去った。背後から英雄は肩を叩《たた》かれた。男が煙草をくわえたまま英雄の手から鶴嘴を捥《も》ぎ取った。

「俺が掘るから、兄ちゃんは土を浚《さら》いな」

男は鶴嘴を力強く打ち込むと、目の前の黒土を勢い良く裂いて行った。上手《うま》いものだ、と英雄は男の作業に見とれた。

「おい、ぼやっとしてないで土を片づけろよ」

「は、はい」

英雄はあわててスコップを持ち、足元の土を掬った。……

新宿の職業安定所の脇の広場は、夜中の作業を終えて戻って来た者と、これから現場へむかう労働者たちでごった返していた。英雄はトラックから飛び降りると、飯場小屋のそばにある事務所へ行き、昨日の夕刻、受け取った作業票を手に列に並んだ。

先刻《さっき》の男は事務所の隅にある洗い場の脇に座って煙草を吸っていた。

──あいつは金を受け取らないんだろうか？　英雄の視線に気づいて、男は英雄を手招きした。英雄はもう列の中程に立っていた。男の所へ行けば、また列の最後方に並び直さなくてはならない。

男が手を上げ、並ぶのはやめろという仕種《しぐさ》をして、また英雄を手招いた。英雄は首を傾《かし》げながら男のところへ歩いて行った。男は笑って、煙草を差し出した。

「あっ、俺、吸いませんから……。何か用ですか？」

英雄が訊《き》くと、男は煙草をゆっくりと燻《くゆ》らせて笑っている。

「俺、急いでるんで……」

と、英雄が立ち去ろうとすると、

「兄ちゃん、金を受け取るのは、列の最後にしろ」

男は低い声で言うと、英雄の手から作業票を取り、鉛筆で殴り書きされた数字に目を走らせた。

「もう五百円多く貰えるかもな……」

男は意味ありげに英雄に笑いかけた。

男の言うとおり、列が途絶えた頃《ころ》を見計らって金を受け取りに行くと、現場監督は男と英雄の顔を交互に見較《みくら》べて、作業票の数字を書き直した。隣りにいたハンチング帽の男はそれを受け取り、約束の八百円に五百円札を一枚足して支払ってくれた。

「おい、朝飯を喰《く》うんだろ。近くに安くて美味《うま》い飯屋があるから、一緒に行こう」

男はそう言って、先に歩きはじめた。英雄はナップザックに金を入れると、あわてて男の後を追い駆けた。

飯屋には客が溢《あふ》れていた。客は労務者ばかりだった。カウンターの中では数人の女が忙しそうに立ち働いている。大きな鍋《なべ》から湯気が上り、美味そうな匂《にお》いが漂ってきた。男はカウンターの前に立つと、臓物《もつ》汁《じる》、飯大盛、新香、うどん、と大声で言い、英雄を振り返って、同じもんでいいかと訊いた。英雄が頷《うなず》くと、それをもう一丁だと怒鳴った。男は英雄に手を差しだした。英雄はナップザックの中から五百円札を取り出して男に渡した。男は、百円でいいんだと言い、自分の分と合わせて百円札を二枚カウンターに置いた。

奥のテーブルにむかい合って座ると、男は黙って飯を食べはじめた。炊《た》き立ての白飯が美味かった。上京して以来、ひさしぶりに美味い飯を食べる気がした。

「大学生か？」

男がうどんを掻《か》き込みながら訊いた。

「はい。一年生です」

「じゃ、俺と同じだ」

一瞬、英雄は飯を喉《のど》に詰まらせそうになった。

「えっ、何だって？」

英雄が驚いて訊き返すと、

「俺も大学一年だと言ったんだ」

男は平然と言い放つと、薬缶《やかん》の水を飯丼《めしどんぶり》に注いだ。日焼けした髭面《ひげづら》から、男の年齢は三十歳近くに見えた。

「じ、じゃ、俺と同じ歳《とし》ですか。十八歳？」

「俺は二十一だ。大学を二度変わった。今の大学も入学はしたが行っちゃいない。だからまだ一年ってことだ」

男は喉を鳴らして水を飲み干した。それにしても老《ふ》けていると、英雄は思った。

「さっきは、どうして金を多く貰えたんですか？」

英雄が、先刻の日当の支払いのことを訊くと、男は現場監督のピンハネの仕組みを教えてくれた。

「最初に並んだ奴の頃にはまだピンハネの算段が立たないから、どうしても少ない支払いになるんだ。終り近くになって、あらかたピンハネの算段が立ってくると、あいつは顔見知りにイロをつけてくれるのさ」

英雄は男の話に、感心したように聞き入った。

「大学へは行ってるのか？」

英雄が首を傾げると、男は笑って、

「大学なんてのは面白いところじゃない。おまえ、学部は何だ？」

と訊いた。英雄が文学部の日本文学を専攻していると答えると、

「それなら授業に出なくても、本を読んでりゃ済むな」

男はあっさりと言った。英雄が男の学部を尋ねると、文学部の露文科だと答えた。

「今夜も、あの現場へ来いよ。口は悪いが、あの監督は仕事が早い。その分休める」

英雄が笑って頷くと、男は煙草を取り出しながら訊いた。

「田舎《いなか》はどこだ？」

「山口県の三田尻《みたじり》というちいさな港町です」

英雄が言うと、

「なら田舎の話を、あの監督には話すな」

男は口をへの字に曲げて、釘《くぎ》を刺すように言った。

「どうしてですか？」

「監督は、会津《あいづ》だ」

「会津がどうかしたんですか？」

英雄が訊き返すと、男は目を丸くして、

「そんなこともわからないのか？」

呆《あき》れた顔で英雄を見返した。

男の口から幕末の戊辰《ぼしん》戦争の時に、会津が薩摩《さつま》、長州、土佐の新政府と最後まで戦ったことを説明され、英雄もようやく理由《わけ》がわかった。

「そんな昔のことを、まだ根に持ってるんですか？」

「ああ、敗れた者には恨みは残るものだ」

男は訳知り顔で言った。自分の名前は森田《もりた》理《さとし》だが、モリと呼べばいいと言って笑った。英雄も名前を名乗ると、酒を追加注文したモリを置いて飯屋を出た。

表通りでは、人を集める周旋屋たちの声が飛び交い、労務者を荷台に乗せたトラックがけたたましくクラクションを鳴らして現場へむかって走り去っていった。……

目覚し時計で正午に目覚めた英雄は、洗面場へ行って顔を洗い、身支度を整えた。

アパートの玄関で靴を履《は》こうとしていると、管理人の女性に呼び止められ、手紙を渡された。差出人を見ると弟の正雄からだった。英雄はその手紙を二つに折ってポケットに仕舞った。

十日ほど前の朝、英雄はアパートの管理人から、電話が入っていると呼び出された。階下へ行って受話器を取ると、フフフッと女の笑い声がした。

――誰だかわかる？　英雄君、フフフッ……。

笑い声ですぐに美智子だとわかった。

――どうして連絡をくれないの？　私のことなんか忘れちゃったのかな。

ひさしぶりに聞く美智子の声に、彼女の快闊《かいかつ》な笑顔と大きな瞳《ひとみ》がよみがえった。美智子が英雄の大学を見てみたいと言うので、後日キャンパスで逢う約束をして電話を切った。

英雄は大学へむかう電車の中で、美智子のことを考えていた。三年振りに逢う美智子はどんなふうになっているだろうか。昔のままの屈託のない性格でいるのだろうか。東京に戻ってからの三年が美智子を変えてはいないだろうか……。

池袋で電車を降り、駅の階段を上ると、英雄の歩調は自然と早くなった。

正門からキャンパスに入り、正面にある大時計のかかった学舎《まなびや》を見た。美智子は時計台の下で待っていると言っていた。

時計台の下には何人かの学生が屯《たむ》ろしており、その中にピンク色のワンピースを着た髪の長い女性の姿が目にとまった。

美智子だ。遠目にも美智子の大きな瞳が見て取れた。美智子もすぐに英雄に気づいて、

「英雄君、ヤッホー」

と大声を上げ、手をふりながら走りだした。キャンパスを歩いている学生や芝生に座っていた学生が、スカートを翻《ひるがえ》して走る美智子を振りむいた。美智子は英雄に駆け寄ると手を握りしめて来た。

「やっと逢えたね。いや、本当に英雄君だ」

飛び跳ねる美智子を見て、変わっていないなと英雄は思った。

「ねぇ、君を待っている間に、何人の学生が私に声をかけてきたと思う?」

美智子が耳元で囁《ささや》いた。

「この大学は軟派が多いからな」

「あらっ、英雄君は軟派じゃないの?　もうガールフレンドはできた?」

英雄は笑いながら首を横にふった。通り過ぎる男子学生たちが美智子を振りむいてゆく。美智子は彼等に笑って科《しな》を作る。それが少しも媚《こ》びたふうに見えない。東京で

見る美智子は活《い》き活きしているように思えた。

「へえっ、あれが有名なチャペルね。一度、このキャンパスに来てみたかったの。……ねぇ英雄君、ずいぶん日焼けしてるね。相変わらず野球をしてるの？」

キャンパスを見回していた美智子は、英雄の顔を改めて見て言った。

「いや、野球は高校で終りにした」

「じゃ、何をしてるの？」

「何もしてない。してると言えば工事現場で働いているくらいかな」

「え、そんなアルバイトしてるの。まあ、それも英雄君らしいのかな……。ねぇ、これから新宿に行きましょうよ。私のボーイフレンドが新宿のジャズ喫茶に出演してるの。素敵な人なのよ」

そう言うと、美智子は英雄の腕に手を回して歩き出した。正門を出たところで、英雄は同じクラスの二人の女子学生とすれ違った。二人は英雄と美智子を交互に見て、目を丸くして通り過ぎていった。

「知っている子なの？」

「同じクラスの子だよ」

「そう、まだ子供ね。英雄君のタイプじゃないわね」

美智子はスキップをするように歩いた。

新宿の町は人で溢れていた。駅前の交差点で信号が青になるのを待っている間も、背後から人が次々に押し寄せてくる。先月、隆と待ち合わせた時もそうだったが、これだけの数の人間がいて、誰ひとり知り合いのいないことがおそろしいような気がした。往《ゆ》き交《か》う人々は、皆平気な顔で歩いている。そんな恐怖を感じているのは自分だけなのかと思うと、すれ違う人が皆、人間の仮面を被った人形ではないかと思えてしまう。雑踏に佇《たたず》んでいると、目の前を行き過ぎる人の数が多ければ多いほど、孤独を感じて、英雄はあまり新宿に出かけなかった。街が自分を拒絶しているようにさえ思えた。

でも、今日は美智子が隣りにいる。それだけのことで英雄は安堵《あんど》している。英雄は信号を待つ間、美智子の横顔を覗《のぞ》き見た。美智子は楽しそうに身体《からだ》でリズムを取りながら、歌舞伎町《かぶきちよう》の方を見つめていた。ここは美智子の街なのだと英雄は思った。

美智子は途中、花屋に寄ってバラの花を一輪買った。

「バラの花が好きな人なの……」

美智子はバラの香りをかぐような仕種をして、目をしばたたかせた。英雄はそんな美智子を見て、複雑な気持ちになった。

地下への階段を下り、店の扉を開けると軽快なジャズが聞こえてきた。店の中は照明がひどく暗く、混み合っていて、壁際《かべぎわ》に立っている客もいた。美智子の顔見知りらしい店員の案内で、二人はステージの前の席に着いた。美智子が店員にコークハイと言って、指を二本立てた。テーブルは相席で、目の前の男は瞼《まぶた》を閉じて陶酔したように身体を揺らしている。その男の隣りに座っている若者は暗い灯りの下で分厚い本を読んでいた。

レコード演奏が終り、ステージに照明が点《とも》ると、男たちが静かにあらわれ、ぱらぱらと拍手が奥の方から聞こえてきた。ピアノのソロ演奏がはじまり、サングラスをかけたサクソフォーン奏者がステージの中央へ出てきた。

——この男が美智子のボーイフレンドなのだろうか。

英雄はサクソフォーン奏者を見つめた。美智子の横顔を見ると、音楽に合わせてリズムを取りながらステージを見ていた。ベースの音が椅子《いす》の下から英雄の身体に振動を伝えてくる。

——それはそうだな。三年も逢《あ》っていないんだから、美智子にだって好きな人ができてもおかしくない……。

英雄は、今しがた花屋の店先で、バラの花の香りをかいでいた美智子の姿を思い浮かべた。本を読んでいた若者がちらりと美智子に視線をむけた。男たちが美智子に魅せられるのは当たり前だと思った。美智子にはそれだけの魅力があった。英雄はステージのサングラスの男に軽い嫉妬《しっと》を覚えた。

小一時間で演奏が終った。行きましょうと言って美智子は立ち上り、ステージの奥に入って行った。今しがたサクソフォーンを吹いていた男が、木箱の上に腰を下ろして煙草《たばこ》を吸っていた。美智子は男に声をかけ、その奥にあるドアを叩《たた》いた。中から男の声がして、美智子が名前を告げた。美智子は笑って英雄を振りむいた。

「俺は、ここで待ってるよ」

英雄が言うと、美智子が首を横にふった。

ドアが開いて、背の高い痩《や》せた中年の男が顔を出し、美智子を見て微笑《ほほえ》んだ。美智子は男にバラの花を差し出した。男はバラの花を受け取ると、花の香りをかいでちいさく頷き、美智子を抱き寄せて彼女の頬《ほお》にキスをした。ピアノを弾いていた男だった。美智子が英雄を振りむいて男に何事かを囁いた。男は笑って、英雄を手招いた。英雄は楽屋に入った。

「ジェリー、私のお友だちで英雄君」

美智子が英雄を紹介すると、男は手を差し出し握手を求めた。男の手は女性の手のようにやわらかだった。

「ジェリーです。よろしく」

「高木英雄です。初めまして」

男の顔を見ると、瞳が青かった。日本人ではないのかと英雄は思った。

「美智子、元気だった？」

男は言って、美智子の手を握った。美智子の顔は紅潮して、目が潤《うる》んでいた。こんな美智子の表情を見るのは初めてだった。

――こんな大人と美智子はつき合っているのか……。

男の手が美智子の手をくるむように撫《な》でていた。甘えるような声で美智子は男に話しかけている。英雄はその場に居たたまれなくなった。

「俺、外で待ってるから……」

そう言って英雄は楽屋を出た。

サクソフォーンの男がサングラスに息を吐きかけながらレンズを磨いていた。男は英雄の顔を見ると、楽屋のドアの方を顎《あご》でしゃくり、ウィンクして白い歯を見せた。部屋の中の二人をからかっているようなその仕種《しぐさ》に、英雄はなぜか腹が立った。

階段の方から靴音がして、胸の大きく開いたセーターに白いパンツを穿《は》いた濃い化粧の女が降りてきた。女は楽屋の方へ歩いて行った。サクソフォーンの男が口笛を吹いて、首を横にふった。それを無視して女はドアをノックし、甘い声でピアノ弾きの名前を呼ぶと楽屋へ入って行った。女と入れ違いに固い表情をして美智子が出てきて、急ぎ足で英雄と男の間を通り抜けると、階段を上って行った。英雄は美智子の後を追い駆けた。

美智子は雑踏の中を脇目《わきめ》もふらずに歩いていく。おい、美智子、待てったら……。英雄の声に美智子は立ち止まった。その場に立ちつくし、唇を嚙《か》みしめていた美智子は、やがて空を見上げて、フフフッと笑うと、

「ねぇ、お腹空《なかす》いてない？　この近くに美味《おい》しいピザの店があるの。私がご馳走《ちそう》するから……」

とかすれた声で言った。

英雄は美智子を追うようにして歩いた。英雄には美智子が、どうして親子ほど年齢が開いている男を好きになるのか、訳がわからなかった。東京では皆、そんな恋愛を平気でしているのだろうか。英雄にはよく理解できなかった。

ピザの店は美智子の通っている服飾専門学校のそばにあった。小綺麗《こぎれい》な店だった。英雄は生まれて初めてピザというものを食べた。美智子がかけてくれた赤い小壜《こびん》に

入った香辛料がひどく辛《から》かった。英雄が顔を顰《しか》めていると、美智子は大声で笑い出した。

その笑顔を見て英雄は、美智子には笑顔が一番似合うと思った。英雄がツネオやドミニカから引き揚げてきた藤木太郎のことを話すのを、美智子は懐《なつ》かしそうに聞いていた。

「へぇー、そうなの。隆君も上京してるの。撮影所でアルバイトか。隆君は映画が好きだったものね。逢いたいな……」

「隆は何も変わっちゃいないよ。実は俺、今日、筧《かけい》の家へ行くつもりなんだ……」

英雄が筧と連絡がつかなくて心配していることを話すと、美智子も一緒に行くと言い出した。

成城学園前駅で電車を降り、二人は駅のそばの交番へ行って筧の家への道順を尋《たず》ねた。

警察官は目標となる教会の建物と筧の家の特徴を教えてくれた。筧の家は洋館建てで、大きなヒマラヤ杉が目印だった。

筧浩一郎《こういちろう》は英雄の中学時代の友人で、二人は野球部で一緒だった。筧の夢は神宮球場のマウンドに立つことだった。英雄も、彼の野球の力量なら、その夢が叶《かな》えられるだろうと思っていたし、神宮球場へ筧を観《み》に行くことが東京へ行っての英雄の楽しみだった。二人は時折手紙を出し合っていた。去年の夏の終りから、その手紙がぷっつり来なくなった。英雄は心配になって何度か手紙を書いたが、返事は来なかった。今春、上京することが決まって、手紙を出したが、その返事も届かなかった。

「このあたりは大きなお屋敷が多いわね」

美智子が周囲の邸宅を見回しながら言った。

傾きかけた六月の陽差しに、両脇のイチョウの葉が輝いていた。やがて警察官が教えてくれた教会の十字架が見えてきた。そこを左に折れると、前方に大きなヒマラヤ杉のある洋館が見えた。

「あっ、あの家だろう」

英雄は筧から来た葉書の住所を確認しながら、門の前に立った。門柱にかかった大理石の表札には筧真之輔《しんのすけ》と名前が刻まれていた。

「大きな家ね。筧君って、本当にお坊ちゃまだったのね」

美智子の声を聞きながら、英雄は門柱の脇の呼鈴《よびりん》を押した。返事はなかった。留守なのだろうか。美智子も呼鈴を押したが、やはり返事は返ってこなかった。二人は顔を見合せ首を傾《かし》げた。英雄は家の周囲を見回した。左手のヒマラヤ杉のある方の石垣が少し低くなっている。英雄は石垣に登って家の中を覗いた。庭先の池の縁《ふち》に白い人影が見えた。若い女性だった。

「すみません。筧さんの家の方ですか？」

英雄が声をかけると、女性はあわてて家の中に消えた。

「誰かいたの？」

美智子がやって来て、爪先《つまさき》立ちして中を覗こうとした。

「若い女の人が立っていたんだけど、声をかけたら家の中に入ってしまったんだ」

「人がいたの。ならどうして呼鈴に出なかったのかしら」

英雄は門の前に戻って再度、呼鈴を鳴らした。やはり返事はなかった。

二人が家の中を覗きながら話していると、通りの角から自転車に乗った警察官があらわれた。先刻の警察官だった。

「君たち、ここで何をしてるんだね」

警察官が強い口調で英雄に訊《たず》ねた。

「友だちの家を訪ねて来たんですが、返事がなくて……」

英雄が言うと、警察官が、

「今、この家から通報があって、不審な人物が家の周《まわ》りをうろついていると言ってきたんだ」

と畳みかけるように言った。

「えっ、嘘《うそ》でしょう。私たち、ここの家の子と友だちなのよ」

美智子が信じられないという顔をして言い返した。警察官が英雄に名前を尋ねた。

「ずい分失礼じゃないですか。俺たちが悪いことをしてるような言い方をして……」

英雄は声を荒らげて言った。

その時、家の前にタクシーが停車して、女が紙袋を手に降りて来た。見覚えのある顔だった。女は警察官と英雄たちを見て、何かあったのですか、と訊《き》いた。英雄は女の名前を思い出した。紡績工場の筧の家にいたお手伝いの竹内《たけうち》早苗《さなえ》だった。

「あっ、俺です、高木英雄です。おひさしぶりです。浩一郎君の同級生だった古町《ふるまち》の高木ですよ」

英雄が言うと、早苗は大きく頷《うなず》いて、

「ああ、高木さん。東京へいらしてたんですか。ご無沙汰《ぶさた》しています」

と丁寧《ていねい》に頭を下げた。

「ほら知り合いでしょう」

美智子が警察官にむかって言った。警察官は早苗に、今しがた不審人物が家の周りでうろついていると通報があったことを説明した。早苗は警察官の言葉に、お嬢さまが連絡されたのだと思います、と言って、家の中を窺《うかが》うように見て顔を曇らせた。

警察官が去ると、英雄は早苗に訊いた。

「筧君は今いないんですか？」

早苗は困ったような表情をして言った。

「浩一郎さんは今お出かけです」

「じゃ俺が訪ねてきたことを伝えて下さい。住所と連絡先を教えときますから、筧君に必ず連絡するように言って下さい」

英雄は手帳を出すと連絡先を書いて渡した。承知しました、と早苗はまた丁寧に頭を下げて、門の中に消えた。

「何だか様子が変ね……」

美智子が腑《ふ》に落ちない表情で言った。

二日後の朝、英雄のアパートに早苗から電話が入った。早苗は今から逢えないかと英雄に告げ、彼女は家に病人がいるので遠くへは出て行けない、と申し訳なさそうに言った。

英雄は小田急線で成城学園前まで行き、早苗と待ち合わせた駅前の喫茶店へ入った。早苗は喫茶店の窓際の席にひとりで座っていた。

「先日はご迷惑をおかけして申し訳ありませんでした。実は浩一郎坊ちゃんのことなんですが……」

早苗は涙ぐみながら話をはじめた。

早苗の話では、筧は去年の夏、父親と諍《いさか》いを起こし、成城の家を出てひとりで暮らしはじめていた。一年前に、以前から身体の具合が悪かった母親が亡《な》くなり、そのショックでずっと母親を看病していた筧の姉の綾子《あやこ》が、心身症を患《わずら》って入院した。母親が生きていた時から仕事が忙しくて、満足に見舞いにも行けなかった父親が、家を空《あ》けることが多くなった。去年の夏、泥酔して帰宅した父親に筧が、姉の見舞いくらいは行って欲しいと言って口論になった。諍いは殴り合いになり、筧は父親に怪我《けが》を負わせて家を出た……。

早苗は、そこまで話してハンカチで顔を拭《ぬぐ》った。

「それで筧君は今、どこにいるの？」

英雄は泣いている早苗に訊いた。

「横浜の奥様の実家の近くに、叔母さまがアパートを借りて差し上げて、そこにひとりで住んでいらっしゃるそうです。住所は教えて貰《もら》えないんです。けどたまに綾子さんに逢いに、旦那《だんな》さまがいらっしゃらない時に成城の家にみえます」

「前はいつ来たの？」

「先月の終りでした。私の予感ではもうすぐおみえになると思いますが……」

「じゃ、俺、今日、筧君を待ってるよ」

英雄が言うと、早苗は申し訳なさそうに、頭を下げた。

「留守中に屋敷に人を入れると、私が旦那さまに叱《しか》られますので……」

「いいよ。俺はここで待ってるから、筧君が来たら報《しら》せて下さい。ところで筧君はどこの学校へ行ったの？」

英雄が訊くと、

「受験にも失敗なさったんです」

早苗は顔を曇らせて言い、喫茶店を出て行った。

六月の空が喫茶店の窓に映り込んでいた。窓枠の中を夏雲が流れてゆく。

筧と初めて逢った中学校のグラウンドでの出来事や、紡績工場の中にあった筧の家を訪ねた時に見た、筧親子の仲睦《なかむつ》まじい様子が思い出された。恥じらうような筧の笑顔が流れる雲に重なった。

夕暮れ、早苗が喫茶店に電話をかけて来て、筧が家に来なかったことを告げ、横浜の筧の叔母の住所を教えた。


翌朝早く、英雄はアパートを出て横浜にむかった。

アパートの管理人から、横浜の山手町までの行き方を教えて貰った。日曜日の電車は家族連れで混み合っていた。英雄は横浜駅で東海道線から根岸線に乗り換え、石川町で降りた。交番で住所を告げ、道順を訊ねた。

教えられた道を歩き出すと、すぐに急勾配《こうばい》の坂道になった。身体中から汗が吹き出して来た。坂道を登り切り、右に折れると、眼下に横浜港が見渡せた。英雄はしばらくその場に立って、海を眺めた。今春、六甲山《ろっこうさん》から見た神戸の港よりも横浜港は大きかった。艀《はしけ》が波を蹴立《けた》てて進んでいる。海風がかすかに首筋を撫でた。汐《しお》の匂《にお》いはしなかった。英雄は故郷の古町から見た海を思い出した。

三日前に弟の正雄から手紙が届いていた。正雄の手紙には、母の絹子が出した手紙に英雄が返事を書かないので淋《さび》しがっているとあった。東京へ出てから三カ月が過ぎていたが、その間に一度も田舎《いなか》のことを考えていなかったことに、英雄は気がついた。

自分のことで精一杯だった。

大学のカリキュラムがはじまり、授業に出たものの、退屈なだけで勉強する気持ちにならなかったし、女子学生ばかりの文学部の授業は教室にいるだけで息苦しかった。勧誘されてサークルの見学に行ったが、学生たちは皆軟派で、話をしてもつまらなかった。

筧に逢《あ》いたかった。筧がひとり悩んでいるのなら、英雄は自分にできることを筧にしてやろうと思っていた。

背後からクラクションの音がした。英雄は道の端に除《よ》け、車を遣《や》りすごすと、手にした住所の紙を見直して歩きはじめた。

早苗に渡されたメモの番地にあったのは一軒家ではなく、モダンな白い箱型の建物だった。一階のロビーに入ったが、筒井《つつい》文子《ふみこ》という名前はなかった。

英雄が思案に暮れていると、奥から空色の作業着を着た女性が出てきて、英雄を見て笑った。恰幅《かっぷく》の良い白人の女性だった。英雄はたじろいだ。

「どちらを訪ねてますか？」

女性は日本語で訊いた。

「筒井さんのお宅なんですが……」

英雄が言うと、女性は笑って、

「筒井さんは二〇一号室です」

と言って、表札の並んだ脇にあるボタンを押すように教えてくれた。見ると、アルファベットの文字で、F・TUTUIとあった。ボタンを押すと、はい、と女性の声が返って来た。

「すみません。高木英雄と申しますが、筧浩一郎君に逢いに来ました」

英雄が言うと、しばらく相手は黙ってから、尋ねて来た。

「もう一度、名前をおっしゃって下さい」

「高木英雄と言います。筧君の中学時代の友人で、成城の家でこちらの住所を聞いて来ました。筧君に逢いたいのですが……。僕の名前を言ってくれれば、筧君はすぐにわかります」

英雄が大きな声で説明した。

「そこでお待ち下さい」

と言って声が途絶えた。数分後、白髪《しらが》の女性がロビーにあらわれた。女性は英雄の顔をまじまじと見て、素気《そっけ》なく言った。

「浩一郎はどなたにも逢わないと言っていますが」

「そんなはずありません。俺、いや僕ならきっと逢ってくれるはずです。山口で一緒に野球をしていた仲間です。去年の夏までは手紙も出し合ってました」

「失礼ですが、お名前をもう一度……」

「高木、高木英雄です。ヒデオと言って貰えばわかります」

英雄は必死で女性に訴えた。女性はしばらく、このロビーで待ってくれと告げて外へ出て行った。英雄はロビーで革張りの椅子《いす》に座って待った。三十分ほどして女性は戻って来た。

「高木さん。やはり浩一郎は逢わないそうです。よろしく伝えて欲しいとのことでした」

「そ、そんな……。筧が、そんなふうに言うわけがない。俺たちは親友なんです」

「高木さん。浩一郎は今とてもナイーブになっています。お友だちなら、そっとしておいてやって下さい」

女性はそう言って奥へ消えようとした。

「ま、待って下さい。なら、僕の住所とアパートの電話番号を書きますから、それを筧君に渡して下さい」

英雄はナップザックからノートを出し、住所と電話番号を書いた紙を女性に渡した。

英雄は建物を出ると、墓地の方へむかって歩き出し、木陰《こかげ》に身を隠した。そこから建物の様子を窺っていると、先刻の女性が表へ出て来た。英雄は距離を置いて女性の後をつけた。

女性はゆるやかな坂道を下り、それからやや勾配のある坂道を上り、十分近く歩いて、公園の脇《わき》を右に折れた。英雄は相手の姿を見失うまいと走り出した。あわてて公園の前へ着くと、生い茂った木々の青葉の隙間《すきま》から、女性が一軒の建物に入って行くのが見えた。英雄は公園の中に入って、建物の様子を窺っていた。女性はすぐに建物から出て来て、先刻来た道を戻って行った。建物に近づいて見ると、それは木造建てのアパートだった。英雄は、このアパートに筧が居るのだと確信した。

どうしようかと考えた。いきなり訪ねて英雄の名前を告げても、逢いたくないと言っている筧は部屋から出て来ない気がした。英雄は、この公園で筧が表へ出て来るのを待つことにした。

午後になっても筧は表へ出て来なかった。英雄はベンチに座って、じっと待ち続けた。腹の虫が鳴った。しかし、公園を離れるわけにはいかなかった。英雄は水飲み場に行って何度も水を飲んだ。日が傾きはじめた。一晩でも二晩でも、ここで筧を待とうと英雄は決心していた。よほどの事情が筧にはあるのだろうと思った。

やがて公園の水銀燈が点《とも》り、空に星がまたたきはじめた。こうして星を見上げるのは、上京以来初めてだった。この三カ月、英雄は人混みの中をうろつくだけで、夜空を見上げることがなかった。東京より、この横浜で暮らす方が英雄には合っているような気がした。遠くで汽笛の音が響いた。ひさしぶりに耳にする船の汽笛だった。

かすかな足音が聞こえた。英雄は音のする方角を見た。人影が公園の中に入って来る。ゆっくりした歩調だった。人影は水銀燈の下のベンチに腰を下ろした。背中を丸め、足元に視線を落している。上半身が木の蔭に入っていて、顔が見えなかった。その人影がゆっくりと顔を上げた。筧だった。

筧は両手を膝《ひざ》の前で握って、じっと宙を見つめている。ひどく瘦《や》せていた。髪の毛も散切《ざんぎ》りで、シャツをボタンも留めずに着ていた。筧の視線はじっと足元の一点を見つめている。英雄が公園の中にいるのを筧は気づいていない。

英雄はゆっくり立ち上ると、筧に近寄って行った。筧は動かない。英雄は水銀燈の灯りの輪の中に入って立ち止まった。足音に気づいたのか、筧が英雄の方に目をやった。ぼんやりと英雄を見つめた。しかし、その視線は英雄の姿を認めていないようだった。

「元気か？　筧」

英雄が笑って声をかけた。筧が目をしばたたかせた。筧はじっと英雄の顔を覗《のぞ》き、目を瞠《みは》った。

「幽霊じゃないぞ。俺だよ。高木英雄だ」

筧が口を半開きにして、何か言おうとした。英雄は首を横にふって言った。

「何も言わなくていい。俺はおまえに逢いに来ただけだ。それでいいんだ」

筧の目から大粒の涙が零《こぼ》れ出していた。

額《ひたい》と右頬に傷跡が浮かんでいた。英雄が筧に歩み寄ると、筧は立ち上った。筧はしゃくり上げている。

「何じゃ、華北中学のエースが。ざまはないのう。どこのヘボチームに打ち込まれたかよ？」

英雄が田舎訛《なま》りで言うと、筧はようやく声を上げ、

「ヒ、ヒ、英雄君……」

と言って、英雄の両肩を摑《つか》んで胸に頭を埋めた。

「俺が逢いに来たのに、よろしく伝えてくれ、はないだろうが。この野郎……」

英雄は筧の頭を拳骨《げんこつ》で軽く殴《なぐ》った。ご、ごめん、と詫《わ》びようとするが、筧の声は言葉にならなかった。

その晩、英雄は筧の部屋に泊った。

筧は床に入ると、母親の死ぬ前から父親が別の女性と交際していたことを、憎々しげに打ち明けた。

「あいつは何年も前から僕たちを裏切っていたんだ。綾子《あやこ》姉さんはそれを知ってたんだ。それでも姉さんは懸命にママの看病をしてた……」

英雄は成城の家の庭先にいた白い人影を思い浮かべた。

英雄は父の斉次郎にも同じことがあり、その女の家で斉次郎と大喧嘩《げんか》になった話をなるたけ陽気に話したが、筧は英雄の言葉をまるで聞いていない様子だった。筧は時折、急に黙り込み、一点を見つめたまま身体《からだ》を動かさなくなった。そんな時、英雄は大声で筧に話しかけた。すると筧は目が覚めたように英雄の顔を見返し、束《つか》の間《ま》、耳を傾けるのだった。

「筧、明日起きたら、二人で海を見に行かないか。今日、横浜の港を見てたら、海を見とうなった。泣き子坂の浜辺のようなところが、このあたりにはあるかの？」

英雄が訊《き》くと、

「うん。あるよ。じゃ、明日、江ノ島の海岸へ行こう。僕が案内するよ。茅《ち》ヶ崎《さき》の海岸も大きくていいよ」

箕は笑って言った。英雄が笑い返すと、箕は嬉《うれ》しそうに頷《うなず》いた。
やがて寝息が聞こえてきた。箕の寝顔を覗くと、眉間《みけん》に深い皺《しわ》を刻んで眠っていた。
赤い傷跡が痛々しかった。英雄はせつなくなった。
英雄は立ち上って、机の上のスタンドを消そうとした。机の前の壁に二枚の写真が貼《は》ってあるのが目に止まった。一枚は亡くなった箕の母親と姉の写真のようだった。
もう一枚には箕と若い女性が寄り添うように写っていた。二人ともしあわせそうに笑っていた。女性の肩に箕の手が置いてあった。

——箕の恋人だろうか？

英雄は写真の中の箕の屈託のない笑顔を見直して、早くこんなふうに笑う箕に戻って欲しいと思った。

翌朝、英雄が目覚めると、隣りに寝ていた箕の姿がなかった。英雄はあわてて起き上った。枕元《まくらもと》にメモが置いてあった。

叔母のところへ行ってすぐ戻って来ます。テーブルの上にパンと牛乳があるから食べて下さい。

浩一郎

英雄がパンを食べていると、ドアが開いて白い夏帽子を被《かぶ》って筧が戻って来た。筧のうしろには昨日の白髪の女性、筧の叔母の筒井文子がいた。

彼女は部屋に入ると、昨日の非礼を詫びて、今日一日、浩一郎のことをよろしく頼みますと、頭を下げた。英雄も女性の後をつけたことを謝《あやま》った。筧は隣室で着替えをしていた。その隙に筧の叔母が英雄に甥《おい》の状態を打ち明けた。英雄は叔母の話を聞いて顔を曇らせた。

二人は根岸線で横浜まで出て、横須賀線《よこすかせん》に乗り換えた。鎌倉で下車し、そこから江ノ電に乗込んだ。

電車に乗っている間、英雄が話しかけなければ、筧はずっと一点を見つめたまま、何も話さなかった。

英雄は、アパートを出る前に、筧の叔母が言った言葉を思い出した。

――浩一郎さんから目を離さないで下さいね。道路や乗り物から飛び出すことがありますから……。それだけではありません。最初は何も食べようとしませんでした。先生の話では、生きようとする意志がなくなっているということでした。あの傷も自分で壁に顔を打ちつけたんです……。

叔母の言葉を聞いて、英雄は顔を強《こわ》ばらせた。

英雄は寛の横顔を見た。白い夏帽子を被って、叔母のこしらえたサンドウィッチの箱を膝に載《の》せた寛の姿は、少年のように映った。英雄は寛が無垢《むく》な子供に還《かえ》った気がした。澄んだ寛の目が英雄には痛々しく見えた。

——必ず俺が、マウンドで笑ってた時の寛に戻してやる。

英雄は胸の中で呟《つぶや》いた。

鎌倉駅を出てしばらくすると、車窓に水平線が見えて来た。

「おい、寛、海が見えたぞ」

英雄が大声で言うと、寛も首を伸ばして海を見つめた。

「泣き子坂や佐多岬《さたみさき》から見る海とはずいぶん違うな。こっちの海は上品だな」

英雄が声をかけると、

「うん、そうだね」

寛は嬉しそうに答えて頷いた。

江ノ島へ着くと、二人は海岸へ出た。平日の海辺は人影もまばらだった。

英雄は寛になるべく大きな声で話しかけた。英雄は太郎やツネオの消息を話した。

中学時代のことを話す時は寛も懐《なつ》かしそうに耳を傾け、笑顔を見せるのだが、会話が途切れると、それまで話したことをまるで忘れてしまったような表情をした。

「筧、ガールフレンドはできたのか？」

英雄は筧の部屋の壁に貼ってあった、女の子との仲睦《なかむつ》まじい写真を思い出して言った。

「えっ、何？」

「ガールフレンドだよ。そうじゃなかったら、恋人だよ。筧は華北中学でもモテたからな……」

英雄が言うと、筧は急に真顔になり、

「恋人なんかいない。皆、僕を裏切った。裏切った……」

と憎々しげに言った。その表情は昨夜、部屋で父親の話をしていた時と同じ険《けわ》しい顔つきだった。英雄は筧の目を見つめて、

「そうか……。でも大丈夫だ。筧は男前だから新しい恋人ができるよ」

笑いながら言った。英雄の言葉に筧は激しく首を横にふった。

英雄はちいさく吐息をついて沖合いに目をやった。筧のやさしい性格が、ここまで傷つくにはよほどのことがあったのだろう。英雄は筧を傷つけた者も憎かったが、筧だけではなく、無垢《むく》でこころねのやさしい者を平気で踏み潰《つぶ》す得体《えたい》の知れない力に無

性に腹が立った。

──大丈夫だ、筧。俺がずっとついているからな……。

英雄は海を睨《にら》んだ。風が強くなったせいか、白波が立つ浜からは水平線が見え隠れしていた。昼近くになって、浜辺に人影が多くなってきた。

正午を告げるサイレンが鳴った。英雄は立ち上り、

「筧、飯にしよう。そこの売店で何か飲み物を買って来るよ」

と言って、陸の方へ走り出した。

ジュースを買って戻って来ると、筧の姿は消えていた。二人が座っていた砂浜には、筧のシャツとサンドウィッチの入った箱が置いてあった。英雄は筧の姿を探した。波打ち際《ぎわ》まで出て周囲を見回したが、近くに筧の姿は見えなかった。英雄は人混みのする江ノ島大橋の方へ足を伸ばしてみたが、そこにも筧の姿はなかった。

──どこへ行ったんだろう。

英雄は波打ち際に出た。先刻より風は強くなり、波が高くなっていた。沖合いに数隻《せき》のボートが出ていた。その中の一隻に白い帽子を被った若者がひとり乗っていた。英雄のいる場所からボートまでは距離があり過ぎて、その若者の顔が確認できなかった。英雄はボートにむかって、筧の名前を呼んだ。海からの風に千切《ちぎ》れて声が届かな

い。英雄はボート小屋へ走った。小屋の主人に、筧の特徴を話して、筧がボートを借りたかどうかを尋ねた。主人はノートを開いて、そんな客は来なかったと言った。

英雄はもう一度波打ち際へ出て、鎌倉寄りの方角へ、筧の名前を呼びながら歩いていった。筧の姿はどこにも見当たらなかった。

英雄は、今朝方聞いた筧の叔母の言葉を思い出した。

——先生の話では、生きようとする意志がなくなっているということでした。道路や乗り物から飛び出すことがありますから……。

英雄は道路へ出て、左右に目を凝《こ》らし、人影を探した。英雄の目の前を車がスピードを上げて通り過ぎた。筧が、そんな馬鹿《ばか》なことをするはずがない、と英雄は自分に言い聞かせ、浜に戻った。もう一度、海岸を端から端まで歩いた。

橋のむこうから、歓声が上った。見ると小川を隔てた砂浜で若者たちが野球をして遊んでいる。その若者たちからぽつんと離れた場所に、白い帽子を被った背の高い若者のうしろ姿が見えた。筧だった。英雄は小川を渡り、その砂浜へ行った。

筧は砂浜にひとり佇《たたず》んで、野球に興じる若者たちを見ていた。英雄は筧の隣りに立った。筧は英雄の顔をちらりと見たが、すぐにまた若者たちに視線を戻した。

オーイ、休憩だ。飯にしようや……。大きな籠《かご》をかかえた男が叫ぶと、若者たちが男の所へ集まって行った。

英雄は若者たちの所へ行って、グローブとボールを貸して欲しいと言った。若者たちは快く貸してくれた。英雄は箟のところへ戻ると、グローブを放り、

「箟、ひさしぶりにキャッチボールやろうか」

と笑って言った。箟はグローブを両手で摑んで懐かしそうに見ていたが、やがて指を中に入れた。

英雄は箟にむかってボールを投げた。やわらかな弧を描いたボールを、箟はぎごちなく捕球した。箟は手にしたボールを、指先で感触を試すように握っている。

箟、投げろ。英雄はグローブを叩《たた》いて、箟の方に構えた。ほらっ、投げるんだ。英雄が両手で手招くような仕種《しぐさ》をすると、箟は上半身をゆっくりと捻《ひね》ってボールを投げた。そうだ。その調子だ。英雄は大声で言って、そのボールを投げ返した。ボールを追う箟の目がかがやいてた。英雄は後ずさりしながら少しずつ箟から離れて行き、力を込めてボールを投げ返した。箟は英雄の返球を懸命に受け止めた。

——そうだ。思い出せ。おまえは俺が今まで逢《あ》った誰よりすごいピッチャーだったんだ。おまえは立ち直って、神宮のマウンドに上るんだ。

英雄は、少年のようにボールを捕っては投げ返す箟を見ていて、鼻の奥が熱くなっ

た。もっと早くに、上京したら真っ先に、筧に逢いに来るべきだったと思った。

海が荒れはじめたので、英雄は夕刻前に筧を横浜へ送って、東京へ戻った。

筧の叔母から丁寧にお礼を言われた。英雄は叔母に、筧のことでできることがあれば何でもするからと、もう一度アパートの住所と電話番号を小紙に書いて渡した。筧とは、二人で神宮球場へ野球観戦に行く約束をして別れた。……


工事がはじまって、ほどなくすると雨が降りはじめた。


「こりゃ、中止になるな……」

森田が空を見上げて言った。

英雄もスコップを持つ手を止めて、空を仰いだ。頬に大粒の雨が当たった。身体はもう汗を掻《か》いているので雨は冷たくなかった。

「おい、英さん。トラックに行って雨合羽《あまがっぱ》を取って来てくれ。どしゃ降りになっても十二時が過ぎるまでは工事をやらされる。風邪《かぜ》でも引いたらたまらねえぞ」

森田の声に、英雄はヨオッシと声を上げてスコップを地面に突き立てると、道端に停車しているトラックにむかって駆け出した。

森田の言うように、現場監督の浅葉は雨であろうが工事を中断しなかった。それは浅葉が仕事熱心なのではなく、十二時を過ぎるまで工事を続ければ賃金が出るからだった。

雨合羽を手に現場へ戻った時には、すでに雨は音を立てて降りはじめていた。

「こりゃ、本格的だな。嵐《あらし》にでもなるんじゃないのか」

森田は肩をすぼめながら雨合羽を着ると、ヘルメットの下の手拭《てぬぐ》いをきつく締め直した。

「鬼アサも、この雨じゃ逆らえまいな」

森田は浅葉を鬼アサと呼んでいた。英雄もその仇名《あだな》を森田から聞いた時、浅葉に似合っていると思った。

ほどなく大声を上げて、浅葉が駆けて来た。

仕舞《しま》いだ。仕舞うぞ。早く片づけろ、と怒ったように周囲の男たちに叫んだ。それを見て森田が白い歯を見せた。英雄も笑いながら、道具を片づけはじめた。

新宿の事務所に戻り、半日分の手間賃を貰《もら》って引き揚げようとしていると、森田に呼び止められた。

「おい、英さん。ちょっとつき合わないか。身体も濡《ぬ》れてるから銭湯でも入って一杯やろう」

顎《あご》をしゃくるようにして言った。百人町《ひやくにんちよう》にある銭湯へ行き汗を流し、一杯飲み屋でビールを飲んだ。そうして事務所脇の仮眠室で夕刻まで休んで、二人は新宿の街に出た。

森田が入って行った一角には、狭い路地の両脇《りようわき》にちいさな店が肩を寄せ合うようにして立ち並んでいた。英雄は、その路地を歩いていて、古町や辰巳《たつみ》開地《かいち》の界隈《かいわい》に似ていると思った。雨が降っているのに店の表戸を開けているところなどは、中洲《なかす》の遊廓《ゆうかく》とそっくりだった。店を覗《のぞ》くと、女が手をふって手招いた。英雄は懐かしい気分になった。

森田が入ったのはカウンターだけの〝那智《なち》〟という店で、客が五、六人も入れば満員になる小店だった。

「あらっ、モリちゃん。いらっしゃい。ひさしぶりね」

カウンターの中からピンク色のセーターを着た女が森田に笑いかけ、英雄の顔をちらりと見た。

店の奥に入ると、英雄のつま先に何かが当たった。途端にウッと唸《うな》り声が聞こえた。

「あっ、そこ、ちょっと気をつけて下さい。お客さんが眠ってますから……」

カウンターの奥に入っていた若い女が申し訳なさそうに言った。

見ると、壁際の暗がりに木箱が積んであり、そこに上半身を畳むようにして男がひとり毛布をかけて眠っていた。

おいおい、ユキさんを毀《こわ》さないでくれよ。先客の男のひとりが言うと、隣りにいた男が、ユキさんはとっくに毀れてるよ、と言った。その言葉に皆が笑うと、ピンクのセーターの女が、ちょっと、ユキさんの悪口を言うと承知しないよ。そんな客は出て行って貰うからね、と眉《まゆ》を吊《つ》り上げた。

「そうか、雪野さんがいるんだ……」

森田が言って背後を振りむいた。

毛布の先から毛糸で編んだ帽子の先が覗いていた。

森田と並んで席に着くと、長髪で口髭《くちひげ》をはやした男が、

「どこをうろついてたんだ？　不良学生。ベトナムはどうだったよ。メコン川で釣りでもして来たか？」

と笑って訊いてきた。

「釣りじゃなくて、罌粟《けし》の畑で阿片《あへん》でもやってたんだろう」

隣りの丸坊主《まるぼうず》頭の男が大きな眼で森田を覗き込んで言った。

「そうさ。貨物船一杯積んで戻って来たさ」

森田が言うと、ドアのそばに座っていたハンチング帽の男が、ベトナムは今や帝国主義に侵略されようとしておる、と大声を上げた。うるさいわね、店の中で政治の話をするんじゃないよ、とピンクのセーターの女が男を怒鳴った。

「飲み物、何にしましょうか？」

目の前の女が、か細い声で訊《き》くと、ピンクのセーターの女が、

「モリちゃん。先月から入ったレイコちゃん。よろしくね」

とおとなしそうな女の肩を抱いて紹介した。レイコです。よろしくお願いします、と若い女はちいさな声で言い、ぺこりと頭を下げた。

「ママ、紹介しとくよ。こいつ英さん。今、現場で一緒にやっている。英さん、ママのカナエさんだ」

森田が英雄を紹介すると、

「学生さん？　どっかで逢ったたっけ……」

ママは英雄の顔をまじまじと見た。

「いや、初めてです。この春、大学へ入りました。高木英雄と言います。よろしく」

英雄が立ち上って挨拶《あいさつ》すると、ハンチング帽の男が、近頃の学生はなっとらんと怒

鳴った。ママが振りむいて、その学生から高い授業料取って、いい加減なことを教えてるあんたのような大学教授はどうなるの、と言い返した。そうだ、そうだ、と丸坊主頭が手を叩いた。

喉《のど》が渇いてるから、まずビールだな。ママも一杯どうだ？　森田の声に、ママが嬉《うれ》しそうに頷《うなず》いた。

レイコという若い女もビールグラスをかかげて、四人で乾杯した。英さんの入学祝いね。それとレイコちゃんもね。東京の一年生同士、仲良くしてあげてね。ママは笑って英雄を見ると、喉を鳴らして一気にビールを飲み干した。

「モリさん、ベトナムへ行ってたんですか？」

英雄が森田に訊いた。

「ああ、去年の秋から五カ月、タイからカンボジア、ベトナムを回って帰って来た」

森田はいろんな国へ旅をしているようだった。金がなくなると日本へ戻って、肉体労働をして、また旅に出るという。英雄は森田の話を聞いて羨《うらや》ましくなった。

「旅は面白いでしょうね。俺、外国へ行ったことがないから……」

英雄が言うと、

「行けばいいさ。貨物船に乗り込めば黙っててもどっかの国へ着くさ」

森田があっさりと言った。

「あの……、タイは綺麗なところなんでしょう」

レイコがおずおずと尋ねた。

「自然と住んでる人のこころはな。でもアジアは今、どこも戦争をやってて荒《すさ》んでるよ」

「そんなところへ行って危なくないんですか？」

英雄が森田の顔を見た。

「どこに居たって死ぬ時は同じさ。東京の方がよっぽど危険だよ」

森田が言ってグラスを置いた時、表で何かがぶつかる大きな音がした。ハンチング帽が悲鳴を上げた。見ると額から血を流した金髪の女が倒れそうになりながら店の中へ入って来た。

「マリー、どうしたのよ、その顔は？」

ママが声をかけた。背後から黒い影があらわれ、女の髪を摑《つか》んで、店の中へ押し倒した。女が悲鳴を上げた。ドアの前に男が二人立っている。

「やめて、喧嘩《けんか》なら外でやってよ」

ママが怒鳴ると、

「この女は知り合いか？」

男のひとりがママを睨みつけた。

「ああ知ってるよ。それがどうしたのさ。大の男が二人して可哀相《かわいそう》じゃないか」

「そうだ。か弱い女を苛《いじ》めんじゃない」

丸坊主の男が言った。するともうひとりの男がつかつかと丸坊主のところへ行き、胸倉を摑んだ。

「やめろ。この人は関係ないだろうが」

英雄は男の腕を摑んでいた。男が英雄の手を振りほどこうとした。英雄は、その腕を捻《ねじ》りながら、男をドアの方へ押しのけた。男が床に倒れた女につまずいて転んだ。

「やろうって言うのか、おまえ。俺たちがどこの者かわかってるのか」

もうひとりの黒い上着の男が凄《すご》んだ。

「知るわけはないだろう。女相手におまえら何をしてるんだ」

男が英雄に躙《にじ》り寄って来た。英雄も前へ踏み出した。

すると英雄の背後から森田が進み出て、男に鼻先をつけるように顔を突き出した。

「俺も相手になるぜ」

「やめて、やめて下さい」

叫び声がして、おとなしそうに見えたレイコがカウンターを飛び出し、相手の男と英雄たちの間に割り込んで来た。

「お願いです。暴力はやめて下さい」

レイコが泣きながら森田にすがりついた。

するとと英雄と森田を押し分けるようにして、赤い毛糸の帽子を被《かぶ》った老人があらわれ、

「お、お、親分。こ、こ、今夜は、か、か、かんべんしてやって下さいまし」

と両手を合わせて、相手の男にむかって拝みながら頭を下げた。男が毛糸帽子の老人を怪訝《けげん》そうな顔で見た。

「ほら、君たちも頼みなさい」

毛糸帽子の老人が英雄と森田の頭に手を置いて無理遣《むりや》り頭を下げさせた。男たちはその様子を見て、

「わかりゃいい。気をつけろよ、手前等《てめえ》」

と言って、床にしゃがんでいた金髪の女を蹴《け》り上げて表へ出て行った。

「さあ、飲みましょう。ママ、美味《うま》いビール」

毛糸帽子の老人は子供のような声で言って、前歯の欠けた口を開いて笑った。

「やっぱり雪野先生ね。たいしたものね」

ママが老人のグラスにビールを注ぎながら言った。

「それにしても学生さん、ずいぶん度胸があるね。それにレイコちゃんも偉い」

丸坊主頭と長髪が英雄とレイコを感心したように見て、手を差し出して握手した。

「皆さん、ありがとうございました」

金髪の女が顔にタオルを当てて頭を下げた。

「いいんだよ。マリーは女なんだから、あいつらが悪いんだ」

毛糸帽子の老人は金髪の女の肩を抱いた。女がタオルを鼻に当てて泣き出した。つけ睫毛《まつげ》が外れていた。

「マリー、顔が男に戻ってるよ」

丸坊主頭の言葉に皆が笑い出した。

「モリさん、あの人、男なんですか？」

英雄が森田に小声で囁《ささや》くと、森田が呆《あき》れた顔で英雄を見返し、

「何だよ、英さん。本気で女を助けるつもりだったのかよ」

と大声で言って苦笑した。

カウンターの中のレイコが英雄の空のグラスにウィスキーを注いで、

「さっきはすみませんでした。でも、私、暴力が嫌いなんです」

と真剣な目をして唇《くちびる》を噛《か》んだ。

「俺も、暴力は大嫌いだ。ごめんな」

英雄が言うと、レイコはかすかに微笑《ほほえ》んだ。綺麗《きれい》な笑顔だと英雄は思った。

マリーが立ち上って歌を歌いはじめた。毛糸帽子の老人も立って身体《からだ》を揺らしながら踊っていた。丸坊主頭もシャツを脱いで上半身裸になり、奇声を上げて踊りだした。

「モリさん。あの老人は何をしてる人ですか？」

「雪野さんは作家だよ」

「作家って、小説を書く作家ですか」

「そうだ。もう何年も小説を書いていないらしいけど……。いい人だよ。坊主頭はアングラの役者だ」

英雄はマリーに抱きついて踊っている雪野を見た。生まれて初めて見た小説家は、英雄の想像とずいぶん違っていた。坊主頭は路地へ飛び出して、雨の中で踊っている。

英雄は、この界隈が好きになった。

夜が明けて来て、他の客たちは引き揚げた。閉店後、英雄はママに誘われレイコと雪野老人と森田の五人で近くの飯屋へ行った。

「さっきはありがとうね。でも東京では、知らない人にむかってっちゃ駄目よ」

ママが英雄のグラスにビールを注ぎながら言った。ビールの泡が溢《あふ》れてテーブルに零《こぼ》れた。英雄がナップザックからタオルを出して拭《ふ》こうとすると、ザックから野球ボールが床に落ちて転がった。

「おうっ、ベースボールだね」

雪野老人がボールを拾って懐《なつ》かしそうに眺めた。そうしてボールに書かれた加文《かもん》先生の文字に気づいて、

「自己実現か……。大変ですね。僕も実現したいものです。僕も野球少年だったんです。君は野球をしてるの？」

雪野老人は目を細めて英雄を見た。

「はい。高校まで野球をしてました。このボールは、俺の親友に持って行ってやるんです。そいつ、いろいろあって塞《ふさ》ぎ込んじまっていて……、だからこれを持って行って元気づけてやろうと……」

英雄が心配そうに言うと、

「いいね。友情は人間の一番美しいものだからね。僕は好きだな、友情を大切にする人は。かけがえのないものだもの。僕の野球の友だちは皆戦争で死んでしまったよ。

人間は愚かだね。でも愚かなことも、美しいことも、皆人間のすることだからね……」

雪野老人はそう言って、ボールを英雄に投げ返した。

「高木君って言ったわね。田舎はどこなの」

ママが訊いた。英雄が山口と答えると、ママは合点《がてん》が行ったような顔をした。

「血の気が多いからそっちの方だと思ったわ。度胸がいいのは犬死にをするわよ。ねえ、雪野先生」

目を細めて英雄を見ていた雪野老人に、真顔でママは言った。

「そうそう。強いのは危ないからね」

森田も老人の言葉に相槌《あいづち》を打っていた。

「高木君が山口で、レイコちゃんが能登で、雪野先生が青森か。私は和歌山だから、皆故郷が違うわね。モリちゃんは……」

ママが森田の顔を見ると、

「俺だけが東京ってことか。田舎者の真ん中に今朝はいるな」

と森田が腕組みをして笑った。

「何言ってるのよ。東京の田舎者が」

ママの言葉に雪野老人が愉快そうに身体を揺らした。

ママたちと別れて、英雄は森田と二人で大久保の木賃宿《きちんやど》へ泊った。今日の夜中から、英雄は森田に連れられて突貫《とつかん》工事がはじまる浅葉の現場へ行く約束をしていた。

森田はその宿を常宿としていた。狭い二段ベッドの上に横になると、昨夜、逢《あ》った人たちの顔が次々に英雄の脳裏に浮かんだ。金髪の女性と抱きあって踊っていた雪野老人、雨の中で奇声を上げていた丸坊主頭、悶着《もんちゃく》の後で手を握って来たハンチング帽に長髪の男……、英雄はやっと東京で気を許せそうな人と場所に出逢った気がした。

「英さん、しっかり眠っとけよ。今夜からの仕事はきついぞ」

下のベッドから森田の声がした。

「はい。森田さん。昨晩はご馳走《ちそう》さまでした。俺、あの界隈《かいわい》がとても気に入りました」

「そうか、そりゃ良かった」

「森田さんは家には帰らないんですか？　家族の人はいるんでしょう」

「家族か……。いることはいるみたいだな。けど俺は阿呆鳥《あほうどり》だからな」

「何ですか、それ？」

「馬鹿《ばか》な鳥は一度巣立ちをしたら、もう帰る巣はないってことだ。俺は自分の飛べる場所を探してずっと飛んでるんだろうよ」

森田の笑い声が聞こえた。

その日から五日間、英雄は隅田川沿いの工事現場の飯場に寝泊りして、浅葉に怒鳴られながら仕事をした。

工事の合い間に英雄は筧に葉書を書いて、神宮球場へ野球観戦へ行く日を報《しら》せた。

工事の終った翌日英雄はひとりで、新宿の〝那智〟へ出かけた。丸坊主頭と長髪がいたが、雪野老人はいなかった。五日分の給金が入ったので、ボトルを入れるとママに言ったら、学生の分際で生意気だ、と森田の酒を飲まされた。レイコは相変わらず、ぎごちなさそうにカウンターの端にうつむいて立っていた。その夜、英雄はレイコが昼間は美術学校へ通っていることを知った。英雄はレイコに、明後日《あさって》の日曜日に友だちと一緒に神宮へ野球観戦へ行かないかと誘った。返答をしあぐねているレイコにママが行くように勧めた。レイコは目をしばたたかせながら頷いた。

翌日、昼過ぎまでアパートで休んでいた英雄は、管理人のドアを叩《たた》く音で目を覚ました。

「高木さん。竹内さんって方から電話です」

起き出して階下へ行き受話器を取ろうとすると、管理人が、毎日、どこへ行ってるんですか、と不機嫌そうに言った。英雄は頭を下げながら受話器を取った。

「もしもし高木です」

聞こえて来た竹内早苗の声は興奮していた。

「大変です。浩一郎坊ちゃんが今朝方、急に家に戻られて、旦那《だんな》さまと大喧嘩《おおげんか》をなすって……、それで旦那さまを……」

「えっ、筧がどうしたんですか？」

「旦那さまに怪我《けが》を負わせてしまって……、それで旦那さまが警察に通報されまして……」

早苗の話は途切れ途切れになって、よく理解できなかった。

「それで、筧はどうしたんですか？」

「警察の人にも、浩一郎坊ちゃんは歯むかわれて……」

早苗の嗚咽《おえつ》が受話器のむこうから聞こえた。

「早苗さん、落着いて話して下さい。それで筧は今どこにいるんですか？」

「成城の警察からは昼前に帰されたそうですが、浩一郎坊ちゃんはとても興奮してらして……」

「どうしてそんなことに……」

「旦那さまが、綾子お嬢さまを病院へ入れられたものですから……。私、とても心配なんです。あんな浩一郎坊ちゃんを今まで見たことがありません」

「わかりました。俺、これからすぐに横浜へ行って来ます」

英雄が電話を切って部屋へ戻ろうとしたら、管理人は大声で英雄を呼び止め、郵便局の通知書と葉書を渡し、

「書留の方は月曜日までに受け取りに行かないと戻ってしまいますよ。家からの仕送りじゃないんですか」

と無愛想に言った。

英雄はそれを受け取り、急いで部屋に戻った。着替えをしながら、筧は姉が入院させられたので怒り出したに違いないと思った。ひどいことをする父親だと腹が立った。

身支度をして廊下に出ると、管理人が歩いて来た。

「高木さん、また電話ですよ。最初にお話ししたように、あまりここへ電話をかけるように言わないで下さい。あの電話は……」

「すみません。誰からですか？」

「知りません」

管理人が怒ったように言った。

英雄は階下へ行って受話器を取った。女性の声だった。消え入りそうな声で相手の話がよく聞き取れなかった。

「すみません。どなたでしょうか。よく聞き取れないので、もう少し大きな声で話して貰《もら》えませんか」

「筒井です。筒井文子です」

寛の叔母であった。

「あっ、先日はどうも。今、俺、そっちへ……」

英雄が話すと、

「高木さん。浩一郎が……」

と寛の叔母は言って言葉を詰まらせた。

「寛がどうしたんですか？　もしもし……」

英雄は大声で訊《き》いた。

「浩一郎が、亡《な》くなりました」

そこまで言って、突然電話が切れた。

英雄は受話器を握りしめたまま、耳の中に残っている寛の叔母の声をゆっくりとくり返した。

——篁が死んだ……。篁が……。

英雄の手から受話器が滑り落ちた。

英雄は石川町の駅で電車を降りると、霧雨に煙る横浜の街を山手町の丘にむかって駆け出し、雨に濡《ぬ》れるのもかまわず丘へ続く坂道を一気に登っていった。坂を登り切って外人墓地の方へ左折すると、見知った白い建物が見えた。

玄関の表札の脇《わき》に、黒い縁取りに〝篁〟と記された忌中《きちゅう》の紙が貼《は》ってあった。英雄は横浜までの車中、篁の叔母が電話で伝えてきた言葉が嘘《うそ》であればいいと願っていたのだが、その文字を見て、篁の死がやはり現実だったことを思い知らされた。表札の脇にあるボタンを押すと男の声が返ってきた。英雄が名前を告げると、二階に上るようにとその声は言った。

中庭を抜ける廊下を渡り、階段を上った。突き当たりのドアの前に女がひとり立っていた。お手伝いの竹内早苗だった。英雄の姿を認めた途端、早苗は両肩を震わせハンカチで鼻先をおさえた。

英雄は導かれて部屋の中に入った。広い居間の奥に白いバラの花で飾られた祭壇が設けられていた。壁には十字架がかけられ、その下にマリア像が置かれている。白い祭壇の上に茶褐色の棺《ひつぎ》が見えた。英雄は棺だけを見つめて真《ま》っ直《す》ぐ歩み寄った。

棺の中で筧浩一郎は目を閉じていた。英雄は棺の縁に手をかけ、筧の顔を見つめて呟《つぶや》いた。

「か、筧……」

長い睫毛《まつげ》を閉じて夢でも見ているような筧に顔を近づけた。声をかければすぐにも目を開きそうだった。やわらかく閉じられた唇は、今にも笑い出しそうに見えた。

——何をしてるんだ、筧。こんな中で……。

英雄は胸の中で呟いた。

胸の上に組まれた筧の手に視線をむけた。その指が動き出して、ボールを握る仕種《しぐさ》をしそうに思えた。あの日、江ノ島の浜で懐かしそうにグローブを叩いていた指が、嬉《うれ》しそうにボールを投げ返して来た指が、英雄の目の前にあった。夕暮れ、別れ際《ぎわ》に目をしばたたかせて差し伸べてきた手の温《ぬく》もりがよみがえって来た。

英雄は手を伸ばして、筧の指先に触れた。指にはかすかに体温が感じられたが、握った指先は固く、力を込めて握りしめても何の反応もなかった。英雄は両手で筧の手を包んだ。左手の人さし指と中指の腹に残るざらざらとした感触は野球の練習でできた胼胝《たこ》の跡だった。

——僕の夢は神宮球場のマウンドに立つことなんだ……。

中学時代に英雄に語っていた筧の明るい声が、耳の奥によみがえった。英雄は腹の底から絞り出すようにして、筧に呼びかけた。

「筧……、ごめんな。俺が、俺がそばにずっといてやればよかったんだ。おまえを、おまえを助けてやると、約束したのに……」

そこまで言って英雄は声を詰まらせた。喉《のど》の奥から堰《せき》を切ったように嗚咽が漏れた。泣くまいと拳《こぶし》を握りしめたが、とめどなく涙が溢れ出て来た。

誰かが背後から英雄の肩に手を触れた。

「高木さん、いろいろありがとうございました。浩一郎さんもあなたに逢えて喜んでいたわ」

筧の叔母の筒井文子だった。

「俺は、俺は何もしてやれなかったんです……」

英雄は頭を大きく横にふりながら震える声で言った。

「そんなことはないわ。あの日、戻って来てから、私はひさしぶりに浩一郎さんの笑顔を見ました。とても嬉しそうだったわ……」

英雄は黙って叔母の言葉を聞いていた。叔母は英雄にハンカチを渡した。英雄は洗面所を借り、顔を洗って戻って来た。棺の周《まわ》りに並べられた椅子《いす》に、叔母と数人の喪服を着た弔問客が腰を下ろし、静かに話を交わしていた。彼等から少し離れた場所に、早苗と並んでソファーに座っている若い女性がいた。筧の姉の綾子のようだった。英雄は二人に会釈《えしやく》したが、姉の方はじっと一点を見つめたまま身動《みじろ》ぎもしなかった。

英雄が隅の椅子に座ると、早苗が立ち上り英雄のそばにやって来て手拭《てぬぐ》いを差出した。英雄の服は先程の雨で濡れたままだった。

「大丈夫です。平気ですから……」

そう言って英雄は早苗の顔を見返し、小声で尋ねた。

「何で筧は死んだのですか？」

早苗が電話で英雄に話したように、筧は昨夜遅く成城の家に帰って来て、なぜ姉の綾子を強制的に病院へ入れたのかと、父の真之輔を責め立てた。一方父親は、酒に酔っていて、大学受験に失敗し家出をした浩一郎のことを非難した。逆上した二人は取っ組み合いになり、浩一郎は父親を組み伏せ、殴りつけた。血を流した父親は警察に連絡し、駆けつけた警察官に浩一郎を逮捕してくれるように言った。親子なのだからと、早苗が事情を説明している最中に、罵倒《ばとう》し続ける父親にむかって浩一郎が再び飛びかかって行った。それを止めに入った警察官を、弾みで浩一郎が殴ってしまった。浩一郎はパトカーに乗せられ成城署へ連行された。早苗は真之輔の怪我の手当をしてすぐに署に駆けつけたが、警察は浩一郎が反省をしていたということで少し前に釈放したところだった。

一方、叔母の文子の方は、昨日の夕刻からアパートを出たまま戻って来ない甥《おい》を心配して、成城の家へ電話を入れていた。早苗から事情を聞いた文子は何度かアパートへ出向いたが、文子が家に戻ったほんの三十分余りの間に、筧は鴨居《かもい》にロープをかけて首を吊《つ》っていた。……

「私がもう少し早く警察へ駆けつけていれば……」

早苗がハンカチで目頭をおさえて言った。その時、表のドアが勢い良く音を立てて開いた。

「浩一郎、浩一郎はどこだ！」

大声で呼びながら、ずぶ濡れになった男が入って来た。英雄は男の顔に見覚えがあった。紡績工場の社宅で逢ったことのある父親の真之輔だった。真之輔が棺に駆け寄ろうとした時、白い影が飛び出して来た。姉の綾子だった。

「嫌だ、帰って。浩一郎のそばに来ないで。嫌だ、帰って！」

声を上げながら綾子は、棺を守るようにして真之輔を睨《にら》んだ。

「綾子、何をしてるんだ。浩一郎に何があったんだ。これはどういうことなんだ」

立ちはだかる綾子に真之輔が言うと、

「浩一郎に近づかないで。嫌だ、この人を帰して！」

棺を抱くようにして泣き叫んでいる綾子を真之輔がどけようとすると、文子が真之輔の腕を摑《つか》んで甲高《かんだか》い声で言った。

「何を今さらなさろうというんですか？　浩一郎さんをこんな目に遭《あ》わせて……」

「うるさい。どけ。浩一郎は、私の……。私の浩一郎を他人に……」

真之輔は訳のわからない言葉を口走りながら文子を押しのけた。椅子が倒れ、文子が床に転がった。真之輔は、胸元を殴り続ける綾子を払い退けようとした。綾子が悲鳴を上げた。早苗が真之輔にしがみついて、旦那様やめて下さいまし、と叫んでいる。

英雄は立ち上ると、真之輔と綾子の間に割って入り、真之輔の腕を摑んだ。何をする貴様、と英雄にむかって真之輔が怒鳴り声を上げた。真之輔の目は血走っていた。

真之輔の振り回した拳が英雄の頰《ほお》を打った。乾いた音がして英雄は顔が熱くなった。

英雄は真之輔の胸倉を鷲摑《わしづか》みにした。

「何を大声を出してるんです。筧は、浩一郎はもう死んでしまったんだ。浩一郎に何をしたんだ。浩一郎が何か悪いことでもしたんですか！」

英雄は真之輔を突き放した。もんどり打って真之輔が倒れた。

「高木さん、やめて下さい」

早苗が声を震わせてしがみついてきた。

「浩一郎。浩一郎。綾子よ。綾子の声が聞こえるでしょう、浩一郎。起きてちょうだい、浩一郎。綾子をひとりにしないで……」

綾子が棺にむかって叫び続けている。文子のむせび泣く声が背後でした。英雄のかたわらの床を、鼻から血を流した真之輔が、息子《むすこ》の名を呼びながら棺のほうへ這《は》って行く。

英雄は棺に取りすがる父親と娘から目を逸《そ》らし、唇を嚙《か》んで表へ飛び出した。……

横浜から下北沢のアパートに戻ると、英雄は雨に濡れたシャツを脱ぎ捨て、電燈も点《つ》けずに部屋の隅に蹲《うずくま》った。

棺の中で目を閉じていた筧の顔が浮かんで来た。膝の上に置いた英雄の手が小刻みに震えている。握りしめても震えは止まらない。首筋から頬にかけて、肌が火照《ほて》ったように熱かった。

英雄は立ち上って流し台の前へ行き、水道の蛇口を捻《ひね》った。勢い良く迸《ほとばし》り出た水が胸板に跳ね返った。英雄は蛇口の下に頭を入れて、水を被《かぶ》った。鼻先や顎《あご》から水が滴《したた》り落ちた。半開きの口で荒い息をくり返し、拳《こぶし》を握りしめてステンレスの台と顎を交互に殴りつけた。畜生《ちくしょう》、畜生、と声を上げながら拳に力を込めると、鼻水とも涙ともつかぬものが水とともに流れて行った。

英雄は顔を上げて床に倒れ込んだ。胸の動悸《どうき》が激しく打った。乱れた息はおさまらなかった。暗い天井を見つめていると、ユニホーム姿の筧のはにかんだような笑顔が浮かんだ。

――どうしておまえは死んでしまったんだ……。

英雄は筧の幻に呟いた。筧は何も答えずに、じっと英雄を見詰めている。英雄は天《てん》井《じょう》にむかって左手を伸ばした。筧の幻に手は届かない。踠《もが》くようにして指で宙を掻《か》いたが、筧の姿は暗闇《くらやみ》の中で揺れるだけだった。

英雄は力なく畳の上に手を落した。指先に固いものが触れた。戻った時に放り投げたナップザックだった。英雄はナップザックを引き寄せ、中から野球ボールを取り出した。

神宮球場へ野球観戦に行く時、このボールを筧に渡すつもりだった。加文《かもん》先生が書いてくれた〝自己実現〟の意味を筧に話してやりたかった。その話をしてやれば、筧はもう一度野球をやり直しに進学をしてくれる気がした。進学したくなければ草野球のチームに入ったってかまわない。二人で野球をはじめれば、きっと筧は、あの頃の自分を取り戻してくれると思った。

英雄はボールを握りしめた。先刻《さっき》触れた、硬直した筧の手と指の胼胝の感触がよみがえった。英雄はボールを指の間で回した。筧のあの指は、もう二度とボールを握れないのだと思うと、口惜《くや》しさが胸の中でまたひろがった。

英雄は握っていた指の力を抜いた。ボールは胸板に当たり、畳の上をゆっくりと転がって部屋の上り口に落ちた。英雄は静かに目を閉じた。

――どうしておまえは俺に連絡をしてくれなかったんだ？

そう呟いた時、瞼《まぶた》の裏に、横浜のアパートでひとり立ちつくしている筧の姿があらわれた。うなだれたように立っている筧の手に紐《ひも》のようなものが握られている。

「やめろ、筧！」

大声を上げて英雄は飛び起きた。上半身に汗を掻いていた。英雄は電燈を点けると流し台へ行き、水を飲んだ。

——どうして俺にひとこと言ってくれなかったんだ……。

英雄は目の前の擦り硝子《ガラス》におぼろに映る自分の顔を見た。助けてくれと、電話ででもいいから言ってくれれば、すぐに駆けつけたのに。大きな吐息をついて、英雄は目線を落した。流し台を握りしめている手の甲から血が滲《にじ》んでいる。

英雄は上り口に落ちたボールを拾いに行った。脱ぎ捨てた靴の脇に数通の郵便物が散らばっていた。今日の午後、管理人から渡された郵便物だった。拾うと、書留が届いているという郵便局からの通知と大学の学生課からの封筒、それに母の絹子の葉書があった。母の葉書を裏返した時、もう一枚の葉書が畳に落ちた。英雄はそれを拾った。葉書の文字と差出人を見て、英雄は目を疑った。

寛からの葉書だった。見覚えのある文字はたしかに寛のものだった。葉書を裏返して、日付けと文面を読んだ。四日前の日付けだった。英雄が泊り込みで工事現場へ行っている間にアパートに届いていたのだ。英雄が現場から出した葉書の礼から書きはじめられていた。

前略　英雄君
お便りありがとう。アルバイト頑張っているんだね。神宮球場へ野球観戦に行く日は十二日で僕もいいよ。とても楽しみにしてるよ。案内は僕がする。神宮は子供の時からよく知っているからね。球場の正面入口の右に案内所があるから、その前で十二時に待ち合わせよう。鎌倉へ行けて嬉しかった。それに相談したいこともあるので連絡下さい。待ってます。

七月七日　　筧浩一郎

細かい丁寧《ていねい》な文字が葉書一面に記してあった。葉書を持つ英雄の指先が震えた。英雄は壁にかけたカレンダーを見た。カレンダーには明日、十二日の日曜日に筧と野球見物に行く約束のマル印がつけてある。英雄は先週末から隅田川《すみだがわ》沿いの工事現場へ行き、日曜日に筧に葉書を出した。筧は英雄の葉書を受け取り、すぐに返事をしたのだ。葉書の文面は、病気になる以前の筧に戻っていた。英雄は最後の一行を読み直した。

〝それに相談したいこともあるので連絡下さい。待ってます〟

――筧は何を相談したかったんだ？

不安が急に、英雄の胸にひろがった。

英雄は畳の上にしゃがみ込んで、もう一度葉書を読み返した。文面から筧は元気を取り戻したように読めるが、最後の一行には、遠慮勝ちではあるが自分の救いを待っていたことが、はっきりと読み取れた。

英雄は葉書を握りしめた。震えが指先から肩へ伝わり、膝《ひざ》もがくがくと揺れ出した。左右に揺れている葉書の文字が流れ出し、英雄の目から大粒の涙が溢《あふ》れ出た。畳の上に落ちた涙が音を立てた。喉《のど》の奥から絞り出すような呻《うめ》き声が洩《も》れた。両手でズボンを裂けるほど摑んだ。

「筧、ご、ごめんよ……」

英雄は畳の上に四《よ》つん這《ば》いになって嗚咽した。……

どこをどうやって英雄は新宿まで辿《たど》り着いたのかわからなかった。

気がついた時は、森田に連れて来られた酒場〝那智〟のカウンターに座っていた。いくら酒を飲んでも酔わなかった。店にはまだママは出ていなくて、他に客もなく、レイコひとりがカウンターでグラスを拭《ふ》いていた。

英雄は目の前のウィスキーを一気に飲み干して、カウンターの上にグラスを音を立てて置いた。

「高木さん。そんなに無茶飲みして大丈夫なの？　もうウィスキー一本飲んでしまってるわよ」

心配そうに英雄を見つめるレイコの言葉に英雄は返答もせず、手にしたグラスでもう一度カウンターを叩いた。

その時、店のドアが開いてカナエママと数人の客が笑いながら入って来た。

「あらっ、英さん。ひさしぶりね。今夜はひとりなの？」

ママは言って英雄の様子を見直し、レイコのほうに顔をむけた。

「レイコちゃん。はい、お土産《みやげ》よ、浅草、鮒金《ふなきん》の佃煮《つくだに》。面白いお芝居だったわ」

カナエは団扇《うちわ》で胸元を扇ぎながら、手にした鉢植えをカウンターの隅に置いた。

「鬼灯《ほおずき》ですね。私の田舎にもたくさんあります……」

レイコが懐《なつ》かしそうな声を上げて鉢植えを見た。

英雄の目には、カウンターの鉢植えも、店に入って来たカナエの姿も、ぼんやりと揺れているだけだった。英雄の頭の中では、筧への自責の念だけが渦巻いていた。目の前で、元気だった時の筧の姿と棺の中の筧の姿が交錯していた。

よう、学生さん、元気かよ。今夜はしけた面《つら》してるな。女にでもふられたか……。

カウンターに座った客が声をかけた。その声に連れの客の笑い声が重なった。

「何が可笑《おか》しいんだ。馬鹿野郎《ばかやろう》」

英雄がひとり言のように言うと、おう、今夜は機嫌が悪いじゃないか。だいぶ酔っているな。その酔い方じゃ、本当にふられっちまったな、と声が返って来て、また笑い声が続いた。

「やかましい。どいつもこいつも……」

英雄が言い返すと、カナエが英雄の前に寄って来て、

「どうしたのよ、英さん。今夜は荒れてるわね。嫌なことでもあったの？」

と英雄の顔を覗《のぞ》き込んだ。英雄はカナエの顔を見返した。カナエは顔の真中で大きなつけ睫毛《まつげ》をしばたたかせていた。

「ああ、嫌なことだらけだ……」

英雄は吐き棄《す》てるように言った。

「そう？　酒でまぎれることなら、しっかり飲んで忘れちまいなさい。今夜はとことんつき合ってあげるから……。話して気持ちが済むことなら話して吐き出しちまえばいいわ」

カナエが英雄のグラスにウィスキーを注いだ。

「誰にもわかりゃしない。他人にわかるもんか……」

英雄は言って、グラスの酒を一気に飲み干した。

「あら、そうなの。悪かったわね」

カナエは素気《そっけ》なく言うと他の客の方へ戻って行った。

ママ、放っとけって、あんな若僧。陰気になっちまう……。そうそう、酒がまずくなる。そうね。さあ、乾杯しましょう……。

「おまえたちに俺の気持ちがわかってたまるか！」

胸の底からどうしようもない怒りが湧《わ》いて来て、英雄は空になったグラスを音を立ててカウンターの上に置いた。

おっと、びっくりするじゃないか。暴れるんなら外でやりな。いくらでも相手をしてくれるチンピラはいるぜ。そうだ、何を粋《いき》がってやがる……。その声に英雄は立ち上り、相手の胸倉を摑もうとした。その拍子にカウンターの上のグラスが床に落ちて割れた。

「な、何をしやがる。俺がおまえに何かしたってか。ちょっと図体《ずうたい》がでかいからっていい気になりやがって」

英雄には、自分が胸倉を摑んでいる相手が誰なのかわからなかった。背後から別の男の手が伸びて、英雄を羽交《はがい》締めにしようとしていた。英雄は後ろの相手を振り払った。物音がして誰かが床に転がり落ちる鈍い音がした。

「ちょっといい加減におしよ。何をひとりでやってんのよ」

カナエの声に、レイコの、高木さん、やめて下さい。やめて、と哀願する声が重なった。

店のドアが開いて誰かが入って来る気配がした。英雄は肩や腕を摑んでいる相手を振り払おうと上半身を左右に大きくふった。その英雄の胸倉が強引な力で鷲摑みにされ、身体が宙に浮き上った。

乾いた音がして、英雄の目から火花が散った。左の頰が熱くなった。頭をふって目の前を見ようとすると、続いて右の頰に衝撃が走った。

「どうしたい？　英さん。ずいぶんとご機嫌じゃないか」

目の前で森田が笑って英雄を見ている。

おうっ、モリさん。あんたの連れはどうなっちまってるんだ。いきなり喧嘩《けんか》を売って来やがるんだ。そうだ、この野郎、頭がおかしいんじゃないか……。また客の声が聞こえて、その客になお英雄がむかって行こうとすると、森田が英雄の胸倉を摑んで殴りつけた。英雄は背後の壁にぶち当たり床にもんどり打って倒れた。天井の灯りが一瞬花火のように視界の中でひろがって、目の前が暗くなった。……

……女の歌声が耳の底でした。目を開くと人影が光の中で揺れていた。

聞き覚えのある歌詞だった。手拍子がする。見ると二人の女と男がカウンターの隅で笑っている。

目を覚ましたみたいです、と左脇《ひだりわき》からレイコの声がした。

「よう起きたか？　酔っ払い」

揺れていた男の影が、声で森田だとわかった。森田の隣りに金髪の女がいた。先日のマリーという女だった。レイコが濡《ぬ》れたタオルを英雄に差し出した。タオルで顔を拭くと、鼻先が痺《しび》れて感触がなかった。タオルに血糊《ちのり》がついた。

「こっちへ来て飲み直せ」

英雄はよろよろと立ち上って森田の隣りの席へ行った。喉《のど》が渇いていた。英雄はビールを一気に飲んだ。途端に腹の中から突き上げる感触がして、英雄は口元をおさえた。

吐くなら表へ行け。森田の声に押し出されるようにして、英雄は表へ飛び出した。電信柱の脇にしゃがみ込もうとした途端、腹の底からこみ上げてきて、英雄は嘔吐《おうと》した。音を立てて胃の中のものが足元に飛び散った。腹が絞り上げられたようにへこんで、二度、三度と嘔吐が続いた。酒を飲んで吐いたのは初めてだった。涙が零《こぼ》れた。みっともない恰好《かっこう》だと、汚物のかかった靴とズボンの裾《すそ》を見て思った。

「これを飲んだらすっきりするわ」

背後で声がした。レイコが水の入ったグラスを持って立っていた。飲み干すと塩辛かった。英雄が顔を歪《ゆが》めると、塩水よ、楽になるから、とレイコが言った。英雄はまた吐き出した。

店の中に戻ると、すっきりしたか、と森田が笑って訊いた。カナエがチリ紙を差し出した。鼻をかむと血の混じった鼻水が出た。

「さあ、飲み直そうか。ゲロを吐いてからが酒は美味《うま》いもんだ」

森田は英雄のグラスにウィスキーを注いだ。

「ずいぶんと威勢がよかったな。やっぱり女にふられたか」

森田の言葉に英雄は頭を左右にふって、ウィスキーを飲んだ。口の中に苦みがひろがった。また筧のことが思い出され、口惜しさがこみ上げて来た。

「俺、俺、親友を死なせちまったんです」

英雄が喉の奥から絞り出すような声で言った。見つめていたグラスにカナェがウィスキーを注ぎ足し、事情は知らないけど飲んで忘れなさい、と言った。

「俺なんか生きてる価値ないんだ」

英雄はまた怒りに震えた。

「そんなふうに言うもんじゃないわよ、英さん。親から貰《もら》った大切な命なんだから……」

カナエの言葉に、

「何が大事なもんか。俺は、親友を見殺しにしてしまった。俺は、あいつが助けを求めてたのも気づかない間抜けだったんだ」

英雄は吐き捨てるように言って、カナエを睨《にら》んだ。

「モリさん、俺はどうしたらいいですか？」

英雄は森田の前に顔を突き出した。

「何がよ？」

森田が英雄を見返した。英雄は森田に筧の話をした。今日の夕方、横浜で見た変わりはてた筧の姿と、下北沢のアパートに届いていた筧からの最後の葉書のことを話し、ポケットの中から皺《しわ》くちゃになった葉書を出すと、森田の鼻先に突き出した。

「モリさん、これを読んで下さいよ。最後に、あいつが書いてるんです。相談したいことがあるから連絡くれって。それなのに俺は……」

掠《かす》れた声で英雄が言った時、カナエは葉書を奪い取ると、目の前で引き千切り、英雄の顔に投げつけた。

「な、何をするんだ」

英雄が怒鳴り声を上げて、カナエの方に身を乗り出した。その顔にカナエが手にしたグラスの酒を浴びせかけた。

「何を言ってるんだ。黙って聞いてりゃ、餓鬼《がき》みたいな戯《ざ》れ言《ごと》をぐだぐだ言いやがって。その人が死んだのが、あんたのせいだって？　助けてやることができなかったって？　あんた、自分を何様だって思ってんだ。聖人君子のつもりか。そんなくだらないことで、私の店で暴れたのか……」

カナエが英雄を睨みつけた。

「くだらない？　何がくだらないんだ。箕の葉書を……。許さないぞ」

英雄がカナエにむかって腕をふり上げようとすると、その腕を森田が摑《つか》んだ。

「いい加減にしろ。甘えるんじゃない。そいつが死んだのは負け犬だったからだろう。おまえの言ってることも負け犬の遠吠《とおぼ》えなんだ。きゃんきゃん吠えるんじゃない。聞いてるだけで胸糞《むなくそ》が悪くなる。出て行け」

森田は英雄の顔を殴りつけた。英雄は捩《ね》じ曲った顔を正面にむけて森田を殴り返そうとした。森田は英雄の拳《こぶし》を躱《かわ》して、

「誰も他人を助けたりはできないんだよ。おまえはそんなこともわかっちゃいないのか」

大声を上げて英雄の鳩尾《みぞおち》に拳を打ち込んだ。英雄は鶏《にわとり》が鳴くような奇声を上げ、身体《からだ》を折るようにして床に沈み込んだ。……

「おい、起きろ」

耳の底に響く野太い声で、英雄は目を覚ました。目を開けると、強い陽差《ひざ》しが飛び込んで来た。頭痛で顔を顰《しか》めながら、部屋を見渡した。家具のない殺風景な部屋だった。今しがた聞こえた野太い声の主を探すと、開いた障子戸のむこうに、上半身裸の男が、軒先で仁王立ちになって手拭《てぬぐ》いで背中を拭《ふ》いているのが見えた。瘤《こぶ》のように盛り上った筋肉のついた幅広の背中が陽差しに赤銅色《しゃくどういろ》にかがやいている。短髪の頭と同じ太さの首を男はゆっくりと回した。長身のせいか頭の先が軒にぶつかりそうだった。右肩から左の脇にかけて背中に大きな傷跡があった。見知らぬ男だった。そのうしろ姿を見ていて、英雄はどこかで逢《あ》ったような懐かしさを覚えた。

英雄はもう一度部屋を見回した。足元にかかったシーツに触れ、ここに泊めて貰っていたことがわかったが、誰の部屋なのかも、男が何者かもわからなかった。

「いつまで寝てるんだ。陽はとっくに昇ってるぞ。顔を洗って来い。表に井戸がある」

日焼けした顔で英雄を見た男の目は鋭かった。有無を言わせぬ口調だった。男が今まで使っていた手拭いを投げてよこした。英雄は頭を下げた。

「腹が減ったろう。顔を洗ったら飯を食いに行こう」

歩き出した英雄の背中に男が声をかけた。ぶっきら棒な口調だったが不快な気はしなかった。ちいさな濡れ縁を下りると、そこは共同の洗い場で、手押しポンプがあった。東京でポンプを見るのは初めてだった。ポンプを押すと勢い良く水が出た。英雄は水に頭を突っ込んだ。頭痛が冷たい水に流されて行く気がした。

部屋に戻ると男は出かける準備をしていた。

「レイコからの伝言が卓袱台《ちゃぶだい》にある。あいつは早くに学校へ出かけた」

英雄は部屋の隅にある卓袱台を見た。伝言のそばに筧の葉書があった。カナエに破り捨てられたはずの葉書が、細く切った紙と糊で繋《つな》ぎ合わされている。

高木君
お友だちのことお悔みを言います。ママを恨まないで下さい。いい人です。叔父の清治《せいじ》さんです。遠慮のいらない人です。
レイコ

「おい、出かけるぞ」

　声がして振りむくと、レイコの叔父は帽子を被《かぶ》り背中にリュックサックを担《かつ》ぎ両手にバッグを持ってドアの前に立っていた。英雄があわててナップザックを手に追い駆けると、男は暗い廊下を歩いて玄関を出ようとするところだった。

　英雄は靴を履《は》いて表へ飛び出した。男は黙って先へ先へどんどん歩いていく。英雄は走り寄って男と並んだ。

「昨夜はお世話になりました」

　英雄が頭を下げると、男はちいさく頷いて、

「酒はいくら飲んでもいいが、潰《つぶ》れちゃ半人前だ。飲む時は腰を据《す》えて飲め」

　と前方を向いたまま言った。

「は、はい」

「俺は、角永《かどなが》清治と言って、レイコの叔父だ」

「俺、いや僕は、高木英雄です。荷物、ひとつ持ちましょうか」

「いらぬ世話だ。自分の荷物は自分で持つ」

　男の足はおそろしく速かった。表通りへ出ると男は商店街の真ん中を歩いた。すれ

違う自転車の方が男を避けて通った。

男は蕎麦屋《そばや》の前で立ち止まり、暖簾《のれん》を分けて中に入った。英雄も後に続いた。男は席に座ると大声で、大ざる二枚に、かつ丼《どん》と言って、英雄の顔を見た。英雄も大声でかつ丼と言った。男がビールを注文した。ビールが来ると男は自分と英雄のグラスに注ぎ、喉を鳴らして飲んだ。ざる蕎麦を男はまたたくうちに平げた。そうしてまた大声で、冷や酒と言い、英雄の顔を見た。英雄も冷や酒と声を出した。グラス酒が運ばれて来ると、男は目を閉じて半分飲み干し、吐息をついた。それからかたわらにあった水の入ったグラスに指をつけて、

「レイコから少し話は聞いた……」

と言って、濡れた指をテーブルの上に突き立てた。

「人は生まれる……」

ゆっくりと水で線を引きはじめ、指先の水が失《う》せたところで、

「……そして、死ぬ。それだけのことだ」

そう言ってから、指をまたグラスにつけて、何本もの水の線をテーブルに引いた。横の線もあれば縦の線、曲った線もあった。英雄は、男の太い指先と描いたけじから続く水の線を見つめていた。

「生きる、そして、死ぬ。それだけのくり返しだ。何千、何万とある。ひとりで生きて、ひとりで死んで行く。但《ただ》し……」

と言って男は交差する二本の線を引き、

「人は何ものかに出逢う。出逢った瞬間に魂をわかち合う。肉体は滅んでもわかち合った精神は、そいつが生きている間は生きている。それが、真理だ」

男は言い切って、残りの酒を飲み干した。

「真理？　真理って何ですか」

英雄が訊《き》くと、男は人差し指で英雄の胸を突いて言った。

「いかなるものに対しても揺るぎないもの、それが真理だ」

男はかつ丼をかき込むように食べ終えると、水を飲み干し、膝頭《ひざがしら》を叩《たた》いて立ち上った。

「俺は先に行く。船の時間がある。逢えたらまた逢おう。レイコに逢うことがあったらモロッコへ行ったと伝えてくれ」

男は言ってリュックを背に担ぎ、荷物を手に店を出て行った。英雄は呆気《あっけ》に取られて表の方を見ていた。

英雄は冷や酒を飲みながら、テーブルの上にかすかに残っている水の線を眺めた。

男が胸を突いた時の痛みがかすかに疼《うず》いた。

軒下に立った男の赤銅色の背中と大きな傷跡が目の前の空のグラスに浮かんだ。

——カドナガセイジ……。

英雄は男の名前を胸の中で呟《つぶや》いた。


週明けの夕刻、英雄は新宿の百人町にある木賃宿《きちんやど》に森田を訪ねた。

宿の女が森田は銭湯へ出かけているが、すぐに戻るはずだと言った。森田のベッドへを覗《のぞ》くと、荷物が整理してあった。

森田は間もなく手拭《てぬぐ》いを頭に巻いて帰って来た。英雄の顔を見るとにやりと笑って、右手でグラスを飲み干す仕種《しぐさ》をした。英雄も笑って頷《うなず》いた。

森田は英雄を東中野にある屋台へ連れて行った。屋台の主人が顔見知りのようで、森田に挨拶《あいさつ》した。

「モリさん、どこかへ出かけるんですか？」

英雄が宿の荷物が整理されていたのを見たことを告げて、訊いた。

「ああ、金も少し溜《たま》ったし、船が見つかり次第出かける」

「いつ頃、出発ですか？」

「早ければ十日後くらいだろうが、船が遅れれば一カ月後になるかもしれない」

「今度はどこへ行くんですか？」

「南米か、シベリアだ。それは船次第だ」

「まるっきり反対方向ですね」

英雄が笑って言うと、森田も笑い出した。

「モリさん、先日の夜はすみませんでした」

英雄は神妙に頭を下げた。

「先日の夜って何だ？　ああ、あのことか……。殴りつけたのは俺の方だぞ。英さんはおかしな奴《やつ》だな。そこがいいんだろうな。どうだい、自己嫌悪《けんお》は少しはおさまったか？」

「いや、そのことは、無理です。やっぱり俺の責任だと思います」

「そうか……。それはそれで背負って行くさ。でもな、俺は、英さんの親友は、英さんが居ようが居まいが、いずれ同じことをしたと思うよ。死のうって奴を止めることなんかできないんだよ。英さんは葉書を受け取ることができなかった自分を悔んでいるんだろうけど、人生には間に合うことと間に合わないことがあると思うんだ。そうしてほとんどのことは間に合わないのさ。そりゃ生きていて欲しいって思う気持ちは親友なら当然だ。けど死ぬ時は死ぬんだ。誰にも止められやしない。カナエママがあんなに怒ったのは、自殺する奴が彼女は大嫌いなことと、英さんがそいつを助けられると思い込んでた傲慢《ごうまん》さに我慢できなかったからだろうな」

森田はそう言って空豆《そらまめ》を口の中に放り込んだ。

「傲慢ですか？　俺……」

英雄は森田の顔を見た。森田はグラスを揺らしながら頷いた。

「傲慢だ。自殺する奴を助けられなかったと愚痴《ぐち》って、それができなかった自分は生きる価値がないって息巻いてたろう。この世の中で生きる価値を持ってる奴が何人いるかよ。生きて行くのに価値がいると本気で思っていたら、それが傲慢なのさ。あの店に来る連中はどうしようもない奴等ばかりで、おまけに酔いどれで、潔《いさぎよ》さなんかこれっぽっちもない。けど生きることには懸命だ。どうしてだかわかるか？」

森田は空っぽのグラスを屋台の主人にむかってふりながら英雄を見た。英雄もグラスを飲み干し主人に差し出した。

「わかりません」

「それはな。連中は生きたくても生き続けられなかった者を大勢見て来てるからさ。それも家族や親戚《しんせき》の中でな。カナエママも、それを見て来たから、英さんを怒鳴りつけたんだ。ママは紀州の太地町《たいじちょう》の出身だ。父親は鯨捕りの銛打《もりう》ちで、鯨が姿を見せない年は食べることさえ儘《まま》ならなかったそうだ。子供の時はひもじい思いをさんざんしたと言っていた。死ねば楽だろうって、誰でも考えるさ。けど生きたいと思いながら死んで行った連中のことを考えると、おどおどしても、よろよろしても、たとえどんなに醜《みにく》くても、生きてやると思うのさ。他に何もまともなことができるわけじゃない。たったひとつ、生きるってことしかできないんだからな……」

そこまで言って、森田は大きく吐息をついた。いつの間にか周囲は昏《く》れなずんでいて、屋台の客が増えていた。

「そろそろ河岸《かし》をかえるか？　英さんに酒を浴びせた太地の女の顔でも見に行こうか？」

「はい」

二人は新宿まで歩いた。坂道を下ろうとすると一面に民家の灯《あか》りが見えた。黄昏《たそがれ》の新宿界隈《かいわい》の家々から白い煙りが無数に立ち昇っていた。二人は立ち止まって、家並みを眺めた。南の東京湾の方角に東京タワーと霞《かすみ》が関《せき》のビル群だけがぼんやりと紫色の空に浮かんでいる。

「英さんは家の灯りが恋しくはならないか？　俺は旅をしていて、夕暮れ時や夜中に、家の灯りを見つけて胸の奥が痛くなることがある。あれは何だろうな……」

森田が家の灯りを眺めながら言った。

「俺も、夜汽車に乗っていたり、山径《やまみち》を歩いていて、暗がりの中にぽつんと点《とも》った家の灯りを見ると、せつなくなることがあります」

「そうか、やっぱり皆あるんだな。船員の話だが、星も見えない天候の海をずっと航海していて、何日か振りに灯台の灯りを見ると、涙が出て来ると聞いたことがある。岬の灯りのことを〝天使の光〟と呼ぶらしい。わかるような気がする……。俺もひょっとして、その灯りを見つけるために旅をしているのかもしれないな」

英雄は森田の横顔を見た。森田の目はどこか遠くを見つめている気がした。

「死んだ友だちはいい奴だったんだろうな……」

森田がぽつりと言った。

「はい。筧浩一郎と言って、俺が初めて野球でかなわないと思った奴です。やさしい性格でした」

「やさしい奴は皆先に死んじまうからな。英さん、ベトナムへ行った時に、俺は従軍カメラマンから聞いた話があるんだ。カナリアの話だがね。そいつは中国から香港《ホンコン》へ一家で逃げて来た男でね。彼は少年の頃《ころ》、二羽のカナリアを飼っていてね。或《あ》る夜、国境へむかって逃亡することが決まった時、彼はカナリアを連れて行くつもりだったんだ。そうしたら母親が一羽のカナリアだけを胸の中に入れて行けと言ったそうだ。一羽は大きく育っていたが、もう一羽は弱かったそうだ。彼は弱い方のカナリアを可愛《かわい》がっていたから、そちらを掴《つか》もうとすると、母親がそのカナリアを息子の手から奪って、目の前で首を捻《ひね》って殺したそうだ。そうして丈夫な方のカナリアを彼の胸の中に押し込んだ。逃亡の間、彼は母親を鬼と思ったそうだ。香港へ無事渡って、彼は待っていた祖父に、その話をしたら、祖父が孫に、母親のしたことは正しいと言った。丈夫なカナリアは生き延びて仔鳥《ことり》を産んで、また美しい声で鳴ける。弱いカナリアはきっと国境を越える前に死んだだろうってな。それ以来、そいつは戦場で弱者には手を差しのべないと決めた。それが自分の生き延びるたったひとつの手段だとね。そいつと酒を飲むといつも言う。やさしい奴は先に死ぬものだってな……」

カナリアの黄色と筧の白いユニホーム姿が重なって、目の前の家の灯りがにじんで揺れた。森田を見ると、その横顔が歪《ゆが》んで映った。

第五章　浅草界隈《かいわい》

うだるような東京の夏も、英雄は浅葉《あさば》の工事現場で夜遅くまで働き、浅葉の仕事が中断した時には、解体業者の家に住み込んだり、厚木・立川の米軍基地の中の現場で働いたこともあった。

東京はいたるところで古い建物を毀《こわ》していた。幹線道路がひろがり、地下鉄の路線が増え、高速道路が都心から郊外へと延び続けていた。ベトナムの戦況が本格化し、米軍基地は滑走路や施設を拡大していた。

秋になると、東京はオリンピック一色に染まった。街は狂躁《きょうそう》で溢《あふ》れていた。いたるところで交通規制がしかれ、オリンピックの開催中だけは工事が中断され、騒音が止《や》んだ。その間も、英雄は横浜の新山下埠頭《しんやましたふとう》の突貫《とっかん》工事に浅葉と出かけた。

森田がいなくなった後、鬼アサは英雄に目をかけてくれ、何かと面倒を見てくれた。自分の片腕になって働けば、今の倍の金を出してやるとまで言った。英雄が笑って断ると、おまえもモリも変わってやがる、と舌打ちした。英雄は現場の休憩時間に、本《ほん》牧《もく》の定食屋のテレビでエチオピアの選手が甲州街道を裸足《はだし》で疾走する姿を見た。褐色の肌もそうだが、身体《からだ》がまるで違って見えた。表情ひとつ変えないで走るランナーには威厳さえ感じられた。

「こりゃ、まるっきり歯が立たねえや。こいつらはアフリカの草原を毎日裸足で駆け回ってるんだろ」

隣りで飯を食っていた鬼アサが言った。

「ほらっ、今、ヤツが走っている道は、俺たちが今年の春工事をしたところだ。気持ち良さそうに走ってやがる」

煙草《たばこ》をくわえた鬼アサに、英雄はジッポのライターで火を点《つ》けてやった。

「いいライターじゃないか」

鬼アサは英雄の掌《て》からライターを取ると矯《た》めつ眇《すが》めつしていたが、今度は英雄がくわえた煙草に火を点けてくれた。英雄は筧《かけい》が死んだ後酒を飲んでいると、時折、筧を思い出し、その辛《つら》さを紛《まぎ》らすために煙草を喫《の》むようになっていた。

「厚木の工事の時に、基地の売店で買ったんです。兵士が戦場に行く時、持ってくやつです」

「どうりでな。がっしりしてやがる。……ベトナムで戦争がはじまって、またこっちは忙しくなるぞ」

鬼アサはライターを撫《な》でながら嬉《うれ》しそうに言った。

オリンピックが終ると、街はまたいたるところで工事の騒音が響いた。英雄は黙々と働き、大学の授業には月に数度しか顔を出さなかった。

秋の初めに授業に出た時、比較文学の授業が中断され、韓国の学生デモへの支援についての討論会に切替えられた。社研の学生たちがやって来て、軍事政権の弾圧で多くの労働者や学生が逮捕、監禁されていると熱弁した。壇上に立つ学生を見ていて、英雄は彼等が身を捧げて闘争に参加しているようには感じられなかった。

「高木君、君の意見を言ってくれないか？」

扉のそばの椅子《いす》に座っていた若い助教授が、英雄を名指して言った。英雄は立ち上って、

「支援金をだれが彼等に届けるんだ」

と正面に立つ長髪の学生に訊《き》いた。

「私たちの同志です」

長髪の学生の言葉に、彼のかたわらにいた学生が大きく頷《うなず》いた。

「同志って言ったって、国交もちゃんとしていない国へ本当に届けられるのか？　君が密航して持って行くとか、もっとはっきりした説明が欲しいな。でないと金がどこへ行くのかわからないぞ」

英雄の言葉に相手は血相《けっそう》を変えて、

「き、君、失礼な言い方はよしてくれ。ベトナムでは戦争がはじまっているんだぞ。それを僕たちと韓国の学生は阻止しようとして……」

と英雄を指さして声を震わせた。

英雄は米軍基地で、毎日夥《おびただ》しい数の輸送機が武器弾薬を積んで離着陸するのを工事の合い間に眺めていた。

英雄は、彼等にも自分にも、命を賭《と》してまでその戦争を阻止する理由も動機もないと思った。

秋に入ってから英雄にはひとつ気の重いことがあった。それは母の絹子《きぬこ》からの頼まれごとだった。

絹子は英雄に、大学が夏休みに入る前から、お盆休みには帰省して父の斉次郎《さいじろう》に挨《あい》拶《さつ》するようにという内容の手紙を何通もよこしていた。

だが、英雄は帰省しなかった。田舎《いなか》へ帰るより、東京に居る方が楽しかったし、何よりも、高木の家に帰って堅苦しい生活に戻るのが煩《わずら》わしかった。

上京した夜に早川隆《はやかわたかし》の口から、高木の家が近所の人から獣《けだもの》の家と呼ばれていたことを知ったこともショックだったし、源造たちからそんな家を継ぐように言われるのも嫌だった。

絹子には済まないと思うが、このまま東京にずっと居たかった。

その絹子から先日、手紙と荷物が届いて、斉次郎の知人が英雄に逢《あ》いたいと言っているから挨拶に出かけるようにと言って来た。進まぬ気持ちを振り切って、英雄は手紙にあった光岡秀一《みつおかしゅういち》の家に電話を入れ、十一月の第一日曜日に訪問することを約束した。

浅草の光岡宅を訪ねる前夜、隆がひょっこりアパートを訪ねて来た。

「英ちゃん、今夜、泊めて貰《もら》えるかの？」

隆は長髪に白い夏帽子を被《かぶ》り、よれよれのジーンズ姿で戸口から顔を覗《のぞ》かせた。

「ああ、かまわんが、俺《おれ》は明日、親父《おやじ》の用事で浅草へ出かけなくちゃならんから、昼過ぎには外出するぞ」

隆は白い歯を見せてにっこりと笑った。

英雄は隆を連れて近所にあるおでん屋へ行った。店は老夫婦がやっていて、コの字型の大きなカウンターは若い客で賑《にぎ》わっていた。

「英ちゃん、よう日焼けしとるが、また野球をはじめたのか？」

「いや、これは工事現場で焼けたんだ」

「相変わらずドカチンをやっとるのか。あんなもの何が面白いのかよ。そうか、金を溜《た》めてるのか……」

隆がちらりと英雄の顔を見た。

「金だけが目的じゃない。あれでやってみると、道路が綺麗《きれい》にできたり、基礎工事の後に建物が完成するのを見られたりして、結構、楽しみもあるんだ」

「ずっとそうやって暮らすつもりか？」

「さあ、どうかな……」

「相変わらず呑気《のんき》じゃの、英ちゃんは。俺なんか、転勤が続いとった親父が六月に家に戻って来て、俺がちゃんと予備校へ通っとるかを調べられてしもうた。すぐに田舎へ帰って来て説明しろと言われた。困ったことになった……」

隆はそう言いながら三度目のおでんの皿のお替わりをした。

「俺だって同じだ。御袋《おふくろ》は薄々、俺が大学の授業に出てないのを感づいとる。けど、それはそれでいい」

「大学はつまらんのか？」

「ああ、つまらん。ゼミは女ばかりじゃし、学生たちの話もなんか青臭い」

「けど英ちゃんは本を読むのは好きじゃなかったのか」

「小説を読むのと、大学の授業はぜんぜん違うことじゃ」

「そういうもんかの……。ちょっとオバさん、酎《ちゅう》ハイ、お替わり」

前の方から笑い声がした。二人の正面には英雄たちと同じ歳《とし》くらいのカップルが楽しそうに酒を飲んでいた。女の頰《ほお》が赤く染っている。

「女ばっかしって、贅沢《ぜいたく》な話じゃの」

「皆、お嬢さんで話が合わん。そう言えば女優は元気か？　何と言ったかな、大槻《おおつき》……良子さんだったか」

英雄は、上京した夜に逢った隆の同棲《どうせい》相手の顔を思い浮かべた。早朝、アパートのそばの公園で科白《せりふ》の練習をしていた良子の姿がよみがえった。

「あんな女、何が女優なもんか。大部屋の大根じゃ」

隆が吐き捨てるように言った。

「何だ？　揉《も》めとるのか」

英雄が隆の顔を見た。隆は唇を突出して酎ハイを飲んでいる。

「英ちゃん、美智子《みちこ》に逢ったんじゃろう。あいつ元気にしとったか？　美智子のキスの味を時々思い出すわ」

三年前に、皆で日本海沿いの温泉に行った時、露天風呂《ぶろ》で美智子からキスして貰った夜のことを、隆は懐《なつ》かしむように言った。

「英ちゃん、美智子とつきおうとるんじゃないのか」

「いや、あいつにはボーイフレンドがおる」

英雄は隆には、春先に新宿で逢ったピアノ弾きの中年男のことを話さなかった。

「英ちゃんは淋《さび》しゅうないのか」

「何が？」

「つきおうとる女もおらんで、毎日ドカチンばかりして」

「そ、そりゃ、相手がいればな……」

英雄はあわてて言った。

「東京の女はなかなか、田舎者の方をむいてくれんからの。どうしても田舎者同士がくっついてしまうの」

隆の声が弱々しく聞こえた。

おでん屋からの帰り道、隆が思い出したように言い出した。

「英ちゃん。おまえのところの船が新港の波止場《はとば》で火事になったらしいのう」

「えっ、本当か？」

「知らんかったのか。何や田舎は、この夏に新しいヤクザが入って来たりして、えらく揉《も》めとるらしいぞ……」

また家の揉めごとの話か、と思った。英雄は隆と高木の家の話をしたくなかった。

アパートに戻り、電燈を消して寝ようとした時、隣りから隆がぽつりと言った。

「筧《かけい》は可哀相《かわいそう》なことをしたのう……。英ちゃんから連絡貰うた時はびっくりしたわ。あいつとはほとんど口をきいたことがなかったけど、顔を合わせると、英ちゃんの友だちいうのを知っとったのか、俺にも丁寧《ていねい》に挨拶《あいさつ》してくれた。ええ奴《やつ》じゃったんじゃがなあ。よほど辛かったんじゃろうな。いつか墓参りに行かにゃならんの」

「そうだな」

「英ちゃん、筧もそうじゃが、この頃、ツネオや太郎の夢を見るんじゃ。あの頃が一番楽しかった気がするわ。何か、世の中に放り出されてしまうと不安になる……」

英雄は隆を見た。薄闇《うすやみ》の中で隆は天井を見つめていた。

「良子と喧嘩《けんか》しとるからそう思うんじゃろ」

「あんな女、もうどうでもええ。どこかええ女はおらんかの。燃えるような恋がしたいもんじゃ……。何や身体が熱うなって来た。少し寄り添うて寝ようかの」

「馬鹿《ばか》を言えっ」

英雄がおぞましそうに言うと、隆が笑いを嚙《か》み殺すようにして身体を捩《よじ》った。……

翌朝、英雄は目覚めるとすぐ、一週間分の洗濯を済ませた。物干しに洗濯物を干して部屋に戻ると、隆はまだ眠っている。英雄は隆の尻《しり》を蹴《け》り上げた。隆は声を上げて起き出し、流しへ顔を洗いに行った。

二人して駅前の定食屋へ行き、朝食を摂《と》った。店を出て隆と別れようとすると、隆はもじもじしながら英雄に言った。

「英ちゃん、頼みがあるんじゃが……」

「何だよ？」

「少し金を貸してくれんか……。実は電車賃もないんじゃ」

「どうしてスカンピンなんじゃ？」

「競馬ですってしもうた」

呆《あき》れ顔で見る英雄に、隆は両手を合わせた。英雄は隆にポケットにあるだけの金を渡して、アパートに戻った。

昼前に、英雄は学生服に着替えると、絹子から訪問先の家に持って行くようにと送って来た田舎の海産物を風呂敷に包んでアパートを出た。

浅草へ行くのは初めてだった。隅田川《すみだがわ》沿いの工事現場へ夜出かけた時、現場の向島《むこうじま》から見た対岸の空が、夜遅くまで明るかったのを覚えている。

「あの空が明るくなっている所はどこですか？」

休憩の時に森田に訊いたことがあった。

「ありゃ浅草六区の灯《あか》りだ。映画館や芝居小屋が立ち並んでいて、そりゃ賑やかなとこだ。新宿より情緒がある。喰いもんも美味《うま》いし、女にも情がある。そのうち連れってやるよ」

森田が口元をゆるめ、明るい空の一角を見て説明してくれた。

英雄は新宿へ出て、山手線で上野へむかった。渋谷に出て地下鉄に乗れば浅草まで乗換えなしで行けるのだが、上野から出ているトロリー・バスに一度乗ってみたかった。

上野公園から今井行きのトロリー・バスに乗ると、後から、背丈より大きな荷物を背負った女が乗り込んで来た。見ると同じような荷を担《かつ》いだ女たちが並んでいる。彼女たちは席に着くと笑いながら世間話をしていた。男のような言葉遣いだった。女たちはひどく逞《たくま》しく見えた。英雄は故郷の新開地や港で荷役作業をする女たちに似ていると思った。

言問橋《ことといばし》の袂《たもと》でバスを降りると、英雄は橋の中央まで歩いて欄干《らんかん》に手をかけ、東京湾の方角を眺めた。東武鉄道の鉄橋を透かして吾妻橋《あづまばし》が見えた。鰯雲《いわしぐも》の湧《わ》き上っている遥《はる》かむこうには東京湾がひろがっているのだろう。首筋を撫でる川風が心地良かった。英雄は川面《かわも》に目をやった。ひさしぶりに目にする水辺の風景は気持ちをなごませた。橋のすぐ下に遊覧船の乗り場があった。英雄は挨拶を早く済ませて、帰りに乗ろうと思った。英雄は歩調を早めて橋を浅草の方へ戻った。

橋の袂で人だかりがしていた。英雄は何があったのかと人垣を掻《か》き分けて前へ出た。五、六歳くらいの男の子がひとり、あおむけになって倒れていた。すぐそばに十歳くらいの少年がしゃがみ込み、介抱をするように男の子の垢《あか》に汚れた頬を撫でていた。男の子は口から泡を吹いている。

腐ったもんでも拾って喰ったんだろうよ。気質《たち》のわるい病気にでも罹《かか》ってんじゃねぇか、縁起でもねぇな、こんなところでくたばって貰っちゃかなわねぇや……。二人の少年を囲んだ労務者風の男たちや屋台の男たちの声がした。介抱している少年は、その声を聞いて大人たちを睨《にら》み返した。英雄も男たちの態度に腹が立った。

「おい、大丈夫か……」

英雄が少年に声をかけようとした時、背後から女の声がして英雄は押しのけられた。

「イサムちゃん、どうしたの？」

若い女が介抱している少年に訊き、倒れている少年の頬に触れた。

「誰かお医者さんを呼んで……。何を見てるのよ、あんたたち。すぐにお医者さんを呼んで」

女は周囲の男たちに大声で怒鳴った。男たちが黙っていると、ほらっ、どかんか、と年老いた警官があらわれた。すると介抱していた少年が警官を見て逃げ出した。

「またこいつらか、どうした？」

警官がうんざりした顔をして言った。

「花川戸《はなかわど》の病院まで運んでやって下さい」

若い女は警官に言って、男の子を抱き起こした。

それを見て警官が渋々男の子を抱き上げた。英雄が手を貸そうとすると、女は、余計なことしないで、と険《けわ》しい目で英雄の手を払いのけ、警官と立ち去った。

どうせくたばるのによ……、と声がして男たちが散り出した。少年を抱いた警官と女の姿が数本先の通りに消えて行くのが見えた。女に叩《たた》かれた痛みが手の甲に残っていた。見物の男たちと同じように思われたのだろうが、ちらりと見た女の凜《りん》とした表情が浮かび、英雄は清々《すがすが》しい気分だった。

英雄は通りを歩き出した。三筋先の角にあった交番で訪問先の聖天町《しょうでんちょう》の場所を聞いた。

「それなら、このすぐ裏手だ。反部《そりべ》という靴工場の隣りの家だからすぐにわかる。表に盆栽《ぼんさい》が並んでいる家だ」

交番の警察官が親切に教えてくれた。

二本目の径《みち》を左折すると、左右の家々の戸は開け放たれていて、通りに溢《あふ》れ出すほどのたくさんの箱が並べられ、靴が所狭しと置いてあった。家の中から何かを裁断する機械の音が通りに聞こえてきた。靴の底だけを並べている工場もあれば、裁断した瓢箪型《ひょうたんがた》の革を板の上に干している工場もあった。むかいの工場では若い女たちが手早く仕上った靴を箱詰めしている。数十個の箱を紐《ひも》で括《くく》ったものを背に担いで表通りに走る若衆や革の部品の入った木箱をかかえて家から家へ、通りを渡って行く者もいた。同じような靴工場が左右にずっと並んでいる。機械の音に混じって働く人たちの話し声も聞こえてくる。活気のある街だと英雄は思った。

反部という靴工場は看板ですぐに見つかった。その隣りに、軒下に盆栽を並べた家があり、表札を見ると、絹子の手紙にあった光岡秀一という名前が記してあった。呼《よび》鈴《りん》を探したが見つからなかった。見上げると二階の窓は開け放たれている。

すみません、ごめんください、と英雄は大声を出した。表戸が開いて、割烹着《かっぽうぎ》姿の若い女があらわれた。英雄はぺこりと頭を下げて、

「こんにちは。光岡秀一さんを訪ねて来た……」

英雄が言い終らないうちに、女は額の汗を拭《ぬぐ》いながら言った。

「高木英雄さんでしょう」

は、はい、と英雄が答えると、

「父さんたちは朝から待ってますよ。新しい家へ引っ越したんで、皆そっちにいます。聖天様のそばですから、すぐ近くです。私、案内しますから一寸《ちょっと》待ってて」

はきはきと言うと、女は奥へ消えた。

――皆って、そんな大勢で俺を待ってるのか？

英雄は首を傾《かし》げた。盆栽に視線を移すと、そばに子供の三輪車が置いてあった。ちいさなハンドルに盆栽から伸びた蔓《つる》が絡まっていて、白と紫の五弁の花びらが川風に

揺れている。

先程の女が、脱いだ割烹着を手に表へ出て来て、さあどうぞと言いながら歩き出した。履《は》いている突っかけが、からんからんと乾いた音を立てた。

「私、三女の友美《ともみ》と言います。父から高木さんのお話はいつも伺っていました。あなたのお父様は身体《からだ》の大きい方なんですってね。それにやさしい人で、私たちがこうして暮らして行けるのも、皆、高木さんのお陰だって……」

友美は英雄と並んで歩きながら話し続けた。明るい子だと英雄は思った。

「英雄さんはお父さんに似てるんですってね。お父さんにも逢《あ》ってみたいな、私も……」

友美はすれ違った自転車に乗った若衆に、平《へい》ちゃん、あんた大勝館《たいしょうかん》で評判良くないわよ、と大声で言った。若衆は舌をぺろりと出して行き過ぎた。

角を曲ると大きな欅《けやき》の木が見えて、その脇《わき》を抜けると表に男が三人立っていた。

「左端が父よ」

友美の言葉に英雄は男たちを見た。右の二人の立ち姿に見覚えがあった。男たちの姿がはっきり認識できる距離に近づくと、英雄は思わず立ち止まり声を上げた。

「げ、源造さん！」

源造の隣りには幸吉が笑って立っている。

――どうして二人がここに居るんだ？

英雄は唖然《あぜん》として、脇で笑っている友美の顔と源造たちを交互に見た。

左端の白髪《しらが》頭を五分刈《ごぶが》りにした小太りの男が、英雄にむかって駆け寄って来た。

「どうもよくいらっしゃいました。坊ちゃん。私が光岡秀一です。どうも、どうも」

光岡は英雄の手を包むように取って、何度も頭を下げた。英雄を見つめる光岡の目が涙ぐんでいる。

「やあ、英さん。おひさしぶりです。お元気でしたか？」

源造が英雄の顔を目を細めて見上げながら言った。かたわらで幸吉が大きな身体を折り曲げるように頭を下げて、英さん、ご無沙汰《ぶさた》しています、と声をかけた。

「どうしてここに二人がいるの？」

「おやじさんの使いで横浜まで来てまして……、英さんがこちらに見えると聞きましたので、お顔を見に来ました」

「御袋《おふくろ》か、親父《おやじ》に言われて来たんじゃないの？」

英雄の言葉に、源造は笑って首を横にふった。

「さあ、坊ちゃん。どうぞ上って下さい」

新築の家屋に入ると、玄関先に老婆《ろうば》と光岡の妻と名乗る女が座り、その背後に子供たちが並んで、英雄を迎えた。老婆も涙ぐんでいた。英雄が老婆の差し出した手を握ると、彼女は英雄の手に頬ずりをした。

居間に通されて、英雄は上座に座らされた。テーブルには溢れんばかりに料理が並んでいる。

英雄は光岡から家族全員を紹介された。友美は英雄と同じ歳《とし》だった。彼女と顔つきのよく似た顕一《けんいち》という弟がいて、二卵性双生児だと説明された。光岡家は子だくさんで、長男や嫁いだ長女に孫が五人も生まれていた。光岡が十七年前に海を渡って日本に来た折、斉次郎に世話になったらしい。光岡と源造は懐かしそうに昔話をしていた。目の前の膳《ぜん》には天麩羅《てんぷら》や鰻《うなぎ》が並んで、光岡の妻が浅草の名物だとすすめた。長男や長女が孫を連れて英雄の前に挨拶《あいさつ》に来て、ぜひ我家にも遊びに来てくれと誘った。家族は皆、目元が似ている。英雄が食べる端から次の料理が運ばれて来て、ビールに口をつけるとすぐに酌《しゃく》をされた。そんな英雄を女たちは嬉《うれ》しそうに見ていた。

英雄がトイレに立つと、孫娘が案内してくれた。廊下から立派な中庭が見えた。英雄は用を足して廊下に出ると、中庭を眺めた。広い敷地だった。中央に小橋のかかった池があり、そのむこうに岩を配した築山《つきやま》があった。その築山に枝垂《しだ》れかかるように紅葉《もみじ》の木が美しく染っていた。

「父さんの自慢の紅葉なんですよ」

背後で声がした。振りむくと先刻紹介された双生児の弟の顕一が立っていた。英雄は中国山地の美しく紅葉した山並みを思い出した。

「高木さんはR大学へ行ってるんでしょう？」

「入学はしたけど、大学にはほとんど行ってないんだ。今年は落第かもわからないな」

英雄が笑って言うと、

「そんなことをして田舎のお父さんは怒らないの？」

顕一が驚いたように英雄を見た。

「知ったら怒るだろうね。でもかまわないんだ。俺は、この春、家を出た時から自分のやりたいようにやると決めたんだ。君とは同い歳だろう。よろしく」

英雄が右手を差し出した。僕はT大学の一年生です、と言って顕一が手を握り返して来た。

老婆の手作りのちらし寿司《ずし》が出て、皆で食べた。最後に葛餅《くずもち》まで出て来て、さすがに英雄もそれを平らげることはできなかった。

陽《ひ》が傾きはじめた頃、今夜の列車で帰るという源造と幸吉が馳走《ちそう》を受けた礼を言い、英雄と三人で光岡の家を出た。

玄関先で老婆が英雄の手を取り、

「お父さんのような立派な人になって下さいよ」

と耳元で囁《ささや》くように言った。またいつでも遊びに来て欲しいと光岡は言い、これで食事でもして下さいと、白い封筒を差出した。金が入っているようだった。

「俺、アルバイトもしてますから、大丈夫です」

英雄が封筒を返そうとすると、光岡は困ったような顔をして源造を見た。

「英さん、光岡さんのご好意です。受け取って下さい」

源造が英雄の目を見てちいさく頷《うなず》いた。英雄は礼を言い、皆にもう一度お辞儀をして歩き出した。先刻の交番まで歩いて来た時、背後から英雄を呼ぶ声がした。振りむくと顕一が駆けて来た。

「高木さん、もしよかったら、今度昼間にでも逢ってくれませんか？　これ、僕の連絡先です。昼間は大学のこのサークルにいますからいつでも訪ねて来て下さい」

顕一は言って、英雄に名刺を差し出した。名刺には自宅の住所と大学のサークルの名称が印刷してあった。顕一は源造にも名刺を渡すと、小走りに去って行った。

「ほうっ、東京の大学生は名刺を持っているんですね。たいしたもんだ。経済、経営研究会か、息子さんが経営の勉強をね……。これなら光岡さんも安心だ」

源造は名刺を幸吉に見せた。

「帰りの電車は何時なの？」

英雄が源造に聞いた。

「九時半です。まだ時間はあります。浅草の街を見物して行こうと思っているので、英さん、少しつき合って下さい。何しろ田舎者二人なもんですから……」

「ああ、いいよ。けど俺も浅草は初めてだから一緒に見て回ろう」

英雄が言うと幸吉が嬉しそうに頭を下げた。

「幸吉、駒形《こまがた》のどじょうを食べたかったが、あれだけご馳走を出されたら、もうどこにも入るところがないな」

源造が腹を撫《な》でながら笑った。

三人は吾妻橋の袂まで都電で出て、松屋デパート前の交差点を渡って仲見世《なかみせ》にむかった。

雷門の大提灯《おおぢょうちん》を見上げて、幸吉は感心したように首をふっていた。宵《よい》の口の仲見世通りは、歩き出すとすれ違う人の肩が当たるほどの人出だった。

「幸吉、女房に櫛《くし》でも買って帰ったらどうだ」

源造が小間物屋の店先で言った。幸吉は苦笑いをしながら、櫛など差すような奴《やつ》じゃありませんから、と頭を掻きながら言った。英雄は照れたように背中を丸めている幸吉の大きな背中を見て、幸吉が所帯を持ったのだと思った。浅草寺《せんそうじ》の境内《けいだい》に入り、本堂の前へ立つと、源造と幸吉は神妙な顔で手を合わせた。

参拝を済ませた三人は伝法院《でんぽういん》の前の通りに並ぶ露天商を冷やかして歩いた。六区の通りへ入ると、往来する人が波のように揺れていた。繰り出した人たちの笑い声や足音が空に反響している。

源造と幸吉はしばし立ち止まったまま、立ち並ぶ映画館や芝居小屋を見ていた。

「いや、さすがだな。これだけの人が繰り出してりゃ商《あきな》いもやり甲斐《がい》があるだろう」

源造は腕組みしたまま感心して人波を眺めている。

「源造さん、まだ時間はあるから映画を観《み》る？　それとも芝居がいいの？」

英雄が訊《き》くと、源造は右手の路地奥の小屋の前に揚《あが》った幟《のぼり》を見て、

「英さん、我儘《わがまま》を言わせて貰えれば、あの……」

と小屋を指さした。英雄は幟に目をやり、

「浪曲《ろうきょく》か、そうだね。源造さんは浪曲ファンだったね」

三人は木馬館《もくばかん》に入り、小一時間浪曲や講談を聴いた。

表へ出ると陽は暮れて、秋の月が浮かんでいた。

それから三人は花やしき前の飲食街の一角にある小料理屋へ入り、小座敷に案内された。

「いや、いいものを見せて貰《もら》いました。源造の冥途《めいど》の土産《みやげ》になりましたよ」

源造が英雄のグラスにビールを注いだ。

「女浪曲師の浪花節《なにわぶし》は初めて聞いたよ。若いのにいい声だったね」

英雄が源造の盃《さかずき》に酒を注ごうとすると、源造は両手で盃を持って、その酒を目を閉じて美味《うま》そうに飲み干した。

酒の肴《さかな》が運ばれて来た。

「半年振りになりますかね。英さんとお逢いするのは……。また少し大きくなられましたか？」

源造が目を細めて英雄を見た。

「十八歳だよ。もう大きくはなりはしないよ」

「いや、幸吉も、そう思いました。春よりは身体がひと回り大きくなってらっしゃいますよ」

幸吉が両手をひろげるようにして、英雄の身体を見回した。

「おまえも、そう思うか。やはりそうか」

源造が英雄の腕や胸元を見た。

「なら、この半年ずっと工事現場で働いていたから、肉がついたのかもしれないな
……」

英雄は言って、自分の二の腕を握った。

「十八歳ですか……。数えじゃ、来年はもう二十歳《はたち》ですね。源造がおやじさんに逢った時と同じ歳になりますね。いや、今日、浅草の街を歩いてらっしゃる英さんのうしろ姿を見ていて、本当におやじさんの若い時と似てると思いました。人混みの中でも頭ひとつ抜けているし、それだけじゃない。そのへんの連中とは違うんですよ。やはり血だなと思いました。なあ、幸吉」

源造が幸吉を見た。幸吉は嬉しそうに笑って頷いた。

「工事現場といいますと、何かの勉強ですか」

源造が訊いた。

「そんなんじゃない。地下鉄を作る工事やビルを建てる基礎工事だ。港の埠頭《ふとう》の工事もやったよ」

英雄の説明に源造は怪訝《けげん》そうな顔をした。

源造は盃をテーブルに置くと、姿勢を正して英雄を見た。

「おやじさんも女将《おかみ》さんも、英さんのことを心配していらっしゃいます。たまには東京での様子を報《しら》せてあげて下さい。今年のお盆も英さんの姿がなかったので、口にはされませんでしたが、おやじさんは淋《さび》しそうでした。藪入《やぶい》りの前には高木の衆はおやじさんに挨拶をするのが慣《なら》いです。勉強がお忙しいのでしょうが、顔を見せてあげて下さい。もうすぐ正月です。源造はこうして、英さんの姿を見ることができましたが、高木の衆は英さんに逢うのを皆楽しみにしています。冬の休みには早く帰って来て下さいまし。高木の跡を継ぐ英さんが、こんなに立派になっていらっしゃるところを見せてやって下さい」

源造はそう言って、テーブルに手をついて頭を下げた。幸吉も脇で、よろしくお願いします、と言って深々と頭を下げた。

「俺は、高木の家を継がないよ」

英雄はきっぱりと言った。

源造が目を見開いて英雄を見つめた。幸吉はあわてて、英雄と源造を見くらべた。

英雄は源造の目を真《ま》っ直《す》ぐに見て、強い口調で言った。

「前にも言ったように、俺は高木の家を継ぐつもりはないんだ。俺は自分の道は自分で見つけるつもりだ。それは絹さん、いや御袋にも出発前に話をしたよ」

「その話は以前もうかがいました。英さんの気持ちは源造にもわかります。しかし英さんは高木の家の長男です」

「長男が家を継がなきゃいけないの？」

「そうです。英さんが東京で勉強なさって、おやじさんの仕事を助けて下さったら、高木の家はもっと大きくなります。英さんにはそれができます。できる人です。どうか、そんな考えをなさらないで下さい」

　源造はもう一度頭を下げた。

「二人は親父に言われて上京して来たの？」

　源造と幸吉が顔を見合わせた。

「いいえ、それは違います。おやじさんは何もおっしゃってはいません。源造が勝手に参りました。女将さんも夏を過ぎてから英さんのことを心配されている様子で、源造にはそれが痛いほどよくわかりました。源造も、おやじさんに仕えて三十年になります。お二人が何を考えていらっしゃるか、少しはわかるつもりです。英さんのことを一番心配してらっしゃるのはおやじさんです」

「そんなことはないよ。親父はいつか俺に言ったもの。俺が死んだら、弟の正雄が家を継ぐんだって。そのために男が二人必要だったと、はっきりと言ったよ。親父は俺のことより、高木の家のことが大切なんだよ」

「それはたとえ話です。おやじさんは本心でそんなことを考える人ではありません。それは源造が知っています」

正面から見すえて言う源造に、英雄は答えた。

「源造さん。この件は家へ帰った時に、俺が直接親父に話をするよ」

「ま、待って下さい。今、おやじさんにその話はなさらないで下さい。おやじさんはここのところ疲れていらっしゃるので、この話はもう少し源造と話し合ってくれませんか」

「説得をしようとしても俺の意志はかわらないよ」

英雄は無性に腹が立って来た。源造は眉間《みけん》に皺《しわ》を刻んだまま英雄の顔を見ている。幸吉も縋《すが》るような目で英雄を見つめていた。英雄は居たたまれない気持ちになって、釜飯《かまめし》を運んで来た女に便所の場所を聞くと、小座敷を出て店の奥にむかって歩き出した。

——どんなふうに説得しようとしても、俺の気持ちは変わらないぞ。

英雄は自分に言い聞かせるように言って、便所にむかった。

部屋へ戻ると、源造と幸吉は黙りこくって酒を飲んでいた。英雄の顔を源造が目を細めて見上げた。

「英さん、今夜の話は源造の胸の中におさめさせておいて下さい。源造はもう一度、英さんのお気持ちを考えてみます。このとおりです」

源造はテーブルに手をついて頭を下げた。

英雄は大きく吐息をついた。

釜飯が冷めないうちに食べてしまいましょう、と源造が言うと、幸吉が英雄の飯茶碗《めしぢゃわん》を取った。

「いいよ、幸吉さん。俺がやるよ」

そう言って英雄は源造と幸吉の茶碗を取り、釜飯をよそった。

「源造さん、うちの船が火事に遭ったんだって？」

英雄は源造に訊いた。一瞬、源造の顔色が変わった。幸吉が驚いたように英雄を見た。

「どうして、そのことをご存じで？」

「新町にいた同級生の、ほら、早川隆、あいつが教えてくれたんだ。で、大丈夫だったのかい？」


「え、ええ。怪我人《けがにん》はありませんで、幸いでした」

「それはよかったね。町が騒がしいと聞いたけど何かあったの？」

「いや、何もありません」

幸吉がちらりと英雄を窺《うかが》った。お茶を持って来た店の女に、源造は帳場の場所を聞いて立ち上った。源造が部屋を出て行くと、幸吉は畳に両手をつき、英雄を見上げて言った。

「英さん、お願いです。家を継がないなどとおっしゃらんで下さい。わしらはおやじさんと英さんにどこまでもついていきますけぇ。おやじさんも源造さんも英さんが学業を修められて高木の家に戻って来られるのをどれだけ楽しみにしとられるか。このとおり、お願いします」

大きな身体を縮めるようにして、幸吉は額《ひたい》を畳に押しつけた。

英雄は顔を曇らせた。顔を上げた幸吉は必死の形相《ぎょうそう》をしていた。子供の頃から自分を背負って、祭りや外国航路の船を見に連れていってくれた幸吉が、英雄に懇願している。英雄は何と答えていいかわからなかった。

「江州《ごうしゅう》さんは高木の家を出て行きました。時雄も……、あと何人かの衆が離れて行きました」

「えっ、江州さんが高木の家を出た？……。一体、何があったの？」

英雄は驚いて幸吉を見つめた。

「わしらにはようわかりませんが、おやじさんの新しいやり方について行けんものもおります」

幸吉が言った時、障子戸《しょうじど》が開いて源造が戻って来た。

夜汽車の時間が迫って来たので、三人は店を出た。国際通りでタクシーを拾い東京駅へむかった。車の中では皆、押し黙ったままだった。

英雄は東京駅で二人を送ると、アパートに戻った。

電燈を消して眠ろうとしたが、畳に頭を擦《こす》りつけるようにしていた幸吉の姿が瞼《まぶた》の裏に浮かんで寝つけなかった。

——江州さんが高木の家を出て行ったとは、どういうことなのだろうか……。

江州の逞《たくま》しい背中の般若《はんにゃ》の面と牡丹《ぼたん》の刺青《いれずみ》が瞼に浮かんだ。いつも英雄や絹子のことを気にかけてくれていた江州が、なぜ高木の家を去ったのか、英雄には理解できなかった。

——家で何か起こっているのだろうか？

英雄は天井の暗闇《くらやみ》にむかって目を見開いた。

——英ちゃん、町は新しいヤクザが入って来てえらく騒がしいと言うとったぞ。

昨夜、隆が言った言葉が耳の奥によみがえった。

そんな連中と揉《も》め事を起こしている家へ、英雄は帰りたくはないと思った。今度は源造の顔が浮かんできた。英雄は声を上げて寝返りを打った。

十一月も中旬を過ぎて、ひさしぶりに英雄は大学の授業へ出た。午後の授業が終ると、学生課の事務員が英雄を探しに来た。

「高木さんですね。学生課に君を訪ねて来ている人がいます。課の受付ロビーで待ってらっしゃいますから……」

英雄は源造の顔を思い浮かべて訊いた。

「あの何という人が来てるんでしょうか？」

「T大学の学生さんで、光岡さんとおっしゃる人です」

事務員の言葉に、英雄は胸を撫でおろした。

「わかりました、すぐに行きます」

英雄はノートをナップザックに仕舞うと教室を出た。

晩秋の風にキャンパスの銀杏《いちょう》の木が黄金色《こがねいろ》の葉を舞わせていた。その銀杏の木の下に、スーツにネクタイ姿の光岡顕一が立っていた。

「おーい、光岡君」

英雄が声をかけると、顕一は英雄の姿に気づき、白い歯を見せて手をふった。

「やあ、ひさしぶりだね。この間はご馳走《ちそう》さま。お礼の手紙を書くように御袋には言われてたんだけど面倒でね」

英雄が頭を掻《か》きながら言うと、

「君のお母さんから丁寧《ていねい》な礼状が届いていたよ。綺麗《きれい》な筆文字で皆びっくりしてた」

顕一は英雄の顔を見て言った。

「それで何か用かい？」

「いや、ただ高木君に逢《あ》いに来ただけだ……。迷惑だったかい？」

顕一が戸惑ったように英雄を見た。

「迷惑なことなんかないよ。で、君は授業は終ったのか？」

「今日は授業はなくて、経営研究会のサークルの用があってこっちへ来たんだ。それも終ったんで、高木君がどうしてるかなと思って寄ってみたんだ」

「そうか。その高木君はやめてくれよ。英雄でいいよ。俺も……」

「顕一だ。顕一と呼んでよ。英、雄、君」

顕一のぎごちない言い方に英雄が笑い出すと、顕一も釣られて笑った。

「俺、今日の昼休み、教授室へ行って進級のことをかけ合っていて昼飯を食べそこなってるんだ。もし顕一君がよければ、学生食堂で飯でも食べないか？　ご馳走するから……」

「うん。でもご馳走はいいよ」

「いいって。遠慮しなくても。この間、君のお父さんから小遣いも貰ったし。たくさん入ってたんで驚いたよ」

「じゃ、ご馳走になるか」

二人は食堂へ行ってカレーを食べた。

「二十円のカレーにしちゃ、案外美味いだろう。この大学でまともなのはこのカレーくらいのもんだ」

「それで進級の交渉はどうだったの？」

顕一が心配そうに訊《き》いた。

「他の授業はレポートを提出すれば何とかなりそうなんだけど、体育の出席日数が足りないんだ。それで冬休みの補習授業に出ろと言われた。長野県へ三日間もスキー実習に行かなきゃならないんだ。それも交通費、宿賃はこっち持ちらしい。どうしようかなって思ってるんだ」

「それで進級できるんなら、そうした方がいいよ。英雄君のご両親も安心するよ」

顕一の言葉に、英雄はスプーンを持つ手を止めて、顕一の顔をまじまじと見た。

「どうしたの?」

「君はいつもそんなふうに親のことを考えてるの? ……偉いな」

英雄の言葉に顕一は顔を赤らめて、目をしばたたかせた。

「そんなふうに言わないでくれ。僕は、親に孝行するのが子供の務《つと》めだと教えられて来たから……」

顕一はそう言うと、残りのカレーライスを綺麗《きれい》に食べ、コップの水を飲んで口元をハンカチで拭《ふ》いた。

「顕一君、君は毎日ネクタイをして学校へ行ってるの?」

英雄の言葉に顕一は自分の恰好《かっこう》を見ながら言った。

「いや、今日はサークルの先輩が勤める会社を訪ねたからだよ。でもこうしたきちんとした服装は好きだよ。英雄君は?」

「俺はネクタイをしたことはないよ。何だか苦しそうだしな」

「慣れれば、そんなことはないよ。ねぇ、もし時間があれば、これから銀座へ行かないか？ お茶でも飲もうよ」

「お茶なら、ここでただで飲めるよ」

英雄が言うと、顕一は苦笑いして、東京でお茶を飲もうというのは、喫茶店やパーラーに入ってゆっくり話をしようということだと説明した。英雄は顕一の言葉を小首を傾《かし》げて聞いていた。

二人は地下鉄に乗って銀座へ出た。英雄が銀座に出るのは、隆に連れられて東銀座にある映画会社の本社を訪ねて以来、二度目だった。

顕一に案内されて入った店は果物屋の二階にあるパーラーだった。客はほとんどが女性だった。顕一がコーヒーを、英雄はソーダ水を注文した。

「顕一君は、こんな店によく来るの？」

「うん、友美と、姉貴《あねき》と一緒に来たりするよ」

「ああ、あの威勢のいいお姉さんか。君たちはふた児《ご》なんだろう。なのにどうして姉とか弟とかがあるんだい？」

「それはね、ふた児の場合、お産婆《さんば》さんが先に取り上げた方が兄さんか姉さんになるんだよ」

「へぇー、そうなのか……」

可愛《かわい》いグラスに入ったソーダ水が運ばれて来た。英雄は上に浮かんだチェリーを指でつまんで口に放り込んだ。他のテーブルから聞こえて来る会話は皆上品だった。英雄は居心地が悪かった。手持ち無沙汰《ぶさた》で煙草《たばこ》に火を点《つ》けると、女客が迷惑そうな顔で一斉に英雄を見た。

「さあ、出ようか」

英雄は立ち上り、レジにむかった。顕一はあわててコーヒーを飲み干した。英雄が勘定をして表へ出ると、顕一が追い駆けて来た。

「ねぇ、英雄君、ここまでご馳走になるわけにはいかないよ。待ってってば。どうしてそんなに早く歩くんだよ」

顕一は英雄と並んで歩きながら訊いた。

「別に早く歩いてるわけじゃないよ。この街を歩いてる人たちが遅いんだよ」

「それはね。皆、歩きながらショーウィンドーを見たりしてるからだよ。銀ぶらって言うんだ」

「何だよ、それは?」

「銀座をぶらぶら歩くことさ」

「暇な連中ばかりが来る街ってことか」

英雄はそう言いながら、通りを往来する人と街並みを眺めた。たしかに浅草や新宿と比べると、店の作りは小綺麗で洒落《しゃれ》ていた。女たちは宝石店や洋品店のショーウィンドーの前に立ち止まり、楽しそうに中を覗《のぞ》いている。デパートの上にはアドバルーンが浮かび、屋上からは催し物を宣伝する垂幕《たれまく》が下っていた。英雄は本屋の先のギャラリーの前に出ている看板の文字に目を留めた。

「ちょっと見て行こう」

そう言うと英雄はギャラリーの中へ先に入っていった。ギャラリーでは報道写真展を催していた。

ケネディ暗殺、ネパールの少年兵、米軍に攻撃されたベトナムの村、インドのネルー首相のデス・マスク、ソウルの学生デモ、サイゴンの学生デモ、三池三川《みかわ》鉱の炭塵《たんじん》爆発現場、新幹線の開通、東京オリンピック、スモン病患者の顔……。忍者遊びをする日本の子供の写真の脇《わき》に飢えで痩《や》せこけたアフリカの難民の子供の写真が並べて展示してあった。

英雄はネパールの少年兵の写真の場所へ引き返し、自分の背丈より大きな銃を手にじっとこちらを見ている少年兵の顔を見ていた。

――どうして人間はこんなに戦争をするんだ？

英雄は胸の奥で呟《つぶや》いた。

そろそろ引き揚げようと、英雄は顕一の姿を探した。顕一は一枚の写真の前で立ち止まっていた。英雄が近づいても顕一は身動きもせず目の前の写真に見入っている。

それは北朝鮮の兵士を捕えた写真だった。兵士を囲んでいるのは米軍兵と韓国兵で、彼等が勝ち誇っているのに対して、捕縛された兵士はカメラを睨《にら》みつけていた。その写真の隣りには三八度線の北と南の国境と、そこに続く野の花を撮《と》った写真もあった。

「世界中どこも皆、戦争だな……」

英雄が背後で言うと、顕一が振りむいた。顕一の目がうるんでいた。

「もう少し居たいのならかまわないよ」

英雄が言うと、顕一は首を横にふり、顔を歪《ゆが》めて笑った。

ギャラリーを出て歩き出すと、顕一はうつむき加減に並んで歩いた。

「浅草を少し案内してくれないか。この間、浅草へ行って、俺はあの街が何だか好きになったんだ」

英雄が言うと、顕一は嬉《うれ》しそうに頷《うなず》いた。……

英雄は顕一と浅草の六区で映画を観《み》た。

顕一の希望で観せられたフランス映画は、恋愛映画だった。行きずりの男と女が一夜をともにするストーリーだったが、英雄は少し退屈した。

映画館を出て顕一は、英雄と一緒にいることを家に連絡して来ると電話をかけに行った。顕一を待つ間、英雄は六区の通りを眺めていた。相変わらず大勢の人が歩いている。先日、源造たちと初めて沢山《たくさん》の人出を見た時には驚いたが、こうしてゆっくり見ていると、行き交う人たちが銀座や新宿の人たちと違って、どこか親しみやすく映った。ほどなくして顕一が戻って来た。

「英雄君と一緒だと言ったら、お祖母《ばあ》さんが家へ連れて来いって言うんだ。今日は二人だけで話があると言ってやった。この先に美味《うま》い鰻屋《うなぎや》があるんだ。母さんが、そこで腹一杯食べていいってさ」

二人は観音裏に出て、隅田川の方角に歩いた。顕一が案内してくれたのは、黒板塀の立派な鰻屋だった。店の前で英雄は立ち止まった。

「どうしたの？　さあ入ろうよ。ここの鰻は美味いよ。母さんが予約をしといてくれてるはずだから」

顕一は不審そうな表情で言った。

「顕一君、せっかく連れて来て貰《もら》ったのに悪いけど、俺、観音様のむこうに何軒も並んでいるちいさな店へ行きたいんだ。こういうところは苦手なんだ」

英雄が言うと、顕一は少し考え込んでから白い歯を見せて頷くと、店に入り、また来ますからと断って、すぐに戻って来た。

二人は観音様の境内を抜け、露店が立ち並ぶ伝法院前の通りを過ぎて、その奥の飲食店が軒を並べている路地に入った。英雄は店先で大鍋《おおなべ》が煮えて湯気の立ちこめている店を指さし、中へ入った。

店はすでに混み合っていて、英雄たちは奥のテーブルで相席になった。壁にかかった黒板に白墨で殴り書きされた品書きを見上げて、英雄は嬉しそうに笑った。

「英雄君はこういう店が好きなんだ」

「ああ、田舎にも祭りの時に店が出て、そこへこっそり行くのが楽しみだったんだ」

おーい、ネェさん。シロをお替りだ。それに煮込みもだ。むかいの客が大声を上げた。はーい、と奥の方から女の声が返って来た。こっちも酒がたんねぇべ。おい、少し飲み過ぎじゃねぇけー。だけんど今夜はよ……、背後で様々な声がする。

——いろんな地方からの客がいるんだ……。

英雄は上京して半年ほどで、東京に集まって来た人たちが話す、それぞれのお国訛《なま》りが少しずつわかるようになっていた。英雄は北の人たちの朴訥《ぼくとつ》な話し方が好きだった。

おーい、何をやってんだ。お客さんがお待ちだよ。表で煮込み鍋の前に立つ恰幅《かっぷく》のよい店の男が声を上げた。はーい、とまた返事が返って来て、酒徳利や料理を載《の》せた大きな盆を手に若い女が出て来た。カウンターやテーブルに酒と料理を配っている。おい、ネェさん、煮込みはこっちだ。酒がもう空《から》だよ。客たちのかける声に応じながら、女は右に左に動いていた。英雄たちのテーブルのむかいの客の前に料理を出し、酒の注文を聞いて、女は英雄たちの方を見た。額から汗が滴《したた》り落ちていた。女は手の甲で汗を拭《ぬぐ》いながら、ご注文は？　と英雄の顔を見た。どこかで見たような顔だと思ったが、どこで逢ったのか思い出せなかった。真っ直ぐに英雄を見つめた顔が、汗のせいか、かがやいて映った。頭に被《かぶ》った手拭いが女の白い肌をよけい白く見せていた。

「ビールに煮込みを下さい」

女は注文をくり返し、背後のテーブルの客の注文を聞いた。これだけの客の注文を皆覚えているのだろうか。頭のいい女なのだと思った。客は数杯の酒と肴《さかな》を掻き込むようにして、入れ替りやって来た。

顕一はアルコールに弱いのか、頰がすでに赤くなっている。

「英雄君、さっき銀座で見た報道写真のことなんだけど……」

顕一は、小学校からの友だちが北朝鮮に家族と引き揚げて行き、その後、何の連絡もないことを、ぽつぽつと話しはじめた。英雄も自分の友だちや知り合いの家族が、北に帰ったまま連絡が取れないことを話した。

「そうなんだ……。英雄君、あの国は皆が言うように、本当に天国のようなところなんだろうか？」

顕一は心配そうに言った。

「新聞にはそう書いてあったけど、新聞なんて当てにならないからな。俺の友だちにドミニカへ移民に行って帰って来た家族がいるけど、新聞に載った〝南の楽園〟という政府の謳《うた》い文句に家や土地を売って移民したのに、石ころだらけの島だったんだって。その友だちは日射病を患《わずら》って、身体《からだ》がおかしくなって帰って来たんだよ。俺の田舎の家じゃ、親父も年寄りも、北はそんな天国みたいなところじゃないって言ってるよ」

「そうなの？」

「さあ、詳《くわ》しいことはわからないけど、そんなにいいところなら、手紙や何か報《しら》せが来るんじゃないかな」

「でも、いい国だって言う人もいるよ。僕の好きだった女の子も北へ帰って行ったんだ。その人たちに手紙を預けたんだけど……」

顕一はそう言って、顔を曇らせた。先刻、顕一が一枚の報道写真の前で涙ぐんでいた理由は、そういうことだったのかと、英雄は納得した。

「天国だって言ってるのは、どんな人だよ」

「サークルがあって、先月も出席したんだけど……、よくわからないんだ。英雄君、一度一緒にその会へ行ってくれないかな……」

「ああ、いいよ。俺もぜひ聞いてみたいよ」

英雄は言って、先刻の女に手を上げた。女が小走りに駆け寄って来た。

「あの客が飲んでる白い飲み物は何？」

英雄の言葉に女は隅のテーブルを見て、

「シロです」

「シロって？……」

英雄が訊き返すと、顕一が、どぶろくのことだよ、と小声で言った。

「そうか、じゃ、そのシロを二つ下さい。それに焼トンを一人前。美味いのを頼むね」

英雄が笑って注文すると、女はかすかに白い歯を覗かせた。美しい笑顔だと思った。

奥へ行く女のうしろ姿を見ながら、英雄は新開地で働く女たちのことを思い出していた。

「まだ新米《しんまい》の子だね。あんなんじゃ、浅草じゃ無理だろうな」

顕一がしたり顔で言った。

「そんなことはないよ。誰でも最初は新米だもの。あの子はいい子だ。あんなに一生懸命働いているもの。大学の女子学生とはぜんぜん違ってるよ」

「へぇー、ああいう子が好みなんだ」

顕一が少しにやついて言った。顕一は酒に酔っているようだった。

「うん、働いている女の人が俺は好きだ」

「働いている子が……。どうして？」

「上手《うま》く説明できないけど、俺の育った町じゃ、男も女も皆懸命に働いていたからね。女の人が働く姿が当たり前に見えていたせいかもわからないな……」

顕一は英雄の話に小首を傾げていた。

シロを飲んだせいか、顕一の呂律《ろれつ》が回らなくなって来たので、英雄は勘定を済ませ、顕一に肩を貸して店を出た。女は顕一の姿を見て笑っていた。

英雄は聖天町の家の前まで顕一を連れて帰った。英雄が肩を外すと、顕一は玄関前にしゃがみ込んでしまった。光岡さん、と大声を出すと、二階の窓が開いて姉の友美が顔を出した。

「顕一君、届けましたよ」

と告げると、英雄は表通りへ駆け出した。その途端に、さっき伝法院裏の飲食店で逢《あ》った女が、今月の初めに言問橋の袂《たもと》で男の子を助けていた女だったことを思い出した。

——そうか、どうりでどこかで見た顔だと思った……。

見物の男たちを怒鳴りつけた気丈《きじよう》な態度と、店の中での汗に光る女の白い肌がまぶしくよみがえった。


大塚駅前の雑居ビルの中で行われるその会へ、英雄と顕一が出たのは十一月の終りの夕暮れだった。

三階にある事務局に入ると、数人の男が一斉に顕一と英雄を見た。眼鏡《めがね》をかけた長身の男が無表情に、

「光岡君、前回は欠席だったね」

と言ってから、英雄の方を見た。

「僕の友人の高木英雄君です。話を聞きたいと言うものですから連れて来ました」

顕一が言うと、男は急に明るく笑って、

「そうですか。それは感心だね。新しい人を連れて来るなら前以《まえも》って連絡して下さいよ」

丁寧な口調で言い、顕一の肩を叩《たた》いた。

「君、こういう会は初めて？　そうですか。じゃ、この紙に名前と住所と、質問事項を記入して下さい。学生だよね。なら勤め先の欄《らん》に大学と学部名を書いて下さい」

出身地から家族構成、父親の職業、家の収入……等、詳細に渡って記入項目があり、犯罪歴まで書くようになっていた。英雄が書き終えると、男はその用紙を奥にいる男たちのところへ持って行き、数人が頭を寄せるようにして読んでいた。しばらくして男は戻って来ると、

「少し話をしたいので奥へ来てくれますか」

と言って応接室へ英雄を案内した。部屋の壁には様々なポスターが貼《は》ってあり、スローガンを書いた紙が何枚も画鋲《がびょう》で止めてあった。

「家の職業なんだけど、海運業とあるけど、どれくらい船を持ってるの？　従業員の数は？」

英雄がおおよそのことを答えていると、

「お父さんは身体に刺青《いれずみ》か何かありますか？」

と男がさり気なく訊《き》いてきた。英雄は男の顔を見返した。

「それを、答えることが、今日、話を聞くのに、必要なんですか？」

英雄が切り口上で言うと、男は大袈裟《おおげさ》に手を横にふって、

「いや、こういう会はいろいろ誤解されるんでね。言いたくなければいいんだ。だいたいわかるから……」

と言って、笑いながら眼鏡の縁《ふち》を指でなぞった。応接室を出て事務局の隅に顕一といると、仕事を終えた人たちがぽつぽつと集まって来た。

彼等は英雄の顔を見て、一様に訝《いぶか》し気な表情をしてから、事務局の者に説明を聞いていた。

会は一階上の会議室のような場所で行なわれた。四角に長机が並べられ、二十人余りの男と女が椅子《いす》に座り、配られたテキストを手に話をはじめた。中心になって話しているのは、先刻の眼鏡の男だった。男のように髪を短く切った女が眼鏡の男の次によく話していた。マルクス、レーニン、帝国主義、理想国家、イデオロギー……という言葉が飛び交い、英雄には彼等の話していることがよく理解できなかった。顕一も

英雄も発言を求められることはなかった。裸電球の灯りの下で、鋭く目を光らせながら話をしている彼等は、自分とは違う種類の人間のように感じられた。

二時間余りの会が終ると、眼鏡の男が英雄と顕一のそばに寄って来て、この後で懇親会が近くの居酒屋であるから、ぜひ出席して欲しいと言った。

居酒屋へ行くと、人数は半分近くに減っていて、奥の上り座敷に皆がテーブルを囲んで座っていた。英雄は眼鏡の男から会のメンバーたちに紹介された。

「光岡君もいいところがあるわね。参加者を勧誘してるなんて見直したわ」

短髪の女が言った。先に会費がテーブルの上に出された。英雄も出そうとすると、

「高木君は初参加だからいいよ」

と眼鏡の男が言った。

「いや、俺は酒と食い物はご馳走《ちそう》になりません。毎日、アルバイトをしてますから出します」

「えらいね」

短髪の女が男のような言い方で英雄を見た。酒が運ばれて、先ほどの会合では無口だったメンバーも少しずつ話をするようになってきた。それでも話の中心は眼鏡の男と短髪の女が占めていた。顕一は工員風の男と話をしていた。工員風の男が眼鏡の男

にむかって、北朝鮮に出した手紙は本当に届いているのでしょうか、と深刻な顔で訊いた。

「届いているわ」

短髪の女がはっきりした声で言った。

「ならどうして返事が来ないんでしょうか」

工員風の男は遠慮がちに言い、女の顔を覗《のぞ》き見て、すぐに視線を落した。

「それは、今は国民すべてが新国家建設のために懸命に働いているからよ。少しでも多くの労働力とお金が必要な時ですもの。家族のことより国家のことが優先されて、それを皆喜んでいるわ。理想の国家ができるんですもの」

女が自分の言葉に酔いしれるように言った。女の言葉を聞いて、工員風の男は戸惑ったように顔を曇らせた。

「でも両親のことが心配で、せめて元気にしているかどうかだけでも知りたいのですが」

男は思い切ったように顔を上げて女に言った。

「元気に決まっているじゃないの。天国のようなところなんだから……」

女は自信ありげに言った。左隣りの男たちは先刻から、小声で赤線の女の話をしながら卑猥《ひわい》な声で笑っていた。正面に座った肉づきのいい青い服の女は酒に酔ったのか、英雄を見て媚《こ》びるような視線を送って来た。眼鏡の男が英雄の正面の席に移った。酔った女が眼鏡の男をうっとりした目で見た。英雄は顕一に目を移した。顕一は恨めしそうな顔で短髪の女を見て、工員風の男と小声で話していた。眼鏡の男が青い服の女に耳元で何事かを囁《ささや》いている。女は嬉《うれ》しそうな顔をして身体を捩《よ》じらせていた。

「すみません。ちょっといいですか？」

英雄が手を上げた。短髪の女と眼鏡の男が英雄を見た。

「俺が今日、この会へ出たのは、俺の田舎の友だちも大勢、北へ帰って行ったんだけど、四年も経《た》つのに何の連絡もありません。最初の話では二、三年したら日本にも帰って来られるってことだったのに、どうしてなのか、それが知りたくて来たんです」

「だからそれはさっきも話したように、今は新国家建設に皆が懸命に……」

同じ言葉をくり返す短髪の女に堪《たま》りかねて、英雄は口を挟んだ。

「それはわかったけど、葉書一枚が書けないことはないだろう。天国のようなところで手紙が書けないことはないと思うな。それに、あなたたちの中には北で皆が懸命に働いているのを見て来た人はいるの？　その人の話を俺は聞きたいんだ。いたら話してくれ」

眼鏡の男が、顔を真っ赤にして英雄を指さした。

「君、初参加なのに、その口のきき方は何だ？　失礼じゃないか」

「何が失礼なんだ。この人も、光岡君も、行方が知れない家族や友だちのことが知りたくてここに来てるんだ。それを理想とか国家とか言われても、俺には何か誤魔化《ごまか》しているようにしか聞こえないな」

「誤魔化しているだと、何だ、君は、スパイか。光岡君、何で、君はこんな男を連れて来たんだ」

眼鏡の男が立ち上って声を荒らげた。

この人は何なの、と短髪の女が甲高《かんだか》い声を上げて立ち上った。英雄も立ち上って、女を睨《にら》みつけた。

「俺はただの学生だよ。けど言ってることとやってることが違うおまえたちよりはまともだと思っている。何が国家だ。何がイデオロギーだ。俺はそんなものより人間の方が大事だ。顕一君、行こう。こんなくだらないところに居ちゃ駄目だ」

英雄はそう言って先に席を立った。店を出ると、顕一と工員風の男が後を追い駆けて来た。

十二月に入って、ひさしぶりに英雄は新宿の酒場〝那智《なち》〟へ行った。

英雄の顔を見て、ママのカナエが嬉しそうに笑った。英雄はカウンターの奥に座った。雪野先生がグラスを持った手を英雄にふった。

「この間は世話になってありがとう。迷惑をかけて礼も言わないでごめんな」

英雄はレイコに、泥酔して家に泊めて貰《もら》った時の礼を言った。

「いいえ、ちっとも迷惑じゃないわ。叔父も時々、浴びるようにお酒を飲んで庭に倒れているから……」

レイコは言って、クスッと笑った。

「あの人、角永《かどなが》さんていったっけ、いい人だったな。なんだか迫力があって」

「叔父に言っておくわ。喜ぶわ、きっと。叔父も、酔い潰《つぶ》れてもまだ、こん畜生、こん畜生って唸《うな》っていた英雄さんを見ていて、いい若者だなって言ってたわよ」

「そうか。俺、酔い潰れてもまだ暴れていたのか……。レイコさん、ところで角永さんは何をしてる人なの？」

「何もしていないわ。いろんなところを旅してる。ボヘミアンを気取ってんのかしら。こんなふうに言ったら、お世話になっているのに叱《しか》られちゃうわね。清治《せいじ》さんは本当は画家を目指しているんだと思うわ。あの人、田舎にいる時は、子供の頃から絵の天才と言われていたの。私も子供の時の清治さんの絵を見て、美術の勉強をしようと決心したのよ。もっとも私は彫刻の方だけど……。清治さんは、高校を卒業してから東京の美術学校へ入学したんだけど、すぐに先生と喧嘩《けんか》してやめちゃったの。あの人のお父さんも画家だった。あの家は清治さんのお父さんのアトリエだったのよ。それを今は私が居候《いそうろう》して、他の部屋は間借りをさせてるの。あなたが寝ていた部屋は一番ちいさな部屋で、清治さんが日本に戻った時に使ってるの」

「そうか、じゃお礼を言わなくちゃいけなかったな。真理の人に……」

「何、それ？」

「いや何でもないよ。どんな絵を描くのか一度見てみたいな……」

英雄は角永清治の大きな身体《からだ》と鋭い眼差《まなざ》しを思い出しながら言った。

「もうずっと絵を描いてないわ。どうしてなのか、私にも理由がわからない。でも清治さんはきっとまた絵を描きはじめると思うの。今は自分の描くべきテーマを探して、旅をしてるような気がするわ」

レイコが遠くを見るような目つきをして言った。

「ぶっきら棒な人なんだけど、でも清治さんみたいな人に俺、憧《あこが》れてしまうな」

英雄がうらやましそうに言った。

「そうね。親戚《しんせき》の私が見ていてもいい男だもの。今頃、モロッコで何をしてるんだろう」

レイコの言葉に、英雄は荒野をひとり歩いている清治の姿を思い浮かべた。カナエがグラスを手に英雄のそばにやって来た。

「英さん、元気にしてた？ 工事現場には相変わらず行ってんの。たまには大学へも顔を出さなきゃ駄目よ。そう言えばモリちゃんから絵葉書が届いていたわよ。ちょっと待ってて……」

カナエは言って、背後の棚を探した。

「ほらっ、これ、インカ帝国の遺跡の写真でしょう。ここはペルーよね。こんなところで、モリちゃん、今頃、何をしてるんだろう」

カナエが、今しがたレイコが角永に対して言ったのと同じ言葉を口にしたので、英雄とレイコは吹き出した。

「何が可笑《おか》しいのよ……」

カナエが二人を見て訊いた。カナエの怪訝《けげん》そうな表情に二人は顔を見合わせて、また笑い出した。

「あらっ、二人とも仲がいいこと」

「ママ、私たちそんなんじゃありません」

レイコがむきになって言った。英雄は森田の絵葉書を手に取って見ていた。とても空気が澄んでいるということと、次の行き先が大きな文字で簡潔に綴《つづ》ってあるだけだった。絵葉書がペルーで投函《とうかん》された日付けは十月の中旬になっている。切り立った山岳に空中都市のように浮かんだインカ帝国の都市遺跡の写真は、英雄にはとても魅力的に見えた。

——俺の好きな人は皆日本を離れて、旅をしてるんだな……。

英雄もいつか海を越えて見知らぬ土地を旅してみたいと思った。

英雄がカナエに葉書を返すと、

「あっ、そうだ。英さん、マリーがあなたを一度店へ連れて来て欲しいと言っていたわ」

カナエが思い出したように言った。

「マリーって？」

「ほらっ、英さんが初めてこの店へ来た時に気質《たち》の悪いチンピラに絡まれて、店へ飛び込んで来た金髪の子。歌がとても上手《うま》いのよ」

「ああ、あの人か。どうして俺に逢いたいっていうの？」

「助けて貰ったお礼でしょう」

「俺は何もしちゃいないよ。あの時、皆を助けてくれたのは雪野さんだよ」

「じゃ、きっと英さんに惚《ほ》れてんのよ」

カナエがにやりと笑って言った。

「惚れてるって……。あの人、本当は男なんでしょう」

「そうよ。男の方が女より情があるっていうから、英さん、気に入るかもよ」

「えっ、そんな……」

戸惑う英雄に皆が笑い出した。英雄は唇を突き出して、カナエを睨《にら》んだ。

「たまには女でも連れて来なさいよ。女っ気がないから、そう言われるのよ。英さんは見てくれは悪くないいんだから、彼女のひとりや二人はいるんでしょう。それとも田舎で待ってるのかな」

「そんな相手はいないよ」

「あらっ、好きな人もいないの？　なら私が立候補しようかしら……」

カナエが手を挙げて大声で言うと、

「おいおい、ママじゃマリーと変わらんだろう」

と客のひとりが言った。カウンターの上のその客の手を、カナエが音のするほど叩いた。

「好きな人か……」

と英雄が呟《つぶや》くと、

「どんな女性がタイプなの？　ほら、たとえばぽちゃぽちゃとした可愛《かわい》い女の子がいいとか、スタイルのいいすらっとしたタイプとか……」

カナエがしつこく訊いてきた。

「タイプか、そんなこと考えたことがないな。そうだな……」

英雄は店の天井から吊《つる》されたランプを見上げた。ランプの灯《あか》りに、ひとりの女性の顔が浮かんだ。その女性は額から溢《あふ》れる汗を拭《ぬぐ》いながら、英雄の顔を見つめていた。浅草の伝法院裏の店で逢った女《ひと》だった。汗に濡《ぬ》れた顔がかがやいていた。口元にかすかに笑みを浮かべて、幻はすっと失《う》せた。

「そうだな、俺は汗水流して働いている女の人がタイプだな……」

英雄がきっぱり言うと、カナエもレイコも驚いたような顔をして英雄を見つめ、吹き出した。

「うん、それはいい。高木君、その趣味はなかなかよろしい」

雪野老人が感服したように言った。

どうして急にあの女《ひと》のことが思い浮かんだのか、英雄にはわからなかった。あの喧《けん》噪《そう》の街の、酔いどれの男たちが集まる中で、汗をかきながら懸命に立ち働いている姿が印象に残ったのだろう。それにしても、一度しか逢《あ》ったことのない相手の顔をはっきりと覚えていたことが、英雄には奇妙に思えた。

「ねぇ、ママ。今、何時だろう？」

「八時よ。誰かと、待ち合わせ？」

「いや、浅草では何時頃まで店をやってるのかな？」

「浅草はこの時間だったらまだまだ店はやってるわよ。あそこは結構遅くまで賑《にぎ》わっているから」

「そう。じゃお勘定して。ママ、浅草へ行くにはどうすればいいの？」

英雄は、浅草までの地下鉄の乗り継ぎを聞いて店を出た。

丸の内線に乗っている間も、あの女《ひと》のことが頭に浮かんだ。車窓に彼女の立ち働く白い影とかすかに微笑《ほほえ》んだまぶしい顔が揺れていた。……

浅草駅の地下鉄の階段を駆け上ると、伝法院の方角にむかって英雄は走った。路地に入ってみると、店は何軒も並んでいて、顕一と行った店がどの店だったのかわからなかった。

——たしか、店先に大きな鍋《なべ》があったっけ……。

英雄は通りの各店を眺めたが、何軒もの店が軒先に大鍋を置いて湯気を上げている。英雄は一軒ずつ店の中を覗いて行った。

あの女《ひと》の姿はなかった。英雄は通りの中央で腕組みをして周囲を見回した。もう一度店を探そうと歩き出した時、背後から肩を叩《たた》かれた。

ピンクのコートを着た女性が笑って立っていた。顕一の姉の友美だった。

「高木君に似てると思ったら、やっぱりそうだった」

「なんだ、君か……」

英雄が友美を見ると友美は顔を寄せて来て、

「この間、顕一をあんなに酔い潰して、玄関先へ置いてったのは高木君でしょう。すぐに駆け出して行ったけど、私には君だとちゃんとわかったわ」

と言って笑った。英雄は頭を掻《か》いた。

「高木君、さっきから通りできょろきょろしてたけど、誰かを探してるの？」

「い、いや、別にそういうわけじゃないけど……」

英雄があわてて言うと、

「あれっ、怪しいな。その態度は……」

友美は英雄の顔を覗き込むようにして言った。

「何が？　違うって……」

友美の背後から数人の若者が近寄ってきた。

「今日は中学校の同窓会があったの。これからもう一軒行くつもりなの。ねえ、皆と一緒に行こうよ」

友美が言うと、若者たちも英雄を誘った。英雄は友美に手を引っぱられ、六区の方へ歩き出した。

英雄はひさご通りの裏手にある焼肉店に連れて行かれた。若者たちは皆友美と幼友だちで、家業の手伝いをしてもう働いているという。気のいい連中だった。

ホルモン焼きを食べながら騒いでいるうちに、終電の時間が過ぎていた。友美は英雄に家へ泊っていけばいいと言った。こんな夜中に他人《ひと》の家を訪ねると、田舎の両親に叱《しか》られると英雄が言うと、靴屋横丁の古い家に住んでいるのは友美と顕一だけだから、遠慮はいらないと言った。

店を出て若者たちと別れ、英雄は友美と言問通《こととい》《どお》りを歩き出した。

「顕一は高木君と逢ってよかったみたい。あいつはすぐに考え込んじゃう気質《たち》だから。高木君を見習おうって言ってた。父さんは私が男の子だったらよかったのにとよく言うわ。けど顕一を見てると、男の子は大変だと思う。上の兄さんと姉さんたちは、私たちと母さんが違うの。兄は独立して仲見世に店を出してるから、父さんは家を顕一に継がせようとしてるのよ。でも顕一が他にやりたいことがあるらしいのを、私は知ってるの。見ていて何だか可哀相《かわいそう》で……」

友美が表情を曇らせて言った。

「顕一君も好きにやればいいんだよ」

英雄が言うと、友美は立ち止まって、

「そんなことはできないわよ。ここらじゃ皆男の子は家業を継ぐんだもの……。高木君もいずれ家を継ぐんでしょう」

と英雄を見上げるようにして訊《き》いた。

「いや、俺は自分のやりたいことをやるんだ。親父《おやじ》が一代で高木の家を作ったように、俺は俺の家を作るんだ」

英雄はそう言って、友美の顔を見返した。

闇《やみ》のむこうに言問橋が見えてきて、二人は横丁の路地に入った。昼間と違い靴の工場は皆表戸を閉じている。電柱の灯りに盆栽が浮かんでいた。二人は足音を忍ばせて二階へ上った。顕一はすでに寝込んでいた。隣室に蒲団《ふとん》を用意して貰い、英雄は休んだ。

明け方近く、英雄は喉《のど》が渇いて目を覚ました。台所へ行き水を飲んで部屋に戻ろうとすると、聞き覚えのある音が耳に届いた。船の焼玉エンジンの音だった。それも一艘《そう》だけの音ではなかった。漁へ行くのだろうか、それとも船荷を運んでいるのだろうか……。ひさしぶりに船のエンジン音を聞いて、英雄は船が見たくなった。物音を立てぬように服を着ると表へ出た。

薄っすらと夜が明けはじめている。靴工場はすでに表戸を開けて、電燈の灯りの下で人影が動いている。英雄は川べりの公園を抜け、言問橋の袂《たもと》から川原に続く階段を降りた。

隅田川には朝靄《あさもや》が立ち込めている。やがて上流から焼玉エンジンの音が響いて来て、靄を裂くように船があらわれた。船尻《ふなじり》に立つ人影に靄が絡み、衣がたなびいているように映った。滑るように川面《かわも》を進む船は、靄の中で宙を飛んでいるように見える。船が言問橋の下を潜《くぐ》ろうとした時、むこう岸から鳥の群れが一斉に空へ昇った。朝陽の気配に、かすかな朱色を浮かべた鱗雲《うろこぐも》にむかって、鳥たちは飛翔《ひしよう》していった。……

第六章　決　裂

列車が三田尻《みたじり》の駅に着いたのは十二月三十日の夕刻だった。

正月の帰省客たちは、窓から顔を出して出迎えの家族に声をかけると、両手に大きな荷物をかかえ、顔を紅潮させてプラットホームへ降り立った。英雄《ひでお》は彼等の後についてホームに降りた。

元気じゃったか。よう帰って来たのう。祖母《ばあ》さんも首を長うして家で待っとるけぇのう……。なつかしい田舎訛《いなかなま》りを耳にして、英雄は改めて故郷へ帰って来たことを実感した。

改札口を出て駅舎の中を見回した。正面の大時計の下に正月の注連《しめ》飾りがかけられ、その下には天満宮《てんまんぐう》の初詣《はつもうで》の案内板が吊《つる》してあった。待合室は送迎の人たちで溢《あふ》れている。外套《コート》を着て襟巻《えりまき》をした冬支度《ふゆじたく》の人の群れの中で、英雄ひとりが薄手のジャンパーに作業ズボンを穿《は》いて、ナップザックひとつを肩に立っていた。

英雄は人波を掻《か》き分けて外へ出た。薄闇《うすやみ》に包まれた駅前商店街に、ぽつぽつと灯《あか》りが点《とも》りはじめた。そのむこうには中国山地の山影が紫色に淡く浮かんでいる。英雄は立ち止まって低い町並みを眺めた。左手にはバスの待合所があり、切符売り場の脇《わき》に数台のバスが停車している。その隣りの運送会社では、人影が忙しそうに立ち働いている。駅の正面には食堂と旅館が軒を並べている。

——こんなにちいさな町だったのか……。

英雄は改めて周囲を見渡した。

ほんの九カ月前まで、英雄にとって駅前の賑《にぎ》わいは町で一番のものだった。その風景が、今ではひどくちっぽけなものに映った。大きなビルに思えた駅前通りの銀行や証券会社の建物も、東京のビル群に比べればせいぜいマッチ箱である。

英雄は屋敷町《やしきまち》にむかって歩き出した。

踏切りを渡る時、線路沿いにネオンの点った〝エデン〟の建物が見えた。斉次郎《さいじろう》が山陽本線沿いでは一番のダンスホールだと自慢していた〝エデン〟の建物も、ひどくちいさなものに感じられた。おまけに左端のEという文字が消えかけていて、古びたネオンの灯りがどことなく建物を淋《さび》しく見せている。

繁華街を過ぎ暗がりに入ると、四日前の十二月二十六日の午前中に、下北沢のアパートにかかって来た母の絹子《きぬこ》の電話の声が耳の奥によみがえってきた。……

「大学からの通知で、お前の学部のことがお父さんに知れてしまったの。ともかくすぐに帰って来て……。学部のことは大丈夫だから、お父さんはあなたが元気にしているのかを心配していらっしゃるだけなの……。送った汽車賃とお土産《みやげ》代は届いているわよね。明日にでも列車に乗ってね。母さんを助けると思って、すぐに帰って来てへ……」

絹子の声はだんだん細くなってきた。

正月に帰省するつもりはなかったが、絹子の最後の言葉に促されるようにして、英雄は三十日、早朝の新幹線に乗った。列車の中で英雄は、大学の学部に経済学部ではなく文学部を選んだ理由《わけ》を説明するだけでなく、斉次郎にはっきりと自分には高木《たかぎ》の家を継ぐ意志がないことを告げようと思っていた。……

踏切りを渡ると、やがて港に続く通りに出た。陽《ひ》はすでに落ちて、通りのむこうに古町《ふるまち》や新町《しんまち》の灯りが見えた。英雄は通りを右折して、屋敷町へむかう坂道を歩いた。左へゆるやかに曲がる道は子供の時から何度も歩いた道だったが、今の自分には狭く思えた。坂道を下り切ると、酒屋の看板が見えてきて、加文《ますふみ》先生の家がその先にあらわれた。英雄は足早に先生の家へむかった。

家の軒下に、手を伸ばして何かをしているちいさな人影が門燈に浮かんでいた。近寄ると、亜紀子《あきこ》夫人が軒下に注連飾りをつけようとしているところだった。椅子《いす》の上に乗っているが、小柄な夫人には玄関の上に手が届かないようだった。

「手伝いましょうか？」

英雄が声をかけると、夫人は金槌《かなづち》を持ったまま英雄の方を振りむいて、

「あらっ、英雄君。帰って来たの」

と大きな声で言うと、椅子から跳び下りた。英雄は夫人の手から金槌と注連飾りを取って椅子の上に乗った。

夫人は加文先生の名前を呼びながら家の中へ駆け込んだ。

注連飾りをつけ終えて家に入ると、加文先生が手拭《てぬぐ》いを頭に巻いて居間に立っていた。

「よう、何日《いつ》戻って来たんだ？」

先生は英雄の身体《からだ》を爪先《つまさき》から頭の天辺《てっぺん》まで見上げて言った。

「さっき駅に着いたところです」

「そうか、まあ上れ。ご両親は喜ばれたろうな。さあ、上ってくれ」

「まだ家には戻ってません。真《ま》っ直《す》ぐここへ来たんです」

英雄の言葉に先生は一瞬戸惑ったような顔をした。

「なら乾杯して、すぐに家に戻ってやれ。ご両親は首を長くして待っとられるはずだ」

先生は急いで酒を持ってくるようにと夫人に告げた。

夫人は、お盆にビールとグラスを載《の》せて戻ってくると、ビールの栓《せん》を抜きながら言った。

「そお、真っ直ぐ来てくれたの。嬉《うれ》しいわ。英雄君、また身体が大きくなったね。ねえ加文《かもん》、そう思いませんか？」

「そう言われると、そうだな。野球をまたやりはじめたのか？」

先生は英雄の身体を見直して訊《き》いた。

「いや、東京でドカチンばかりしてましたから、それで大きくなったのかもしれません」

英雄が頭を掻きながら言うと、

「そうなの。感心ね。労働と勉学が理想よね。英雄君、本当に逞《たくま》しくなったわ。はい、お帰りなさい」

夫人がビールの入ったグラスを掲《かか》げた。

「元気で何よりだ。喜ばしい再会は格別に酒が美味《うま》い」

先生はグラスを一気に飲み干した。英雄も喉《のど》を鳴らしてグラスを空けた。

「あらっ、飲めるようになったのね。……ところで、東京はどんな様子なの？」

夫人が英雄のグラスにビールを注ぎながら訊いた。

「人だらけで、車だらけで、工事だらけです。でも面白い人もたくさんいます」

「そうか、そりゃいいな。町は人が作っているものだ。人と出逢《であ》うことがすべてだからな。気持ちの大きな人に出逢えば、高木も人間が大きくなる。人間は人間によって鍛《きた》えられるんだ」

先生はそう言って空のグラスを夫人に差し出した。

「先生、実は俺《おれ》、相談があって来たんですが……」

英雄は今回、家を継ぐ意志がないことを父親に話すために帰省したことを、先生と夫人に打ち明けた。

「そうか……」

先生は腕組みをして吐《と》息《いき》を洩《も》らした。

「俺の考えは間違ってるでしょうか。俺は子供の時からずっと高木の家の跡取りと皆から言われて育ちました。親父《おやじ》は俺が家を継ぐと思ってますし、それに、源造《げんぞう》、いや、高木の衆は親父について生きて来た人ばかりです。その人たちも俺が家を継ぐと信じてます。先月も高木の番頭格の人が、俺を説得に上京して来ました。その人は俺が家を継ぐ気がないことを、今は、親父に打ち明けるなと言いました……」

「そんなことがあったのか……。私も君の家の事情は少しはわかっているつもりだ。その番頭格の人の言うこともわかる。高木、どうだろうか……」

先生が話を続けようとした時、夫人が脇から口を挟んだ。

「英雄君、それはお父さんに話すべきだわ。まず話してみてから考えればいいわ。加文、そうでしょう？」

そう言って夫人は先生の顔を見た。

「う、うん。そうだな」

先生は口ごもりながら英雄の顔を見返した。

「高木は将来何かしたいことはあるのか？」

「いや、今は何も考えていません」

「加文、それはそうよ。何をするかを見つけるために、英雄君は上京したんだから……。英雄君、今夜、これからお父さんと話すの？」

夫人が先生のグラスにビールを注いだ。

「いや、明日話そうと思います。俺の親父、逆上すると何をするかわからないんで……。たぶん俺をぶん殴《なぐ》るんじゃないかと思うんです。俺の方も少し覚悟をしとかないと。だから今夜はここへ泊めて貰《もら》っていいですか」

英雄は笑いながら両手の拳《こぶし》に力を込めて胸板を叩《たた》いた。

「あのお父さんだものな。派手なやり合いになるかもわからんな。高木、私が話してやろうか」

先生が両手を揉《も》むような仕種《しぐさ》をしながら言った。

「いや、大丈夫です。先生が入ると余計、騒動が大きくなるかもわからないんで」

英雄が言うと、先生は苦笑いをした。

夕食をご馳走《ちそう》になり、夫人が風呂《ふろ》を沸《わ》かし、英雄の床を準備しはじめた。英雄は三十分ほど出かけて戻って来ると告げると、古町の高木の家にむかった。

英雄は海側の門から家へ入った。東の棟《むね》の裏手を塀伝いに歩くと、今春まで自分が使っていた部屋の窓の下に辿《たど》り着いた。その部屋は今、弟の正雄《まさお》の部屋になっている。

英雄はいちじくの大きな葉をどかし、背伸びして部屋の中を覗《のぞ》いた。カーテンが閉まっている。窓ガラスを叩いてみたが、返答がない。もう一度窓ガラスを強く叩くと、カーテンに人影が映った。

「正雄、正雄、窓を開けてくれ」

英雄が小声で言うと、カーテンが開いた。

「誰だ？　そこにおるのは？」

と声がして、野球のバットを片手に持った正雄が顔を出した。

「俺だ。正雄、俺だよ」

英雄が笑って顔を見せると、正雄は目を丸くして英雄を見た。

「兄ちゃん。どうしたんじゃ、そんなところで……。びっくりした。もうちょっとでバットで殴りつけるところじゃった。いつ帰って来たんじゃ？」

「夕方駅に着いた。今夜は加文先生の家に泊まって、明日の朝、家には帰るわ。正雄、ちょっと表へ出られんか」

「ああ、けどなぜ、真っ直ぐ家に戻って来んのじゃ」

正雄は訝《いぶか》しそうな顔をして英雄に訊いた。

「いいから海側の門の外で待っとるから」

「わかった」

英雄が材木置場に腰かけて待っていると、すぐに下駄《げた》の音がして正雄がやって来た。

「桟橋《さんばし》の方へ行こう。高木の衆に見つかって戻って来とるのがばれたら、御袋《おふくろ》に叱《しか》られるからの」

二人は水天宮《すいてんぐう》の脇を抜けて葵橋《あおいばし》の袂《たもと》で立ち止まった。紡績工場の灯りが見える。春先よりも工場の灯りは増えていた。

英雄は旧桟橋の下に降りると、ポケットから煙草《たばこ》を取り出し火を点《つ》けた。正雄は英雄をじっと見つめている。

「親父は家に戻っとるのか?」

「うん。昨日が餅搗《もちつ》きじゃったから。お父やんは最近、ずっと家におるの」

「そうか……」

「兄ちゃん。俺の手紙読んでくれたのか?」

「ああ読んだ。返事を書かんで悪かったの」

「読んだんなら、お母《か》やんに手紙を書いてくれりゃよかったのに。お母やんは兄ちゃんから連絡がないから心配しとった」

「そりゃ済まんかった。家の方は変わったことはないのか? 江州《ごうしゅう》さんが出て行ったそうじゃないか」

「兄ちゃん、それを知っとるのか。俺は詳《くわ》しいことはわからんが、いろいろ揉めとったみたいじゃ。笠戸《かさと》さんも時雄《ときお》さんも出て行ってしもうたし、他にも……」

正雄は出て行った三家族の名前を口にし、それからこの夏、鳴門《なると》海峡で高木の船同士が衝突事故を起こしたことを話した。

「船はもうないのか？」

「うん、船の仕事はやめたみたいじゃ。俺にはようわからんが、八月頃じゃったか、新開地《しんかいち》の土佐屋《とさや》と家の衆とで揉め事があって、警察が家に入って来た」

「土佐屋と親父が揉めたのか？」

「うん。江州さんが警察に摑《つか》まった。土佐屋のおやじを怪我《けが》させたと言うとった。何や騒がしい夏じゃった。お母やんも泣いとったし……」

英雄は沖合いを通る船の灯りを見つめながら、江州の顔を思い出していた。

――英さん、俺たちはどこまでも親父さんについて行くんです。

いつか葵橋の上で江州は英雄にそう言った。その江州が高木の家を出て行ったのにはよほどの理由《わけ》があったのだろう。昨年のはじめに江州と二人で銭湯へ行き、英雄が江州の背中を流した時の、江州の照れたような横顔が目に浮かんだ。

「正雄、俺は高木の家を出て行くかもしれん」

英雄は沖合いを見つめたまま言った。

「えっ、今、何と言うたんじゃ？」

正雄の声に英雄は振りむき、

「俺、高木の家を出て行くようになるかもしれん」

そう言って正雄の顔を見た。正雄は目をしばたたかせて、

「そりゃ、どういうことじゃ？」

と英雄の顔を覗き込んだ。

「明日、家に戻って、俺は親父に高木の家を継ぐ意志がないと言う。たぶん親父は怒り狂うじゃろう。そうしたら俺はこの家にはおれんようになる」

「どうして家を継がんのじゃ？　神戸でも、兄ちゃんはそう言うとったけど、俺にはようわからん。俺は、お父やんの言うとおり、兄ちゃんと二人で高木の家を今より大きゅうすることはええことじゃと思うけど……。兄ちゃんはお父やんと、高木の家が嫌いなのか」

「そうじゃない。俺は自分で何ができるか、試してみたいんじゃ。親父も海を渡って来て、ひとりで家を大きゅうした。俺は、俺の手でできることをしてみたいんじゃ」

「それで何をするんじゃ」

「何をするか……。それは、俺も今はわからん。じゃが、親父は親父で、俺は俺じ

や」

英雄が強い口調で言うと、正雄はうつむいたまま黙り込んだ。漁を終えた船が焼玉エンジンの音を響かせながら入江へ戻って来た。工場の灯りに照らされた漁船の影が冬の夜の海を滑《すべ》っていく。

「お母やんが可哀相《かわいそう》じゃ」

正雄がぽつりと言った。

「絹さんは、いや、御袋は俺の気持ちをわかってくれとる。正雄、おまえが高木の家を継ぎたいんなら、そうすりゃいい。けどおまえも自分がやりたいことは何か、真剣に考えにゃいかんぞ」

英雄が正雄の肩に手を置いて言うと、

「俺のことはええ」

正雄は英雄の手を払いのけて、怒ったように言った。

翌朝、英雄は加文先生の家を出ると、古町にむかって歩き出した。

通りのあちこちで紅白の幕が張られ、軒先にはモールや柳の枝に餅玉をさした飾り玉が吊《つる》されていた。洋品店や雑貨屋の店先には、初売りの屋台と樽酒《たるざけ》が出され、水天宮へ初詣《はつもうで》にやって来る客の受け入れ準備をはじめている。

その通りを、自転車に乗った若い衆が、鈴《ベル》を鳴らしながら忙《せわ》しげに通り過ぎていく。

英雄の行く手に醬油《しようゆ》工場の煙突が見えて来た。たった九カ月間不在にしただけなのに、英雄には故郷の風景がとても懐《なつ》かしく思えた。自転車屋の主人が英雄の姿に目を止めた。英雄が挨拶《あいさつ》をすると、主人はあわてて会釈《えしやく》を返して来た。醬油工場の先を右手に折れると、高木の家の大柳の木のてっぺんが木枯しに揺れているのが見えた。英雄は歩調を早めた。

英雄は正門の前に立つと、大きく深呼吸をしてから屋敷の中に入った。右手の母屋《おもや》と左手の東の棟の間から、広場の炊事場《すいじば》が見えた。井戸端に女衆がしゃがみ込んで忙しく働いている。その女衆のむこうに大きな人影があった。幸吉《こうきち》のようだった。英雄は母屋の台所の脇《わき》を抜け、空を見上げている幸吉に声をかけようとした。その時、東の庭の方から斉次郎があらわれた。

斉次郎は英雄の姿を認めて、一瞬驚いたような顔をしてから、何事かを言おうとした。

幸吉が斉次郎の視線に気づき、英雄に顔をむけた。

「英さん、お帰りなさいまし」

幸吉は嬉しそうに挨拶して近づいて来た。

英雄は斉次郎にむかって頭を下げ、

「只今《ただいま》、帰りました」

と言った。斉次郎は黙ったまま英雄を見つめていた。斉次郎の背後から、源造が手《て》拭《ぬぐ》いで首筋を拭いながら出て来た。

「どうも英さん、お帰りなさい。今朝、着かれたんですか。報《しら》せて下されば迎えに出ましたのに……」

斉次郎は源造の言葉を制すと、英雄の方へ歩み寄った。

「家に戻る時は、前もって何日《いつ》帰るということを連絡しろ。それに、こんな大晦日《おおみそか》に家に戻って来る長男がどこにおる。新年の準備をおまえは親にやらせるのか。どうして盆には戻って来なかった？　おまえは自分がこの家の長男ということを……」

斉次郎の語気は少しずつ荒くなっていった。

「おやじさん、英さんは今帰られたばかりですし……」

源造がとりなすように言っている所へ、台所から絹子が前掛けを外しながら小走りにやって来た。

「あらっ、お帰りなさい。今、着いたの。やっと帰って来ましたね。お父さんにはちゃんと挨拶しましたか。……さあ、家に上りなさい。そんな恰好《かっこう》で列車に乗っていたの……」

絹子はそう言いながら、英雄のそばに寄ると、ジャンパーの汚れを取るように肩に触れた。

「元気だったの？」

絹子は小声で訊いた。絹子の目には涙が溢《あふ》れている。

「ただいま。いろいろすみませんでした」

英雄が小声で答えると、絹子の頰《ほお》に涙がひとすじ零《こぼ》れた。絹子は背後に立つ斉次郎に涙をさとられぬように、手にした前掛けで汗を拭うような仕種をした。

「さあ取り敢《あ》えず、居間でお父さんにもう一度ご挨拶して下さい」

絹子は英雄を母屋の方に促した。

「挨拶はいい。英雄、柳の木に登って枝を伐《き》り落とせ。おい、おまえ、もたもたしないで降りて来い」

斉次郎は、木の上で無恰好に作業を続けていた若衆を怒鳴りつけた。

「英さんは今、帰ったばかりですよ……」

絹子が不満そうに言った。英雄はナップザックを絹子に渡すと、ジャンパーを脱いで柳の木に歩み寄った。

足元が滑りますから、と源造が声をかけた。英雄は器用に柳の木に登っていった。幸吉がロープを放り投げ、その端に鋸《のこぎり》を括《くく》りつけて英雄に渡した。

左手の枝から伐れ。軒に落とすな。斉次郎が大声で英雄に指図した。軍手《ぐんて》を渡しましょうか。源造が下から声をかけた。

「いいよ。平気だ」

英雄は、母屋の縁側の方に伸びた柳の枝にロープをかけると、鋸で伐りはじめた。その枝を伐り落とし終えると、斉次郎が他の数本の枝も伐るように指示した。それじゃない、こっちだ。そうだ、その枝だ。英雄は斉次郎の指し示す手を見ながら、枝に目印の傷をつけた。英雄は柳の木の上から、自分を見上げる斉次郎と絹子の姿を見た。こんなふうに両親を上から見下ろすのは初めてだった。斉次郎の巨軀《きょく》がちいさく映った。源造と幸吉、それに東の棟の女衆たちも英雄を見上げている。……

「あなたはこんなに無精《ぶしょう》だったかしら」

絹子が母屋の縁側で、英雄のジャンパーのほつれを繕《つくろ》いながら言った。

「えっ、何が？」

枝を払ってすっきりした大柳の木を見上げていた英雄は視線を庭に移した。池の水は水苔《みずごけ》で濃い緑色をしている。縁《ふち》には枯葉が幾重にも層をなして浮かんでいる。斉次郎の自慢の錦鯉《にしきごい》もいないようだった。

「何がじゃなくて、旅へ出るのに替えの下着も持って来ないなんて……。ちゃんと冬物の下着も送ったでしょう。洗濯をしていないの？」

絹子は、縁側に立って庭先を見ている英雄の横顔を見上げて言った。

風呂《ふろ》が沸《わ》きましたよ、と小夜《さよ》が奥から声をかけた。

「さあ、早くお風呂に入って。水天宮の氏子《うじこ》の寄り合いから父さんが戻ってこられる前に汗を落して、さっぱりして下さい。さあ、そのズボンも脱いで頂戴《ちょうだい》。着替えはお風呂場の前に置いておきますから……」

絹子は繕いを終えたジャンパーを目の前にひろげて、小夜を呼んだ。英雄はポケットから煙草を出して火を点けた。小走りに庭先に回って来た小夜が、頓狂《とんきょう》な声を上げた。

「あらっ、英さん。煙草を覚えたんですか」

絹子も英雄を見て、

「英さん。お父さんの前では煙草を吸わないでよ。わかってるわね」

と釘《くぎ》をさした。英雄は煙りを吐《は》き出しながら頷《うなず》いた。

「何か似合いませんね」

小夜が小首を傾《かし》げて言った。

「小夜、このジャンパーと、英雄の穿《は》いてるズボンと下着を洗濯してくださいね」

そう言うと、絹子は小夜に英雄のジャンパーを渡した。

「奥さま、英さんの靴も真っ黒ですよ。東京へ行かれてお洒落《しゃれ》になって戻られるのかと思ってましたけどね……」

小夜の言葉に絹子が苦笑した。

英雄は立ち上って風呂場へ行った。小夜が廊下を足音を立てながらついて来た。脱衣場に入ると英雄はシャツを脱いだ。

「江州さんはまだこの町にいるの？」

英雄は小夜にシャツを渡しながら訊《き》いた。

「は、はい。佐多岬《さたみさき》の方のスクラップ工場にいると聞きました。源造さんが江州さんを追い出したんです。旦那《だんな》さんは江州さんより土佐屋さんを選んだんです。それも皆、源造さんが悪いんです。あんなひどいことをする人とは思いませんでした」

小夜は憎々しげに言った。

英雄は風呂の湯舟に浸《つ》かりながら、午前中に柳の木の上から眺めた斉次郎の姿を思い起こした。斉次郎の身体《からだ》が、あんなふうにちいさく見えたのは初めてのことだった。斉次郎の背後にいた高木の衆も、この家も、子供の頃見た感じよりちいさく見えた。

風呂から上って縁側へ出ると、絹子がちいさな本をめくっていた。

「正雄はどこかへ行ってるの？」

「サッカー部の練習よ。あなたの野球とまったく同じだわ。……その着物、丈《たけ》が少し短いわね。英さん、また背が伸びたの？」

絹子が着物姿の英雄を見上げて言った。

「もう伸びやしないよ」

「そう、じゃ太ったのかしら……、そう言えば身体ががっしりして来たようね」

「肉体労働ばかりをしてたからな。絹さん、それ、何を読んでるの？」

英雄は絹子の膝《ひざ》の上の本を見て言った。絹子は英雄の言葉に頬を赤らめて、本の表紙を両手で隠した。

「どうしたの？」

英雄は絹子の様子を見て首を傾げた。

「これは、皆でやっている俳句会で出した同人誌なの。この秋に本になったの」

絹子はそう言って本の表紙を撫《な》でた。

「へぇー、ちょっと見せてよ」

「いや、恥ずかしいわ」

英雄は絹子の手から同人誌を取り、ページを繰った。

「どの句が絹さんの句?」

「俳号で載ってるからわからないでしょう。でも内緒《ないしょ》、教えません」

絹子は唇に白い指を当てて笑った。英雄は絹子の少女のような仕種《しぐさ》に首を傾げてページに目をやった。

「ねぇ、大学の授業の方はどう、面白い? 今はどんな作家の作品を研究しているの?」

絹子が英雄の顔を覗《のぞ》き込むようにして訊いた。

「一年は教養課程だから、文学にしても概論が多いよ。日本文学って言ったって、古典も近代もあるし、中国文学も入ってる」

「何を専攻するかは決めたの?」

「だから、それは専門課程になってから決めるんだよ」

「そうなの。英さん、漱石はぜひ勉強してね。きっと漱石は英さんも好きになると思うの。漱石と正岡子規は仲が良かったのよ。知ってるでしょう……」

絹子は顔を紅潮させて話した。

「絹さん」

「何？」

英雄は絹子の顔をまじまじと見つめた。絹子の表情が一瞬固くなった。

「俺、今夜、親父《おやじ》に家を継がないって話すよ。それを話すために今回、帰って来たんだ」

絹子はその言葉を聞いて、英雄を見返した。

「今夜、話さなくてはいけないの？」

「俺の気持ちは変わらないんだから、早い方がいいよ」

英雄が言った時、台所の方から声がした。正雄だった。

「その話は、正雄がいない時にしてね」

「どうして？」

「父さんも、この頃は少し変わって、正雄とはよく話をして下さるの。正雄も父さんを信頼しているし……」

絹子は正雄の足音が近づいたので話を切り上げ、英雄にむかって両手を合わせるような仕種をした。

「おう、兄ちゃん。帰っとったのか……」

正雄は絹子に見えないように片目をつむって言った。

「おう、元気か、正雄。サッカー部の方はどうじゃ？」

「年明けに試合があるんじゃ。毎日練習ばかりで面白うないわ。疲れるのう」

正雄は両手をだらりと下げて言った。

「おっ、土産品か……」

正雄が居間の机の上にある包みを見つけた。

「そうよ。英雄兄さんの東京土産よ」

絹子の言葉に、英雄は驚いて絹子と机の上の包みを見比べた。

「正雄、先にお風呂に入りなさい。もうすぐ父さんが水天宮から戻られるから、そうしたらすぐ食事にしますからね」

正雄は居間を出て、廊下を大きな足音を立てながら風呂へ行った。

「どういうことじゃ、土産品って？」

英雄が絹子に訊いた。

「いいから父さんに黙って出せばいいの。それと、この封筒は、あなたから父さんへ渡して下さい。父さんはこういうことを大切に思う人だから」

渡された封筒には現金が入っているようだった。

「お金なら持っているから、俺が出すよ」

「いいの。母さんにまかせて。英さん、さっきの話だけど、今夜じゃなくともいいんじゃないかしら。明日は元旦《がんたん》だし、お正月は機嫌よく迎えましょう」

「………」

英雄は絹子の目を見て黙り込んだ。

「どうしてもというのなら仕方ないけど……」

と絹子が呟《つぶや》いた時、表でエンジン音がして、クラクションが鳴った。源造が、玄関先から斉次郎の戻って来たことを大声で告げた。絹子は立ち上ると、小走りに玄関へむかった。

「あらっ、すぐにお出かけなんですか。せっかく英雄も戻って来て、ひさしぶりに皆で食事をしようと楽しみにしていましたのに……」

絹子の不機嫌そうな声が居間まで届いた。斉次郎の低い声がして、絹子が小夜に、すぐに食事をなさいますよ、と言いつける声が続いた。

親子四人の食卓は、時折、正雄が斉次郎に話しかけるだけで、相変わらず斉次郎がぽつぽつと話をする以外は、皆押黙っていた。それでも絹子は上機嫌で、斉次郎の脇《わき》で酌《しゃく》をしていた。

食事が終ると、斉次郎は居間へ移った。英雄は絹子に促され居間に入ると、斉次郎の前に正座して、あらためて帰省の挨拶《あいさつ》をした。英雄が絹子に渡された封筒を差し出すと、斉次郎は黙って受け取った。土産品を絹子に開けさせ、中の霰《あられ》を口に放り込んで茶を啜《すす》った。

「さすがに東京のものは美味《うま》いのう。ところでおまえ、経済の勉強をしていないというのは本当か？」

斉次郎が磯辺《いそべ》巻《ま》き煎餅《せんべい》を手にして訊いた。

「それは、前にも説明しましたように、上級生になったら経済の勉強をするんです」

脇で絹子が取りなすと、

「おまえに訊いているんじゃない。英雄、どうなんだ」

斉次郎が英雄を見て、茶碗《ちゃわん》を絹子に差し出した。絹子は茶碗を受け取り、台所へ行こうとした。英雄は絹子の顔をちらりと見た。

「返事をせんか？」

斉次郎が声を荒らげて言った。英雄は斉次郎の顔を見返した。斉次郎は英雄を睨《にら》みつけていた。いつか徳田《とくだ》の別邸で見た時の目と同じ、人を威圧するような目だった。

英雄は腹が立って来た。

「俺は、経済の勉強をするつもりはありません」

英雄の言葉に、斉次郎は目を瞠《みは》らせ、絹子の顔を一度見てから、

「今、何と言うた？」

と訊き返した。

「俺は文学部に入りました。最初から経済の勉強をするつもりはありませんでした」

「経済の勉強をしないで何をするんじゃ？　おまえは高木の家を継ぐための勉強をしに大学へ行くという約束をしたはずだ。わしはおまえの言うとることがよくわからん」

斉次郎は身を乗り出して、英雄を睨んだ。

「俺は、高木の家を継ぐつもりはありません」

英雄は自分の声がかすかに震えているのがわかった。

「何じゃと？　よう聞こえなんだが……」

斉次郎は抑えた口調で訊いてきた。英雄は下腹に力を込めてはっきりと言った。

「俺は、この家を継ぐつもりはありません」

そして斉次郎を見返した。斉次郎は英雄を睨《ね》めるように見つめると、いきなり大声を上げた。

「おまえは東京でいったい何を覚えて来たんじゃ。そんな身勝手が許されると思っとるのか。誰のお陰で大学へ行けとるんだ。高木の長男が家を継がんで済むと思っとるのか」

と矢継《やつ》ぎ早やに言うと、机の上の煎餅の箱を英雄に投げつけた。

「絹子、おまえはどういう教育をこいつにしてきたんじゃ」

斉次郎は机を蹴《け》り上げて、英雄の顔を殴《なぐ》りつけた。英雄は右手の襖《ふすま》へもんどり打って転がった。頭の芯《しん》が揺らいだ。

「あなた、やめて下さい。英雄の話を聞いてやって下さい」

絹子の叫ぶ声がした。

「やかましい。だから東京へ行かせるなと、わしが言っただろう」

英雄が顔を上げると、怒鳴りながら英雄にむかおうとする斉次郎を絹子が制していた。その絹子を払うように斉次郎が腕を突き出した。鈍い音がして、絹子が神棚の下へ倒れ込んだ。

「御袋に何をするんじゃ。おまえはそうやって暴力ばかりふるってきやがって」

英雄は低い姿勢で立ち上りながら、頭から斉次郎の腹にめがけて突進した。斉次郎が呻《うめ》き声を上げ、二人は組み合ったまま縁側の板戸に激しくぶつかった。板戸の壊《こわ》れる音がした。

斉次郎は立ち上ると、英雄の帯を摑《つか》み投げつけた。

「親に歯むかいおって」

横転した英雄を、斉次郎が右足を大きく上げて踏みつけようとした。その足に英雄は組みついた。斉次郎は左手で英雄の頭を抑えつけ、右の拳で顔面を二度、三度と殴りつけた。英雄は両手でかかえた斉次郎の右足を力一杯持ち上げた。斉次郎の身体が浮き上り、二人は大きな音を立てて畳の上に倒れ込んだ。英雄は斉次郎が一瞬ひるんだ隙《すき》に馬乗りになり、襟元《えりもと》を摑んで絞《し》め上げた。斉次郎の顔がみるみる赤く染った。

「やめなさい、英雄。父さんに何をするんです」

絹子が英雄の腕にしがみついてきた。英雄は絹子を押し返すと、斉次郎の顔にむかって拳を振り上げた。斉次郎の目に怯《おび》えの色が走った。英雄はほんの一瞬、躊躇《ためら》ってふり上げた手を止めた。その時、斉次郎が腹から絞《しぼ》り出すような声を上げ、英雄の胸《むな》倉《ぐら》を摑んで身を翻《ひるがえ》すと、英雄の上に馬乗りになった。

「この親不孝者めが」

斉次郎の拳が英雄の顔にめり込んだ。頬骨が砕《くだ》けるような音がした。英雄は両手で斉次郎の拳を避けながら、上半身を反り返したが、斉次郎は容赦《ようしゃ》なく拳をふり下ろしてきた。

足音がして、やめて下さい、おやじさん。やめて下さい、と男の声が聞こえた。斉次郎の肩越しに黒い影が見えた。幸吉だった。更に数人の男衆が斉次郎の上半身を摑んだ。それでも斉次郎は大声を上げ、どけ、どくんだ、この馬鹿《ばか》の性根《しょうね》を叩《たた》き直してやる、と喚《わめ》いていた。

ようやく斉次郎の身体が離れた。英雄は顔を拭《ぬぐ》いながらよろよろと立ち上った。源造たちがしがみついている斉次郎を、英雄は睨みつけた。

「出て行け。おまえのような奴《やつ》はわしの息子じゃない。今日から親でも子でもない。二度とこの家の敷居を跨《また》ぐな。姿を見せたら、今度こそ叩きのめしてやるからな。とっとと失せろ」

斉次郎はそう叫びながら、まだ英雄にむかって行こうとしていた。

「言われなくとも出て行ってやる。この家が何と呼ばれているか、親父は知っているのか？　この家はな……」

その時、乾《かわ》いた音がして英雄は頬を叩かれた。目の前に、髪を乱した絹子が目に涙を溜《た》めて英雄を睨んでいる。絹子の顔はすぐに歪《ゆが》んで、英雄の襟元を摑み、首を横にふりながら泣きはじめた。

英雄は唇を嚙《か》んで顔を背《そむ》けると、何も言わずに縁側から外へ飛び出した。庭を横切り、東の棟を駆け抜け、海側の門を押し開けて外へ出た。背後で自分の名前を呼ぶ絹子の悲鳴のような声が聞こえた。英雄は一切うしろを振りむかず、暗闇の中を素足《すあし》で走り出した。

旧桟橋の下に降り、英雄は海水で顔を洗った。

頰が切れているのか、海水が沁《し》みた。痛みに歯を食いしばると、下顎《したあご》がぐらつくような感触がした。指を口に入れてみた。歯が一本浮き上っている。英雄はその歯を指に力を込めて引き抜き、海に投げ捨てた。ちいさな波紋《はもん》に自分を殴りつけた斉次郎の顔が浮かんだ。無性《むしょう》に腹が立って、英雄は水面に唾《つば》を吐《は》きかけた。

背後から、水天宮へ初詣《はつもうで》にくり出す参拝客たちの喧噪《けんそう》が聞こえてくる。太鼓の音が響いた。物見矢倉《ものみやぐら》の上に篝火《かがりび》が燃え立っている。露店のカーバイトの灯りが横一列に並んで古町の方まで続いているのが見える。

英雄は兵児帯《へこおび》を解いて顔を拭うと、着物を整え、帯を締め直した。右の袖《そで》は肩口まで裂《さ》けている。おまけに素足だった。

兄ちゃん、英雄兄ちゃん、背後から声がした。正雄の声だった。黒い影が新町の方から、こちらにむかって近づいて来た。

英雄は桟橋に上って、近づく影にむかって声を上げた。影はいったん立ち止まったが、英雄が再び呼ぶと、影は勢い良く走り出した。

「兄ちゃん。ずいぶん探したぞ」

正雄は息を切らせながら桟橋に下りて来た。

「正雄、済まんが、家から俺の服とナップザックを持って来てくれ。それと靴も忘れんでくれ。こんな恰好《かっこう》じゃ、ほいいと間違われてしまうからの……」

英雄は言って、正雄に白い歯を見せた。

「お母やんが家に戻って来てほしいと言うとる。お父やんは土佐屋へ出かけたから大丈夫じゃ」

「俺はもう、あの家に入るつもりはない。ズボンとジャンパーはどこにあるか、小夜に聞けばわかる。それにナップザックと靴じゃ。正雄、御袋に見つからんようにしろよ」

「けど、お母やんも泣きながら辰巳《たつみ》開地の方へ探しに行っとるぞ」

正雄が顔を曇らせて言った。

「いいから、俺の言うとおりにしてくれ。御袋が戻る前に取って来てくれ。いいな、約束だぞ。俺は、そこの漁師小屋で待っとるから、頼んだぞ」

英雄は正雄の肩を摑んで言った。正雄は黙って頷《うなず》くと、古町の方へむかって走り出した。

正雄は、すぐには戻って来なかった。

英雄には正雄を待つ時間がひどく長く感じられた。漁師小屋の網の上に横になって、殴り合った時の斉次郎の顔を思い出していた。自分を殴りつけた時の斉次郎の目は、今まで見たことがないほど凶暴なものだった。あの時、源造たちが止めに入らなければ自分はどうなっていただろうか。冷たいものが英雄の背中を走り抜けた。やはり力では、まだ斉次郎に敵《かな》わないのだろうか。

――これでいい。これで俺はもうあの家へ帰らなくても済む。

小屋の天井を見つめながら英雄は呟いた。その天井の薄闇《うすやみ》に、絹子の歪んだ顔があらわれた。涙を流しながら泣き叫ぶ絹子を思うと、英雄の口の中に苦《にが》いものがひろがった。

――ああするしかなかったんだ……。

絹子は、あれから斉次郎に叱責《しっせき》されたのだろうか。英雄は大きく溜息《ためいき》をついた。表で人の声がした。英雄は起き上って表の気配を窺《うかが》った。女の笑い声に男の声が重なった。声は少しずつ遠去かって行った。

——一体何をしてるんだ、正雄は……。

英雄は苛立《いらだ》って来た。こんな恰好では列車にも乗れないし、第一、金はナップザックの中に入れたままである。どうしたものかと英雄は思案に暮れた。加文先生の顔が浮かんだ。もう少し待って正雄が来ないようなら、先生の家へ行って汽車賃を借りようと思った。英雄はまた溜息をついて、網に凭《もた》れかかった。……

英さん、英さん、か細い声が表でした。

英雄は起き上って小屋の板戸を開けた。外に絹子が立っていた。絹子の背後には、身を隠すようにして正雄が控えている。

「正雄、おまえは約束を守れんのか」

英雄は声を荒らげた。

「けど、お母やんが……」

正雄がうつむいて言った。

「俺がおまえとした約束を破ったことがあったか。何じゃ、おまえは……」

絹子は近づくと、英雄の手を取って言った。

「英さん、正雄を叱《しか》らないで。私が無理遣《むりや》り、正雄に問い糺《ただ》したんだから……。英さん、お願いだから家に戻って来て頂戴《ちょうだい》。私が父さんに謝って許して貰《もら》うから。あなたも父さんも悪くないの。母さんが皆悪いんだから……」

英雄は絹子の手を払った。

「絹さんが悪いんじゃないよ。あんなふうにしか話ができない親父《おやじ》が悪いんだ。力で何もかも捩《ね》じ伏せようとする親父が悪いんだ。俺はもう、あの家には戻らない」

「英さん、そんなふうに考えないで。父さんもいきなりあなたに話をされたから、興奮なさったのよ」

「そうじゃないよ。親父はずっとそうなんだ。親父のことはもういいよ。俺のことは心配しなくていいから、ひとりでやって行けるから。着替えをおくれ」

絹子が持った風呂敷《ふろしき》包みを英雄が取ろうとすると、絹子は包みを両手で抱きしめ、

「英さん、お願い。母さんが父さんと話し合うから。英さんのやりたいことをさせて貰うようにするから、家を出るなんて言わないで……」

「もういいって……」

英雄は語気荒く言うと、絹子が胸に抱いている包みを奪おうとした。その手を正雄

が摑んだ。正雄の目が英雄を睨みつけていた。

「何だ？　正雄」

英雄は正雄を睨み返した。

「兄ちゃん、お母やんが可哀相《かわいそう》じゃ」

「何もわかっとらんのに、黙ってろ」

「いや、俺はわかっとる」

英雄は正雄の胸倉を摑んだ。

「やめなさい。どうしてあんたたちまでが諍《いさか》わなきゃいけないの。わかったわ」

絹子は目頭を指で拭って英雄を見た。

「着替えはここに入ってるわ。でも約束して頂戴。このまま東京へ戻ったら大学へはちゃんと行くって……。連絡が取れるようにしておくって、それを今約束してくれるなら、母さん、黙って今夜は英さんを見送るわ」

そう言って絹子は風呂敷包みを英雄に差し出した。

英雄は黙って包みを受け取ると小屋に入った。英雄が着替えて出て来ると、絹子は入江の岸に立って水面を見つめていた。

絹子はゆっくりと振りむき、英雄に封筒とナップザックを差し出した。

「汽車賃が入ってるわ。それとこの中に、お握りとお餅《もち》と下着の替えを入れといたから……」

「汽車賃ならあるからいいよ」

「いいから持って行きなさい」

絹子が険しい顔をして言った。英雄は封筒を受け取るとナップザックに入れた。

「正雄、英雄兄さんを駅まで送ってってあげなさい」

「いいよ、正雄。御袋と一緒に帰れ」

英雄の言葉に、

「母さんはひとりで帰れるから……。あなたたちはたった二人きりの男の兄弟なんだから、ひさしぶりに逢《あ》ったんだから、少し話をしながら行きなさい」

絹子は諭すように言って、先に歩き出した。二人は絹子の姿が葵橋《あおいばし》の袂《たもと》から水天宮の通りに消えるまで見送った。絹子は一度も振り返らなかった。

それから英雄は正雄と駅の方角にむかって歩き出した。

「正雄、おまえはおまえでやりたいことがあったら、やってみた方がいいと俺は思う」

英雄は並んで歩く正雄にむかって言った。

「俺は、兄ちゃんと違うて、すぐには行動ができん。それに何をやりたいか考えたこともない。けど……、お父やんやお母やんを、……哀《かな》しませるようなことはしとうない」

正雄は途切れ途切れに言った。

「そうか……。おまえがそうしたいなら、それでええ。正雄、駅まで見送ることはないから家へ帰れ」

英雄は立ち止まって正雄に言った。

「でも、お母やんが駅まで見送れと言うたし……、俺も送って行きたい」

「いいから帰れ。俺はひとりで行く。なんや送って貰うとせんのうなる。早く帰れ」

英雄は怒ったように言った。正雄は眉間《みけん》に皺《しわ》を寄せてうつむいた。

「サッカー頑張ってやれよ」

英雄が言うと、正雄は頷いてからポケットに手を突っ込み、ちいさな布袋を取り出した。

「兄ちゃん、これ持って行ってくれ」

「何じゃ、それ？」

「冬休みになってから、古町の銭湯で薪割《まきわ》りをしたんじゃ。そん時に貰った金じゃ。

俺は金を使うことはないし、兄ちゃんに何もできんでおったから……」

英雄は正雄の顔を見た。鼻の奥が熱くなった。

「馬鹿だな、おまえは。俺はもう東京で働いとるんじゃ。そんなことをせんでいい」

「いや、ちょっとしかないが持ってってくれ」

正雄は英雄の手を取って無理遣り袋を握らせようとした。英雄は正雄の頰を軽く叩いた。正雄は片眼をつぶって、大袈裟《おおげさ》に痛そうな顔をした。英雄の視界の中で正雄の顔がぼやけそうになった。

英雄は袋をポケットに仕舞うと、曙橋《あけぼのばし》にむかって全速力で走った。背後で正雄の声がした。英雄は初詣の参拝客たちを掻《か》き分けながら駅の方へむかった。ひどく情けない気分だった。

三田尻の駅舎で朝まで列車を待ち、英雄は再び東京へむかった。……

第七章　初　恋

その年、東京は厳しい寒さで新年を迎えた。

一月の間に三度の降雪があり、二月に入っても晴れ間の覗《のぞ》く日はほとんどなかった。二月も中旬を過ぎた頃、夜半から激しく雪が降りはじめた。雪は翌日になっても降りやまず、電車もバスも運転を休止した。

その大雪の翌日、英雄はアパートを引っ越した。引っ越し先は、同じ下北沢の南側にある螺子《ねじ》工場の裏手の古いアパートだった。

家賃は〝若葉荘〟の半分以下だったが、蒲団《ふとん》と卓袱台《ちゃぶだい》と水屋《みずや》を入れると、部屋の中はもう一杯だった。

一月の終りに田舎《いなか》から手紙が届いた。

差出人は斉次郎の名前になっていたが、文字は絹子のものだった。封筒の中にはふたつの便箋《びんせん》が入っていた。ひとつは斉次郎の名前で、英雄への送金と大学の授業料の支払いを止めることと、大晦日《おおみそか》の夜の言動を詫《わ》びて、今後、父の言うことを守るなら、大学を退《や》めて高木の家で働くことを認めるという旨《むね》が簡潔に記してあった。もうひとつの便箋は絹子からのもので、今までどおりの金額とはいかないにしても自分が仕送りをするから、大学を続けるようにして欲しいということと、月日が経《た》てば斉次郎の怒りも和《やわ》らぐだろうから、機会を見て謝罪に帰ればいいということが書いてあり、三月までの家賃が入っていた。

英雄は手紙を読んでいると、斉次郎に隠れて手紙を書いている絹子の横顔が浮かんだ。〝若葉荘〟を出た方が金銭的にも絹子に迷惑がかからないと思った。それに斉次郎のことだから、源造たちを東京によこして無理遣《むりや》り英雄を連れ帰ろうとするかもしれない。工事現場に寝泊まりすることも多かったから、〝若葉荘〟は自分には贅沢《ぜいたく》だと思った。

英雄は大学の後期試験を受けたが、修得しなくてはならなかった必須《ひっす》課目の単位をほとんど落とした。授業の出席日数が不足しているのが原因だった。

去年までは大学など退《や》めてもかまわないと思っていたが、斉次郎の手紙に仕送りとともに授業料の支払いを止めることが書いてあったのを読んで、それなら自分で支払って大学を卒業してみせてやるという気持ちが起こった。それに絹子の望みを叶《かな》えてやりたいとも思った。

三月に入り、英雄は工事現場へ行く気にもなれず、一日中部屋の中で過ごす日が多くなっていた。

たまに新宿に出て〝那智《なち》〟へ行っても、客は歳上《としうえ》ばかりで、話していても退屈した。レイコは同じ美術学校へ通うボーイフレンドができて、その学生が店に来て楽しそうに話し込んでいた。

或《あ》る夜、むかいの部屋の住人が麻雀《マージャン》をしないかと誘いに来た。英雄は高校時代、隆《たかし》に教わって麻雀をしたことがあったから、誘いに乗った。メンバーは皆、螺子工場で働く工員たちだった。このアパートは元々、工員たちの寮がわりに建てられたものだった。見知らぬ相手と金を賭《か》けて遊ぶのは面白かった。英雄の手元には去年、アルバイトで得た金がかなり残っていたので、多少負けても心配はなかった。英雄は少年の時にビー玉を賭けて隣り町まで遊びに行ったことを思い出した。

工員たちは集団就職で上京してきた人たちだった。メンバーの中には工場を退めて、酒場で働いている男もいた。たまには彼等と酒を飲みに行くこともあった。東北沢へむかう線路沿いに、〝青線〟と呼ばれる飲み屋の並んだ一角があり、彼等はそこで馴《な》染《じ》みの女たちと遊んでいた。

英雄は春先のほとんどを彼等と過ごした。

――汗水流して、残業までして働いたってよ。儲《もう》かるのは社長だけなんだかんな……。

――毎日やってることは、機械の部品と同じだもんな。使われてちゃだめだな。やっぱり自立しなきゃ。けど、東京でひと旗上げるのは容易じゃねえからな……。

――早いとこ、こんなところおん出て、こんな油だらけの指しなくて済むとこで働きたいもんだ……。

普段はおとなしい彼等が、酒を飲むと今の職場の愚痴を喋《しゃべ》った。英雄は彼等の話を聞きながら、自分はこの先何をして生きて行けば良いのだろうかと不安になった。斉次郎と諍《いさか》い、高木の家と決別できたと思った途端、英雄は自分が何をしたら良いのかわからなくなった。

――俺は何をすればいいんだ？

英雄は時折、部屋の天井を見ながら自問するのだが、夕暮れになると彼等が誘いに来て、麻雀をしたり、青線地帯へ出かけて飲んだりして気を紛らわせていた。休日には、府中の競馬場や後楽園の競輪場へ皆で行くこともあった。彼等の生活を見ていると、酒を飲んで愚痴は言うものの、皆楽しく生きているように思えた。

——何かをしなくちゃいけないのか？

英雄は自分だけがいつも何かに追われているような気がした。

四月に入ったばかりの昼過ぎ、部屋でうとうとしていた英雄は、勢い良くドアを叩《たた》く音で起こされた。

「英ちゃん、英ちゃん……」

表で名前を呼ぶ声がした。聞き覚えのある声だった。

「英ちゃん、俺だよ、隆《たかし》だ」

ドアを開けると両手に鞄《かばん》を持ち、背中に大きな袋を背負った隆が立っていた。

「ずいぶんと探したぞ、高木英雄君」

「おまえ、どうしてここがわかったんだ」

「それは、ここが違うからのう」

隆は指を鼻先に当てて笑った。

「元のアパートの管理人から、雪の日に歩いて荷物を運んだと聞いたから、そんなに遠くじゃないと思って、この近くのアパートを一軒々々探したってわけよ」

隆は英雄の部屋の中を覗き、妙な間取りの部屋じゃのう、と言いながら上り込んできた。

「何じゃ、奥があるかと思うたら、たったこれだけの広さか。これじゃ、俺の寝場所がないじゃないか」

隆は呆《あき》れたようなもの言いをした。

「おい、隆。今、何と言った？」

「だから俺の寝る場所がないって……。英ちゃん、しばらく面倒を見てくれよ。俺、部屋代を払い切らんでアパートを追い出されてしもうたんじゃ。なあ、助けると思うて、このとおりじゃ」

隆は部屋の隅に正座して、畳に額《ひたい》を押しつけるようにして頭を下げた。

「それは無理じゃ。見てのとおり、俺ひとりが横になったら一杯じゃ」

「俺、隅で座って休むから……。哀れな友人を助けると思うて、しばらく居させてくれ」

英雄は溜息《ためいき》をついた。隆はすでに自分の荷物を解きはじめていた。英雄が立ち上ると、隆も一緒に立ち上った。

「何じゃ？」

「昼飯に行くんじゃろう？　お伴《とも》するよ」

隆は言ってぺこりと頭を下げ、照れ笑いをした。英雄が共同炊事場で顔を洗うと、隆も並んで顔を洗った。

二人は駅前に出て中華料理店へ入った。

隆は三人分の料理を注文し、数日間何も口にしてなかったようにぺろりと平らげた。

「隆、おまえ、そんなにひもじい暮らしをしとったのか」

英雄が呆《あき》れ顔で言うと、隆は両手で顔を覆《おお》い、

「英ちゃんは神さまじゃ。ありがとうて泣けて来るわ」

と言って大きく肩を震わせた。他の客が、何事かと二人を見ていた。英雄は音がするほど隆の頭を叩いた。隆が頭を掻《か》きながら舌先を出した。

中華料理店を出ると、隆がガード下の壁に貼《は》ってある喜劇映画のポスターを見て、

「英ちゃん、お礼にこの映画を奢《おご》ってやるからよ」

とポケットの中から映画の招待券を出した。

二人は渋谷へ出て、映画館に入った。平日の午後の映画館は客もまばらだった。隆は後ろの席に座ると、すぐに眠り込んだ。

映画は、一旗挙《ひとはたあ》げると誓って東京へ出た男が東京で何をやっても失敗し、出世したと偽って故郷に帰り、そこで繰りひろげるドタバタ喜劇だった。最後のシーンで故郷を追われるように出て行く主人公の男に対して、年老いた母がプラットホームで背後

の山を見上げながら、生きておりさえすれば山はおまえをいつでも待っている、と言う科白《せりふ》があった。主人公は鼻を鳴らしてせせら笑い汽車に乗るのだが、プラットホームに立つちいさな母と、その背後に聳《そび》える山を眺めているうちにうつむいてしまう。英雄はそのラストシーンを見ていて、大晦日の夜別れた絹子の後ろ姿を思い出し、胸の隅がかすかに痛んだ。

隆を起こして、英雄は映画館を出た。

隆はまた腹が空《す》いたと言い出した。英雄は呆れて隆を見返し、立食い蕎麦《そば》屋へ入った。隆はかけ蕎麦を二杯平らげた。

ご馳走《ちそう》になった礼に、隆が撮影所の先輩に何度か連れられて行ったことがあるガード下の飲み屋へ案内すると言い出した。

「金のないおまえがどうやって奢るんだ？」

「先輩の顔がきいてツケができるんじゃ」

路地の端にドブ板が残るガード下の店へ入ると、手拭《てぬぐ》いを頭に巻いた坊主《ぼうず》頭の主人が隆を見てニヤリと笑った。その笑顔を見て、隆は英雄を振りむき片目を瞑《つぶ》った。まだ陽が傾きかけたばかりの時刻だったが、すでに数人の客が中で飲んでいた。主人は薬缶《やかん》に入った酒を英雄たちのグラスに注いだ。

「英ちゃん、俺よ、もう一年やって大学へ入れんかったら田舎へ帰ろうかと思うんじゃ。親父《おやじ》が田舎の会社に入れてくれると言うんじゃ。御袋も、そうせんかと言うし……」

隆がグラスの酒を見つめて言った。

「映画監督になる夢はあきらめたのか？」

「いや、あきらめとりはせんが。映画もテレビに押されて将来は良くないらしいんじゃ。それに、俺には才能がないような気がしてのう。田舎は東京と違って居心地もええ……」

「おまえがそうしたいなら、そうすりゃいい」

「英ちゃんもいずれ帰るんじゃろう」

「いや、俺は家を出て来た。勘当《かんどう》じゃ。ほれ」

英雄は左頬の傷を隆に見せた。

「勘当？　何のことじゃ」

隆は英雄の傷を見て訊《き》いた。

「親父と大喧嘩《おおげんか》をした。その時の傷じゃ」

英雄が笑って言うと、隆は目を丸くして英雄の顔をまじまじと見た。

「あの親父さんと殴《なぐ》りおうたのか？……それで、これからどうするんじゃ」

「どうもせん。ひとりでやって行く」

「大学を退めるんか？」

「大学へも行く。とにかくひとりでやる」

英雄は箸《はし》に刺したジャガイモを口に放り込んだ。

「大丈夫なんか」

「そりゃ、わからんがやるしかないしな」

英雄はグラスの酒を飲み干し、カウンターの主人に差し出した。……

隆は一週間、英雄の部屋に居候《いそうろう》して出て行った。

英雄は新学期の授業を受けに大学へ出た。

キャンパスには新入生たちの姿があった。英雄は彼等を見て、一年前の自分のことを思い浮かべた。一年という歳月がひどく早く過ぎた気がした。学生課へ行き、未納の学費を払い込み、授業へ出た。クラスの担任教授が替り、新顔の学生が数人いた。三年へ進級できなかった男子学生だった。その中のひとりが英雄の席の隣りに座っていた。担任教授が簡単な挨拶《あいさつ》を終え引き揚げて行くと、おい、煙草《モク》を持ってるか？

と隣りの学生服のボタンを外した学生が、右手のひとさし指と中指で物を挟むような仕種《しぐさ》をして英雄に言った。英雄がポケットから煙草《たばこ》を出して渡すと、相手は煙草を一本くわえたまま、

「火はあるか？」

とぶっきら棒に言った。英雄はライターを出して火を点《つ》けてやった。相手は顔を寄せて火を吸い込み、煙りを英雄に吹きかけて、英雄の煙草をポケットに仕舞《しま》おうとした。英雄は笑って相手の手を摑《つか》み、煙草を取り返した。

「ボクシング部の後藤憲太郎《ごとうけんたろう》だ。四回生だがまだうろうろしてる輩《やから》だ」

口先に笑みを浮かべて自己紹介する相手に、英雄も名乗った。

「高木英雄です。よろしく」

「いい身体《からだ》をしてるが、体育会か？」

「いや、運動は何もしてない」

「そうだろうな。体育会にいるなら、俺のことを知らないはずはないものな。どうだ？　ボクシング部に入らないか？　すぐに試合に出れるぜ」

「結構です。人を殴《なぐ》るのは嫌いですから」

「そうか、残念だな。煙草の礼に昼食を奢《おご》るか。学生食堂へ行こう」

「いや、これから選択課目を決めに学生課へ行きますから……」

「それなら俺が楽に取れる課目を教えてやるよ。何しろもう四年目になるベテランだからな。厄介《やっかい》な課目を取ると、上には進級できないぞ。俺にまかしとけって……」

後藤が笑って胸を叩いた。

後藤と並んでキャンパスを歩くと、あちこちから学生服を着た体育会の学生が、オッス、オッスと大声で挨拶してきた。食堂に入ると、真新しい学生服を着た色白の学生が駆け寄って来て、後藤と英雄に茶を入れて持って来た。後藤は顎《あご》をしゃくるようにして、A定食をふたつだ、と色白の学生に言い、茶を飲んだ。

「あっ、君、俺は自分の分は出すから……」

英雄が色白の学生に言うと、

「高木君、固いことは言うなって」

後藤が横に手をふった。後藤は食堂の奥の方に誰かを見つけた様子で、急に立ち上ると、席を移ろう、と英雄に言った。後藤は奥のテーブルに行くと、そこに座っていた女子学生のひとりにむかって、気取った声で言った。

「堂本《どうもと》さん、ひさしぶりです。ここの席は空いてますか？」

声をかけられた女子学生は、後藤の顔を一瞥《いちべつ》しただけで、返事もせずに隣りの女子学生と話を続けた。

「堂本さん。この間の試合観《み》に来て貰《もら》えなかったんですか？」

後藤が言うと、相手の女子学生は、

「すみません。私、ボクシングは興味がないと申し上げたでしょう。……じゃ、失礼します」

そう言って周囲の女子学生と一緒に立ち上った。

「観に来て貰えればボクシングの良さがわかるんですが……。来週、また試合があるんです。チケットを部室に届けておきますから、ぜひ来て下さい。控え室にも訪ねて来て下さい。堂本さん、約束ですよ」

無視して歩き出す相手にむかって後藤は大声で言った。

「どうだ？　いい女だろう。あれが我が大学のマドンナで、テニス部の堂本カオルだ。後輩たちの前で俺に話しかけるのが恥ずかしかったんだろうよ」

後藤は嬉《うれ》しそうに言って、定食の載った盆を手にうろうろしていた後輩にむかって、おい、こっちだ何をうろうろしてるんだ、と怒鳴り声を上げた。あわてて走り出す後輩を見て、後藤が剽軽《ひょうきん》な表情を浮かべた。英雄は後藤を見ていて、案外いい奴《やつ》なのだろうと思った。

食堂を出ると、後藤は英雄をボクシング部の部室に案内し、そこにいた後輩のマネージャーに修得し易《やす》い選択課目の説明をさせた。マネージャーは一課目ずつ単位の修得要領と教授への対処法を丁寧《ていねい》に教えてくれた。

「この教授は有島武郎《ありしまたけお》の信奉者ですから、レポートは有島をテーマにしていれば、それだけで単位をくれます。こっちの教授は……」

英雄はマネージャーの話を聞いていて、一年前にそれを知っていればと思った。

「高木君、終ったかい？」

トランクスを穿《は》き、グローブを嵌《は》め、ヘッドギアをつけた後藤が戻って来て英雄に訊いた。

「いや、とても参考になりました」

礼を言う英雄にマネージャーが来週行なわれる対抗戦のチケットを手渡した。

「観に来てくれ。試合の後で飲みに行こう」

後藤はグローブを突き上げて笑った。

部室の外まで見送ってきたマネージャーが、

「これが後藤先輩の取る課目です。○印のつけてある課目だけでも一緒に取って貰えれば助かるんですが……。先輩は合宿もありまして、その上少しドランカー気味でして、どうぞ力を貸してやって下さい」

と小声で言って丁寧に頭を下げた。

そういうことか……、と英雄は苦笑いをしながらマネージャーの肩を叩《たた》いた。

翌週、英雄は後藤の試合が行なわれる御茶ノ水駅近くにあるM大学の体育館へ行った。

体育館の前には対戦相手の大学の応援団と英雄の大学の応援団が団旗を掲げ、エールの交換をしていた。先日のマネージャーが英雄の姿を見つけ、リングサイドの席まで案内してくれた。観客はまばらだった。ぽつぽつと客が入ってきて、応援団が二階席でそれぞれの校歌を歌いはじめると、選手が入場してすぐに試合がはじまった。

軽量級の対戦のせいか、英雄にはリングで打ち合う二人の選手がひどくひ弱に見えた。2ラウンド目になると、選手の吐く荒い息遣いが伝わって来た。英雄の背後から、出場選手の名前を叫んで叱咤《しった》する野太い声が聞こえた。ボクシング部のOBのようだった。3ラウンド目がはじまってすぐに、英雄の大学の選手がスリップして尻餅《しりもち》をついた。観客席から笑い声が上った。

一試合目も二試合目も対戦相手の選手が判定勝ちした。三試合目に入る前に、英雄の隣りの席に女が二人座った。

良かった、間に合ったわ。後藤さんは次の次よ、と女たちは壁に貼《は》ってある対戦表を指さして言った。

三試合目も英雄の大学の選手が敗れた。何をやってんだ、こいつら。春の合宿で遊んでたんじゃないだろうな……。背後で選手たちの不甲斐《ふがい》なさを嘆くOBたちの声がした。女たちが声のする方を振りむいた。

オッスと声がして、英雄が顔を上げると、先日、大学の学生食堂で食事を運んで来た色白の学生が、ジュースの壜《びん》を手に立っていた。後藤先輩からです、と言って学生がジュースを差し出した。女たちにも学生はジュースを渡した。女たちが英雄を見た。

濃い化粧をした女と若い女が並んで座っていた。

後藤がリング下にあらわれた。ちらりと英雄を見て、ヘッドギアの中の目を片方瞑《つむ》って笑った。あらっ、ウィンクしたわ、余裕があるのね。こうして見ると恰好《かっこ》いいわね、後藤さん、と若い女が連れの女にむかって嬉しそうに言った。

後藤、おまえぐらい何とかしろよ。背後でまた声がした。リングの中央に立って審判の注意を聞きながら、後藤は対戦相手を睨《にら》みつけている。いかにも試合慣れしているように見えた。英雄には後藤が頼もしく映った。相手は一年生だぞ、ボクシングを教えてやれ、背後の声に英雄は後藤の対戦相手を改めて見た。坊主頭につけたヘッドギアが少しずれていて、それが初々《ういうい》しく見えた。後藤はコーナーに戻ると胸の前で十字を切った。ゴングが鳴って、後藤は軽やかなステップで相手の様子を窺《うかが》うようにリングを回った。相手が突進して来た。後藤はそれを軽く躱《かわ》し、左右のジャブを放った。心地良い音が響いた。相手がまた突進した。後藤はそれを避け、左のストレートを出した。相手の上半身がのけ反《ぞ》った。

やるな、後藤。そうですね、四回生になって変わりましたね。背後でOBたちの会話が聞こえた。

後藤先輩、その調子です。コーナーからも声援が飛んだ。後藤はがむしゃらに突進して来る相手の攻撃を躱しながら、有効打をくり出していた。相手の足が止まったのを見て、後藤はジャブを出しながら接近して行った。

ノックアウトしちゃうんじゃないの。隣りで若い女の声がした時、背後で、後藤、気をつけろ、と大声が響いた。その途端、相手が大きく突き上げた右アッパーが後藤の顎に入った。後藤はスローモーションのようにゆっくりと浮き上り、そのままあおむけにリングに倒れた。後藤さん、と女たちの叫ぶ声がした。英雄の方へ顔をむけて、後藤は目を閉じていた。その表情が英雄にはひどく穏やかに映った。

ああ、調子に乗りやがって。あの馬鹿《ばか》、何も変わっちゃいないじゃないか……。O

Bたちの呆《あき》れたような声が聞こえた。

ゴングが鳴って試合が終了した。セコンドの後輩たちに抱かれるようにして後藤は起き上った。

英雄が控え室に後藤を訪ねて行くと、後藤はベンチの上に座って顎を氷袋で冷やしていた。後藤は英雄の顔を見ると、包帯を巻いた左手を軽く上げた。

「惜しかったですね、後藤さん」

英雄が言うと、

「これだから素人《しろうと》との対戦はかなわないよな。ああ闇雲《やみくも》にふり回されたんじゃ、ボクシングにならないよ。決めてやろうと仕上げにかかったら、この始末だ」

後藤はうんざりしたような顔をして言った。

「後藤さん、大丈夫？」

女の声がして、英雄の隣りの席にいた女たちが控え室に入って来た。若い方の女が心配そうに後藤を見ている。

「ああ大丈夫だ。今日はアケミちゃんのために勝利をプレゼントしようと思ってたんだけどな……。ごめんよ」

後藤が口惜《くや》しそうに言った。

「そんなこといいのよ。それより身体の方は本当に大丈夫なの？」

アケミと呼ばれた女が後藤の顔を覗《のぞ》き込むようにして言うと、

「憲ちゃん。その分じゃ、食事はまたにした方がよさそうね」

もうひとりの歳嵩《としかさ》の女が話しかけた。

「だ、大丈夫だよ、ママ。今日はアケミちゃんと、いや、ママと食事ができるのを楽しみにしてたんだから、できれば勝利を祝って食事をしたかったけどさ……」

後藤はあわてて言って、英雄を見た。

「ママ、紹介するよ。俺のクラスメートの高木君だ。高木君、俺が世話になっている上野池之端《いけのはた》の喫茶店のママとアケミちゃんだ」

二人に英雄を紹介した。英雄は後藤に彼女たちと一緒に食事へ行こうと誘われた。

英雄たちは先に会場を出て、御茶ノ水駅前の喫茶店で後藤が来るのを待った。

「高木さんもどこかの運動部に入っていらっしゃるんですか？」

アケミがソーダ水のストローを手にして訊いた。

「いや、俺は部活動はやってません」

「そう言えば同じクラスって憲ちゃんが言ってたけど、あなたも文学部なの？」

ママがコーヒーを飲みながら英雄の顔を見た。

「はい。文学部ですが、何か変ですか？」

「変じゃないけど、憲ちゃんもあなたも文学って顔じゃないわね」

ママの言葉に英雄は頭を掻《か》いた。

左の瞼《まぶた》の隅にテープを貼った後藤が喫茶店に入って来た。後藤は席に座ると、英雄にむかって煙草をくれないかと右手のひとさし指と中指を伸ばした。

「もう平気なの？　今日は無理して食事に行かなくてもいいのよ」

アケミが言うと、後藤は自分の顎を手の甲で軽く叩いて言った。

「へっちゃらさ。昨日、今日、ボクシングをはじめた素人と俺は違うんだ。それに今日はママとアケミちゃんのために美味《おい》しい店を予約してあるんだ」

喫茶店を出ると、後藤は英雄たちを連れて夕暮れの聖橋《ひじりばし》を渡り、神田明神《かんだみょうじん》にむかった。

神田明神の社殿の前を通りかかると、ママが立ち止まり、手を合わせ柏手《かしわで》を打った。

「立派な神社だな……」

英雄がそう言うと、ママが言葉を継いだ。

「この神社の祭りが江戸っ子の自慢なのよ。それは立派な神輿《みこし》が繰り出すわ。来月、その祭りがあるから見物に来るといいわ」

英雄も隣りで手を合わせた。後藤とアケミは冗談を言い合いながら先を歩いていく。

「後藤さん、あんなふうに倒れたのに大丈夫なんですかね？」

英雄が後藤のうしろ姿を見て言うと、

「平気よ。憲ちゃんはこれでもう十二回続けてノックアウトされてんだから。あの子すぐにリングの上で寝ちゃうのよ」

そのさらりとした言い方に、英雄は呆れてママを見た。

神田明神脇《わき》の急な石段を下って、後藤は小粋な仕舞屋《しもたや》風《ふう》の店に皆を案内した。

後藤が下足番に名前を告げると、男は奥にむかって、〝雪の間〟に御案内ィー、と大声をあげた。女の甲高《かんだか》い声が返って来て、四人は二階の座敷に通された。六畳ばかりの部屋は床の間に達磨《だるま》を描いた軸がかけてあった。ママが小窓を開けると、木々のむこうに春の月が浮かんでいるのが見えた。

四人はビールで乾杯した。

「この次の試合はきっと勝ってね」

アケミがグラスを後藤に掲げた。

「次はただじゃおかないさ」

後藤の言葉に、英雄とママは顔を見合わせた。

肝焼《きもや》きと、蒲焼《かばや》きを玉子焼きでくるんだう巻きというものを、そこで英雄は初めて口にした。小一時間ほどして出てきた鰻重《うなじゅう》もこれまで味わったことのない美味さだった。

鰻屋を出ると、四人は明神下を湯島《ゆしま》天神《てんじん》にむかって歩いた。天神下にある〝甘味《かんみ》処《どころ》〟と古い木製の看板を掲げた店に四人は入った。甘いものを専門に食べさせる店のせいか、客はほとんど女ばかりだった。店の女が後藤を見て、憲ちゃん、ひさしぶりです、と挨拶《あいさつ》した。後藤が神田で生まれ育ったことは授業の時に聞いてはいたが、こんな店にまで顔が利《き》くのに英雄は感心した。アケミと話している後藤の横顔をよく見てみると、普段のこわもてな態度とは逆に、どことなく愛嬌《あいきょう》があった。先刻、リングの上で眠ったようにしていた顔に少年時代の後藤の顔が重なった。東京人は案外とお人好《ひとよ》しなのかもしれない、と英雄は思った。

英雄はママにつき合って、葛切《くずき》りを注文した。目の前に出された椀《わん》に入った葛切りを口にして、英雄はその甘さに驚いた。アケミと仲良く餡蜜《あんみつ》を食べている後藤を見て、英雄は東京人の嗜好《しこう》にまた感心した。

二人が話しているむこうの窓際《まどぎわ》の席にひとりの老人が座っていた。どこかで見た顔だと思った。新宿の酒場〝那智《なち》〟で逢《あ》った雪野《ゆきの》老人だった。雪野は頰杖《ほおづえ》をついてぼんやりと坂道を通る人たちを見ていた。英雄は立ち上って、雪野の所へ挨拶に行った。

「こんにちは、雪野さん。高木です」

英雄が声をかけると、雪野は英雄の顔をしばらくじっと見上げて、小首を傾《かし》げていた。

「新宿の〝那智〟でお逢いした高木英雄です。モリさんに連れられて……」

英雄が名乗ると、雪野は目を丸くして言った。

「いや、高木君。そうだ、高木君だ。僕は幽霊を見たのかと思いまして……。いや、失敬《しっけい》した。ところでどうしてここへ？」

英雄が大学の友人に連れられて来たことを説明すると、雪野老人は目を細めて頷《うなず》いていた。

「知り合いの人なの？」

席に戻った英雄に、雪野老人の方を見てママが訊《き》いた。

「はい。新宿の酒場で逢う人で、小説家です」

英雄の返事に、

「あらっ、やっぱり文学をやっているのね。さっきは失礼な言い方をして、ごめんなさい」

感心してママが頭を下げた。

「いや、そんなんじゃないんです。俺は本は好きだけど、文学のことは何もわかっちゃいないんです」

銀座へ遊びに行こうという後藤の誘いを、浅草に用があるからと言って英雄は断わって、上野の店に戻るというママと二人で池之端にむかった。

湯島の交差点から春日通りを渡ると、煌々《こうこう》と灯《つ》りを点けた飲食店が軒を連ねていた。

「高木さんの田舎はどこなの？」

不忍池《しのばずのいけ》の方にむかいながらママが訊いた。

「山口県の三田尻《みたじり》です。本州の一番西の端で、瀬戸内海沿いにあるちいさな港町で生まれ育ちました」

「そう、遠いわね。私は北海道の夕張《ゆうばり》から来たの。炭鉱の町。父と兄が炭鉱事故で亡《な》くなって、それから一年して母も病死したのよ。それで私は千葉の親戚《しんせき》の家に預けられたの。女学校を出て、会社に勤め、そうして今は喫茶店のママよ。後藤さんは、私の昔の恋人の後輩なの。東京育ちの坊ちゃんだけど、義理固くて、何かあると店へ後輩を連れて来てくれるの。いい人よ」

ママが池の睡蓮《すいれん》を見つめて言った。

「俺も後藤さんのこと好きです。少し乱暴なところはあるけど、やさしい人ですよ」

「クラスメートで彼のボクシングを観戦に来たのは、あなたが初めてよ。浅草へはデートで出かけるの？」

ママが英雄の顔を覗いた。

「そうならいいんですが……。或《あ》る女の人を探しに行くんです。その人の名前も住所も知らないんです。去年、観音様の近くの店で会った人で、一度、探しに行ったことがあるんですが、わかりませんでした」

英雄はそう言って頬を赤らめた。

「見つかるといいわね。私も祈っててあげるわ。男も女も、好きな人にめぐり逢えることが一番素敵なことかもしれないものね。好きな人がいれば辛《つら》いことも我慢できるものね」

遠くを見つめるような目をしてママが言った。

「そうなんですか？」

「そうだと思うわ。私は、そうだったもの。あなたはまだ、そんな恋愛をしたことがないの？」

「ええ、どうかな……」

英雄が首を傾《かし》げていると、

「考えてるようじゃ駄目よ。恋愛は理屈じゃないんだから、身体《からだ》でするものなんだから。さあ、今日は頑張ってね。幸運を祈ってるわ」

英雄は店に出るママと上野公園前で別れ、路線バスの乗り場へむかった。

——そうか、恋愛は身体でするものなのか……。

英雄はバスの中で呟《つぶや》きながら、去年の秋、伝法院裏の店で逢った女性のことを思い浮かべていた。

やはり、あの人を見つけることはできなかった。

英雄は観音裏の公園の石垣の隅に腰を下ろして、棒のようになった両足を伸ばした。去年浅草に着いて、伝法院裏に行き、あの人がいたと思われる店を何軒か訪ねて、去年の秋、店で働いていた女性のことを聞いてみたが、どこでもそんな女性は知らないと言われた。英雄が女の特徴を話し、たしかこの店で働いていたように思うんですが、と尋ねても店は客で立て込んでおり、この街じゃ、二、三日勤めてどこかへ行っちまう女がごまんと居るんだ。商売の邪魔になるから出て行け、と怒鳴りつけられた。

英雄は、それから浅草寺《せんそうじ》界隈《かいわい》の飲食店を隈無《くまな》く覗いて歩くことにした。しかし英雄が想像していた以上に、この街では多くの店が商いをしていた。飲食店といっても大小さまざまで、数十人の客で賑《にぎ》わうちゃんとした店もあれば、老婆《ろうば》ひとりがほそぼそと商いをしているちいさな屋台もあった。それぞれの店に馴染《なじ》みらしき客がいて、それなりに繁昌《はんじょう》しているのは、浅草に人を引き寄せ、人の心の空洞《くうどう》を埋めてくれる何かがあるからだろう。

ひやかしなら出て行ってくれ、こちとらは今忙しいんだ、とはっきり言う店もあれば、英雄が人を探していると聞いて、どんな女の子なのかと親身になって馴染みの客にまで尋《たず》ねてくれる店の人もいた。強い口調で断わる人も、商いの最中という事情があるだけで、どことなく情が伝わって来るのを英雄は感じた。

しかしとてもではないが、浅草中の店を探し切るのは一日や二日では無理だった。

「兄さん、女を探してるんなら、吉原へ行ってみた方が早いんじゃないのか？　その女は兄さんのレコかい。なら早いとこ見つけ出さなきゃ、どこかの旦那《だんな》の囲い者になっちまうぜ……」

或《あ》る店の酔客がからかうように言った言葉が、英雄の気持ちを急《せ》き立てた。店を覗いて、働く女のうしろ姿にもしやと思いながら、顔を見て吐息をつくことが何度となくあった。

「もう、この町にあの人はいないのかもしれない」

公園の石垣に座り込むと、英雄は全身から、力が抜けて行くような気がした。膝《ひざ》の上に置いた手に目をやった。その手の甲に、雪片のように白いものがはらはらと舞い落ちてきた。ひんやりとした感触がした。

まさか、と空を仰ぐと、英雄は満開の桜の木の下に先刻《さつき》から休んでいたことに気がついた。白い花が浮雲のように連なるむこうに春の夜空があり、そこに上弦《じようげん》の月が浮かんでいた。月は皓々《こうこう》と、英雄のいる公園を、そのむこうの喧噪《けんそう》に包まれた六区を、そして浅草の街を照らしている。あの人も、この月の光の下の、どこかで働いているのだろうか。それとももうどこか別の街に行ってしまって、この月を仰いでいるのか……。

月を見つめているうちに、あの人の横顔を思い出した。うっすらと額に汗を掻いて、それを拭《ぬぐ》った白い指と透き通ったような頬、客たちの注文を聞きながら周囲を見回していた切れ長の目……。去年の暮れに一度、夜半まで彼女を探して浅草の町をうろついたことがあった。その時の気持ちより、今夜の感情の方がはるかに激しいことが、英雄にはわかっていた。春先になって何度か夢に彼女があらわれた。家を出て、ひとりで生きて行かなくてはならなくなったことで、自分がどこか孤独になっているからではないかと考えたが、それとはまったく違う感情なのだと英雄は気づいていた。

――恋愛は理屈じゃないんだから、身体でするものだから……。

後藤の知り合いのママが、歩きながらひとり言のように言った言葉がよみがえった。

「これが人を好きになるということなのか……」

英雄は、先刻、雑踏の中を歩き続けていた時の、何かが身体の芯《しん》から突き上げてくるような感情を思い出していた。

今、こうしていても、頭の中にあの人の姿が浮かんで来る。

六区の方角から人々の喚声が聞こえてくる。あの人混みの中でどうやってひとりの人間を探せばいいのか。英雄は途方に暮れて、また大きく溜息《ためいき》をついた。

「馬鹿野郎《ばかやろう》、それじゃ、おまえ、身勝手過ぎるだろうが」

若い男の声がした。見ると、英雄の座っている場所から二十メートルほど左方の暗がりに数人の黒い影が屯《たむ》ろしていた。影の丈で、彼らが少年たちであることが英雄にはわかった。上野、浅草には、まだ浮浪者が大勢いて、中には十歳にも満たない少年たちの姿もあった。何かの事情をかかえて、少年たちは路上で生きて行かねばならないのだろうが、警察が取締まっても、生活福祉課の係員が保護をしても、彼等はいつの間にか元の場所に戻り、仲間と暮らしていた。少年たちの中には、搔《か》っ払《ぱら》いや掏児《すり》もどきのことをやってのける者もいたし、物乞《ものご》いをして暮らしている者もいたが、中には靴磨きや露天の店の手伝いをしたりして逞《たくま》しく生きている者もいた。英雄は上野、浅草で少年たちの姿を見かけると、新開地の子供やツネオのことをいつも思い浮かべた。

「その金は稼いだもんでも、恤《めぐ》んで貰《もら》ったもんでもないじゃないか」

よく通る声だった。

「けど、俺が頼んだわけじゃなくて、サキちゃんが……」

返答している相手の声は、口ごもってはっきりとは聞こえない。英雄が公園に入って来た時には、彼等の姿はなかったから、ここで休んでいるうちに集まって来たのだろう。彼等は英雄が居ることに気づいていないようだった。

「頼んだんじゃないって言い方はないだろう。おまえがサキちゃんに必ず返すからって金をせがんだんだろうが。俺が知らないとでも思ってんのか。だから今月の金《あがり》の半分でも出すんだ」

暗がりで顔は見えないが、賢い話し方をする少年だった。

「いやだ。あれは恤んで貰った金だ。こいつらだって、皆、金は恤んで貰ってる」

諭《さと》されていた少年のむきになったような声がした。

「馬鹿野郎、こんだけ言ってるのに、おまえたちは……」

怒鳴り声がして、乾いた音が続いた。地面を擦《こす》る素早い足音と、少年たちを叩《たた》く音がして、べそを掻く声がした。少年たちが公園の水銀燈の灯りの中に入っていた。

英雄は公園を出ようとそっと立ち上った。

その時、浅草寺の方角から、忙《せわ》しない下駄の音が聞こえて来て、あんたたち何をしてるの？　と甲高《かんだか》い女の声がした。

「イサムちゃん。あんた、この子たちに何をしたのよ」

少年と同じくらいの背丈の女が片手に荷物をかかえて立っていた。

「やかましい。おまえにゃ、関係ないことだ」

「関係ないのなら、なぜ、この子たちに私を呼びに来させたのよ。泣いてるじゃないの。どうして手を出すの」

強い口調で言う女の影に、叩かれた少年のひとりが寄り添うようにした。イサムと呼ばれた少年が女の所に歩み寄り、すがりついていた少年の衣服を摑《つか》み引き離そうとした。大きな泣き声が上った。イサムという名前と、女の声に聞き覚えがあった。

「イサムちゃん、よしなさい。痛がってるじゃないの」

女が泣いている少年を抱き寄せようとした時、その顔が水銀燈の灯りにはっきりと見えた。英雄は思わず、あっ、と声を上げた。あの時の女《ひと》だった。

「余計なことをすんな。さあ、これがおまえにこいつらが借りたもんだ……」

少年が彼女にちいさな包みを投げつけた。その時、浅草寺の方角から、靴音がした。ここにいました、ここにいます、と男の声がして、もうひとつの靴音が近づいて来た。帽子と腰のあたりに光る物で、彼等が警官だとわかった。少年たちは生け垣に潜るようにして一斉に六区の方角へ逃げ出した。警官が追い駆けようとしたが、その先は少年たちの影すら見えない暗がりになっていた。

——慣れたもんだ……。

英雄は感心して、すぐに女の方に目を戻した。二人の警官が女を挟むようにして立っていた。女はうつむいている。英雄は足早に三人の居る場所に近づいて行った。警官のひとりが足音に気づき英雄を見た。もうひとりの警官も、女も英雄に目をむけた。

——たしかに、この女《ひと》だ。

風呂敷《ふろしき》包みを胸の前で抱くようにして、英雄の顔を見ている目は、英雄がずっと探し続けていた女だった。

「何だ？　君は」

歳嵩《としかさ》の警官が英雄を怪訝《けげん》そうな目で足元から検分するように見た。

英雄は笑いながら、女の顔を指さし、その指で自分を指さした。

「知り合いか、おまえたちは？」

警官の声に英雄はまた笑って頷いた。

「おまえはどこの者だ？ ここで何をしていた？」

英雄はナップザックの中から学生証を取り出して警官に渡すと、女のそばに寄り添った。彼女は驚いた顔で英雄を見上げた。英雄は笑いながら女に目くばせした。

警官は英雄と女を交互に見て、

「何だ、学生か……。いつまでも遊んでるんじゃないぞ。ここらあたりはひったくりをする悪ガキがいるから早く帰りなさい」

と言った。英雄は学生証を受け取ると、警官に頭を下げ女の肩を軽く叩いて歩き出した。女は英雄のうしろについて来た。下駄の音だけがうしろから聞こえる。英雄は胸が高鳴るのを覚えた。振りむいて彼女の顔を見てみたかったが、大通りに出るまで我慢しようと思った。

女の足音が止まった。英雄が振りむくと、

「どうもありがとう。助かりました。私はあっちに帰るんで……」

女は左の方角を指さした。

「そう。なら、ここらはまだ暗いから送って行くよ」

「いいえ、ここまで来たらもう大丈夫ですから」

女は両手で風呂敷包みを抱いて首を大きく横にふった。

「俺は、高木英雄と言います。君は去年の秋、伝法院裏のお店で働いてたろう？　俺はその店で君に逢《あ》ったことがあるんだ」

英雄は女の目を見つめて言った。女は目を瞠《みひら》いて英雄を見返し、〝いさみ屋〟さんのこと？　とちいさな声で訊いた。

「店の名前は覚えていないけど、俺は君のことはよく覚えている。よく働く人だなと感心して見ていたんだ。あの店にはもういないんだね」

「はい。去年の暮れに、店を替わったんです。今は千束町《せんぞくちょう》の方の店で働いてます。私、サキと言います」

彼女は少し安堵《あんど》したのか名前を名乗った。

「サキさんか……。苗字《みょうじ》は何と言うの？」

英雄が訊《き》くと、

「仁科《にしな》サキです」

と言って目をしばたたかせた。長い睫毛《まつげ》が動くと、彼女の瞳《ひとみ》が揺れているように見えた。

英雄はサキに途中まで送らせて欲しいと言い、一緒に言問《こととい》通りを渡って、柳並木の通りに入った。とりとめのない話をしているうちに料亭や居酒屋の並ぶ一角に出た。

「もうその検番《けんばん》の少し先ですから、ここで結構です……」

とサキが固辞するので、英雄は浅草寺の方へ引き返した。途中、英雄が振り返ると、サキは通りの角に立ったまま英雄をじっと見ていた。何度も振りむく度にサキの白い影が揺れていた。英雄は大通りで立ち止まり、白い影をしばらく見てから、左に折れると、オウーッと声を上げ、全速力で駆け出した。

その晩、英雄はアパートに戻ってからも昂揚《こうよう》した気持ちが冷《さ》めなかった。目を瞑《つぶ》ってもサキの顔があらわれ、天井や壁にサキの瞳が浮かんだ。

——サキと言います。

耳の奥にサキの澄んだ声がよみがえり、目を瞶くようにして英雄を見つめた大きな瞳が揺れた。

足を棒のようにして浅草を探しても出逢えなかったサキが、疲れた足を休めようと入った公園にあらわれた。あの時、通りひとつ、路地一本違ったところを歩いていれば、サキに出逢うことはなかったろう。いや、後藤のボクシングの試合を観戦に行かなければ、浅草へ行こうという気持ちにならなかったかもしれない。サキだって、少年に呼び出されていなければ、あの公園に来ていなかったはずだ。

——こうも偶然が重なるものなのだろうか……。

英雄は天井にむかって呟き、大きく首を横にふった。

——偶然なんかじゃない。誰かがサキに逢わせてくれたんだ。

英雄は上半身裸で横になっていたが、身体《からだ》が火照《ほて》って寝つけそうになかった。起き上って共同の炊事場へ行くと、水道の蛇口を捻《ひね》り、勢い良く出ている水の中に頭を突っ込んだ。

部屋に戻ると、窓の外がもう白みはじめていた。このまま起きていて、浅草へ出かけたいと思った。英雄が何度か訊いて、サキがやっと口にした店の名前を英雄は覚えていた。その店に夕刻の五時から働きに出ているとサキは言っていた。早く夕刻にならないものかと英雄は思った。

二時間余り、うとうととして英雄はアパートを出た。後藤と大学の授業で逢う約束をしていた。英雄は授業に出た後、後藤の誘いを断わって、大塚にある光岡顕一《みつおかけんいち》の大学を訪ねた。下北沢のアパートを出る前に、今日、顕一に大学を訪ねたいと連絡しておいた。

真新しい校舎の一角に顕一のサークルの部室はあった。顕一は英雄の姿を見ると、嬉《うれ》しそうに迎えてくれた。

「ひさしぶりだね、英雄君。元気だった？」

顕一は相変らずきちんとネクタイを締めていた。

「元気だよ。顕一君、夕方から時間は空《あ》いてるかい？」

「大丈夫だよ。朝の電話で言ったとおりだ」

「そうか、じゃ、浅草へ行こう」

「浅草へかい？　銀座か青山にしないか」

「いや、浅草へ行きたいんだ。つき合ってくれよ」

「勿論《もちろん》。なら、僕の知ってる焼肉の美味《うま》い店があるから案内するよ」

「行きたい店があるんだ」

「へぇー、どこだろう。楽しみだな」

顕一のサークルの打ち合せが終るのを待って二人は浅草へむかった。電車の中で英雄は顕一にサキから聞いた千束町にある店の名前を告げた。顕一は店を知らなかった。

「千束の三丁目だとすぐそばはもう吉原《よしわら》だし、如何《いかが》わしい店かもな……」

顕一が言うと、

「どういう意味だよ、如何わしいっていうのは……」

英雄は顕一を睨《にら》み返し、怒ったように訊いた。

「いや、吉原はほらっ、そういう所だから、その界隈《かいわい》の店も……。ともかく行ってみればわかるよ」

顕一は英雄の剣幕《けんまく》に口ごもりながら言った。

サキが教えてくれた〝しなの〟という屋号の店は、ちいさな通りの一角にあった。

軒下に提灯《ちょうちん》がぶらさがり、そこに屋号が淡く浮かんでいた。

「顕一君、ここだ」

英雄が入ろうとすると、顕一は店の前に立ち止まって周囲を見回した。

「大丈夫かな、この店……」

店の中から女の笑い声が洩《も》れてきた。

「何がだよ？　さあ入ろう」

二人が店に入ると、いらっしゃい、と女たちの声が返って来た。女たちは、英雄と顕一を見て一瞬黙った。英雄は店の中を見回し、じっとこっちを見ている赤い服の女に目を止めた。女は笑い返すと、奥へむかって、お二人さんだよ、と大声で言った。

奥から甲高い女の返答する声がした。サキの声だと思った。赤い服の女が英雄たちを席に案内して、食事、それともお酒にする、ゆっくりするなら二階に座敷もあるわよ、と愛想笑いをして言った。

「まずは飯だな、顕一君」

英雄が顕一に言うと、顕一は口ごもりながら頷《うなず》いた。それなら今日新潟から届いた銀鱈《ぎんだら》があるわ。美味《おい》しいわよ、と女が言った。

「よし、それと味噌汁《みそしる》と飯を大盛りだ。それから先にビール」

女が奥にむかって大声で注文を告げると、はーいと尾を引くような声が返って来た。

英雄は店の奥の方へ首を伸ばして見た。このあたりは初めて？　女が訊いた。

「いや、こっちは浅草生まれだ」

英雄が顕一を指さすと、女は、あっ、そうなのと、上目遣《うわめづか》いに女を覗《のぞ》いている顕一を見た。表から賑《にぎ》やかな男たちの声がして、客が数人入って来た。女は勢い良く手を叩いて客の名前を呼ぶとひとりの男に駆け寄り、腕にしなだれかかるようにして奥の席へと案内した。客が奥へ消えると、そこにビールを載せた盆を手にしてサキが立っていた。サキは英雄たちの席にむかって歩いて来た。英雄は背筋を伸ばしてサキを見ていた。サキは英雄に気づいて、一瞬目を丸くして立ち止まった。

「英雄君、この店はやっぱり普通の店とは違うようだよ……」

顕一の声は、英雄にはもう聞こえなかった。英雄はサキにむかって笑いかけた。

「やあ、昨夜はどうも。浅草に来る用事があったから、ちょっと寄ってみたんだ」

英雄の声に顕一がサキの方を見た。

「彼、俺の友だちで光岡顕一君。浅草に住んでるんだ。顕一君、サキさんだ」

英雄が言うと、サキは顕一に会釈《えしやく》してから、

「昨夜はどうもありがとうございました」

と英雄に丁寧に頭を下げ、テーブルにビールを置いた。サキが英雄のグラスにビールを注ごうとすると、

「いいんだよ、自分でするから……」

英雄はサキの手からビール壜《びん》を取った。

サキ、こっちはお酒だよ。何をもたもたしてんの、早くおしっ、と先刻の女が奥から叫んだ。

「銀鱈と味噌汁に御飯の大盛りですよね」

サキが言うと、

「こっちはゆっくりでいいんだ」

と英雄はサキを見て言った。サキは小走りで奥へ駆け戻った。そのサキに強い口調で女が何かを言いつけている声が聞こえた。

「英雄君、今の子は知り合いなの？」

顕一が英雄の顔を覗き込むように訊いた。英雄は返事をせずにグラスのビールを飲み干した。

英雄は出てきた飯を二杯平らげて、それからまた酒を飲みはじめた。サキの姿を見ているだけで嬉しかった。酒を注文すると、サキが席にやって来る。

「英雄君、そんなに飲んで大丈夫なの？」

顕一が心配そうに訊いた。

「顕一君ももっと飲めよ。ほら」

英雄はいくら飲んでも酔わなかった。客の出入りの多い店だった。二階の座敷に上る客も何人かいた。ちょっと遊んで、すぐ戻ってくらあ、と出かける客もいた。

顕一の呂律《ろれつ》が回らなくなってきた。英雄は顕一の頬を叩きながら、もう少し頑張れと言ったが、顕一はテーブルにひれ伏してしまった。英雄は仕方なく、立ち上った。

ずいぶん飲んだわね、と赤い服の女は言って英雄に勘定《かんじょう》を告げた。金額を耳にして、英雄に抱きかかえられた顕一が、ちょっと高いんじゃないのか、ととろんとした目つきで女を見た。

「いいんだよ。顕一君、俺が奢《おご》るんだから」

英雄が金を払うと、女は英雄の手元を見ながら、ずいぶん景気がいいのね、なら、もっと遊んで行きなさいよ、と科《しな》をこしらえて英雄の手を包むように握った。

「明日また来るよ」

そう言って英雄はサキを探したが、サキは奥から出て来なかった。英雄は、よろける顕一をかかえて表へ出た。明日も必ず来てよ、もっとサービスするから。女が戸口で声をかけた。二人が歩き出すと、背後から下駄の音が追い駆けて来た。英雄が振りむくとサキだった。

「大丈夫ですか？」

サキが顕一を見て、心配そうに訊いた。

「平気だ。こいつは酒に弱いんだ。前もこんなふうになったから……。今夜は君に逢えて嬉しかったよ」

「わざわざ来てくれてありがとう。でも、もうあの店へは来ないで。勘定も高かったでしょう」

「大丈夫だ。アルバイトをしてるから」

「そうじゃないの。あの店はあなたが遊びに来るような店じゃないの」

サキは首を横にふりながら早口で言った。

「どうして？」

英雄が訊き返すと、店の方からサキの名前を呼ぶ女の声がした。

「ともかくもう店へ来ちゃ駄目。明後日《あさって》は、私、休みだから、上野の不忍池《しのばずのいけ》の弁天様の前で、昼の十二時に……」

サキは言いながら店の方へ駆け出した。英雄はサキにむかって、明後日の昼の十二時、上野の不忍池の弁天様だね、と大声で聞き返した。サキは振りむいて、大きく頷くと、かすかに手を上げて裏木戸へ消えていった。

何か言った？　英雄君……。顕一の声に英雄は笑って身体をかかえ直した。

不忍池の水面《みなも》が春の陽差しに光っている。

まだ待ち合わせの十二時までには三十分余り時間があるのだが、英雄は何度も広小路《ひろこうじ》の方角を覗いていた。

一昨夜《おととい》から英雄は眠れなかった。サキが逢おうと言ってくれたのが、英雄には何より嬉しかった。サキが自分のことを思っていてくれたのだと思うと、一刻も早くサキに逢いたくなった。

地下鉄が上野に着くまで、ずっとサキのことばかり考えていた。雑踏の中を歩いていても、これまでのような孤独を感じることはなかった。

――サキがいる……。

そう思っただけで、英雄の身体から力が湧《わ》いて来た。こんな気持ちになったのは、生まれて初めてのことだった。

上野駅の方から、ちいさな人影がこちらにむかって歩いて来るのが見えた。左手に包みを持って歩いているのはサキだった。公園の並木に差す木洩《こも》れ日がサキを包むようにきらめいていた。

英雄は走り出した。サキの姿がはっきりと確認できると、英雄はサキの名前を大声で呼んだ。サキも英雄を見つけて、立ち止まって手をふり、足早に歩いて来た。

「やあ、この間はどうも……」

「早くに着いていたのね。姿を見かけて安心したわ……、一昨日の夜はずいぶんと酔っていたから、覚えてくれているかどうか、ここへ来るまでずっと心配でした……」

「そりゃ、覚えてるよ。あれからずっと、日曜日の昼十二時、不忍池の弁天様の前でって、何回も言い続けてた」

英雄の言葉にサキは白い歯を見せて笑った。サキは長い髪をうしろで束ねて、白いブラウスに濃紺のスカートを穿《は》いていた。ブラウスの白に当たる陽差しがサキの顔をまぶしく映していた。左手に持った新聞紙の包みの先から黄色い花びらが覗いている。英雄が花を見ていると、

「午前中に墓参りをして来ようと思って、昨夜買っておいたんだけど、義姉《ねえ》さんに用を言いつけられてしまって……」

サキは何か言いたそうな素振《そぶ》りだった。

「それなら今から行けばいい。俺はかまわないよ。どこだっていいんだから、サキさんとなら……」

「本当に？　店の休みは月に一度しかないし、お彼岸《ひがん》も墓参りに行けなかったから」

サキの顔が明るくなった。

「お墓は谷中《やなか》だから、ここからなら歩いて行ける。本当にごめんなさいね、お墓参りになんかつき合わせて。嫌なら、いいのよ。またにするから」

「いいって。さあ行こう」

二人は寛永寺《かんえいじ》の方へむかって公園の中を歩きはじめた。日曜日の昼過ぎの上野公園は人がたくさん出ていた。英雄たちと同じような若い男女のカップルも大勢いた。緊

張してぎごちなく歩いていた英雄とサキも、彼等とすれ違う度に気持ちが安らいで行った。

谷中の墓地に着いて、サキがむかったのは共同墓地だった。他にも墓参に来た人がいるらしく、墓前に花や供物《くもつ》が置いてあった。

「母さんのお墓なの。私が子供の時に病気で亡《な》くなったの。事情があって母さんは田舎のお墓には入れなかったんですって……」

サキは墓前に腰を下ろして両手を合わせ、目を閉じた。英雄もサキの隣りで手を合せた。

墓参りを済ませて二人は根津界隈《ねづかいわい》を歩いた。

「お母さんの田舎って言ってたけど、田舎はどこなの？」

「新潟の直江津《なおえつ》。私もそこで生まれたんだけど、赤ん坊の時に母さんと東京へ出て来たの」

「ふうーん、そうなのか……。俺の田舎は山口の三田尻《みたじり》ってとこで、ちいさな港町だよ」

「そこにご両親もいらっしゃるのね」

「うん。けど去年帰った時に親父と大喧嘩《おおげんか》をして家を出て来たんだ。もうあんな町には帰らない。ひとりでやって行くんだ」

英雄が清々したように言うと、

「どうして喧嘩をしたの？　今頃、皆さん心配してるわ。親不孝は駄目よ」

サキは立ち止まって英雄に強い口調で言った。英雄は頭を掻《か》きながら、

「たしかに親不孝だけど、親父は俺に家業を継げって頭ごなしに言うんだ。俺は俺で自分のしたいことをやりたいから、それで衝突した」

とサキに斉次郎との揉《も》め事を説明した。

「やりたいことって何？」

「……それを今探してるところだ」

「まあ、呑気《のんき》なのね。高木君は何歳《いくつ》なの？」

「高木君って言い方はよしてくれよ。英雄でいいよ。俺もサキさんと呼ぶから……」

「わかったわ。英雄さんは何歳なの？」

「俺は十九歳だ。絹さん、いや、御袋は数え年で言うから二十歳《はたち》って言うけど……、サキさんは何歳なの？」

「私は今年のお正月で二十歳になったから、英雄さんよりひとつ歳上《としうえ》。あんな店へ平気で入って来るから、英雄さんはもっと歳上かと思った」

サキは歩きながらぽつぽつと身の上話をした。赤児《あかご》の時に新潟から母と上京し、葛《か》西《さい》で漁師をしていた叔父夫婦のところに預けられ、ほどなく母が病死して、叔父夫婦に育てられたこと。中学校を卒業して葛西の縫製《ほうせい》工場に勤めていたが、叔父の身体《からだ》の具合が悪くなり、千葉の勝浦《かつうら》へ引っ越す機会に浅草へ出て、住み込みで働きはじめたこと。去年の暮れに突然、異母姉妹だという義姉が訪ねて来て、父親が一年前に亡《な》くなったことを報《しら》せてくれ、今はその義姉の店で働いていること……、サキは淡々とした口調で話した。

「これまでの私は、たったそれだけ、それで全部なの」

サキはそう言って立ち止まり、上野の山の方を眺めたまま白い歯を見せて笑った。

「へぇー、大変だったんだね。サキさんは俺なんかよりずっと偉いよ」

英雄が驚きのあまり嘆息して言うと、

「偉くなんかないわ。私はまだ働くところがあるし、死んでしまってはいるけど親の墓参りにも行けるもの……。この間、観音様の裏手にいた子供たちの中には親の名前も知らない子もいるわ。それに浅草へ来てから何人かの行き倒れの人も見たわ。私は恵まれている方だと思う」

英雄はサキの横顔を見ながら、自分はサキと一緒に居てやろうと切実に思った。

「サキさん、お腹空かない？」

「あっ、ごめんなさい。お墓参りにつき合わせて、お昼がまだだったものね。それなら、この通りを行ったところにお蕎麦《そば》屋さんがあるわ。今日は私がご馳走《ちそう》する」

「いいよ。俺、アルバイトをしていたから金はあるんだ」

「いいえ、私の方がお姉さんだから……」

二人はちいさな蕎麦屋で、盛り蕎麦を食べた。二人して並んで蕎麦を食べていると、英雄は毎日こうしてサキと逢《あ》えたら、どんなにか楽しいだろうと思った。

二人は不忍池まで歩いた。夕刻までには店の掃除に帰らなくてはならないと言うサキに、また店へ逢いに行っていいかと英雄は訊《き》いた。サキは、店には来て欲しくないと、顔を曇らせて言った。その替りに、日曜日の昼間なら少しの時間は逢えるからと、翌週の待ち合わせの場所と時間を決めて、二人は別れた。


英雄は昼間、大学の授業に出て、夜はまた浅葉《あさば》の工事現場で働きはじめた。

ひさしぶりに英雄の顔を見た鬼アサは、どこかでくたばっちまったんだろうと思ってたぜ、と言いながら相変わらず厳しい現場仕事をさせた。

英雄は一週間経《た》つのが待ちどおしかった。何もしないでいるとサキの顔や立ち働いている姿が浮かんだ。寝苦しくなる夜もあった。

日曜日の十一時、英雄はサキと言問橋の西詰《にしづめ》で待ち合わせた。昼食の時間を抜けて来たサキと二人で隅田公園を堤伝いに歩いた。下駄履《げたば》きのサキと並んで歩くだけで、英雄は満足だった。サキは、観音様の裏で逢った少年が警察に捕まったことを心配そうに話した。

「どうして世の中にはお金持ちと貧乏な人がいるのかしら……」

サキは川面を見ながら言った。二人は白鬚橋《しらひげばし》の近くまで歩いて、堤伝いに引き返し、山谷堀《さんやぼり》で別れた。店の近くまで送って行くという英雄の申し出をサキはかたくなに断わった。

翌週、二人はまた橋の袂《たもと》で落ち合い、堤伝いに歩いた。その日は雨で、サキの方から英雄の傘に入って来た。時折、肩が触れ合うと、英雄は息が詰まった。サキはこんなふうにしか逢えないことを申し訳なさそうに謝り、大学へ行けば、もっと楽しいでしょう、と訊いた。

「そんなことはないよ。俺はこうしてサキさんに逢うのが楽しみで一週間を送っているんだ」

英雄がそう言うと、サキは目をしばたたかせて、次の休みの日は、葛西へ一緒に行かないかと誘った。

「私、葛西が一番好きなんです。ぜひ、葛西の海を英雄さんに見せてあげたい……」

サキにしては珍しく興奮した口調で言った。

「俺も海は大好きだから、ぜひ見たいな」

その日、英雄は初めてサキの手を握った。別れ際《ぎわ》に傘の中で英雄を見上げたサキに、英雄は手を差し出した。サキは一瞬、戸惑ったような表情をしたが、英雄の手を握り返して、

「ありがとう」

とちいさく呟《つぶや》いた。その時、英雄はサキの表情にかすかな翳《かげ》りが差すのをかいま見た気がした。

傘を差して帰るサキのうしろ姿を見送りながら、英雄は今しがた伝わって来たサキのぬくもりを逃さぬように、右手を握りしめていた。雨に煙る路上からサキの姿が消えると、英雄はひどくもの哀《がな》しい気持ちに襲われた。ありがとう、と言ったサキのか細い声が耳の奥に響き、どうしてサキひとりが、あんなにも懸命に働かなくてはならないのだろうかと思った。サキを見守っていてやらなければ、いつか霧雨のような世界へ彼女が消え失《う》せてしまう気がした。

英雄は路の中央まで駆け出して、サキが歩いて行った方角を見た。すでにサキの姿はなく、雨に煙る路をトラックがけたたましいエンジン音を立てて通りすぎた。浅草の街は濃灰色に沈んでいた。

五月の連休まで、英雄はサキへの思慕と、彼女が時折見せる何かに怯《おび》えたような表情に対する不安が交錯して、気持ちの塞《ふさ》いだ日々を過ごした。今、サキを失ったら自分はどうやって生きて行けばいいのかわからなかった。サキのことを考えると胸の隅を錐《きり》で突かれたような鋭い痛みが走った。英雄は言いようのないこの不安がどこから来るのかと考えたが、答は出なかった。英雄は今度、サキに逢ったら、正直に自分の気持ちを伝えようと思った。

その日、浅草橋駅で待ち合わせたサキは、今まで逢ったどのサキよりも明るかった。英雄は、ここ数日、サキに対して抱いていたことが杞憂《きゆう》だったのかと思った。

電車が平井《ひらい》駅を過ぎて荒川に差しかかると、サキは車窓に頬をつけるように外の風景を眺めていた。

二人は小岩《こいわ》駅で電車を降りると、葛西方面行きのバスに乗った。サキはバスの最後部の席に座って、見覚えのある建物や橋や林が見える度に、それを指さして英雄に笑いかけた。バスが篠崎《しのざき》、瑞江《みずえ》を過ぎ、江戸川の堤防沿いの道に入ると、サキの目の色がかがやきはじめた。

田植えの準備をしている田園が見えた。処々《ところどころ》に茅葺《かやぶ》きの農家もあり、田圃《たんぼ》や野菜畑がひろがっていた。英雄は東京も少し離れれば田舎なのだと思った。

南葛西の水門橋の停留所で二人はバスを降りた。停留所の前はちいさな入江になっており、たくさんの船が繫留《けいりゅう》してあった。

潮の匂《にお》いがした。英雄は立ち止まって、両手をひろげ海から吹き寄せる風を吸った。

サキは英雄の様子をまぶしそうな目をして見つめた。

「ひさしぶりだな、潮の匂いを嗅《か》ぐのは……。やっぱりいいもんじゃ」

英雄が大声で言うと、サキも両手をひろげ、

「いいもんじゃ」

と英雄の山口訛《なま》りを真似《まね》た。

水門橋を真《ま》っ直《す》ぐに進むと、東京湾が目の前にひろがっていた。五月の陽差しを受けて、海は銀色にかがやいていた。右手の海岸には海苔《のり》の養殖のためか、無数の杭《くい》と竹が突き出ていた。沖合いには何隻《せき》もの船が浮かんで、強い陽差しに蜃気楼《しんきろう》のように揺らいでいる。

二人は堤防沿いの道を歩き、海へ降りる階段を下って、磯《いそ》へ出た。しばらく磯伝いを歩いてちいさな浜辺に辿《たど》り着いた。サキは先に走り出し、波打ち際まで行くと、靴を脱いで素足《すあし》になり、水の中に立った。それから英雄の方を振りむくと、手招きをした。

波に反射する陽差しに包まれたサキは、浅草で見るサキとは別の女性のように清くかがやいて見えた。英雄は浜辺の小岩に腰を下ろし、波打ち際で跳《は》ねたり、立ち止まって沖合いを眺めているサキを見つめていた。英雄はサキの姿を見ているうちに、少女時代のサキはきっとあんなふうだったに違いないと思った。サキがこのまま少女のように生きて行くことができたら、どんなにいいかと思った。

二人は昼過ぎまで海辺で過ごし、バスの停留所のあった一角に戻り、古い桟橋の側の食堂で昼食を摂《と》った。食堂には葛西の漁師たちが屯《たむ》ろしていた。彼等の話す言葉には訛りがあった。彼等は酒を飲みながら、博打《ばくち》の話を楽しそうにしていた。

午後から、サキが彼女の育った家のあたりを案内してくれた。サキは小径《こみち》を歩きながら、鎮守《ちんじゅ》の祠《ほこら》とちいさな森を指さし、あそこで蛇を見つけたとか、畦道《あぜみち》の途中の築《つき》山《やま》を見つけて、大きな蝦蟇《がまがえる》や蛍がいたと、懐《なつ》かしそうに話していた。サキの家はすでになかったが、叔父の船が着いていたという左近川《さこんがわ》の河口に立つと、

「私はここで叔父さんの船が帰るのを待っていたの……」

　と言い、ベカ舟が一隻、緑色の水面に浮かんでいるのをじっと眺めていた。

　二人は船着場の脇《わき》の草叢《くさむら》に腰を下ろした。

「叔母さんは朝早くから野良《のら》仕事に出かけていて、私はひとりぼっちだった。けど夕刻になると、この船着場で落ち合って三人で揃《そろ》って、このあたりを散歩したの……、何もないんだけど、あの頃が一番しあわせだったと、時々思うことがあるわ」

　サキは誰に言うでもなくひとり言のように呟いた。

「そんなことはないよ。これからだって楽しいことはあるさ」

　英雄が言うと、

「そうかな……」

　とサキはちいさな声で言った。

「そうさ。きっとあるよ」

　英雄はきっぱりと言った。サキは顔を上げて英雄の目を見つめた。

「そうだね。今日だって、こんなに楽しいものね」

　サキはもう一度、海が見たいと言った。二人は先刻の磯へ行き、岩場に立って傾きはじめた陽差しに光る葛西の海を眺めた。風が出てきた。兎《うさぎ》のような白波が房総から京浜の方へ走っていた。

「俺の親父《おやじ》はこんな海を、いやもっと荒れ狂っていたかもしれない海を渡って日本へ来たんだ。俺は子供の時、友だちや、俺を可愛《かわい》がってくれた人が、死んだり、別離《わか》れて行ったりして、自分がひとりっきりになるんじゃないかと不安になったことがある。その時、親父は俺とこんな岩場へ行き、海を見ながら話してくれた。海を渡る時、もう渡れないとあきらめたら、そこですべてが終る。人は生きて生きて、生き抜くしかないって……。だから、親父がひとりでやって来たことを、俺も一からやってみたいんだ」

英雄は沖合いを見ながら話した。サキは英雄の顔をじっと見つめて、また目を海にむけた。

「私、あなたの夢を見た。もう何度も……。その夢が、あなたに逢った夜から見ているのか、もっと前から見ていたものかわからないの。あなたの夢を見ていて夜中に目覚める時がある。その時、私の目に涙が溜《たま》っているの。なぜ涙が出ているのか、私にもわからないの。人は嬉《うれ》しくて泣く時だってあるでしょう。私、ものごころついてから、哀しい事でしか泣いたことはないもの。あなたと出逢ったことが怖いのかもしれない。私、今日みたいに、こんなにしあわせな時は初めてだと思う。だから不安になる……」

サキの手が英雄の肩に触れた。英雄はサキの手を握りしめた。

「俺はサキさんと一緒に居るよ」

英雄はそう言うとサキを見た。サキの英雄を見つめる瞳《ひとみ》が濡《ぬ》れていた。背後から潮風が突然、強く吹き抜け、サキの髪を揺らした。大粒の涙がひとすじ白い頰に零《こぼ》れた。サキの唇がかすかに震えていた。サキは目を閉じた。英雄は握ったサキの手を引き寄せて、震える唇に自分の唇を重ねた。小刻みに震えているサキの唇は、彼女の肉体の奥に隠されている不安の兆《きざ》しに思えて、英雄は強く唇を押しつけ、サキの身体を力を込めて引き寄せた。英雄の胸元に置いたサキの手が、英雄のシャツを摑《つか》んだ。

英雄の耳に人の悲鳴のような潮風が響いていた。……

英雄は今戸橋《いまどばし》の袂で欄干《らんかん》に凭《もた》れて、月を仰《あお》いでいた。

橋に着いた時刻には、向島《むこうじま》の上にかがやいていた十六夜《いざよい》の月が、言問橋を渡って来たかのように、今は待乳山聖天《まっちやましょうでん》の木々の上に浮かんでいる。

先刻《さっき》から、吉原帰りだろうか、山谷堀沿いの道を自転車に乗った男たちが、鼻歌混りで通り過ぎていく。

「そろそろ店も終るかな……」

英雄は腕時計の時刻を確かめた。

聖天橋の方角から足音がして、ちいさな人影があらわれた。

英雄は目を凝《こ》らした。近づいてくる影は男だった。英雄は目を逸《そ》らしてまた月を仰いだ。

サキとは週に一度、日曜日の昼間にしか逢《あ》えなかった。二人で葛西《かさい》へ出かけてから、英雄はサキと一週間も逢わずにいるのが堪《た》えられなくなった。普段の日にも店が終った後で逢いたいとサキに言った。

「店は、お客さんの塩梅《あんばい》で何時に終るかわからないし……」

「何時になったっていいよ。俺は待つのは平気だから」

「それじゃ、英雄さんに悪いから……」

恨《うら》めしそうに見つめるサキの目にも、英雄に逢いたいという胸の内があらわれていた。

「悪くはないよ。逢いたいんだから。今夜、待っててもいいね？」

「じゃ、明後日《あさって》、今戸橋の袂で待っていて。遅くならないようにするから」

サキは、英雄の強引な態度に苦笑して、次に逢う日を約束した。

待ち合わせの場所に決めたこの橋で、サキを待つのは今夜で四度目だった。

サキは決まって、山谷《さんや》堀《ぼり》沿いの道を小走りにやって来た。

「走らなくてもいいのに……」

英雄が言っても、サキは肩で息をしながら首を横にふるだけだった。英雄の差し出す手をぎごちなく握ると、二人は決まって聖天橋の方へ歩きはじめた。

何の話があるわけではなかったが、サキは英雄の子供時代の話を聞きたがった。野球の話をすると、東京球場のそばを一度通ったことがあり、歓声が聞こえてきて驚いたことをサキは話した。加文《ますふみ》先生と大山《だいせん》に登った時のことを話すと、富士山の他にもそんなに高い山があるのかと目をかがやかせた。サキは東京で育ったものの、葛西と浅草以外の土地をほとんど知らなかった。銀座は一度義姉《あね》と出かけただけで、新宿も渋谷も名前を知っているだけだと言った。

「サキは子供の頃、どんなふうだったの？」

英雄が訊いても、サキは葛西で叔父夫婦と暮らしていたきりで、

「あとは何もなかった……」

と素っ気なく話すだけだった。

川沿いの道を歩くだけのことだが、英雄には、それだけで楽しかった。二人で居ると、たちまち時間は過ぎた。別れ際に木蔭《こかげ》に隠れて、サキを抱きしめ唇を重ねると、英雄はちいさなサキの身体《からだ》を、このまま抱きかかえてどこかへ連れ去りたい衝動にかられた。それだけの力を持ち備えていない自分が口惜《くや》しかった。

また、足音が聞こえて来た。乾いた音色に、英雄は欄干に凭れていた身体を起こし、山谷堀沿いの道を見つめた。ちいさな人影がこちらにむかって来る。

サキだ。英雄は人影にむかって駆け出した。

「ごめん、なさい。ずいぶんと、待った、でしょう……」

息せき切って来たサキの手を取って、英雄は言った。

「いいんだよサキ、そんなに急いで来なくたって」

サキは左手で息の乱れた胸元をおさえている。英雄が顔を近づけると、かすかに酒の匂いがした。サキはあわてて口元に手を当てた。

「義姉《ねえ》さんとお客さんに飲まされたの……。匂う？」

「いや、ほんの少しだけだ。大丈夫だよ」

眉根《まゆね》を曇らせてサキは、ポケットからハンカチを出し口に当てた。

「気分が悪いのか？」

サキは黙って首を横にふった。

二人は待乳山公園に入り、ベンチに腰を下ろした。

「こんなふうにいつも遅くまで私につき合ってくれて、英雄さんの勉強の邪魔になっているんじゃないの？」

サキは水銀燈に浮かぶ自分の影を見つめながら訊《き》いた。

「そんなことはないよ。第一、勉強なんかまともにしていないもの」

英雄が笑って答えると、

「そんなんじゃいけないわ。大学に入れたってことは大変なことだもの。やっぱり、私が甘えたのが悪かったのね……」

サキは悔むような顔をして言った。

「違うって、俺が大学へ行かないのはサキのせいじゃないよ」

英雄はサキの手を取って言った。サキは黙って水銀燈の灯《あか》りの中に舞い込んだ一匹の蛾《が》を見つめていた。英雄の掌《てのひら》の中のサキの指が英雄の指を握り返した。

その日、別れ際にサキは、夜逢うのはもうやめよう、と言い出した。英雄が嫌だと言うと、

「私の働いているところは英雄さんにはわからないところがたくさんあるの。このま

まじゃ、私が英雄さんに迷惑をかけるばかりだから……。私が義姉さんに話してちゃんとするまで、夜逢うのはよしにしましょう」

サキは自分に言い聞かせるように頷《うなず》いて英雄を見つめた。英雄にはサキの言っている意味がよくわからなかった。

「俺は、俺の見ている、今のサキが好きなんだ。何も心配することなんかない。俺はずっと一緒にいてやるから……」

英雄の言葉にサキは力なく笑うと、ありがとう、と言って英雄の手を包むように握り返した。

英雄は、何かあったら連絡して欲しいと、アパートの住所と電話番号をサキに渡して別れた。

サキからは何の音沙汰《おとさた》もなかった。心配している英雄のもとにサキから連絡が入ったのは、六月に入ったばかりの夕暮れだった。銭湯帰りの英雄は、アメリカの宇宙船の飛行士が昨夜、宇宙遊泳をしたというニュースを聞き、アパートの前で空を見上げていた。螺子《ねじ》工場の工員が英雄の姿を見つけて、電話が入っていることを告げた。

管理人室の脇の電話を取ると、

「英雄さん？　高木《たかぎ》英雄さん？」

せわしなく名前を呼ぶ女の声がした。サキだった。

「そうだよ、俺だよ。どうしたの、サキ」

「今からすぐに逢えませんか。私、もう……」

サキの嗚咽《おえつ》が受話器のむこうから聞こえた。

「どうしたんだ？　何かあったのか。サキ、今、どこにいるんだ」

英雄が大声で訊き返すと、サキは消え入りそうな声で、言問橋の袂《たもと》にいると言い、

「私、英雄さんしか頼る人がいないから……」

とまた泣き出した。

「これからすぐに行くから、言問橋だな。わかった。そこにいろ、すぐに行く」

英雄は電話を切ると部屋へ駆け上り、服を着替えてアパートを飛び出した。

渋谷から地下鉄に乗り換え、浅草へむかう間、サキの顔が目の前に浮かんでは消えた。先刻、電話で初めて聞いたサキの泣き声が、耳の奥に響いた。何があったのかはわからないが、サキが悲しい思いをしていることが、英雄には許せなかった。この春、光岡顕一《みつおかけんいち》と行った千束町《せんぞくちょう》の居酒屋〝しなの〟で見かけた男たちの顔が浮かんだ。

——あいつらがサキにひどいことをしたのだろうか……。だとしたら許さない。

英雄は車窓に映る自分の顔を睨《にら》みつけながら唇を嚙《か》んだ。

浅草駅の階段を上って表通りに出ると、雨が降り出していた。英雄は隅田川沿いの通りを走った。言問橋の袂でサキの姿を探した。サキはどこにも見当たらなかった。英雄は橋に立つ人影を確かめながら向島《むこうじま》方向へ渡った。向島側の袂にもサキの姿はなかった。

――どこへ行ってしまったんだ？

雨足が強くなっていた。英雄は、二人でいつも歩く川沿いの道を、サキの名を呼びながら白鬚橋《しらひげばし》の方にむかった。もう一度、花川戸《はなかわど》の方に引き返し、橋の袂や川沿いの木蔭を見たが、夕暮れから降り出した雨に、あたりから人影は失《う》せていた。英雄は川《かわ》面《も》に目をやった。

――まさか……。

橋の中央まで進んで川面を見回した。濃灰色に濁った川水が音もなく流れていた。

英雄は欄干《らんかん》から、もう一度サキの名前を呼んだ。

千束町の〝しなの〟の暖簾《のれん》を分けて英雄が入ると、店の中にいた客も女たちもずぶ濡れの英雄の姿に一瞬たじろいだ。

「どうしたのよ、お客さん。泳いでここまで来たのかい？」

先日、英雄にまた来るように言ったサキの義姉らしき女が塩辛声《しおからごえ》でからかった。客と女たちが一斉に笑い出した。英雄は暖簾を背にして立ったまま女を睨《にら》みつけた。

「あなたがサキの義姉さんか？　サキはどこにいる」

英雄の言葉に、女は急に目の色を変えた。

「あんただね。サキを誑《たぶら》かしてた男は。……ははあーん、それでわかった。あんたみたいな若造《わかぞう》が、店の大切な娘にちょっかいを出していやがったのか。お陰でこっちは客に愛想をつかされてるところだ。どうしてくれるんだい！」

啖呵《たんか》を切って、女はテーブルを音がするほど叩《たた》いた。

「サキはどこにいるんだ？」

英雄が女を睨んだまま言うと、奥から高下駄《たかげた》を履《は》いた男があらわれた。

「おい、兄さん。何か店に文句でもあるのかい？」

男はドスの利《き》いた声で言い、英雄に近寄って来た。

「俺はこの店で働いているサキという人に逢いに来ただけだ」

英雄は男にむかって言った。

「そのサキは女将《おかみ》さんの妹だ。このところ遊び癖がついて、こっちも困っていたところだ。連れ回してたのは、おまえか？」

「俺は遊びでサキとつき合ってるんじゃない。サキはどこだ？」

「わからない野郎だな。表へ出ろ」

男が声を張り上げて英雄の胸倉を摑んだ。

「やめて、その人が悪いんじゃない」

店の外から女の声がした。見ると濡れ鼠《ねずみ》になったサキが戸口に立っていた。

「どこへ行ってやがったんだい」

女が大声を出して立ち上った。サキがたじろいだ。女がサキに詰め寄ろうとした時、英雄は目の前の男を押しのけ、素早くサキの手を取って表に出ると駆け出した。背後から怒鳴り声がして数人の足音が追い駆けて来た。英雄はサキの手を握り、ちいさな身体を抱きかかえるようにして観音裏の方角へ走った。

二人は六区の通りへ逃げ込んだ。道を往《ゆ》く人々が、ずぶ濡れのまま歩く英雄とサキを訝《いぶか》しげな目で見ていた。

「どこか店へ入って休もう」

サキはうつむいたまま頷いた。

「お腹《なか》は空《す》いてないか？」

サキは頭をふるばかりで何も言わない。英雄は路地に並ぶ店の看板を見た。表通りはどの店も客で賑《にぎ》わっている様子で、ずぶ濡れの二人が入れそうな店はなかった。雨が冷たく感じられた。サキの肩を抱いた手に、ちいさな身体が小刻みに震えているのが伝わった。どこでもいいから店へ入って、身体を温めなくてはと思った。左前方に旅館の看板が見え、〝御休憩〟の文字が目に止まった。英雄はサキの手を引いて、その灯りにむかって歩き出した。

玄関の呼鈴《よびりん》を鳴らすと、老婆《ろうば》があらわれた。英雄たちの姿を見て、そんな恰好《かっこう》で上って貰《もら》っては困る、と呆《あき》れ顔で言った。サキは老婆の手を包むようにして、おねえさん、取り敢《あ》えず身体を拭《ふ》くものを下さい。着ているものが乾くまでの間ですから、よろしくお願いします、と言って金を握らせた。老婆は掌《て》の中をちらりと覗《のぞ》くと、取ってつけたように愛想笑いをし、サキに小声で何事かを囁《ささや》いた。サキは頷いて、庭伝《づた》いに英雄の手を引いて離れの部屋へ上った。

「金なら俺が持っているから……、いくら支払ったんだ」

英雄が靴を脱ぎながら訊いた。

「いいの、今夜は私、全財産を持って来てるんだから……」

サキは英雄の靴を揃《そろ》えながら言うと、障子戸を開けて先に部屋へ入った。四畳半の小部屋の壁に折り畳みの卓袱台《ちゃぶだい》が立てかけてあり、奥は襖《ふすま》が閉めてあった。サキは襖を開け、奥の部屋から浴衣《ゆかた》を取って来た。

「着替えて下さい。風呂《ふろ》は沸《わ》かしたばかりだそうですから」

サキは英雄の顔を見ずに言った。

表から先ほどの老婆の声がした。サキは障子戸《しょうじど》を開けると、何やら老婆と言葉を交わし、タオルを手に戻って来た。

「サキから先に風呂に入れ。俺は後でいいから」

「いいえ、英雄さんが先に使わなくては、私は入れません」

「いいから、風邪《かぜ》を引くから……」

「嫌です」

サキはタオルを胸元に抱くようにして英雄を睨んだ。

英雄は仕方なく先に風呂に入った。湯舟に少しの間だけ浸《つか》りすぐに上った。部屋に戻ると、卓袱台が中央に置かれ、浴衣に着替えたサキが茶を淹《い》れていた。

「サキも冷めないうちに入るといい」

サキはちいさな声で、はい、と返事をして、タオルを手に風呂場へ行った。いつの間にか、英雄の着ていたものが壁に吊《つる》してあった。風呂場の方から湯を使う音が聞こえてきた。英雄は唾《つば》を飲み込み立ち上ると、ズボンのポケットから煙草《たばこ》を取り出して火を点《つ》けた。煙草は雨に濡《ぬ》れて湿っていた。奥の襖《ふすま》をわずかに開けると、蒲団《ふとん》が敷いてあるのが見えた。風呂場から物音がして、英雄はあわてて襖を閉じた。英雄は茶を飲みながら、煙草を立て続けに数本吸った。

サキは部屋に戻って来ると、隅《すみ》に座って事情を話しはじめた。

「今日の早い時間に私を座敷に呼ぶ馴染《なじ》みのお客さんがあって、そのお客さんが、無《む》理遣《りや》りお酒を飲ませようとするものだから……。ごめんなさい。英雄さんに迷惑をかけてしまって……」

そう言ったきりサキは押し黙った。

「謝ることなんかない。サキが悪いんじゃないんだから。あんな店、早く出てしまった方がいい」

英雄は先刻、〝しなの〟で見たサキの義姉や奥からあらわれた男の顔を思い出しながら言った。サキは畳に目を落したまま、束ねて胸前に垂らした濡れ髪を両手で握って肩を震わせていた。

「俺だってガキじゃないから、あの店がどんな店かは大体わかってるんだ。それにあの義姉さんはサキのことを大事にしてやしない」

「いいの。もうお店の話はよしましょう。義姉さんはたったひとりの私の身内だし

「……」

　英雄が怒ったように言うと、サキは両手で顔を覆《おお》った。押し殺したような嗚咽《おえつ》の声が、外の雨音に重なった。

「わかった。もう泣くな」

　英雄はそばに寄るとサキを抱き寄せた。サキは英雄の胸にすがるようにして顔を埋めた。

　わずかに洩《も》れる隣室の灯りに、サキの白い肌が浮き上った。サキは灯りに顔を背けるように目を閉じた。英雄が顔を寄せると、サキは卵のような顎《あご》を少し上げ、両手を解くようにして英雄の背中に回した。唇を重ねると、サキの身体が英雄に密着して来た。サキの息遣いが荒くなり、英雄は一瞬身体を離そうとした。サキは英雄の耳元で、いいの、私、生娘《おぼこ》じゃないんだから、と囁いた。英雄はサキの背中に回した手に力を込め、やわらかなサキの身体に埋もれて行った。……

　淡いまどろみの中で、英雄は奇妙な音を聞いて目を覚ました。目を凝らすと視界の中に黒く光るものが見えた。それはサキの髪であった。サキは英雄の胸に顔を隠すようにして眠っている。

また耳の底に、くぐもった音が響いた。音は表から聞こえて来る。

——どこかで聞いたことがある音色だ。

英雄は耳をそばだてた。

それは蛙《かえる》の鳴き声だった。先刻、庭伝いにこの離れへ入る時、ちいさな池があったのを思い出した。

「蛙か……」

英雄がぽつりと呟《つぶや》くと、サキが顔を上げて英雄を見上げた。

「何？……」

サキが小声で訊いた。

「起きていたのか。蛙だよ。外で蛙が鳴いている」

英雄が言うと、サキは起き上り頬杖《ほおづえ》をついて外の気配を窺《うかが》った。かすかに小首を傾《かし》げたサキの横顔が美しかった。蛙の声がまた聞こえた。サキは驚いたように目を見開いて、英雄に笑いかけた。また蛙が鳴いた。サキは目をしばたたかせて、二度、三度嬉《うれ》しそうに頷《うなず》いた。

「葛西の家では、田植えがはじまる頃になると、一晩中蛙が鳴いてたわ」

「俺の田舎でも同じだ。佐多《さた》岬という海に突き出した岬へ行く途中にちいさな沼があって、そこにこんなに大きな蝦蟇《がまがえる》がいるんだ。それを弟と二人で捕りに行ったことがある」

英雄が両手で蝦蟇の大きさを示した。

「そんなに大きな蛙がいるの？」

サキは驚いた表情で英雄の手許《てもと》を見た。

「台風や大雨の後なんかは径《みち》へ出て来る蝦蟇もいるんだ」

「そう言えば、今日の雨は台風の影響だってラジオが言っていた。こんな早くに台風が来るのは初めてだわ」

「東京まではそんなに台風は来ないものな。俺の田舎じゃ、台風が来る度に死人が出るし、家を失くす者もいる」

「そんなに怖いものなの？」

「ああ、海が荒れて堤防が切れ、一度に何十人もの人が死ぬ時もある」

「海って怖いのね」

「そうだな。暴風雨の時の海は怖いな……。でも天気の良い時の海はきらきらと光って、宝石を敷き詰めたみたいに綺麗《きれい》だよ」

「一度見てみたいな。英雄さんの生まれた故郷の海を……」

サキは頬杖をついたまま瞳《ひとみ》をかがやかせ、遠くを見つめていた。

「きっとサキを連れて行くよ。家には戻れないけど……。海を見に行こう」

「本当に？　母さんも海が好きだったの」

サキがぽつりと言った。

「サキの母さんの故郷の海はどんな色をしてるんだろうな……」

「日本海は夕陽がとても綺麗だって言ってた」

「そうか、その海にも行ってみようよ」

「行けるかな？」

「行けるさ。俺が連れてってやる」

英雄はサキを見た。サキも英雄を見返した。二人が頬を寄せると、また表で蛙の声が聞こえた。

第八章　たらちねの声

六月の中旬を過ぎ、英雄はまた浅葉《あさば》の工事現場へ通いはじめた。サキは義姉と話し合い、今年の盆まで〃しなの〃を手伝い、それからは浅草の〃いさみ屋〃へ戻ることになった。

——私さえしっかりしてれば、どんな場所で働いても大丈夫だから……。

サキは自信あり気に言った。

英雄は昼夜、現場へ出た。今のアパートを引っ越して少し広い部屋に移り、サキと暮らそうと思っていた。

六月も終ろうとする日の午後、工事現場の骨組の上で機材を引き上げていると、下の方から英雄の名前を呼ぶ声がした。

「英さん、英さんよ、頑張ってるな」

見下ろすと、森田《もりた》理《さとし》が笑って手をふっていた。

「モリさん。いつ帰って来たんですか」

骨組から降りて、英雄は森田に駆け寄った。森田は髭《ひげ》だらけの顔から白い歯を零《こぼ》した。

「英さん、すっかり鬼アサの現場監督じゃないか」

その夜、英雄は森田とひさしぶりに新宿の〝那智《なち》〟へ行った。

「モリちゃんに、英さん？　二人とも幽霊かと思ったわ」

カナエママが大声で叫んだ。カウンターの奥からレイコが手をふった。

「いったいどこをほっつき歩いていたのよ、モリちゃん。絵葉書一枚届いたきりだから、南米のジャングルの奥で首狩り族かなんかに食べられてんじゃないかって、皆で話してたのよ。……ねぇ、先生」

カウンターの奥に座っている、雪野《ゆきの》老人が二人にグラスを掲げた。

「それに、こっちの不良学生は、隅田川沿いを可愛《かわい》い女の子と手を繫《つな》いで歩いているそうじゃないの」

「えっ！　どうして……」

英雄が驚いてママを見た。

「ちゃんとわかってんの。ほらっ、いつか揉《も》めそうになった大学教授。あの人の家は向島《むこうじま》なのよ。日曜日の昼間、英さんが女の子と歩いているのを見たらしいわ。道理で新宿へ足がむかないわけだ」

ママが英雄の鼻先に指をさして言った。森田はレイコにビールを注文した。

「そうか、英さんに彼女ができたか。そりゃ良かったな。じゃ乾杯だ」

英雄は頭を掻《か》きながらグラスのビールを飲み干した。

森田の旅の話は楽しかった。

「南極へ行きたくて、貨物船に潜り込んだんだが、見つかっちまった。ところで、チリの海岸に寄せる氷山は島が動いているようで、雄大だったよ。冬の空の色みたいに澄んだ青い氷山は、いつまで眺めていても見飽きなかったな」

「ねぇ、モリちゃん。ペルーはどうだったの。インカ帝国の遺跡は見たの？」

「ああ、さすがの俺も高山病にかかっちまった。あれは空中都市だな。空に届くようなとこに人が住んでいたんだよな。人間はすごいよ」

「今もインカの人が住んでるんですか？」

レイコが身を乗り出して訊《き》いた。

明け方近くまで森田の旅の話を聞き、英雄はレイコと二人で始発電車に乗って帰った。

「角永《かどなが》さんは元気なのかな……」

英雄はレイコに、彼女の叔父の角永清治《せいじ》のことを訊いた。

「今はスペインにいるらしいの。春先に船便で小包みが届いて、中にクリスマスのプレゼントが入っていたわ」

そう言うと、レイコは胸元から緑色の十字架を出して見せた。

「スペインか……。羨《うらや》ましいな。俺、時々、角永さんのことを思い出すんだ。一度しか逢《あ》ったことがないのに」

「小包みの中の手紙に高木君のことが書いてあったわ。叔父さん、高木君のこと憶《おぼ》えているのよ」

「嬉《うれ》しいな。何て書いてあったの?」

「あの酔っ払いの学生は元気かって……」

レイコが苦笑しながら言った。


六月の末、英雄は朝からひとりでアパートの引っ越しをした。

少し贅沢《ぜいたく》だが、三軒茶屋の玉電沿いにある炊事場とトイレつきの六畳間に移ることにした。浅葉から借りた工事用のミニトラックに荷物を積み終えて、元の部屋を掃除《そうじ》していると、表戸から声がした。

「何じゃ、引っ越すなら言うてくれれば手伝いに来たのに」

半ズボン姿の隆《たかし》が戸口に立っていた。

「手伝いはいらん。邪魔《じゃま》になるだけじゃ」

英雄がぶっきら棒に言うと、隆は舌打ちして、

「そうかの。今日は英ちゃんに金を持って来たのによ」

と甘ったるい声で言った。

「嘘《うそ》をつけ。金があれば競馬へ行くのと違うか」

「そうじゃないって。英ちゃんの御袋《おふくろ》さんから俺のところへ届いた現金書留じゃ」

隆が封筒をふりながら言った。

「俺の御袋に英ちゃんの御袋さんが頼んだらしい。えらく分厚いぞ」

「そんなもんはいらん」

「えっ、何を寝言を言うとるんじゃ。英ちゃん、金が入っとるんだぞ。頭がおかしゅうになったんと違うか」

英雄は部屋の掃除を終え、雨戸を閉めると、戸口に立つ隆を押しのけて鍵《かぎ》をかけた。

隆が英雄の肩に手をかけた。その手を英雄は振り払った。

「おまえ、俺のことを田舎の家に知らせるなと言うたじゃろう。どうして約束を破った。今日からおまえとは絶交じゃ。その金持ってどこなりと行け」

英雄は隆を置いて階段を駆け降りて行った。

「待て、待てったら。この金を俺が勝手に使うわけにはいかん。それじゃあ、泥棒と一緒じゃ」

叫びながら隆が追い駆けて来た。英雄がトラックに乗り込むと、隆はドアの窓を叩《たた》いた。

「英ちゃん、悪かった。けど俺の御袋が、この手紙だけは必ず英ちゃんに渡すようにと言うて来たんじゃ。だから受け取ってくれ」

英雄はエンジンをかけた。

「英ちゃん。おまえ、いつ車の免許を取ったんじゃ？」

隆が素頓狂《すっとんきょう》な声を上げた。

「そんなもん、持っとらん」

英雄はガラス越しに隆に怒鳴って車を発進させた。隆は大声を上げてトラックを追い駆けて来た。茶沢通りを走る英雄のトラックのバックミラーに、走り続ける隆の姿が映っていた。

信号待ちで停車したトラックの荷台に、ようやく追いついた隆が飛び乗った。……

新しい部屋に落着いた英雄は、その夜、隆の持って来た手紙を読んだ。

絹子《きぬこ》からの手紙には、来月、東京に嫁《とつ》いでいる長姉のお産で上京するから、その時にぜひ逢って話をしたいと書いてあった。

絹子に逢えば、また斉次郎《さいじろう》との和解の話になるに決まっていた。英雄は高木の家に戻るつもりはなかった。あの夜、殴りかかって来た時の斉次郎の形相《ぎようそう》を思い出し、英雄は歯ぎしりをして天井を睨《にら》んだ。

七月中旬に入って、英雄はサキをアパートに招こうと思った。浅草でサキと逢った時、そのことを告げると、サキも次の休みには訪ねたいと言ってくれた。

七月二十日の午後、その日は朝からの雨で浅葉の工事が中止となり、英雄はアパートの部屋で横になっていた。雨は数日前から続いていた。鬱陶《うつとう》しい気分だった。アパートの管理人から電話だと告げられ、英雄は管理人室の前に置かれた公衆電話を取った。

「英さん？……」

その声で絹子だとわかった。隆がアパートの電話番号を教えたのだと思った。

「どうして連絡をくれないの？　姉さんの家へ来ているから電話が欲しいと書いておいたでしょう。明日の午後、姉さんの家へ来て下さい。義兄《にい》さんは仕事で、私と姉さんしか居ないから……。大切な話があるの。必ず来て下さいね。……わかったの？　返事をして」

「ああ、そうだよ」

英雄は不機嫌に返事をして電話を切った。また隆が裏切ったと思うと腹が立った。

翌日、英雄は代々木八幡《はちまん》にある姉の嫁ぎ先の家を訪ねた。

昼過ぎの電車は空《す》いていた。英雄が腰を下ろした座席には、先客の置いていった新聞があった。英雄はその新聞を手に取った。銃を手に戦場を走る兵士の写真が目に止まった。ベトナムへ派遣された若い韓国兵だった。

——この兵士は一体、何のために戦っているんだ？

英雄は胸の中で呟《つぶや》いた。

左下に〝大型台風が接近〟という文字があった。天気図を見ると、すでに沖縄が暴風圏内に入っている。

英雄は代々木八幡駅で降りると、交番で警官に住所を告げ、姉の家までの道順を訊いた。線路沿いの道を歩き、代々木八幡神社にむかって左へ折れると、少し上り坂になった道の上に白い人影が見えた。その人影が手を上げた。背後を振り返ったが、坂道には英雄しかいなかった。人影はもう一度、英雄にむかって、たしかに手をふった。目を凝《こ》らすと、母の絹子だった。どうして絹子が、坂の上に立っているんだ。英雄は驚き、歩調を早めて歩き出した。

絹子の顔がはっきりと見えて来た。

「どうして、そんなところに……」

英雄が声をかけた時、絹子が英雄にむかって走り出した。いつもと様子が違っていた。

去年の大晦日《おおみそか》以来、連絡をしなかったことに絹子は怒っているのかと思った。走ってきた絹子は、倒れ込むようにして英雄の差し出した手を摑《つか》んだ。

「英さん、英さん」

絹子は英雄の手に爪を立て、声を震わせて早口で言った。

「さっき三田尻《みたじり》からの電話で、正雄《まさお》が富海《とのみ》の海岸で行方がわからなくなったと言って来たの」

「えっ、何だって？　正雄がどうしたって？……」

英雄は絹子の手を握り返して訊いた。

「正雄が海で行方がわからなくなったの……」

「行方がわからないって？　どうせどこかへ遊びに行ってるんだろう。まだ昼間じゃないか。心配性だな……」

英雄が笑って言うと、絹子は訳を説明した。

「私もそれならいいと思うけど、正雄は今朝、富海の海の家で貸ボートを借りて海へ出たというの。それで午後になって、片方の櫓《ろ》だけが残ったボートが浜に流れ着いたへそうなの……」

英雄は青褪《あおざ》めた絹子の顔を見直した。絹子の目が焦点を失ったように宙を漂っている。英雄の脳裏に、浜に打ち上げられたボートの像が浮かんだ。

「大丈夫だよ。正雄のことだから、どこかの岩場に魚を突きに行って、ボートが流されただけだよ。今頃、岩場伝いに浜へ戻ってるよ」

「母さんもそうだと思うんだけど……」

「そうに決まってるよ。そうじゃなきゃ、岩場で昼寝してるんじゃないのか」

そう言って英雄は絹子に笑いかけた。絹子はちいさく頷《うなず》き、震える唇を白い指でおさえた。

「姉さんの家はどこなの？　赤ん坊はもう生まれたの」

「それが少し遅れるようなの……。英さん、正雄のことは、あの子には内緒《ないしょ》にしておいて。今は大事な時だから、いらぬ心配はかけさせない方がいいから……」

英雄は絹子の肩をそっと叩いた。

「正雄はひとりで海へ行ったの？」

英雄は絹子と並んで坂道を上りながら訊いた。

「そうらしいの。小夜《さよ》が今朝早く弁当を作って持たせたと言うから……」

「そう……。けど俺だって友だちとボートを借りて、遠くの浜へ放ったまま帰ったことはあるもの。それにボートを借りたのはたしかに正雄だったの？」

「日曜日にも正雄は、そこの小屋でボートを借りたから、小屋の主人が正雄の顔をはっきり覚《おぼ》えてたらしいの。英さん、本当に大丈夫かしら……」

「大丈夫だよ。正雄は泳ぎだって、俺より上手《うま》いし、身体《からだ》だって、その辺の大人よりは頑丈《がんじょう》だもの。転覆《てんぷく》したって、富海はあんなちいさな海だもの、正雄なら沖から何度でも往復できるよ」

「そうよね。あの子は大丈夫よね……」

絹子は自分に言い聞かせるように言った。

坂の上にある木造の二階建ての家の前に着くと、絹子は、この家、とちいさな声で言って門を開けた。

「姉さんの家では電話はできないんだろう。なら俺が駅前に行って、家に電話を入れて来るわ」

「そう……。じゃ母さんは姉さんのそばで待っているわ」

英雄が来た道を走り出すと、背後で絹子が呼び止め、心配そうに言った。

「英さん、車に気をつけて……」

「きっと浜に戻って来たって言ってくるよ。そうしたら、俺があいつを叱《しか》っておくから」

英雄は笑い返して、坂を一気に駆け下りた。

線路沿いの道を走りながら、英雄は空を見上げた。夏空がひろがり、積乱雲がかがやいている。その雲に正雄の顔が重なり、六甲の山で紙袋を蹴《け》り上げていた逞《たくま》しい正雄の姿があらわれた。

「何をやってんだ、お前は……」

英雄は雲にむかって声を上げ、駅への道を左に折れた。

駅前の八百屋《やおや》で、急用で遠距離電話をしなくてはならないから、と主人に事情を話して五百円札を十円玉に換金して貰《もら》った。店前の公衆電話で三田尻の家に電話をかけると、小夜が出た。

「ああ、英さんですか。正雄さんが海へ出たきり戻って来られないんです……」

そこまで言うと小夜は声を詰《つ》まらせた。

「小夜、それでどうしたんだ……」

英雄が話しかけても小夜の声は返って来なかった。

「小夜、聞いてるのか。黙っていちゃあわからんだろう。ちゃんと話してみろ」

英雄は大声で怒鳴った。八百屋の主人が吃驚《びっくり》して英雄を見た。英雄は受話器を手で押えて、小夜に事情をちゃんと話すように再度言った。

小夜の話では、正雄は今朝早くひとりで高木の家を出たという。富海の浜までは峠をふたつ越えるので皆汽車で行くのだが、正雄は身体を鍛《きた》えるんだと言って、自転車で出かけた。この前の日曜日にも、同じように富海の浜へ行っていた。正雄は浜へ着き、顔馴染《なじ》みになった貸ボート屋の主人に挨拶《あいさつ》し、ボートで沖合いに出た。前回も四時間余り、ひとりで沖へ漕《こ》ぎ出していたから、正午を過ぎて戻らなくても主人は心配していなかったらしい。午後一時を過ぎて、湾の右手の岩場にボートが流れ着いているという連絡があり、現場へ行ってみると、櫓を片方だけ残したボートが漂着していた。どうしたのだろうかと見張り台に登って沖合いを見たが、人影はなかった。泳ぎが達者なことは聞いていたから、主人は正雄が戻って来るのを待っていた。一時過ぎに、海が荒れてきたので、心配になった主人が、彼の姉がやっている海の家へ、正雄らしき若者が引き揚げて来てはいないかと尋《たず》ねに行った。海の家には正雄の学生服が脱衣箱に畳んで置いてあり、裏には自転車も残っていた。主人は派出所に報《しら》せ、学生服の中にあった学生証で身許《みもと》を確認して、高木の家へ連絡して来たという。斉次郎は二日前から岩国へ出かけていて留守だった。——

そこまで小夜が話し終えた時、小夜に代って幸吉《こうきち》が電話口に出た。

「英さんですか。幸吉です。今、富海の浜へは高木の若衆が皆行って、正雄さんを探しはじめています。おやじさんにも連絡が取れて、源造《げんぞう》さんと浜へむかっています」

幸吉の声は昂《たかぶ》っていた。

「幸吉さん、それでボートで出たのはたしかに正雄なの？」

「そのようです。若衆が正雄さんの背恰好《かっこう》を説明したら、貸ボート屋の主人も、たしかに正雄さんだと言ったそうです。それに、正雄さんの学生服と自転車が海の家に残ってるそうですから……」

「親父《おやじ》は何時頃、浜に着くの？」

「仕事先からトラックを出して貰って、急いでむかってらっしゃるそうですから、ほどなく着かれると思います。私もこれから助っ人《すけっと》を車に乗せてむかいます」

「そう……。浜の、海の様子はどうなの？」

「それが、大型の台風が真っ直《まっす》ぐこっちにむかってまして、今夜から風雨が強くなるそうです」

幸吉が沈んだ声で告げた。英雄は先刻、電車の中で見た台風の記事を思い出した。喉《のど》の奥から苦《にが》いものが込み上げて来た。

「誰か、友だちの家に寄っているってことはないの？」

「そうだといいのですが……。正雄さんの学校の担任教師もほどなくこちらに見えることになっています」

幸吉の話を聞いていて、高木の家へ人が集まりはじめ、皆が浜へむかう姿が浮かんだ。

「こちらから浜への連絡はどうすればいいの？」

「おやじさんとつき合いのある浜の網元の家に、皆集まるように申し伝えてあります。何かあったら、そちらに連絡して下さい」

「わかった。俺は母さんに報せて、すぐにそっちにむかうからと親父に伝えて」

「わかりました。英さん、大丈夫ですよ。正雄さんはきっと戻って来ます」

幸吉が強い口調で言った。

「勿論《もちろん》だよ、幸吉さん」

英雄は電話を切った。受話器を握っていた手が震えている。

——何を俺はおびえてるんだ。大丈夫だ。

英雄は胸の中で呟いて、両手で音がするほど頬を叩いた。英雄は八百屋の主人に礼を言うと、絹子の待つ姉の家にむかって走り出した。英雄は坂道を登りながら、夕焼けに染まりはじめた東京の空を見上げた。こんなに天気が良いのに、富海の浜は荒れはじめているのかと思った。

英雄は絹子には、幸吉と若衆が浜で正雄を探しはじめていることと、斉次郎もほどなく浜へ着くことだけを告げて、台風で海が荒れはじめていることも、学生服と自転車が残されていたことも話さなかった。

浜からの電話はなかなかかかって来なかった。家に電話して小夜に聞いても、泣くばかりで埒《らち》があかなかった。

七時過ぎに、商社に勤めている義兄《あに》が帰宅した。義兄は英雄から事情を聞くと、英雄と絹子はすぐに田舎へ戻った方がいいと言った。

電話が鳴った。義兄が出て、奥の部屋で横になっている姉に聞こえぬように話していた。義兄は英雄の顔を見て、受話器を渡し、小声で、お父さんからです、と言った。

「英雄です」

声を抑えて言うと、受話器のむこうから斉次郎が呼びかけた。

「英雄か、英雄か……」

いつもと違う斉次郎の声を聞いて、英雄は顔色を変えた。

「はい、英雄です」

「あのな、正雄が浜でな……」

そこまで言って斉次郎の声が途切れた。

「わかってます。その後どうなってるんですか？」

「浜で、正雄が、どこかへ行ってしもうて、ずっと探しとるんだが、見つからん……」

そう言って、斉次郎は大きな吐息《といき》をついた。

「俺もすぐに戻ります。御袋《おふくろ》を連れてすぐに戻りますから、何とか見つけてやって下さい」

「ああ、そうする……」

また斉次郎の深い吐息が聞こえて電話は切れた。

――どうしたんだ？　親父は……。

英雄は電話機を見つめたまま、生まれて初めて聞いた斉次郎の悲嘆にくれた声を頭の中から追い払おうと、大きく首をふった。

「どうなの？」

背後から絹子が英雄の腕を摑んで訊《き》いた。振りむくと絹子の目が充血していた。

「親父からだよ。とにかく見つけ出すから、気をつけて戻って来いって……」

「まだ見つからないの？」

英雄は黙って頷いた。

今から夜行列車に乗って帰るか、明日の朝、一番の東海道新幹線で大阪へ行き、列車に乗り換えた方がいいかを調べていた英雄に、義兄が、明朝、広島まで飛行機で行き、そこから急行列車に乗り換えた方が早いことを教えてくれた。切符の手配も義兄が明朝すると言った。

英雄は姉の寝ている部屋へ行き、お産を頑張るように励まし、斉次郎が急に虫垂炎《ちゆうすいえん》の手術をすることになったので、明日、絹子と二人で田舎へ帰ると、理由《わけ》を取繕《とりつくろ》って話した。

「父さんと仲直りをしてね。父さんは我儘《わがまま》な人に見えるけど、根はやさしい人だから……」

姉は英雄の手を握って静かに言った。

「ああ、わかってるよ。姉さんも早く元気な赤ん坊を産んで、親父に初孫を見せてやれよ」

英雄は姉の手を握り返して、部屋を出た。

駅まで送るという絹子に、英雄は明日が早いから寝るように言った。それでも絹子は坂下まで送るとついて来た。

星が瞬《またた》いていた。二人とも黙って歩いた。

「今日の昼過ぎ……、二時くらいかしら……」

絹子がひとり言のように話しはじめた。

「私、うとうとと眠り込んでいたの。そうしたら夢の中に正雄が出て来て、私を見て笑っていたわ……。それから目が覚めて、ほどなく報せの電話が入ったの……」

絹子の足音が消えた。英雄も立ち止まった。絹子は坂道の途中に立ったまま、両手で頬を包むようにして足元を見ていた。

「まさか、正雄が逢《あ》いに来たんじゃ……」

「絹さん。そんな話はよせよ。戻ったら、俺が必ず正雄を見つけ出すから。きっと今夜のことも、後で笑い話になるって……。だから、そんなことを口にしちゃ、駄目だ」

英雄は絹子の両手を取って強く握りしめた。

「さあ、ここで見てるから姉さんの家に戻りなよ。明日からは大変だよ。正雄を探してやらなきゃいけないんだから……」

英雄は笑みをこしらえて言った。

「そうね。そうだね、英さん」

絹子は少女のように頰に零《こぼ》れた涙を拭《ぬぐ》い、英雄に笑いかけようとした。しかし絹子の顔はぎごちなく歪《ゆが》んだだけだった。絹子は英雄の手を握り返すと、坂の上にむかって歩き出した。途中、絹子は立ち止まり、立ち止まりして、英雄を振りむいた。さあ早く、と英雄が大声で言うと、絹子はちいさく頷いて、坂の上へ歩いて行った。門燈の下で絹子の影が揺れ、闇《やみ》の中に消えた。

飛行機は台風の影響で出発の間際《まぎわ》まで、出航が危ぶまれた。九州、四国便のほとんどが欠航になったのに、広島行が出発できたのは、台風の速度が急に遅くなり、鹿児島付近で停滞しはじめたからだった。

それでも羽田を飛び発《た》つと、四十人乗りのちいさな飛行機は大きく揺れはじめ、広島まで分厚い雲の中を機体をきしませながら飛び続けた。乗客から悲鳴が何度も上った。

絹子はずっと目を閉じたまま、英雄の手を握っていた。英雄が時折、絹子の横顔を覗くと、白い頬から大粒の涙が零れていた。

風にあおられながら飛行機が雨に濡《ぬ》れた滑走路に着陸すると、絹子は閉じていた目を開いて、はっきりした声で言った。

「英さん、広島の駅まではバスではなくてタクシーで行きましょう」

絹子は、今朝、義兄が便箋《びんせん》に丁寧に書いてくれた飛行機と列車の乗継ぎの時刻をしっかりと覚えていた。義兄は広島空港から駅までのバスの便まで調べてくれていた。タクシーに乗り込むと、絹子は運転手にチップを渡し、急ぐように言った。

広島駅で列車に乗ると、絹子はホームで買った駅弁を英雄に渡して、しっかり食べておくようにと言った。自分はまた目を閉じて押し黙った。

英雄は窓の外の雨に煙る田圃《たんぼ》を見ていた。稲田は強風に波打ち、木々は枝が千切れんばかりに撓《たわ》んで揺れていた。鉄橋の下は茶褐色の濁流が眼下に渦を巻いて流れていた。

列車が山口に入ると、風も雨もさらに強まった。二人は徳田《とくだ》の駅で急行列車を降りて、乗り換えのために駅舎へ入った。英雄は富海の網元に、徳田まで着いていることを電話で報せ、各駅停車で富海にむかった。隧道《ずいどう》をふたつ過ぎて海が見えた。絹子は閉じていた目を見開き、身を乗り出すようにして沖合いを見つめた。海は波煙りを上げ、沖合いは濃灰色の壁のように映った。

富海の駅には、雨合羽《あまがっぱ》を着込んだ源造と若衆がホームで待っていた。

絹子は源造を認めると、

「まだ見つかりませんか？」

と気丈な声で訊いた。源造は唇を固く結んで頷《うなず》いた。絹子に差しかけた若衆の傘が音を立てて揺れた。

網元の家へ着くと、女将《おかみ》が絹子たちを迎えた。

「ご苦労さまでした。お疲れでしょう。すぐにお茶を淹《い》れますから……」

絹子は丁寧に礼を述べてから、このまま浜へ行くので合羽があれば貸して貰いたいと申し出た。

「女将さん、浜には人手は充分におります。少し休んでから行かれた方が……」

源造が気遣って言うと、

「私は正雄を探しに戻って来たのです」

絹子は凛《りん》とした声で答えた。源造は若衆に合羽を持って来るように命じ、英雄に目くばせをして表へ出た。英雄が後を追うと、源造は英雄に顔を寄せるようにして言った。

「浜は大荒れです。わしら男でも立っているのは容易ではありません。船一隻《せき》すら出せないでいます。とても女将さんがいらしても……」

「それでも御袋は浜へ出るよ。源造さんにも俺にも止められないよ」

英雄の言葉に、源造は観念したように頷いた。

「親父は浜にいるの？」

「おやじさんは西の岬の岩場へ、峠の方から探索に行かれました。東の岬の方は若衆が崖《がけ》の上からロープを伝って下りて行き、探しています」

「台風はいつ頃通り過ぎるの？」

「これが九州山地を越えてから急に進まなくなりまして、豊後《ぶんご》水道の真上に居座っとります」

源造はさらに険しい顔つきになった。

さあ行きましょう。背後で声がして、雨合羽を着た絹子が歩き出した。源造はあわてて絹子を庇《かば》うように先頭に立った。船倉の間を抜けて海へ続く道へ出ると、地鳴りのような音を轟《とどろ》かせて突風が押し寄せてきた。思わず英雄は両足を踏ん張った。源造は絹子を抱きかかえた。雨とも波飛沫《しぶき》ともつかぬ水滴が音を立てて顔に当たった。海の家が見えた。トタン屋根が半分剝《は》がれて、舞い上っている。停車している数台のトラックの背後に、若衆たちが強風を避けて座りこんでいた。若衆たちは絹子の姿を見て、よろよろと立ち上り頭を下げた。

海の家の中には更に大勢の男たちがいた。源造は背後の席にいた若衆たちを退《じ》けて、そこに絹子を案内した。絹子は源造を無視して前方へ進み出た。

英雄は海を見て目を見張った。高波が水平線はおろか空の半分を覆《おお》うように押し寄せていた。波打ち際で、若衆が十人余り、土嚢《どのう》を積み上げていた。積み上げていくはじから波が土嚢を押しのけて行く。

「何をしてるの？　あなたたちは」

絹子が甲高《かんだか》い声を上げた。

「そこを塞《ふさ》いだら、正雄はどうやって、ここに戻って来るんですか」

絹子は小走りに進み出て、叫びながら土嚢を引き下ろしはじめた。英雄が絹子を止めようとすると、背後から肩を摑《つか》む者があった。振りむくと、斉次郎が立っていた。

斉次郎は絹子をじっと見つめたまま、

「させておけ」

と絞《しぼ》り出すような声で言った。

絹子は足元を波に攫《さら》われ、砂浜にしゃがみ込んだ。それでも目の前の土嚢を拳《こぶし》を挙げて打ち続けていた。その姿を若衆たちが戸惑《とまど》ったように見守っている。源造が絹子に近寄ろうとすると、斉次郎はそれも制した。

「土嚢を開けてやれ」

斉次郎は声を上げ、絹子に近寄ると肩を叩《たた》いた。絹子は斉次郎の手を払いのけ、頭をふりながら土嚢を叩き続けた。斉次郎と英雄と高木の衆は、なす術《すべ》もなく絹子の姿を見つめていた。

まだ五時を過ぎたばかりなのに、夕闇はたちまち浜を覆った。

間断なく吹きつける風は、浜辺にしがみついている家々を押し潰《つぶ》すように揺らし、荒れ狂う波は闇を裂いて海の家や漁師小屋に押し寄せていた。海の家の前方に火の手が上った。その炎に呼応するように浜の両端で篝火《かがりび》が焚《た》かれた。

海の家の中では斉次郎を囲んで、網元の宇多川《うだがわ》、源造、幸吉が浜の地図を見ながら顔を突き合せている。

「船の手配はついたか？」

斉次郎が源造に訊いた。

「はい。台風が過ぎたらすぐに下関を出航するそうです」

「ともかく湾の中央に一隻停泊させろ」

「わしのところの船がもう少し大きければな……」

宇多川が済まなそうに言った。そこへ高木の若衆が入って来て、何やら源造に耳打ちして出ていった。源造が頷いて外へ出ようとすると、斉次郎が、何事だ、という目をして源造を見た。源造が小声で告げると、斉次郎は顔色を変えて立ち上り、浜の方へ歩き出した。浜には消防団の半纏《はんてん》を着た数人の男たちが屯《たむ》ろしていた。

「何だと、火を消せだと。この火はわしの倅《せがれ》のために焚いとるんだ。貴様等《きさまら》、誰にむかって因縁をつけとる」

英雄が浜に着いてから、ほとんど声を荒らげることのなかった斉次郎だったが、怒りが爆発したように消防団の男たちに殴りかかろうとした。源造と幸吉があわてて斉次郎を止めた。背後から宇多川があらわれ、浜へ降りて男たちに話をはじめた。

雑音混じりのラジオの音が小屋中に響いた。海の家の主人がラジオの摘《つま》みを調整していた。皆、ラジオのアナウンサーの声に耳を傾けた。台風は依然、豊後水道の上空に停滞していて動く気配はなかった。皆が顔を曇らせてラジオの台風情報を聞いていた時、アナウンサーの声が、もうひとつの台風が発生し、東シナ海を北上していることを告げた。

「どういうことだ？」

若衆の声がした。その声を制するように源造が大声で言った。

「おい、交替で飯《めし》にしろ。先に助っ人に見えてる衆から上って貰《もら》え」

返事がして、数人の若衆が立ち上って裏木戸から出ようとした時、足音がして雨合羽を着た男たちが入って来た。男たちの先頭にいるのは江州《ごうしゅう》だった。背後には笠戸《かさと》と三人の男を従えている。高木の若衆たちが江州に会釈《えしゃく》した。

「おやじさん、どうもご無沙汰《ぶさた》しております。駆けつけるのが遅くなりまして申し訳ありません」

江州が裏木戸の前に正座して斉次郎に頭を下げた。

斉次郎は返答もせず、海の方を睨《にら》んでいる。源造が江州のそばへ寄り、ご苦労だな、今から腹ごしらえするところだ。おまえたちもそっちへ行ってくれ、と江州と笠戸の肩を叩いた。いや、気遣わんで下さい。すぐに海へ出ますから指示をして下さい。江州が低い声で言うと、背後の四人も頷いた。斉次郎は何も言わずに岬を見ていた。江州が英雄に気づいて、ちいさく会釈した。

英雄は宇多川の家で握り飯を食べ終えると、雨合羽を着て海へ引き返した。先刻から、絹子の姿が見えなかった。幸吉に絹子のことを尋ねると、高木の家に帰られて、すぐに戻って来られるそうです、と言った。

英雄は浜へ出た。雨は小降りになってきたが風は依然狂ったように浜へ吹きつけている。浜へ着いてから、英雄はもう何度も目の前の海を見つめていた。この季節、天気が良ければ大勢の海水浴客でごった返している、美しい砂浜が続く海岸であった。半月形の浜は左の岬と右手の断崖《だんがい》と岩場が湾を囲むようにせり出している。左の岬から右の岩場までは六キロ余りの距離があった。英雄は小学生の時、この海で遠泳の指導を受けた。舟を先頭に百人近い子供が左の岬から右の岩場を泳ぎ切る遠泳が、少年たちの夏の課題だった。勿論《もちろん》、正雄もその遠泳を経験していた。

浜に並ぶ二十軒余りの海の家はどこも灯りを落とし、表に板を打ちつけてある。英雄たちの居る海の家だけに灯《あか》りが点《とも》り、篝火が炎を消されそうになりながらも燃えている。その火の周りに数人の人影が揺れていた。

眼前の海のどこに正雄は居るのかと、英雄は海を睨んだ。左の岬か右の岩場のどこかで、正雄は助けを待っているのではないか。ボートは左の岬寄りの浜へ流れ着いたというから、潮の流れから考えて、左の岬のどこかに正雄は居る気がした。そこはもう斉次郎たちが三度に渡り探索していた。しかし、三度とも海岸へは降りられず、岬の崖上から声をかけるのが精一杯だった。声をかけられても、正雄は返答ができない状態なのかもしれない。他人の声は届かなくとも、俺の声なら、あいつには聞こえるはずだ。潮は今夜の十二時に満潮になる。もし岩場の間に身体《からだ》を挟まれていたら、潮が満ちた時に死んでしまう……。

波打つ水平線に船影があらわれた。船だ、と英雄が声を上げると、背後から、来てくれたか、と源造の低い声がした。若衆たちが大声で船にむかって声を上げた。波に船影を見え隠れさせながら、船は浜にむかってくる。振りむくと、斉次郎と数人の若衆が七分ズボンと地下足袋に着替えて浜に立っていた。

「俺も行く」

英雄が斉次郎に言うと、斉次郎は黙って首を縦にふった。斉次郎の背後には江州たちも立っていた。皆、船がむかおうとする浜の左手にある古い桟橋《さんばし》に集合した。

船はなかなか桟橋に着けなかった。船上の人影がロープを手に、荒波に揺られながら桟橋の若衆と間合いを計っていた。ようやく船が接岸すると、勢いをつけて皆船に飛び乗った。英雄も舳先《さき》に飛び移ったが、途端に肩口から船板に打ちつけられた。甲板に立つと、身体が大きく左右に揺れた。皆が乗り込むと、船はエンジン音を上げ、左の岬へむかった。源造が英雄の背を叩き、ロープを手渡した。これで身体を縛って下さい。源造の声が風と波音に千切れた。見ると他の若衆もロープを手にしている。英雄はロープを腰に巻きつけた。岬は黒い影となって闇に溶け込み、岩場に上る波の飛沫で海岸の位置がわかるだけだった。岬の岩場へ近づき、船が沖合いに向きを変えると、船体が大きく揺れ、英雄は海に放り出されそうになった。英雄の背中を誰かが鷲摑《わしづか》みにした。江州だった。船が迂回《うかい》しながら岩場へ近づくと、正雄、正雄、と叫ぶ斉次郎の怒声が後方から聞こえた。同時に若衆の、正雄さーん、と呼び続ける声が重なった。英雄もあらん限りの声で正雄の名前を呼んだ。声は風音に千切れ、エンジン音に掻《か》き消された。それでも皆は正雄の名前を呼び続けた。

カンテラが点《つ》けられ、岩場を照らしたが、白波が塔のように立つのが見えるだけだった。江州の怒鳴り声がした。見ると、上半身裸になった江州が船長にむかって何か叫んでいる。その江州の身体に笠戸がロープを縛りつけていた。江州は海岸を指さし、あの岩場だと大声を上げた。

——正雄がいたのか？

英雄は目を見開いて、江州の指し示した岩場を見たが、そこには波に洗われる黒い岩の塊《かたまり》が見えるだけだった。エンジン音が変わり、船首が岩場へむいた。少しずつ岩場に近づきはじめると、江州は舳先に立って右手を上げてクルクルと回した。

――この海へ飛び込んで、江州は岩場に揚がろうというのか……。

英雄は固唾《かたず》を飲んで江州を見た。カンテラの灯りの中に刺青《いれずみ》が浮かんだ。

江州の姿が舳先から消えた。カンテラの灯りが海面を照らした。江州の姿はなかった。それでも笠戸が持ったロープはどんどん海へ送り出されて行く。五分、十分、十五分と時間が経過する。途中、笠戸はロープを巻き上げたり、送り出したりをくり返していた。ほどなく岩場から赤い灯りが飛んだ。笠戸が源造に、岩場に揚りました、と叫んだ。笠戸のそばにいた男がすぐに裸になり、ロープを肩から縛りつけると、それを笠戸の持つロープに引っかけ、海へ飛び込んだ。

斉次郎は笠戸の背後へ行き、ロープを手にした。源造が斉次郎を制し、大声で何か言っている。英雄は二人のところへ駆け寄ると言った。

「源造さん、俺が行く」

源造は大きく首を横にふった。

「おやじさんも英さんも行って貰っては困ります。江州と若衆で、あの岩場は充分です」

険しい目で源造が言い返した。

「いや、俺は行く」

それでも英雄が源造の手からロープを奪おうとすると、源造は肩から英雄の胸板にぶつかり、怒声を上げた。

「海の上では勝手はさせません」

その時、船首が海の底から突き上げられたように持ち上り、英雄たちは甲板に叩きつけられた。続いて船尻《ふなじり》が上り、甲板で皆前へ投げ出され、必死で身体を摑み合った。

「おーい、潮が変わった。すぐに高い波が寄せて来るぞ。これ以上は無理だ」

船長の声が背後でした。踏ん張り切れんか、と斉次郎が源造に言った。

また船が大きく揺れて、船底から船体が軋《きし》むような不気味な音がした。源造が船長のところへ駆け寄った。源造はすぐに引き返して来て、斉次郎に首をふった。船長が笠戸にロープを離せと怒鳴っている。英雄は岩場を見た。闇《やみ》の中に白い波飛沫がかすかに見えるだけだった。船の向きが変わった。ロープを切れ、と声がする。

「江州さんはどうなるの？」

英雄が源造の二の腕を摑んで訊《き》いた。

「あの岩場は大丈夫です。崖の方へも攀《よ》じ登れますから……」

急に高まったエンジン音が源造の声を掻き消した。英雄は船尻に移り、離れて行く海岸にむかって正雄の名前を呼び続けた。

海の家に戻ると、絹子と小夜が着替えを整理していた。絹子はずぶ濡《ぬ》れになった英雄を見て、小夜に着る物を出すように言った。渡された風呂敷《ふろしき》を英雄が解《と》こうとした時、

「違うでしょう。小夜、しっかりしなさい。それは正雄の着替えでしょうが」

絹子が声を荒らげて言った。小夜はあわててもうひとつの包みを英雄に渡した。

「すみません。英雄さん。私がちゃんと留守を守って正雄さんを見ることができなくて……」

小夜が泣きながら詫《わ》びた。

「小夜、おまえのせいじゃない。馬鹿《ばか》なことを言うな」

英雄が小夜の肩を抱いて言うと、

「いいえ、台風が来ているのに、正雄さんを海へ送り出した私が馬鹿だったんです。私が正雄さんを……」

小夜が言いかけた時、絹子が小夜に近づき、その頬を打った。

「小夜、いい加減にしなさい」

絹子の声が海の家に響いた。若衆たちは黙りこくって濡れた身体を拭《ふ》いていた。

英雄はうたた寝をしていて、途中、一度夜半に目を覚ました。周囲には若衆たちが毛布を被《かぶ》って休んでいる。その中にひとりだけ起きている人影があった。絹子だった。裸電球の灯りの下で絹子は正座して、じっと海を見つめていた。表情ひとつ変えずに沖合いを正視している絹子の横顔には、誰も寄せつけない厳しさが漂っていた。英雄は絹子の顔を見つめているうちに、また眠り込んでしまった。

次に目を覚ました時には、夜が明けていた。すでに若衆たちの姿はなかった。絹子だけが同じ場所に座って海を見つめていた。

英雄は幸吉から、網元の家へ朝食を摂《と》りに行くように言われた。海の家の裏手に回り、洗い場で顔を洗った。見るとボート小屋の前に男がひとり腰を下ろして海を睨んでいる。江州だった。英雄は江州にむかって歩いた。

「何時《いつ》、戻って来たの？」

英雄が声をかけると、江州は会釈した。

「つい先程です。あの岩場では正雄さんは見つかりませんでした。昼前に今度は岬の裏手へ行きます。貸ボート屋の主人の話では、正雄さんが沖へ出た時刻は引き潮から潮止まりに変わる折だったようですから、ひょっとしてもっと沖へ行き、そこから戻されていると岬の裏手に着いている可能性もあります」

江州は岬の方を見ながら言った。

「俺も一緒に行くよ」

英雄が言うと、江州は英雄を見上げた。

「台風が動き出したそうです。真《ま》っ直《す》ぐ、この浜の方へむかってます。昼前に通過すればわずかの間、台風の目の真下に浜が入りますから、台風がゆっくり進んでいれば、その時、波はおさまります。それを見て、英さんは、あの右手の岩場に行かれてはどうでしょう」

右の崖下《がけした》を江州は指さした。ボート小屋の木戸が開いて、笠戸があらわれた。狭い小屋の奥に男たちが休んでいるのが見えた。

「あっちの家で休めばいいのに……」

「いや、俺たちはもう高木の家の者ではありませんから、ここで充分です」

「そんなことはないよ。皆、一緒に探してくれているんだから……」

英雄が話していると、江州が立ち上った。海の家から絹子がこちらに歩いて来る。

江州は首に巻いた手拭《てぬぐ》いを外して絹子に頭を下げた。

「ご無沙汰しています。ご心配で……」

絹子は江州の前で立ち止まると、

「江州さん。正雄はあの岬の方にいます。さっき声がしました」

と言い、またすたすたと浜を歩きはじめた。絹子は裸足《はだし》だった。英雄は絹子を追い駆け、横に並んで歩いた。

「絹さん。あの岬へはすぐに江州さんたちが探しに行くそうだから、絹さんは家で休んでいた方がいいよ」

英雄の勧めに、絹子は返答もせず歩き続けた。小夜が追い駆けて来た。英雄は小夜に絹子のことを頼むと、網元の家へむかった。

網元の家の土間ではひとりの老人がしゃがみ込んで、宇多川と斉次郎と源造に話をしていた。老人は赤銅色《しゃくどういろ》に日焼けした顔から、漁師のようだった。英雄は背後から四人の様子を窺《うかが》った。老人はぽつぽつと話している。

「二日前の朝は大潮の日の引き潮だ。ボートから落ちたとして、その潮に流されていれば、瀬戸の本流に巻き込まれる。そうだとしたらもうこのあたりにゃ居ないわな……」

「どこまで行ってるってことだ？」

源造が老人に訊いた。

「どこまでって、これだけ海が荒れてりゃ、わしにはわからねぇ。今日で三日目だから、大島は越えてるかもわからねえ。けどそりゃ、浮き袋か筏《いかだ》に摑っての話で、しかも海が凪《な》いでる時だ。この時化《しけ》じゃ、まずそれはないだろう……。まず」

老人はきっぱりと言った。

「この湾にいるとしたら、どこになる？」

源造は、老人の言葉を遮《さえぎ》るように言った。

「この海かね？　三日目だしな……。俺が見たとこじゃ、台風をやり過ごしてからも、まだ日数はかかるの。天気が良ければ沈んだ後は半日で一度浮かんで来る。この天候じゃ、海の底は冷たいから、浮かんで来るには日がかかる。この浜の底には何カ所かに根が……」

そこまで言った時、斉次郎が声を荒らげた。

「何を言っとるんだ、貴様。誰が倅《せがれ》の死体の話をしろと言った。どこへ流れ着いとるかを聞いてるんだ。とぼけたことを口にすると叩《たた》き潰《つぶ》すぞ」

老人は、それでも表情ひとつ変えずに同じ口調で言い切った。

「旦那《だんな》さん。わしゃ、この目で見たことを正直に話しとるだけですから」

斉次郎は舌打ちして立ち上ると、奥へ消えた。英雄は残った三人に江州の話していた台風の目のことを話した。

「そりゃ、馬鹿げたことだ。台風が真上を通るかどうかなど誰にもわからねぇし、台風は寄って来る時より逃げて行く時の方が倍ほども暴れる。沖にいたらいっぺんにひっくり返るわ」

老人は怒ったように言った。

老人の言ったとおり、台風が過ぎると海は大荒れになった。風向きが変わり、雨が激しく降りはじめた。英雄は横殴りの雨の中を、幸吉と二人で岩場を崖上から覗《のぞ》きながら探して歩いた。左の岬から右の岩場へ波が千切れながら唸《うな》りを上げて寄せていた。崖の上には並行して線路が通っており、時折、巡回の列車が通過する時、英雄たちの姿を見つけた運転手が警笛《けいてき》を鳴らした。

「この台風が過ぎれば、崖下にも行けるんですがね……」

幸吉は忌々《いまいま》しそうに言って、海風の吹きつける沖合いを見つめていた。

夕刻には日本海に抜けると予測された台風が萩《はぎ》の周辺でまた停滞し、台風の中心は響灘《ひびきなだ》の方へ押し戻されはじめた。集中豪雨で中国山地の内陸部では鉄砲水の被害が出ていた。新聞は〝迷走台風〟と名称をつけて、日本海沿岸の町々にも高潮の警報が発せられた。台風が迷走している間に、次の台風が沖縄を通過し奄美《あまみ》大島、大隅《おおすみ》半島を北上して来た。その夜も絹子は若衆の休んでいる海の家で、ひとりじっと正座をしたまま海を見つめていた。

夜が明けて四日目の朝、早くも九州南部は台風圏内に入り、浜の上空の雲は異様な動きを見せていた。台風が通過すれば、という捜索隊の望みは、次の台風の到来で打ち消された。

その日の午後、海の家に加文《かもん》先生が野球部の後輩を連れてやって来た。

「高木君、何か手伝えることがあったら言ってくれ。亜紀子《あきこ》も心配して手伝いに来たいと言ってたんだが、彼女はもうすぐ赤ん坊が生まれるから迷惑になってはと、連れて来なかった」

加文先生は浜に集まっている大勢の捜索の人たちを見て、後輩たちにも手伝えることがあれば申しつけて欲しい、と英雄に言って来た。しかし、彼等も大波の押し寄せる浜を見て、なすこともなく引き揚げて行った。加文先生は夜まで海の家に残り、英雄のそばで海を見つめていた。正雄が行方不明になった夜から燃やし続けていた篝火《かがりび》が、英雄には少しずつむなしいものに映りはじめた。

その日の夕暮れ、下関からやって来た船が湾の沖合いに停泊した。皆が交替で夕食を摂っている時、若衆のひとりが、右の崖上の畑の様子を見に行った農夫が崖下から人の声のようなものを聞いた、という報《しら》せを持って来た。その場所は右の崖の一キロ程先にある鉄道の隧道《ずいどう》の下で、そこまではまだ探索をしていなかった。海の家の中が色めき立った。捜索はふた手に分れた。一方は隧道の上の崖からロープで降りて、岩場の上を電燈を手に声をかけながら探し、もう一方は停泊していた船に乗り込んだ。船は右の岩場に接岸し、海面と岩場を照明で照らして人影を探した。斉次郎は船に乗り込み、英雄は幸吉たちとロープを伝って狭い足場を見つけて、そこから探索した。照明に浮かんだ岩影は時折、人影のように映ったが、よく目を凝らすとただの尖《とが》った岩であった。

次の台風の影響で海が再び荒れ出して、捜索は夜の十二時で打ち切られた。引き揚げて来た若衆たちの顔には憔悴《しょうすい》の色が浮かんでいた。皆、無口になり、あちこちから深い吐息が漏れていた。

夜半、風は強さを増し、高波が浜に押し寄せた。海の家の前にまた土嚢《どのう》が積まれた。英雄も作業を手伝った。土嚢を積みながら海の家に目をやると、絹子は同じ場所で海を見つめていた。

——高木君、お母さんをよく守ってあげないとな。一番辛《つら》い思いをされているはずだから……。

英雄は加文先生が引き揚げる時に言い残した言葉を思い出し、土嚢の積み上げ作業を終えると、絹子のかたわらに座った。

「絹さん、少し休んだ方がいい。そんなふうにしとると、倒れてしまう。正雄が帰って来た時に、絹さんが寝込んでしまっては何にもならんから……」

絹子は返答をせず、黙って沖合いを睨《にら》んでいた。英雄は、それ以上は何も言えず黙って絹子の横に座っていた。その場所から眺めると、海の家の柱と手すりに仕切られた海は、暴風雨で吹き荒れているのに一枚の絵画のように見えた。鋸《のこぎり》状の水平線と濃灰色の空と鉛色の海の、どこかに正雄がいることが嘘《うそ》のように思える。絹子はこの海をどんな気持ちで毎日、見つめているのだろうかと英雄は思った。

「英さん、私は罰を受けているのでしょうか？」

絹子がぽつりと言った。

「えっ、何？」

英雄が訊き返しても、絹子は海から目を離さなかった。

「正雄は一度たりとも、人を悲しませたり、ましてや裏切ったことはない子です。あの子は何ひとつ悪いことは……、罪を犯していません。それなのにどうして正雄はこんな辛い目に遭うのでしょうか。それは正雄への罰ではなく、私への仕打ちなのでしょうか……」

絹子はひとり言のように淡々と話し続けていた。

——そんなこととは違うよ。

英雄はそう言いたかったが、今の絹子に何を話しても気持ちをやわらげることはできないと思った。

五日目は朝から風と雨が続いた。日本海へ抜けた迷走台風より小型の台風なのに、雨足は二日前に過ぎた台風より激しかった。

その台風の中を担任教師に連れられた、正雄の同級生とサッカー部の部員たちが手伝いにやって来た。男子生徒に混じって、数人の女子生徒もいた。彼等は荒れ狂う海を茫然《ぼうぜん》として眺めていた。絹子にかわって英雄が彼等と応対した。探索の人手も足りているし、怪我《けが》でもしたら大変だからと、昼食のパンを配って引き揚げて貰《もら》うことにした。

その日は日曜日のせいか、朝から海の家に何人もの見舞い客が訪れた。

網元の家から斉次郎に連れられ、土佐屋《とさや》の主人が若衆と女を従え大声で話しながら浜へ出て来た。土佐屋は怪我でもしたのか、杖《つえ》を手に左足を引きずりながら歩いている。

「こりゃ、高木さん。難儀なことじゃのう。けんど息子さんはあんたの血が流れちゅうきに、どこかで踏ん張っちゅうに違いない。どうじゃろう、わしのところの知り合いに造船会社の社長がおるき、でっかい船をひとつこの海に運ばせて探して貰うたら……」

土佐屋は扇子《せんす》で胸元を煽《あお》ぎながら言った。

斉次郎はただ頷《うなず》くだけで、何も言わなかった。土佐屋は斉次郎に何事かを耳打ちし、網元の家に戻って行った。土佐屋の若衆が源造に、手を貸しますので何なりと申しつけてくれ、と頭を下げて土佐屋の後を追った。すぐに男の怒声が聞こえた。

「何をしてやがる手前等《てめえら》がこんなところで……」

見ると、ボート小屋の前で、土佐屋の若衆と笠戸たちが睨み合っていた。

「江州、手前、よくのこのこと顔を出せたな。土佐屋の親父《おやじ》からの御礼参りはまだ終っちゃいないんだぞ」

江州は笠戸たちの背後に立っていた。

「やかましい。来るならいつでも来いと土佐屋に言え。今度は生きては帰さないとな」

笠戸が相手を睨みつけて言った。生徒たちが驚いて、成り行きを見ていた。

「やめなさい」

甲高い声がした。絹子が裸足で浜に降りて来て若衆たちに言った。

「あなたたちは何をしにここへ来てるの？　正雄が、私の息子が今、どんな気持ちでいるのか、考えたことがあるの。死にたければ息子の身代りに死んで下さい」

英雄は絹子を背後から抱いた。絹子は英雄の手を払いのけた。

「もうやめて、家が、面子《めんつ》が何なの……」

絹子は足元の砂を握って投げつけた。源造が土佐屋の若衆を宥《なだ》め、笠戸にボート小屋に入るように言った。

「源造さん、悪いのは土佐屋の連中だろう。江州さんや笠やんは命懸けで正雄を探してるんじゃないか」

英雄が源造に問い質《ただ》すと、

「あなたもいい加減にしなさい。高木の家が、土佐屋が何だって言うの。こんなところへ正雄が戻って来たいと思うの？　もう皆引き揚げて下さい。私ひとりで正雄を待っています」

絹子はそう言って、海の家へ裸足のまま上って行った。

さあ、ぼちぼち帰ろうか、と担任教師が生徒たちを促した。生徒たちは昼食の礼を言って海の家を出て行った。英雄が彼等を見送ると、女子生徒のひとりが、皆で折った鶴《つる》が入っているという箱を英雄に渡した。女子生徒の目に涙が溢《あふ》れていた。


夜半、英雄は耳元で囁《ささや》く声で目を覚ました。

目を開けると、視界に大きな影が覆《おお》い被《かぶさ》っていた。英雄は驚いて顔を上げた。

「起きろ」

斉次郎であった。裸電球の灯りに斉次郎の瞳《ひとみ》が光っている。

「海へ出る。支度をしろ」

斉次郎の声は周囲を気遣っているように低かった。英雄は着替えて浜へ出た。風は弱まっており、白波も昼間とは違って浜へむかって規則的に寄せていた。

「こっちだ」

ボート小屋の方から斉次郎の声がした。近づくと源造が櫓《ろ》をかかえて立っていた。

「英雄、そっちを担《かつ》げ。源造、櫓をボートに入れろ」

斉次郎が英雄に船尻《ふなじり》を指さした。

「おやじさん、若い者にやらせますから……」

源造が心配そうに言うと、

「休ませておけ。英雄と二人で出る」

斉次郎は険しい口調で言い、ボートの舳先《へさき》をかかえて浜へむかって歩き出した。潮の引いた砂地を二人は黙って歩いた。波打ち際《ぎわ》へ近づくと波はまだ高く、英雄の上半身に海からの風が吹きつけた。膝下《ひざした》まで海へ入り、ボートを浮かべると、英雄が中央に座り、斉次郎が船尻に腰を下ろした。すぐに追い駆けます、と言う源造の声に、斉次郎は、浜にいろ、と応《こた》えた。

沖へ漕《こ》ぎ出すとボートは大きく揺れた。真《ま》っ直《す》ぐ湾の中央に行け、と言って斉次郎は船尻から左右の海面を目で追っていた。ボートが湾の中央に着くと、斉次郎が左の岬へむかうように言った。英雄は横波を受けぬように進路を大きく迂回《うかい》させながら岬へ近づいた。ここからはゆっくりと進め、と斉次郎は言い、岩場に目を凝らすように睨むと、突然、大声で、

「正雄、正雄……」

と名前を呼んだ。英雄も大声で正雄の名前を呼んだ。二人は大声を上げながら岬の

岩場沿いにボートを進めた。二人の声は岩場の空洞に反響して、周囲に木霊《こだま》した。闇《やみ》に目が慣れたせいか、むき合った斉次郎の表情がはっきりと見えた。斉次郎は必死の形相《ぎょうそう》で岩場にむかって正雄の名前を呼んでいた。英雄は斉次郎のこんな姿を見るのは生まれて初めてだった。

「待て、停まれ」

斉次郎の緊張した声がした。見ると斉次郎は十数メートル先にある平らな岩場をじっと睨んでいる。そこに人影のようなものが立っていた。英雄は固唾《かたず》を飲んで、その細長い影を見つめた。斉次郎が右手を挙げてボートを岩場へ寄せるように合図した。岩場へ近づくと、二人は大きく吐息をついた。それは波に削られ、人の大きさに突き出した岩影だった。

「湾の中央に戻れ……」

斉次郎が低い声で言った。櫓を漕ぎ出すと、波はうねりがおさまっているのか、ボートは速度を上げて水面を滑って行った。

湾の中央へ着くと、斉次郎は船尻で立ち上り、もう一度、正雄の名前を呼んだ。そうして周囲の水面を見回し、静かに腰を下ろした。英雄も左右の水面を見つめた。波が失《う》せたのか、遠くまで見渡せた。

その時、ボートが左右に小刻みに揺れた。英雄は誰か来たのかと水面を見た。低い唸《うな》り声がした。目の前を見ると、斉次郎が船縁《ふなべり》を両手で鷲掴《わしづか》みにし、うつむいていた。

「マ、サ……、オ……」

腹の底から絞り上げるような声がして、斉次郎の嗚咽《おえつ》が聞こえてきた。大きな両肩が上下に揺れ、それを堪《こら》えるように斉次郎の手がボートの縁を握りしめている。嗚咽は止まず、ボートだけが揺れ続けた。英雄も頬に涙が零《こぼ》れ出していた。英雄は斉次郎への姿を見ることができずに、唇を噛《か》んで、空を見上げた。流れる雲の間に、夏の美しい星がまたたいていた。ひとつひとつが十字のかたちにかがやく、あざやか過ぎる星明りだった。見ると頭上にも、岬の上にも無数の星がきらめいていた。英雄は込み上げて来るものを堪えながら星を仰いでいた。

大きな咳《せき》がして、水音が続いた。

斉次郎は海水を掬《すく》い顔を洗っている。

「よし、浜へ引き揚げろ」

英雄は斉次郎の顔を見ずに力一杯櫓を漕いだ。浜へ近づくと数人の人影が立っているのが見えた。若衆が腰まで海に入り、ボートを摑まえて岸に寄せた。波打ち際まで二十隻《せき》余りのボートが運ばれて、若衆たちが待機していた。

斉次郎は若衆を見回すと、野太い声で言った。

「夜が明けるまでに二時間ある。その間に正雄は一度水面に浮かんで来るはずだ。それを逃すと、探すのにまた日数がかかる。水面に浮かんでから三十分から小一時間でまた沈む。何としても見つけ出してくれ」

若衆たちが一斉に声をあげ、波を蹴立《けた》ててボートを沖へむかって漕ぎ出した。

斉次郎は源造に大声で命じた。

「サルベージ船をすぐ呼べ。金はむこうのいい値《ね》でかまわん」

潮が引いた浜に人影がぽつんと立っていた。絹子だった。絹子は乾いたタオルを斉次郎に渡した。斉次郎はタオルを手にして顔を拭《ふ》くと、

「明日からは忙しくなる。今のうちにしっかり休んでおけ」

と言い、海の家へむかって歩き出した。絹子は沖をじっと見つめたまま立ちつくしていた。英雄は海を振り返った。無数の星がまたたく海面を船影がふた手に分かれて漕ぎ出して行くのが見えた。……

夜明けの捜索でも正雄は発見できなかった。

台風が過ぎ去った後の浜は、早朝からまぶしいほどの陽差しが照りつけた。原色の

青色の空がひろがり、水平線から真っ白な積乱雲が盛り上って来た。

午後になって、呉《くれ》の沖合いで戦艦・陸奥《むつ》の引き揚げ作業をしていたサルベージ船が船影を見せた。源造が漁船を出し、サルベージ船の船長と潜水夫を連れて浜に戻って来た。

斉次郎の前で海図を見た潜水夫が、威勢の良い声で言った。

「これくれえの湾なら、半日ありゃあ、海の底に落とした五十銭銀貨でも見つけ出してみせますけえ」

「そうか、じゃ早速はじめてくれ」

斉次郎は頼もしそうな顔で二人を見た。

船長と潜水夫が地元の漁師と浜の海底のことを打ち合わせている間に、海の家の裏手の空地に高木の若衆がテント小屋を設営していた。午後になって、大勢の人が探索の手伝いに訪れた。

立ち並ぶあちこちの海の家から、台風のために打ちつけていた板を外したり、毀《こわ》れた屋根の修理をする音が聞こえてきた。浜にも人が出はじめて、遭難事故の噂《うわさ》を聞いたのか、英雄たちのいる浜の中央を遠巻きに眺めていた。若衆が乗り込んだボートが海に散らばり、浜辺では、高木の家の女衆と手伝いに来た正雄の同級生たちが、膝まで海へ入って捜索を続けていた。

英雄と斉次郎は漁船に乗り、サルベージ船に移った。

「潜水夫が海底を歩きだしてスピードが乗って来たら、この船が目一杯エンジンをふかしても追いつけんけぇのう。じゃけえ、この湾の底を洗《あろ》うても、二、三時間で済みますらあ」

船長が自慢気に英雄たちに言った。

潜水夫はサルベージ船の船尻から海へ潜って行った。船が潜水夫を曳《ひ》きはじめた。

三十分もしないうちに引き揚げの合図が潜水夫から届いた。

「見つかったのか？」

斉次郎が船長に訊《き》くと、船長は小首を傾《かし》げた。英雄たちは船縁から顔を覗《のぞ》かせて水面を見ていた。大粒の気泡が水面にあらわれ、潜水夫が浮上して来た。潜水夫は甲板に揚って来ると、頭部を外して貰い、顔を出すなり、情けない顔で言った。

「こりゃ、おえんわ。海底は泥水が沸き上っとって一メートル先どころか、目の前に置いたわしの手も見えんわ」

船長が浜の方を見て、岬口と岩場の左右から海へ流れ込んでいる河口を指さし、

「台風の後の山の水がえらい勢いで流れ込んどるんでのう。これじゃどうもできん」

と大袈裟《おおげさ》に首を横にふった。

「馬鹿者《ばかもの》、大口を叩《たた》きよって。半日で探してみせると言うたのは法螺《ほら》か。貴様等、誰にむかって口をきいとる」

斉次郎が船長の襟首《えりくび》を摑んで怒鳴った。源造が止めに入って、二人にむかって言った。

「ともかく探してくれ。そうでないとこの浜を出すわけにはいかんから」

英雄は斉次郎と浜へ引き揚げた。サルベージ船は夕刻まで泥だらけの海底を探し回って立ち去った。

絹子の様子が変になっていた。絹子は朝から竹竿《たけざお》を手に浜を何度も往復していた。時折、何かを見つけて海の中に入って行くようで、衣服がずぶ濡《ぬ》れになっていた。容赦《よう しゃ》なく照りつける七月の陽差しの中を絹子はずっと歩き続けていた。寄り添っていた小夜が日射病で倒れてしまった。高木の女衆たちが絹子に休むように言っても、絹子は少女のように身体《からだ》を捩《よ》じらせて、浜をうろついていた。そんな絹子の様子を見物の人たちが、奇異なものでも見るように指をさして噂《うわさ》した。

英雄は絹子に歩み寄り、一緒に浜を歩いた。

「あの船は正雄が死んだとでも思ってるのかしら。あんな船、父さんに言って早く帰して貰いなさい。私には正雄の声が聞こえるの。あれは正雄じゃないの？　きっと正雄よ、あれは……」

絹子はひとり言のように言って沖合いを見て立ち止まり、よろよろと海の中へ入って行った。

「絹さん、あれは沖に仕掛けた蛸壺《たこつぼ》の目印のブイだ」

英雄が説明しても、絹子は正雄の名前を呼びながら衣服のままどんどん海へ入って行く。

夕刻、斉次郎は、そんな絹子を見ても何も言わなかった。

絹子は海の家に連れ戻されると、高熱を出して寝込んだ。幸吉が絹子を車に乗せて高木の家へ送り帰した。

その夜、沖合いに漁火《いさりび》が点《とも》った。上空には満天の星がかがやいている。

英雄は浜辺に腰を下ろしぼんやりと海を見つめていた。

営業をはじめた海の家の方から若い男女の笑い声がした。波打ち際で花火が上り、赤と青の光が放物線を描いて闇に消えて行った。浜はもういつも通りの夏の夜になろうとしていた。波音もおだやかで、かすかに上る白波が煙りのように揺れている。

二日前までの荒れ狂った海が嘘《うそ》のようであり、この海のどこかに正雄がいるということさえもが信じられない気がする。

——本当にもう生きている正雄とは逢《あ》えないのだろうか？

英雄は胸の中で呟《つぶや》いた。

「あの子は何ひとつ悪いことはしていません」

絹子の声が耳の奥に響いた。

——本当にそうだ。絹さんの言うとおりだ。

どうしてこんなことになったのだろうかと英雄は考えた。どうして正雄はこんな目に遭ったんだ？　英雄は訳がわからなかった。斉次郎は浜に引き揚げてから、正雄はもう生きていないような捜索をしはじめた。ひょっとしてどこかで正雄は自分が助けに来るのを待っているのではないか……。

波打ち際から浜に揚って来る人影が見えた。人影は首を斜めにして耳に入った海水を出していた。長身の若者だった。英雄は思わず首を伸ばして若者を見つめた。若者は英雄の座っている浜にむかって走り出した。英雄は相手を見た。正雄の笑顔が浮かび、

「兄ちゃん、えらい目に遭ったぞ」

と呑気《のんき》そうに話す正雄の姿が若者と重なった。若者は右手の海の家へ走り去った。

「やっと海が静かになりましたね」

背後で声がした。振りむくと江州が立っていた。江州は英雄のそばに腰を下ろした。

「江州さん、正雄はもう生きていないんだろうか？」

「なんとか生きていて欲しいですね……」

「でもう親父《おやじ》の指示で、皆は生きてる正雄を探していないよ。御袋はそれが承知できないんだ。俺も嫌だな」

「それは皆同じです。ただ正雄さんがこの海の底で寒がっているのなら、蒲団《ふとん》に寝かせてあげたいと思います。ともかくやるだけのことはやりましょう。身内ですからね
……」

英雄は同意できなかった。

「もし死んでいたら……。正雄は何かの犠牲になったのかな？」

「そんなふうに考えるもんじゃありません。正雄さんは立派に生きて来たんですから
……」

「立派に？」

英雄は江州を見た。江州は沖合いを見つめたまま言った。

「ええ、懸命に生きてたんですから、それで充分立派です」

「俺は自分のことばかりを考えて、正雄のそばに居てやろうとしなかった。俺なんか

より正雄の方が生きている価値があったのに……」

「それは違います。俺はずっと見て来ています。英さんも正雄さんも、誰からも逃げないで、ちゃんとやっていらっしゃいました。お二人は俺の誇りです」

そう言うと江州は立ち上った。

「俺たちは今夜、どうしても抜けられない仕事があって引き揚げます。これが俺の連絡先です」

江州は英雄に名刺を渡した。英雄も立ち上って江州に手を差し出した。江州が英雄の手を握り返した。

「江州さん、いろいろありがとう」

「英さん、何かあったら言って下さい。俺はどこに居ても英さんのためなら飛んで行きますから……」

英雄は笑って頷《うなず》いた。笠戸と若衆が英雄に会釈《えしやく》して浜を去って行った。


七日目は早朝から、正雄の同級生とサッカー部員が五十人近く浜へ集まった。英雄の野球部の後輩も加文先生と手伝いに来てくれた。

加文先生の指導で彼等は水着に着替えて、背丈の立つ水域を手を繋《つな》いで探索してくれた。左の岬と右の岩場は若衆たちがボートに乗り、竹竿を手に磯を回った。

この日は湾の外で海上保安庁の巡視船が探索していた。

昼前になって斉次郎の下に浜の自治会の代表者がやって来た。彼等は捜索の水域を海水浴客のために区分けして貰《もら》えないかということと、湾の中に延縄《はえなわ》を入れてみてはどうかという相談をしに来たのだった。網元の宇多川も延縄を入れる案を斉次郎に進言した。浜の自治会は、水難事故で死体が上っていないために海水浴客が遊泳を嫌がっていることを心配していた。

延縄の探索に反対したのは絹子だった。

絹子は小夜から延縄の鉤針《かぎばり》に引っかかった溺死体《できしたい》の話を聞かされていた。内海に沈んだと思われる自殺者や溺死体の引き揚げに延縄が使われることがたまにあった。延縄の大きな鉤針は、海底で横たわる死体の鼻や顎《あご》や、ひどい時は目の玉に引っかかることがあり、遺体をひどく傷つけることがあった。

「あなた、そんな酷《ひど》いことを正雄にするのはやめて下さい」

絹子は斉次郎を睨《にら》みつけて言った。

「あと一日か、二日で正雄は必ず姿を見せます。それが私にはわかるんです。皆さん、どうぞお願いですから、あと少し時間を下さいませ」

絹子は言って、自治会の男たちに深々と頭を下げた。自治会の男たちは困った顔をして斉次郎を見ていた。斉次郎は絹子をちらりと見て、自治会の男たちに頭を下げた。

「それまでの、あんたたちの営業は補償しよう。もう少し辛抱《しんぼう》してくれ」

それでも自治会は網元と話し合い、海水浴客の増える週末までを期限とした。

海上保安庁の巡視船は沖合いで何も発見できなかったという報告を富海の漁業組合に無電報告して引き揚げて行った。

その日の夕刻から絹子は浜へ出ることをやめて、海の家でじっとしていた。妙に落着いて、英雄に着替えをするようにと声をかけたりしていた。


八日目も早朝から探索が続いた。

正雄を探そうとする同級生たちの数が増えていた。

「正雄さんは人気があるんですね。やさしい性格ですから……。友情というものはたいしたものですね」

浜を探索する生徒たちを見て源造が言った。

英雄は左の岬へ幸吉と二人で出かけた。もう何度となく探索に来た場所だったが、岩場に波が寄せ、音がする度に英雄は目を凝らして音のした周辺を見つめた。

「正雄さんはあんなに泳ぎが達者だったのにな……」

幸吉がぽつりと言った。幸吉の頰はこけて、肩がちいさく見えた。岬の裏手へ行くという幸吉と別れて、英雄は桟橋の方へ岩場伝いに歩いた。

夕刻、海の家の裏手にあるテント小屋へ行くと、若衆たちが黙って握り飯を食べていた。どの顔も皆、憔悴《しょうすい》したように沈んでいる。英雄は食事を終えて、海の家に戻った。小夜がひとりで沖合いを見ていた。絹子の姿がなかった。

「小夜、大丈夫か？　絹さんはどこへ行った」

英雄が小夜に声をかけると、小夜は顔を曇らせて、

「あ、あの……、奥さまは……」

と何故《なぜ》か口ごもった。英雄は小夜のそばに行き、訊き直した。

「絹さんはどうしたんだ？」

小夜はうつむいたまま、言いにくそうに話した。

「あ、あの……、午後から古町《ふるまち》の占い師さんのところへ出かけられました」

古町の端にある八百屋《やおや》の主人が、兵隊で中国に行っていた時に、そこで学んだというトランプ占いを副業にしていて、それがよく当たるという評判だった。以前、斉次郎が大切にしていた懐中時計が母屋《おもや》で紛失したことがあり、八百屋の主人に占って貰

うと、それが犬小屋の中にあると当てたことがあった。

「そんなところへ行ってどうするんだ。親父にわかったら怒鳴られるぞ」

「はい。でも奥さまは信じていらっしゃいます。昨日の夜も訪ねられて、今日は浜の海草を持ってくるように言われて出かけられました」

「……ともかくこのことは親父には内緒にしておくんだ。さあ、もう泣くな」

英雄が言うと、小夜は頷き、零《こぼ》れ出した涙をハンカチで拭《ぬぐ》った。小夜は、斉次郎も絹子も家を空けていた時に正雄を海に出したことを今も悔んでいた。いつも元気で林檎《りんご》のような頬をしている小夜もげっそりと痩《や》せてしまった。英雄は小夜の肩を叩《たた》いて、へ家の桟敷《さじき》に座った。夕陽に染りはじめた海が朱色にかがやいていた。

夜の七時を過ぎて絹子が荷物を手に戻って来た。絹子は臙脂色《えんじいろ》の洋服を着ていた。それは絹子があらたまった席などに出かける時着る外出着だった。裸電球の下で、絹子の顔が昨夜と違って華やいで見えた。絹子が英雄を呼んだ。

「英さん、着替えを持って来たから……」

絹子は風呂敷《ふろしき》包みを解いて、英雄に真新しい白いシャツとズボンを渡した。

「どうせまた汚れるんだから、こんな綺麗《きれい》なものはいらないよ」

「いいから、それを着て」

絹子は明るい声で言った。風呂敷包みを見ると、もう一枚白いシャツとズボンが入っていた。胸のポケットに刺繍《ししゅう》された校章で、それが正雄のものだとわかった。英雄は絹子の横顔を見直し、黙って服を着替えた。小夜が絹子に夕食のことを尋ねると、絹子は甲高い声で、駅でうどんを食べて来たと答えた。普段、外食などしない絹子が、そんなところで食事をするはずがなかった。英雄は絹子が心配になり、しばらく様子を見ていた。ほどなくして絹子は横になった。浜辺では夜の海に遊びに来た男女の嬌声《きょうせい》がしていた。花火が波打ち際《ぎわ》で上った。夏の月が沖合いに浮かんでいた。

夜の九時を過ぎて、英雄が寝ようとした時、絹子が起き上った。絹子は上半身を起こして海をじっと見ていた。それから、手元の荷物をまさぐり、何かを出して覗《のぞ》きはじめた。絹子の手元が光った。それは手鏡だった。絹子は化粧をはじめていたのだ。

——こんな時間に何をしはじめるんだ？

英雄は息を殺して、絹子を見ていた。絹子は紅を引き、化粧をたしかめるようにして髪のほつれを直し、急に立ち上り脇《わき》の階段を下りて浜へ出た。

——まさか海へ入るのでは……。

英雄は起き上って絹子を見た。絹子は海から吹き寄せる風に吹かれ、少女のようにやや顎を持ち上げて海を見ていた。横顔が笑っているように思えた。しばらく絹子は海を眺めていたが、やがて戻って来て、すぐに横になった。英雄には絹子の素振りがひどく痛々しく映った。

英雄は眠れなくなった。今夜は一晩中起きていて、絹子の様子を窺《うかが》っていた方がいいと思った。ほどなく絹子の寝息が聞こえて来た。

夜の十二時を過ぎて、英雄は浜へ出た。潮は満ちていて、海の家のそばまで波が寄せていた。ボート小屋の脇の灯りが波を照らし出している。繫留《けいりゅう》されたボートの船縁《ふなべり》に波が寄せて、ちいさな音を立てていた。

沖合いに目をやると、満月は湾の中央に浮かび、水面《みなも》に映った月明りが、波に揺れながら錦繡《きんしゅう》の帯のように、英雄の方にむかって真《ま》っ直《す》ぐに伸びていた。

英雄はボートを出し、かがやく月明りの道を沖へむかって漕《こ》ぎ出した。湾の中央へ出ると、英雄はボートの中に櫓《ろ》をおさめて、空を仰いだ。満月にむかう月が皓々《こうこう》と光を放っていた。月は何事もなかったように美しい光で海を照らし出している。英雄はひどい無力感に襲われた。自分が知らない巨大な力が、弟を弄《もてあそ》び、父と母に酷《ひど》い仕打ちをしている気がした。それをどうすることもできない。英雄は月にむかって、

「帰してくれないか。正雄を帰してくれんか……」

と呟き、四方の空に同じ言葉をくり返した。月から目を離すと、暗黒の空は無気味

なほど静まり返っていた。

「もし正雄を、あの海の家に帰してくれるなら、俺が身代りになってもかまわん」

英雄は腹から絞り出すように言った。英雄は返答を待つように耳をそばだてたが、静寂がひろがっているだけだった。英雄は肩を落した。このまま海の底へ沈んでしまいそうな気がした。大きな吐息が洩《も》れた。

その時、船先で何かが動いた。英雄は目を見開き、船縁から覗いた。何かが水面を動いている。目を凝らすと、それは無数の海月《くらげ》だった。いつの間にか潮に乗って流れ出していたボートの周囲に、何十という数の海月が揺れていた。海月は月明りに、薄緑に見えたり、紫色や銀白色の光を発したりしていた。英雄はこの美しい光を放つ生きものが、海で死んだ人間の化身《けしん》のように思えた。ひとつひとつが何かを言いたげに流れているように映った。

――正雄は死んでしまったのだ……。

英雄は初めて正雄の死を口にした。そう呟いた途端、海月が誰の化身でもなく、意志も感情も持たない、ただの浮遊物であることがわかった。

英雄は櫓《ろ》を握り、浜へむかって漕ぎ出した。……

「正雄、正雄」

名前を呼ぶ声で英雄は目を覚ました。英雄は上半身を起こして声のした方を見た。

絹子が起き上って沖合いを指さしている。

「正雄」

とまた声を上げた。海を見ると、浜は小雨に煙っていた。絹子の指さした右の岩場の方角に、ちいさな点があるような気がした。絹子がまた名前を呼んだ。絹子は目を見開いて、鋭い視線を沖合いの一点にむけている。

「女将《おかみ》さん、ありゃ、蛸壺《たこつぼ》でしょう。あのあたりには蛸壺がたくさんありますから」

背後で若衆の声がした。英雄が時計を見ると、朝の五時半だった。

足音がした。絹子は立ち上り、海の家の最前部へ出て、手すりに摑《つか》まり英雄を呼んだ。

「英さん、正雄、正雄よ」

英雄は立ち上り、絹子のそばに駆け寄って沖合いを見た。雨に煙る水面に黒い点が揺れているが、若衆の言うように蛸壺にかたちが似ていた。絹子が英雄の二の腕を摑んだ。爪《つめ》が喰い込み、痛みが走った。皆が絹子の周りに集まった。浜へ源造が出てきた。

「おい、船を出して確認しろ」

源造が若衆にむかって声を上げた。若衆が浜へ飛び降り、桟橋にむかって駆け出した。

「女将さん、すぐに確認させますから……」

源造が絹子に言った。絹子は、揺れるちいさな影から目を離さなかった。斉次郎も浜へ出てきた。

桟橋を出発した漁船が、右の岩場へむかって波を蹴立《けた》てて進んで行く。船はたちまち現場へ近づいた。迂回《うかい》しながら船がちいさく一周した。船上から白い旗が上った。

それは発見した時の合図だった。

ウオーッと若衆たちの声が上った。白い旗がもう一度勢い良くふられた。

「源造、船を出せ」

斉次郎は怒鳴り声を上げると、桟橋にむかって走り出した。英雄も駆け出した。貸ボート屋の主人が声を上げてテント小屋の方へむかった。桟橋の上で若衆がせわしなく動き、漁船が一隻《せき》桟橋にむかっていった。

サイレンの音が浜に響き渡った。

斉次郎と英雄が船に乗り込むと、すぐに漁船はエンジン音を上げ、旗をふって待機する船にむかって突進して行った。甲板に立つ英雄の顔はたちまち雨で濡《ぬ》れ、滴《しずく》が額から頬を伝って零れ落ちた。源造は毛布を手にしている。斉次郎は唇を結んで、目指す水域を睨んでいる。

波の間を浮かんでは沈む上半身裸の若者は、たしかに正雄だった。身体《からだ》を少し斜めにし、両手を開くようにしたあおむけの姿勢で、正雄は浮いたり沈んだりしていた。先発の船から投げられたロープが首にかかっている。

英雄は海へ飛び込んだ。そうして正雄のそばに泳ぎ着くと、ロープを解き、身体をかかえ込んだ。正雄は口を少し開いて、両腕を歪曲《わいきょく》してひろげ、波に顔を洗われながら揺れていた。英雄は正雄の背中に手を回し、もう一度しっかりと抱き寄せた。薄目を開いた瞼《まぶた》に雨粒が当たって、正雄は泣いているように見えた。

「すぐに陸に揚げてやるからな」

英雄は正雄に囁《ささや》いた。船から投げられたロープを、海に飛び込んで来た若衆が英雄と正雄の身体に括《くく》りつけた。

船はゆっくりと二人を引いて桟橋へむかった。英雄の腕の中で、正雄の硬くなった身体が揺れていた。英雄は波に洗われながら、腹の底から込み上げる怒りを、歯を食いしばって堪えた。少しずつ船は桟橋へ近づいた。

船が桟橋に着くと、海に戸板が投げられた。若衆が英雄の背後から戸板を沈めようとした。そんなもんはいらん。わしが引き上げる、と英雄は若衆の腕を払った。

英雄、言われたとおりにせんか。頭上で斉次郎の野太い声がした。英雄は桟橋に立つ斉次郎を見返した。斉次郎は顔を真っ赤にして英雄を睨み、早くせんか、何をしとる貴様等、と若衆に声を上げた。正雄は戸板に載せられ、桟橋の上に引き揚げられた。

斉次郎は、桟橋に揚げられた正雄の顔から海草を取りながら、冷たかったろうにな、と低い声で言い、曲がった正雄の両腕を伸ばし、毛布で身体を包んでやった。

浜の方から絹子と小夜が走って来るのが見えた。絹子は桟橋の階段を駆け上ると、人の輪を押しのけて走り寄り、覆《おお》い被《かぶさ》るように正雄にしがみついた。

絹子は泣き声も上げずに、正雄に頬ずりし、右の手で頭を撫《な》でながら、左の手に持ったハンカチで口元や耳を拭《ふ》いてやった。そうして絹子は正雄の斜めにむいた顔を、両手で頬を包むようにして正面にむけた。その時、正雄の右目から海水のようなものがひとすじ流れた。

「正雄さん、もう泣かなくてもいいでしょうに……」

絹子がやさしい声で言った。垂乳根《たらちね》の声を波と雨の音が掻《か》き消した。

小夜が背後から絹子に傘を差しかけると、絹子はその傘を正雄の顔にかかるように引き寄せた。

宇多川さんの家に運びましょうか？　と源造が斉次郎に訊《き》いた。斉次郎が頷《うなず》くと、駆けつけて来ていた警察官が、まもなく医者が検死に来ますから、動かさないで下さい、と言った。うるさい、と斉次郎が怒ったように警官にむかって叫んだ。振りむいた斉次郎の目が充血していた。すぐに白衣を着た医者が看護婦を連れてあらわれた。眼鏡をかけた若い医者だった。警官が医者に何事かを告げ、医者は斉次郎に頭を下げて、正雄の遺体に近づいた。絹子は正雄に話しかけながら、我子の胸元を、ハンカチを唾《つば》で濡らして拭いていた。斉次郎が絹子の肩を叩き、抱きかかえるようにして正雄から離した。絹子は身体を捩《よ》じらせながら抗《あらが》っていたが、聴診器を首からぶら下げた医者の姿を見ると、医者の手を両手で握りしめた。

「先生、どうかこの子を生き返らせてやって下さい。この子に必要なものがありましたら、どうぞ、私の身体から取って下さい。どんなことでもいたしますから、どうか生き返らせて下さい」

絹子は言って、その場に泣き崩れた。戸板に当たる雨の音だけが聞こえる中で、絹子の泣き声がいつまでも続いた……。

降りしきる雨の中で通夜《つや》が行なわれ、大勢の弔問客《ちようもんきやく》の差す傘が古町の高木の家を囲んだ。沈黙の中に、読経《どきよう》の唱和と雨音だけが響いた。

翌日は朝から蟬《せみ》の声が聞こえ、まぶしいほどの青空の下で葬儀がはじまった。同級生たちの涙に送られ、正雄は華羽山《はなわやま》の山腹から一条の白い煙りとなって、空へ昇って行った。

初七日が明けても、高木の家には沈黙が続いた。仏壇の前に置かれた正雄の骨壺《こつつぼ》の脇には、絹子が毎朝、海辺まで出かけて摘《つ》んで来る野の花が揺れていた。絹子は通夜のはじまった夕刻から何も言葉を発しなくなった。葬儀の時もいっさい涙を見せなかった。焼場にも行かず、正雄が桐《きり》の箱の中に入って戻って来ると、それを仏壇の前に置き、じっと見つめていた。小夜は通夜から泣き続け、仏壇の前で手を合わせる度に肩を震わせていた。

高木の家で大声がしたのは、東の棟《むね》の広間での精進落《しようじんおと》しの酒席で、江州たちと土佐屋の若衆が諍《いさか》った時だった。

去年の夏、町に新しい勢力のヤクザが台頭し、以前から港を地場にしていたヤクザと対立するようになった。高木の家は元々地場にいたヤクザと上手《うま》く折り合っていたし、組内には高木の衆の身内もいた。土佐屋が新勢力を後押しし、水天宮《すいてんぐう》の祭りの時に抗争が起きた。江州が地場のヤクザの助《すけ》っ人《と》に入ったことで、土佐屋に怪我《けが》をさせた。斉次郎が江州に詫《わ》びを入れさせようとしたが、江州は聞き入れず、笠戸たち数人の若衆と高木の家を出て行く事件があった。その確執がいまだに尾を引いていた。

斉次郎は土佐屋の若衆にむかって、

「高木《うち》へ来て、貴様等でかい口をきくな。いずれ土佐屋に挨拶《あいさつ》に行くと言っておけ」

と怒鳴りつけた。

土佐屋の番頭格の男が斉次郎を睨《にら》み返した。斉次郎は男に、

「帰って土佐屋へ言っておけ。表面《うわべ》だけでわしとのつき合いはできんとな」

と言って、相手を帰すようにと、源造に目くばせをした。土佐屋の連中が引き揚げた後、斉次郎は詫びを入れた江州に、浜では世話になったと肩を叩いて礼を言った。

そんな父を見て、英雄は安堵《あんど》した。

翌日、英雄は幸吉の運転するトラックに乗って、富海の浜に網元への挨拶かたがたテント小屋を片づけに行った。

幸吉と若衆が荷揚げをしている間、英雄は貸ボート屋の主人と海の家の人に挨拶しに浜へ出た。通夜にも参列してくれていた主人は、英雄に悔みの言葉を述べた。英雄が正雄の捜索で迷惑をかけたことを詫びると、

「いい弟さんでしたのにね」

と主人は海を見ながら言った。浜は海水浴客で溢《あふ》れていた。ほんの数日前まで、英雄たちが悲痛な面持ちで見つめていた濃灰色の海は、そこにはなかった。夏の一日を楽しんでいる家族連れや若者の声が波音の合間に聞こえているだけだった。

「あんなに見事にボートを漕ぐ若い人も珍しかったの。何が沖であったんじゃろうか、魔がさしたのかの……」

主人が残念そうに言った。

正雄の遺体はほとんど水を飲んでいなかった。それが、正雄の身体がなかなか浮上して来なかった原因でもあった。右の顳顬《こめかみ》から頬にかけて、打ち傷と瘤《こぶ》があった。検死した若い医師は、海へ入ってすぐに心臓麻痺《まひ》を起こしていると説明し、目の前の絹子たちを気遣ってか、苦しんだりはしなかったでしょう、と言い添えた。流れ着いたボートの片方の櫓が紛失していたことから、何かの拍子《ひょうし》に海に落ちた櫓を拾おうとして、バランスを失い船縁で頭を強打し、気絶したまま海に沈んだのではないかと、立ち会った網元が話していた。

ボートを見事に漕いでいた、と言う貸ボート屋の主人の言葉に、英雄は桟橋の戸板の上に横たわった正雄の上半身の筋肉が、半年見ないうちに随分と盛り上っていたのに驚いたことを思い出した。

「海が好きだったんだな……」

英雄が沖に浮かぶボートを見て言うと、

「左の岬から右の岩場まで何往復もなさるんですよ。まるでボートの選手みたいに。去年も見えて、今年もボートを出したらすぐに来られました。タイムを計っていらっしゃるようでしたね」

貸ボート屋の主人が思い出すように言った。

「そうですか……。いろいろ有難うございました」

英雄は主人に頭を下げ、足早にトラックの方へむかった。海を見ていると口惜《くや》しさが込み上げてきて仕方なかった。

古町に着いて海側の門から家へ入ろうとすると、材木置場の廃材に女がひとりぽつんと座っているのが見えた。小夜だった。小夜は肩を落し、うつむいていた。英雄はトラックを降りて、小夜の方へ歩いて行った。小夜が泣いているのが遠目にもわかった。

「何をそんなところでめそめそしてるんだ」

英雄が声をかけると、小夜は濡れた頬を手の甲で拭《ぬぐ》いながら英雄を振り返った。

小夜はまだ、子守役の自分が正雄を海へ行かせたことがいけなかったのだと言い続けていた。

――天気予報も聞かないで、私が正雄さんを海へ出したのがいけなかったんです。

小夜は逢《あ》う人ごとにそう話した。斉次郎が浜に着いた時、こんな天気の時、なぜ息子を海へ出した、と小夜を皆の前で叱《しか》りつけたことにも起因していた。英雄は小夜の隣りに腰を下ろした。

「小夜、そんなにいつまでも泣いていたら、正雄が悲しむぞ。そうだろう」

英雄が言うと、小夜は二度、三度と頷き、

「泣くのはもう我慢しようと決めたんです。けど今日、買物へ出かけたら、新町《しんまち》の女の人が正雄さんのことを噂《うわさ》していて、正雄さんは事故で死んだんじゃなくて、自殺をしたんだって話してるのを聞いたんです。その女は前から高木の家をよく言わない人で、高木の家は普通じゃない人たちだから子供も嫌になって自殺したんじゃないのかって、だから私、言ってやったんです。出鱈目《でたらめ》を言ったら承知しないって……。私、口惜しくて……。やっぱり私がいけなかったんです」

そう言ってまた小夜はしゃくり上げた。英雄も小夜の話を聞いて、怒りが込み上げて来た。新町でも古町でも、高木の家の者に表では愛想を言っても、陰で自分たちのことをどう言っているのかを、英雄は子供の時から知っていた。小学生の時に、新町の上級生から、おまえの家は犬を喰っているとからかわれたこともあったし、上京して隆と殴り合った時、逆上した隆の口から、高木の家は獣《けだもの》の家だと皆陰口を叩《たた》いていると言われた。高木の家に流れ者や前科者が身を寄せていたことは事実だし、刑事たちが家を見張っていたのを何度も目にしていた。だが正雄の死を、高木の家のせいにする噂話は許せなかった。

正雄が子供の時、韓国学校の教師が教える夏期講習に、斉次郎の勧めで参加した。そこで覚えた歌を正雄は近所の子供の前で歌い、からかわれて石を投げつけられたことがあった。その時は、正雄と二人して後から相手に仕返しに行ったのだが、死んでからもそんなことを言われる正雄が不憫《ふびん》に思えた。

「わかった。俺が耳にしたら強く言っとくよ。けど、このことは絹さんに話すなよ」

英雄は小夜の肩を叩いて言った。はい、わかっています、と言って小夜は涙を拭いた。

夕刻になって、英雄の右足がひどく痛み出した。正雄の捜索で岩場へ行った時、足を滑らせ、岩場に根づいた藤壺《ふじつぼ》で太腿《ふともも》を怪我《けが》していた。その傷口が化膿《かのう》していた。それを知った絹子が傷口を見せなさい、と険しい表情で言った。傷口から出た膿《うみ》がズボンの色を変色させていた。それを見て絹子は顔色を変えた。小夜に大声で消毒液と包帯を持って来させると、英雄の傷口を塩でおさえ、そこに口を当てて膿を吸った。太腿に激しい痛みが走った。絹子は小夜の持つ洗面器に吸った膿を吐き出した。英雄はこんなことをする絹子を初めて見た。

源造が呼ばれて、英雄は屋敷町にある病院へ連れて行かれた。

その病院は高木の家が昔から世話になっていて、院長の柴孝作《しばこうさく》は戦争中に軍医として南方戦線に行っていた。斉次郎が若い時に喧嘩沙汰《けんかざた》で大怪我をした時、診てくれる病院がなかったのを、柴は何も言わず治療してくれた。以来、高木の家の者は、この病院へ通うことになった。子供たちが熱を出した時、柴は夜半でも古町まで往診に来てくれた。英雄も高校生の時には盲腸《もうちょう》の手術を受けたことがあった。治療は荒っぽかったが、腕はたしかな医者で、斉次郎をはじめ高木の者は柴のお陰で無事にやってこられたと信じていた。

柴院長が赤い顔で診察室にあらわれた。酒の臭《にお》いがした。

「おう、どうした勘当息子《かんどうむすこ》……」

「……」

「弟さんの捜索の時に岩場で足に怪我をされまして、傷口が膿を持ったようでして

源造が説明すると、

「本当に惜しいことをしたのう。……どれ見せてみろ」

正雄の葬式に顔を出していた柴院長は神妙《しんみょう》な顔で言い、英雄の傷口を見た。柴は乱暴に傷口を鉗子《かんし》で叩いた。英雄は痛みで飛び上った。

「膿は全部出とるな。消毒もしてあるようだ。心配はない。しばらく安静にして、酒は飲むな」

そう言ってから英雄をまじまじと見て、もの静かな口調で言った。

「斉次郎に似て来たな。人の言うことをきかん顔をしとるわ。いずれ家に戻ってやれ。今は斉次郎も気落ちをしとるから、嘘《うそ》でもいいから戻ると言ってやれ。斉次郎がやって来たことは、そこらあたりの会社の社長がしとることより、よほど増しなことだ。今はわからんだろうが、おまえにもいずれわかる時がくる」

源造は柴院長の言葉に頷いていた。

「親父《おやじ》が俺とのことを話したんですか？」

「斉次郎は、そんなことを話す奴《やつ》じゃない。斉次郎が死んだ弟の進路の件で相談に来たんじゃ」

「正雄の進路？」

英雄が訝《いぶか》しそうな顔をすると、

「そうじゃ。今となっては仕方ないことだが、斉次郎はお前の弟を医者にして後々高木の家を、病院にしようと思っとったようじゃ。そのことで今年の春、わしのところに正雄を連れて逢いに来た」

柴院長は斉次郎と話し合って、彼の出身校である北海道の大学の医学部に進めさせるために、正雄を高校から札幌の全寮制の学校に行かせることに決めていたことを話した。

病院を出て古町へ戻る車を、英雄は途中で停めてくれるように言った。車を降りて、英雄と源造は二人で入江沿いの道を歩いた。

「歩いて大丈夫ですか、英さん」

源造が心配そうに訊いた。

「ああ、平気だ。膿を出し切ったら楽になったよ」

「それはよかった。今度はいろいろお疲れさまでございました」

源造が英雄と並んで歩きながら言った。前方に水天宮の石矢倉《いしやぐら》の灯りが揺れていた。太鼓の音が海風に乗って聞こえて来る。夏の祭りや精霊流《しょうりょうなが》しの準備がはじまっているのだろう。

「英さん、さっきの先生の話ですが……。どうか考えて貰《もら》えませんか。おやじさんもひどくまいっていらっしゃいます。せめて仲直りだけでもして頂けると……」

源造が低い声で言った。英雄は黙って歩き続けた。

「おやじさんは英さんが戻って来られるのを諦《あきら》められたわけではないのです。正雄さんに病院をやらせたかったのは別のことです」

英雄には源造の言いたいことはわかっていた。斉次郎に詫びて、高木の家を継いでくれることを望んでいるのだろう。英雄は何と返事をしていいのかわからなかった。

……

盆が近づき、古町界隈《かいわい》では水天宮の祭りの準備で賑《にぎ》やかになり、通りを往来する人も多くなっていた。

東京では姉が無事に女児を出産し、加文先生の亜紀子夫人は男児を出産した。

隆が帰省して、正雄に線香を上げに来た。

「大変じゃったのう。話を聞いてびっくりしたわ。正雄君はええ奴じゃったからの。いつも英ちゃんの後をついて来とったの……」

隆は英雄と新湊《しんみなと》劇場へむかって歩きながら言った。英雄は黙って聞いていた。

夕刻まで映画を二本観《み》て、英雄は隆と別れ、加文先生の家に寄った。

屋敷町にむかって歩きながら、別れ際《ぎわ》に隆が言った言葉がよみがえった。

――御袋さんも淋《さび》しそうじゃったのう。わしの気のせいか、英ちゃんの家は静かになってしもうとるな……。

正雄が死んで、喪《も》に服していることもあり、家の中は静かなのだろうが、隆が言ったことは、そのことだけではない気がした。新町にあった旅館とキャバレーを斉次郎は畳《たた》んでいた。それは港が少しずつ衰退していることにも起因していた。産業燃料の主要資源が石炭から石油に取って代わり、運送手段も船から電車、車に変わりつつあることもあった。新開地《しんかいち》を歩いても、店の数は減っていたし、繁華街も新町、古町から駅周辺に移っていた。

――時代はどんどん変わります。斉次郎はそれを見越して、新しい仕事を駅の方へ移していた。これからは英さんたちの時代です。わしらではついて行けないほどです。

源造が入江で言った言葉が耳の奥から聞こえた。

――正雄の死は、俺に、あの家へ戻れと言っているのだろうか……。

毎日、縁側に座って庭先を見つめている絹子。どことなく活気のない高木の家。正雄の死を自殺だとする噂話……。

　――俺が家に戻ることで、それらのことが変わっていくのなら……。

　英雄は胸の中で呟《つぶや》いた。

　前方に加文先生の家が見えて、英雄は先生の家の隣りにある酒屋で出産祝いの酒を包んで貰い、玄関の呼鈴《よびりん》を鳴らした。中から先生の大きな声がして、英雄が名前を告げると、入ってくれと返事が返ってきた。

　先生は赤児《あかご》を風呂《ふろ》に入れていた。風呂場を覗《のぞ》くと、赤児を抱いた先生が緊張した顔で湯舟の中にいた。白布にくるまれた赤児は目を閉じてちいさな手足を動かしていた。

　英雄が居間で待ちながら壁に目をやると、和紙が貼《は》ってあり、命名《めいめい》、又吉正吾《またよししょうご》と墨《すみ》文字で書いてあった。タオルでくるんだ赤児を抱いた亜紀子夫人が風呂場から出て来て、英雄の前で立ち止まり、壁の紙を見上げて言った。

「加文が、正雄君の一文字を貰って命名したの」

　夫人は笑いながら奥の部屋へ消えた。英雄は壁の紙を改めて見た。

　先生がビール壜《びん》を手に居間に入って来て、暑いだろうが蚊《か》が入って来るので窓を閉めたままで我慢しろと言われとる、この家の主人はもう息子だ、と奥の方を見て目を細めた。英雄が笑って頷いた。

「家は少し落着いたか？　ご両親はしばらく大変だろうから、君が元気づけてやるんだな」

そう言って先生はビールの栓《せん》を抜き、英雄のグラスにビールを注いだ。グラスを合わせて乾杯し、二人は一気にビールを飲み干した。英雄が壁の紙を見ると、先生も振り返って紙を見上げた。

「正雄君の一文字を勝手につけさせて貰った。正雄君の分まで正吾には生きて欲しい。ひとつの命が別れを告げれば、新しい命が誕生する。私は、それが摂理《せつり》だと思う。君も今、たったひとりの弟を亡《な》くして哀《かな》しいだろうが、死は、それを見つめ、受け止めて、君が、ここにしっかりと抱擁して生きるしかない」

加文先生はそう言って英雄の胸板を指さした。

「とは言え、それは理屈だ。哀しい時は哀しむのが一番いい。めそめそでも、おいおいとでも泣く方がいい。酷《こく》なことを言うようだが、哀しむだけ哀しむことだ」

赤児を寝かせつけた亜紀子夫人が居間に来て、正雄の供養《くよう》だと、その夜、三人は夜半まで酒盛りをした。持って来た祝い酒も空になり、もう一本の日本酒も飲み干した。

英雄は暇《いとま》を告げて立ち上った。

英雄を玄関先まで送りに出た亜紀子夫人が、英雄の手を握りしめ、目に涙を溜《た》めて言った。

「英雄君、人は誰かの死を背負って生きるしかないものよ。皆そうして生きているの。あなたが生き抜くことで、死んだ者の生は救われるの。覚えておいて……」

英雄は夜の道を歩きながら、今しがた見た夫人の瞳《ひとみ》を思い浮かべた。正雄の死を夫人は自分の家族の死のように哀しんでくれている。なのに英雄は正雄が死んでから、涙したことも泣き叫んだこともなかった。英雄の胸の中には、なぜ正雄が死ななければならなかったのか、という怒りしか湧《わ》いて来なかった。人前で泣くことが嫌だったこともあるが、正雄が死んだのだという実感が湧かなかった。

英雄は真《ま》っ直《す》ぐ家に戻らず、旧桟橋の方へむかった。すでに桟橋はなく、そこには新しい堤防ができていた。英雄は堤防の階段を降りて、岩場へ腰を下ろした。

紡績工場の灯りが煌々《こうこう》と点《とも》っていた。煙突から立ち昇る煙りが夜空に流れて行く。工場の機械の音がかすかに届く。潮は引いて、波音は失《う》せている。対岸を見ると、漁師小屋がちいさな影になって浮かんでいた。去年の大晦日《おおみそか》に正雄と待ち合わせた小屋だった。

正雄の手とちいさな布袋が薄闇《うすやみ》の中に浮かんだ。それは英雄が斉次郎と殴り合いになり、家を出ることになったとき、駅への途中で別れ際に正雄が渡そうとした金の入った袋だった。

「ちょっとしかないが持ってってくれ。俺は兄ちゃんに何もできんでおったから……」

何もできなかったのは俺の方だ。おまえが海に落ちて助けを求めている時に……。

英雄は鼻の奥が熱くなった。唇を噛《か》んで涙を堪《こら》えた。入江の水面を見ているうちに、赤児だった正雄の顔や材木置場の壁にボールを投げていた少年の正雄の姿が次から次にあらわれては消えて行った。英雄はそれらをじっと見つめていた……。

正雄のことを考えているうちに英雄は少し眠っていた。……目を開くと、夜が明けて入江の水位が少し上っていた。背後で工員の交替時間を告げる工場のサイレンが響いた。英雄は立ち上った。

海側の門から家に入ると、小夜が東の棟の部屋から出て来るのが見えた。小夜は手に花壜を持っていた。英雄を見て小夜は驚いたのか、花壜を落して立ち竦《すく》んだ。

「どうしたんだ？　小夜。こんな時間に何をしてるんだ？」

「正雄さんの部屋の花をかえてたんです」

小夜が出て来たのは、以前、英雄が使い、英雄が上京してからは正雄が使っていた部屋だった。

英雄は正雄の部屋に入った。綺麗《きれい》に掃除がしてあった。机の上には参考書とノートが置いてある。正雄が海へ出た朝のままにしてあるようだった。机の隅には斉次郎と絹子と三人で撮った写真が立てかけてある。正面の壁に貼《は》ってあるのは、ガリ版刷りのサッカー部の練習スケジュール表だった。左の壁には学生服と帽子がかけてあった。絹子がそのままにしているのだろうか。

英雄は机の脇《わき》の本棚を見た。サッカーの教本と一緒に、英雄が目にしたことのない本が並んでいた。『コンチキ号漂流記』『スコット探険日誌』『樽《たる》に乗って一万キロ』『南米大陸を横断した男』……。ほとんどが探険記か冒険小説だった。その本の端に、シュバイツァー博士の伝記もあった。

表戸が開いて、小夜が花を活《い》けた花壜を手に入って来た。

「小夜、正雄は、こんな本ばかりを読んでたのか?」

英雄が訊《き》くと、小夜は少し顔を曇らせて、

「ええ、正雄さんは本当は冒険家になりたかったんです。ですからボートに乗りに行かれて……」

正雄が冒険家になりたいと話していたのは、英雄も知っていたが、それがボートに乗ることとどういう関係があるのか、英雄にはわからなかった。

「どういうことだ?」

「ですから、いつかボートで外国の海を渡るんだとおっしゃって……。去年の夏も納《な》屋《や》から醤油《しょうゆ》の大樽を出してこられて佐瀬川まで一緒に出かけたんです」

「醤油樽を？」

「はい。そこの本棚に樽に乗って海を渡った人の本があるはずです。樽船を試しに二人で出かけたんです。あの……、旦那《だんな》さまや奥さまには内緒にしておいて下さい。でないと、また私、叱《しか》られてしまいます」

小夜が泣きそうな顔で言った。

「ああ、わかったよ」

小夜が部屋を出てから、英雄はあらためて本を見直した。棚に並んだ本の背表紙はどれも手垢《てあか》がついていた。正雄はこれらの本を何度も読み返したのだろうと思った。英雄は自分の知らない正雄の一面を見た気がした。と同時に正雄は純粋な若者だったのだと思った。

——ちいさい時から、あいつはそうだったものな……。

英雄は畳の上に寝転んだ。本棚の一番下の段を見ると、美術全集が並んでいた。その全集は英雄の絵がスケッチ大会で賞を貰った時に絹子が買ってくれたものだった。英雄はその全集を本棚から取り出した。すると一緒にちいさな本が一冊零《こぼ》れ落ちた。

灰色のカバーの本には、当用日記と表紙があり、正雄の名前が記してあった。

正雄の日記帳だった。正雄は日記帳を全集の陰に隠しておいたのだろう。英雄は日記帳を元の場所に戻しておこうと思った。その時、正雄が自殺をしたのではないかという近所の噂《うわさ》のことを思い出した。英雄は外の気配を窺《うかが》った。小夜が戻って来る気配はなかった。

海へ出かける数日前の日記に何か書いてないか読んでみようと思った。もしも自殺を匂《にお》わす記述があれば、この日記帳を処分してしまおうと思った。

海へ出る前の日の日記には、明日、富海へ出かけて岬から岩場までを十往復する、と記してあって、その目標の時間が綺麗な数字で書き込んである。その数日前は簡単にサッカー部の練習と期末試験の課題のことが記してあった。真面目《まじめ》な正雄の性格が出ていた。

日記を閉じようとした時、中から四つ折りにした五百円札が一枚舞い落ちた。英雄は札を拾って日記帳に仕舞おうと頁《ページ》を捲《めく》った。そこだけ中がへこんだ、札を挟んでいた頁が見つかった。札を置こうとして、英雄は手を止めた。そこに英雄の名前があった。英雄は今年の正月から日記を拾い読みはじめた。読んで行くうちに、英雄の手が震え出した。大粒の涙が溢《あふ》れ、畳に落ちた。

一月八日
サッカー部の今年初練習。監督より各自が課題を持って練習するように言われる。僕の課題はドリブル。部室掃除で煙草《たばこ》の吸殻が見つかったことで主将より説教を受ける。喫煙しているのは三年生のはずなのに、下級生を叱《しか》るのはおかしいと思う。本屋から『スコット探険日誌』が届く。

三月十二日
父に呼ばれて、医者にならないかと言われた。父は英雄兄さんが家を出て行ったので高木の家は僕が医者になり、大きな病院を建てるのだと言った。英雄兄さんのことを話すと、父は怒った。兄さんがどうして家を出て行くのかはわからないが、兄さんにはやりたいことがあるのだろう。僕は本当は冒険家になりたいのだけど、兄さんは僕が子供の時からずっと僕を守ってくれた。僕のためなら歳上《としうえ》の人にでもむかって行ってくれた。兄さんに僕は何もお礼ができていない。だから僕が医者になることで英雄兄さんを助けることができるのなら、僕は医者になろう。シュバイツァー博士もアフリカへ行っている。僕は医者の大学へ行き、医者になって病院を建てたら、その後で冒険へ出よう。そのためには身体を鍛えておかなくてはならない。

七月二十日

期末試験の成績発表。数学の点数が落ちた。どうも数学の成績に波がある。得意な問題ばかり解くのがいけないのだろう。B組の女生徒から映画に誘われるが、先日も映画に行った生徒が補導の先生に呼び出された。どうして十日も後になってばれるのだろうか。密告する生徒がいるという噂。卑怯《ひきょう》なやつだ。映画、どうしようか。明日は夏休みの第一日目。富海へボートを漕《こ》ぎに行く。岬から岩場を十往復すること。タイムを上げること。

英雄は日記を閉じると、畳を拳《こぶし》で何度も叩《たた》いた。正雄がこんな気持ちで自分のために犠牲になってくれていたことを初めて知った。

「な、なんて、俺って奴《やつ》は馬鹿《ばか》なんだ」

英雄は喉《のど》の奥から絞り出すような声で泣き崩《くず》れた。身体の奥にかたくなに封じ込めていた感情が涙とともに一気に溢れ出した。……

お盆の前日、英雄は絹子に言われて華羽山《はなわやま》の南手にある寺へ届け物に出かけた。山門を潜り、境内《けいだい》に入って本堂《ほんどう》にむかい大声を出したが返事はなかった。庫裏《くり》を覗いたが、戸は開け放たれたままで人の気配はなかった。

左の方角から人の声が聞こえた。境内を左手に回ると、墓所に数人の人影が動いているのが見えた。かけ声が聞こえる墓の隅を見ると、幸吉の姿があった。丸太に吊《つる》した墓石を男たちが引き上げている。和尚《おしよう》のうしろ姿も見えた。

数日前、墓のことで斉次郎と絹子が話していたのを思い出した。

斉次郎がこの土地に渡って来て、一代で築いた高木の家には墓がなかった。斉次郎は以前から、高木の家で死んだ者の供養を引き受けてくれていたこの寺に、墓所を作らせて貰《もら》えないかと頼んでいた。高木の家の事情を知る檀家《だんか》の中には反対する者もあったらしいが、和尚は檀家総代を説得し、高木の家を檀家に入れてくれた。斉次郎は、この土地に来て自分に縁があった者や、高木の家に居た身寄りのない者の仏を、この寺の無縁墓地におさめ供養してもらっていた。春秋の彼岸《ひがん》と盆には、高木の家の者は皆して墓参りに行くのが慣《ならわ》しだった。英雄も子供の時から、何度もこの寺に来ていた。

英雄が近づいて行くと、幸吉が会釈《えしやく》した。和尚が英雄を振り返り、

「立派な墓ができたのう」

と目を細めて言った。見ると高木家之墓と文字が刻まれた墓石が夏の陽差しにかがやいている。その墓の右隣りに少し小振りの墓石が石工《いしく》の手で組み立てられていた。

「こっちの墓はどこの墓じゃ？」

英雄が幸吉に隣りの墓を指さして訊いた。

「これはわしらがいずれ入る墓です。リンさんの骨も石健さんの骨も明日、ここへ移されます」

幸吉が笑って、昔、高木の家の者だった人たちの名前を言うと、和尚は、

「おまえの父上はたいした人だ。なかなかできるものではない」

と言って、石工と幸吉に後の仕事を頼み、本堂の方へ歩きはじめた。英雄は和尚の後に続いた。

「家の中は少し落着いたか？」

和尚は、以前から月に一度は寺に供養に来る絹子とは親しかったし、正雄の通夜《つや》と、葬式の経を読みに来たので、葬儀の折の高木の家の混乱ぶりを知っていた。

「はい。やっと御袋も表へ出るようになりました」

「そうか、そりゃよかった。おまえもたったひとりの弟を亡《な》くして淋《さび》しいの。しかし一番辛いのは父上と母上じゃ……」

和尚はそう言って、境内の隅にある洗い場の柄杓《ひしゃく》で水を汲《く》むと喉を鳴らして飲んだ。

英雄はこの和尚が好きだった。和尚は若い時にアメリカへ渡って布教を続けた人物だった。英雄が子供の頃、人が死んだらどこへ行くのか、極楽や地獄はあるのか、と訊くと、和尚はいつも笑って、わしにもよくわからん、死んでみればわかる、と言って大声で笑っている人だった。少年の英雄が唐突に和尚に質問するのに絹子が困惑していたのを、英雄はよく覚えている。

和尚は本堂に腰を下ろすと、絹子からの届け物を仏前に供えて手を合わせた。

「和尚さん、人が死ぬのに順番はあるんですか？」

英雄が訊くと、和尚は英雄の顔をじっと見つめた。

「そんな順番はない。すべて運命《さだめ》じゃ」

「その運命は誰が決めるんですか？」

和尚は包みを解いて、重箱の中から煮物の小芋《こいも》を手で摑《つか》み、口に放り込むと、舐《な》めた指で本堂の天井を指さした。

「仏さんが決めるってことですか？　仏さんを和尚さんは見たんですか？」

和尚は芋を口に入れたまま小首を傾《かし》げた。

「正雄は、俺のせいで死んだんです」

　和尚は芋を飲み込んで、英雄を見据えた。

「よう似とるな。母上と同じことを言う。人が死ぬのは、たとえ誰かに殺《あや》められても運命じゃ。世の中で起きることはすべてが人の手によるもんではない。それを考えると仏さんは存在して来る。森羅万象《しんらばんしょう》に仏さんは宿っておる。弟は新しい世界でゆっくりしておるじゃろう」

「和尚さんはいつもそう言うが、俺はよくわからん」

「そりゃ、わしとてわからん。わかっておることは、おまえさんが懸命に生きにゃならんということじゃ」

　和尚は立ち上って、英雄に裏門に届いている卒塔婆《そとうば》を運んで来るように言った。


……


　家に戻ると、仏前に男と女が並んで座り、手を合わせていた。英雄が広間の洗い場で足を洗い縁側に回って足を拭《ふ》いていると、背後で声がした。

「英ちゃん、今度は大変じゃったのう」

　振りむくとネクタイをしたツネオがいた。ツネオの背後に女がひとり神妙な顔で立っていた。

「ツネオか……。そんな恰好《かっこう》しとるからわからんかった」

英雄はツネオと背後の女性を見た。

「わしの嫁じゃ。サトという。サト、挨拶《あいさつ》をせんか。英ちゃんじゃ、いつも話しとったじゃろう」

ツネオの言葉に英雄は驚いて二人を見た。女性はおずおずと英雄の前へ出て、か細い声で、サトです、よろしゅう願います、と四国訛《なま》りの言葉で挨拶した。

「英雄、そんなところに、ぼうっと立って何をしてるの。お二人を奥に御案内したら」

絹子が西瓜《すいか》を載《の》せた盆を手にあらわれた。

ツネオは広島の工場から、四国・松山にある板金工場に移り、そこで市場で働いていたサトと知り合ったらしい。よく日焼けした肉づきのいいサトは、煙草を吸うツネオの前に灰皿を出したり、西瓜の種を取ってやったり、甲斐《かい》甲斐《がい》しく務めていた。うつむき加減にした目元が誰かに似ていると英雄は思った。

——由紀子《ゆきこ》に似ているんだ……。

英雄は五年前に北朝鮮に帰って行った、ツネオと仲が良かった金本《かなもと》由紀子にサトがどことなく似ているのに気づいた。

「私もサトさんと同じ歳《とし》に嫁《とつ》いだのよ」

絹子がサトに話しかけていた。サトは絹子に愛想笑いをし、ちらりとツネオの方を見た。ツネオは嬉《うれ》しそうに笑っていた。

家に泊っていって欲しいと言う絹子に、ツネオは今日の夕刻の列車で広島へ入り、母親の墓参りを済ませてから、親戚《しんせき》に貰われていった妹の田津子《たづこ》を迎えに行くと言った。

英雄は二人を曙橋《あけぼのばし》のバス停まで送った。バスが来る時刻にはまだ余裕があった。三人は橋の欄干に凭《もた》れて周囲を見渡した。辰巳《たつみ》開地《かいち》はすっかり整地され、材木工場や紡績工場の下請け会社の敷地になっていた。

「もう見る影もありゃせんのう。サト、わしはここで生まれたんじゃ。ほれ、この橋の下の泥に胸まで入って屑鉄《くずてつ》を拾うとった……」

ツネオの言葉にサトが入江を眺めていた。

「何や、故郷が消えたようで淋しいの。……正雄ちゃんのことはせんなかったの。このあたりでよく三人して遊んだものな。でも英ちゃんに逢《あ》えてよかったわ」

ツネオはそう言ってから、葵橋《あおいばし》の方を指さして新妻に小声で何事かを囁《ささや》いた。英雄にはツネオのうしろ姿がひどく大きく映った。

「そう言えば英ちゃん。新町におって、中学校の先生を刺して逃げた中華料理屋の息子……建将《けんしょう》言うたかの……」

「ああ、宋《そう》建将だ。建将がどうかしたのか？」

「わし、あいつに松山の町で逢《お》うた。声をかけたらむこうはびっくりしとったが、英ちゃんのことを話したら懐《なつ》かしがっとったわ」

「建将は松山にいるのか？」

「いや、大阪におると言うとった」

「元気にしていたか、建将は」

「話してええかどうかはわからんが、あいつは気質《たち》の悪そうな若衆を連れとった……。たぶんヤクザになったんじゃろう。若いのにええ顔になっとったわ」

「本当か？」

ツネオがはっきりと頷《うなず》いた。背後から角満《かどまん》食堂の女将《おかみ》が、バスが来た、と声をかけた。サトが絹子から結婚祝いを貰った礼を言って、丁寧に頭を下げた。

「わしゃ、今年の暮れには父親になる」

ツネオが歩きながら言った。英雄は立ち止まってツネオとサトを見た。ツネオは嬉しそうに頷き、サトが顔を赤らめた。ツネオはバスのステップに足をかけて英雄を振りむいた。

「英ちゃん、わしはもうここには戻って来ることはないが、英ちゃんと英ちゃんの家のことは一生忘れんからの。ありがとうよ」

ツネオはそう言って前歯の欠けた歯を見せて笑った。

英雄は頷いて、ツネオの尻《しり》を叩いた。

精霊流《しようりようなが》しの夜、新しい高木の家の墓に正雄の骨がおさめられた。正雄の名前の記された舟箱が引き潮の入江の水面に浮かび、沖へ流されて行く無数の灯りの中にまぎれて行った。

盆も過ぎて、英雄はそろそろ東京へ戻ろうと思った。サキのことが気になっていた。正雄の葬儀が終った後、サキに教えられた住所に葉書を出したが、返事は来なかった。

まだ蒸し暑い日の続く、八月末のある夕刻、英雄は加文先生を訪ねた。

「そうか、もう行くか……」

加文先生は英雄に日本酒を注ぎながら言った。かたわらで正吾を抱いた亜紀了夫人が笑っている。

「実は、俺……。相談がありまして」

英雄は先生と夫人に正雄の日記帳に書いてあったことを打ち明けた。加文先生は首を傾げてグラスの酒を見ていた。亜紀子夫人の目からは涙が零《こぼ》れそうになっている。

「正雄は俺の犠牲になったんです。……俺、自分のことだけを考えていたことが嫌になりました。正雄の気持ちを思うと、俺はやっぱり高木の家を継ぐべきじゃないかと思うんです」

加文先生が二度、三度と頷いた。目頭《めがしら》を拭《ぬぐ》っていた亜紀子夫人が静かに話した。

「でも、私はやっぱり英雄君は自分のしたいことを見つけに東京へ行くべきだと思う。正雄君の意志がとても偉かったのは、自分のやりたかったことのために海へ出て行ったからだと思うの。彼は自殺なんかする子じゃないもの。死は哀《かな》しいことだけど、自分の目指すことのために海へ出た正雄君を、私たちは誇りに思うべきだわ。人が人の犠牲になっていると考えるのは、英雄君、あなたの傲《おご》りだと思う。人は信念のために死ぬの。私、あなたが正雄君から受け継ぐべきことは、彼の信念だと思う」

亜紀子夫人は顔を紅潮させていた。

英雄が東京へ戻ることを絹子に告げた日の午後、東の庭の隅から煙りが上っていた。見ると斉次郎がひとりで焚火《たきび》の前に椅子《いす》を出して座っていた。背後に絹子が立っていた。斉次郎が絹子を振りむいて、何事かを告げた。絹子は頭を下げて、母屋《おもや》へ引き上げて行った。

英雄は斉次郎の方へ歩み寄った。東京へ戻ることを斉次郎に告げるよう絹子に言われていた。斉次郎の背中がひと回りちいさくなったように感じられた。半袖《はんそで》のシャツから覗《のぞ》いた腕が白かった。あの夜、ボートで見た斉次郎の姿が浮かんだ。

「あのう……」

英雄が声をかけると、

「いつ東京へ行く？」

と斉次郎は振りむきもせずに言った。

「明後日です」

「どこに居ようと、絹子には居所を報《しら》せておけ。おい、そこの新聞紙をよこせ」

斉次郎は言って、右手を出した。英雄は足元の古新聞の束を摑んで斉次郎の手に渡した。斉次郎は足元に置いた書類を火にくべていた。

「何を燃やしてるんですか？」

「船会社をやっておった時の残りもんだ……」

斉次郎は手元に置いた木箱から青色の紙を取り出し眺めていた。それは船の設計図だった。

「正雄があんな風になった時、わしは肝心の船を手放していた。目先の商いに走り過ぎとった罰《ばち》が当たったんじゃろうて。またいつか海へ乗り出す日もあろうかと取っておいたが、もう必要もないんでな……」

斉次郎はそう言って、設計図を破り捨てて火にくべた。木箱の中には紐《ひも》で束ねた手紙や写真も入っていた。

「これはわしが船で運んで来た連中からの便りじゃ。こんなもんを残しておいたら連中のためにならん」

斉次郎は木箱を抱えて、火の上で逆さにふった。中から油紙で包んだものが英雄の足元に舞い落ちた。油紙は赤い糸でしっかりと結びつけてあった。英雄がそれを拾って斉次郎に渡すと、斉次郎はじっと見つめ、

「おうっ、珍しいもんが残っとったのう」

と言って紐を解いた。中から茶褐色になった紙が出て来た。斉次郎は端がところどころ破れた紙をひろげた。それは紙一面に墨で大小の島や、岬や、内海が描かれた地図だった。地図の全体は下方から中央にむかって岬が突き出し、岬の右手には外海から入り組んだ内海の湾が描いてあった。岬の左側は上部にへの字に曲った島に囲まれ

た海が、潟《かた》のようにひろがっている。そのへの字に繋《つな》がった島の外にはまた外海がひろがっていた。岬から島を、岬から内海を結ぶ海上に、細い線が何本も交差して引かれ、無数の数字が書き込んである。海の上にはところどころに赤い線で×印が打ってあった。岬や島には虫眼鏡でないと読めないような細い文字が見えた。目を凝らすと、漢字とハングル文字が併記してある。斉次郎は懐かしそうにその地図を眺めている。

「どこの地図ですか？」

英雄が覗き込んで言うと、

「わからんか……。ほれっ、こうすればわかるじゃろう」

斉次郎が地図を四分の一周回した。英雄は思わず声を上げそうになった。そこには日本列島が縦に連なっていた。

「日本地図か……」

英雄が声を洩《も》らすと、違うな、と斉次郎は、低い声ではっきりと言い、地図をまた元に戻した。

「これは大陸から見た海図じゃ。この右手が黄海に東シナ海、豆粒のようなのが奄美《あまみ》群島、沖縄、そして台湾じゃ。こっちのへの字に繋っとるのが日本と樺太《からふと》、その先がオホーツク海じゃ。これは咸興《かんこう》の船乗りが作った海図で、どんなにちいさな潮流も浅瀬も書き込んである。これさえあれば海が荒れようが、船が難破しようが、どこへ流れ着くかが一目でわかる。わしはこの海図を見た時、いつかこの海で一番の仕事をしたいと思うた……」

斉次郎の声が力なく途切れた。

「この海図、貰っていいですか？」

斉次郎は黙って海図を持つ手を伸ばした。英雄は海図をもう一度眺め直し、油紙と紐を拾って包んだ。

「英雄……」

呼ばれて英雄が斉次郎を見ると、斉次郎はじっと炎を見ていた。

「わしはもう一度、この家を建て直してみる。わしのやり方でやる。おまえが何かやりたいことがあるならやってみればいい。但《ただ》し、敗れて戻ることは許さん。くたばるならおまえひとりで死ね。絹子をこれ以上泣かせるわけにはいかん。それを覚悟で生きて行け」

「わかりました。ありがとうございます」

英雄は焚火を見つめる斉次郎の背中に頭を下げて、庭を出て行った。

第九章　失　意

列車の窓辺に頬杖《ほおづえ》をついて、英雄は車窓に流れる風景をぼんやりと眺めていた。つい今しがた、うたた寝から目覚めたばかりの英雄の目には、流れる景色も、目の前で眠り込んでいる乗客の姿も、虚《うつ》ろに映っていた。

夜の海に浮かんでいた漁火《いさりび》は消えて、東の空がかすかに仄白《ほのじろ》くなりはじめてきた。空と海とが色彩を分けようとしている。

車輛《しゃりょう》の非常燈の中に、正雄の姿が浮かんだ。それは、納骨を終えた夜から英雄の夢の中に何度かあらわれた正雄の幻だった。

初七日を過ぎてから、絹子《きぬこ》も小夜《さよ》も、夢の中に正雄があらわれて元気そうに笑っていた、と話すのだが、英雄は正雄の夢を一度も見たことがなかった。自分の夢の中にだけ正雄があらわれないのは、己の身勝手で斉次郎《さいじろう》と揉《も》め事を起こし、正雄に負担をかけていた英雄を、正雄が許していないからだと思った。夢の中に正雄があらわれたら、済まなかったと素直に謝ろうと思っていた。

　ところが納骨後、初めて夢の中に正雄が笑いながらあらわれた時、

　――何だっ正雄。おまえ、やっぱり生きていたのか。

と英雄は思わず口走り、ボートを波打ち際《ぎわ》に曳《ひ》いていく正雄のうしろについて、自分もボートを引きずりながら歩いていた。

　――おい、待てったら、正雄。おまえのことをずいぶん探したんだぞ。御袋《おふくろ》に元気なところを見せてやったのか。

　英雄が声をかけると、正雄は頷《うなず》きながらボートに飛び乗った。そうか、皆にはもう逢《あ》っているんだ、と納得しながら、沖にむかってどんどん漕《こ》ぎ出す正雄を追い駆けて櫓《ろ》を漕いだ。やがて海は荒れはじめ、二人のボートは大きく揺れだした。

　――おい、正雄。今日はこのくらいにしておけって、引き返そうや。

　英雄が声をかけると、波音の中から正雄の笑い声がした。

　――平気だって、兄ちゃん。東京へ行って意気地《いくじ》がなくなったのか。

　正雄のボートがどんどん離れて行く。そのうしろ姿にむかって英雄は大声で叫び、そこで目覚めた。……

　同じ夢をもう何度も見た。なのに正雄があらわれると、その都度《つど》やはり生きていた

んだと英雄は喜んでしまう。そうして荒れ狂う波間へ消えて行く正雄に大声を上げて目覚める。闇《やみ》の中でうろたえて英雄は吐息《といき》を零《こぼ》す。

「また同じ夢か……」

英雄は呟《つぶや》いて、ポケットの中から煙草《たばこ》を取り出してくわえた。ライターで火を点《つ》けると、列車の窓ガラスに自分の顔が映って揺れた。

――あなたが正雄君から受け継ぐものは、彼の信念よ。正雄君は自分の目指すことへのために海へ出て行ったのだと思う……。

亜紀子夫人の声が耳の奥によみがえった。

――俺《おれ》に、そんなことができるんだろうか……。

車内放送が、間もなく大阪駅に着くことを告げた。

列車が大阪駅に着くと、空腹を覚えた英雄は数分の停車の間に駅弁を買った。大勢の乗客が乗り込んで来て車内は賑《にぎ》やかになった。

九月に入ったというのに、暑い日が続きまんなあ。ほんまや、こう暑うてはかなわんわ……。何や、けったいな話でんな。活気のある関西弁が聞こえて来る。元気な客たちを見ながら英雄は、まだ一度も見たことがない大阪の街は、どんな所だろうかと思った。

目の前に赤児《あかご》を抱いた若い夫婦が座った。日焼けした坊主頭《ぼうず》の父親と小太りの母親を見て、英雄は曙橋《あけぼのばし》のバス停で別れたツネオとサトのことを思い出した。ツネオが結婚したことにも驚いたが、もうすぐ子供ができると聞いて、英雄にはとても実感が湧《わ》かなかった。ツネオの方が自分よりも大人なのだと思った。

——いったい俺は何をやってるんだ？

英雄は目の前で赤児をあやす若夫婦を見ながら思った。

車窓に目を移すと、大阪の工場街の煙突からは、早朝にもかかわらず白い煙りが立ち昇っていた。大阪の街並みを眺めているうちに、ツネオが松山の町で宋建将《そうけんしょう》に逢ったと言っていたことを思い出した。

建将は本当に大阪でヤクザになってしまったのだろうか。建将が選んだ生き方なら、それはそれで仕方がないのだろうが、彼の行方がわかったことが英雄には嬉《うれ》しかった。英雄は建将に一度逢いたかった。建将になら家を継がなかった自分の気持ちや正雄の死で感じていることを正直に話せる気がした。

英雄は弁当を食べ終えると、急に眠くなり、目を閉じた。……

名古屋止まりの急行列車を乗り換えて、英雄は東京にむかった。

英雄は東京行きの列車に乗り換えてから、ずっとサキのことを考えていた。
三田尻《みたじり》から英雄は二度、サキに手紙を出した。返事をくれるように書いておいたが、サキから便りは来なかった。

正雄を捜索している時も、何かの拍子にサキのことが思い出された。サキへの手紙には正雄が行方不明になっていることは書いたが、長い間サキに逢えずにいることの不安が募った。

午後の三時に列車が東京駅へ着くと、英雄はその足で真っ直《まっす》ぐ浅草へむかった。いきなり逢いに行って、サキを驚かしてやろうと思った。盆を過ぎれば、千束町《せんぞくちょう》の小料理屋〝しなの〟を退《や》めて伝法院《でんぽういん》裏の〝いさみ屋〟で働いているはずだった。

伝法院に近づくと、英雄の胸は高鳴った。サキは自分の姿を見て、どんな顔をするだろうか。サキのまぶしい笑顔を思い出し、英雄は歩調を早めた。

店の前に立って中を覗《のぞ》いたが、サキの姿は見えなかった。英雄は店に入った。厨房《ちゅうぼう》の方に首を伸ばして見渡した。サキは居なかった。休みなのだろうか。注文を取りに来た女に、英雄はサキのことを訊《き》いた。女は、そんな娘はこの店にはいないよ、と素《そ》っ気《け》なく答えた。英雄は、奥から出て来た恰幅《かっぷく》の良い主人らしき男にサキのことを話した。主人はサキのことを覚えていて、ここには働きに来なくなったと言った。英雄は不安になり、主人にサキがどこで働いているかを尋《たず》ねたが、主人は首を横にふり、入って来た数人の客を愛想笑いで迎えると、奥へ消えた。

英雄は店を出て、千束町のサキの義姉《あね》の店にむかった。サキはまだ〝しなの〟で働いているのだろうか。だとしたら、あの義姉が無理遣《むりや》りに働かせているに違いないと思った。

〝しなの〟の前に来た。店は閉まっており、〝売店〟と書いた紙が雨戸に貼《は》ってある。

英雄は訳がわからず、店の裏へ回った。裏木戸にははすかいに板が打ちつけてあった。英雄は通りへ出て、もう一度店を見回し、二階を見上げた。二階の窓も雨戸が閉まっていた。その時、〝しなの〟の隣りの小料理店の戸口が開き、バケツを手にした老婆《ろうば》があらわれた。

「すみません。この店はどうなったんでしょうか？」

英雄が訊くと、老婆は英雄を足元からジロリと見上げて、周囲を窺《うかが》いながら教えてくれた。

「先月の初めに警察の手入れがあって、女将《おかみ》さんと従業員の女たちが捕《つか》まっちまったんだよ。お陰でこっちもとばっちりを受けて、ひどく迷惑してるのよ」

「警察に捕まった？……」

英雄が訊き返すと、老婆はそばに寄ってきて小声で言った。

「派手に女たちに客を取らせていたからね、この店は……」

「み、店で働いてた女の人も捕まったんですか？」

「二人か三人、警察に連れて行かれたはずだよ」

「そ、それで、捕まった人はどうなったんですか？」

「そこまでは知らないよ。元々、地の人間とは違うからね。おそらくこれに懲《こ》りて、店を畳《たた》んだんじゃないのかね」

老婆は訝《いぶか》しげな表情で英雄を見ると店に戻っていった。

英雄は浅草警察署へむかって走り出した。警察に捕まったサキの姿を思うと、哀れで仕方なかった。サキはあの店を手伝っていただけだから、ひどい目にはあっていないはずだ、と自分に言い聞かせながら警察署へ駆け込んだ。

警察の受付で事情を説明したが、何も教えてくれなかった。英雄は警察署の前の階段に座り込み、サキはどうしたのだろうかと考えた。

サキは義姉と住んでいると言っていたのを思い出し、手紙を出した住所を訪ねてみることにした。

訪ね当てた石浜町の古いアパートは、盆過ぎにすでに空室になっていた。アパートの住人に義姉とサキの移転先を訊いたが、迷惑そうな顔で、知らないと言われた。英雄は途方に暮れた。

英雄は伝法院通りへ引き返し、他の店を覗き、サキを探した。どこにもサキの姿は見当たらなかった。日が暮れて、英雄は三軒茶屋のアパートに戻ることにした。もしかしてサキから何か連絡が届いているかもしれない。

アパートの郵便受けには、サキからの手紙はなかった。大学の同級生の後藤憲太郎《ごとうけんたろう》からの暑中見舞いの葉書が入っているだけだった。

アパートの部屋に入ると熱気とカビの臭《にお》いが鼻をついた。ひと夏閉め切っていたせいで、蒸し返すように空気が淀んでいる。雨戸を開け放って部屋に風を通し、天井の灯《あか》りを点けると、英雄は畳の上に座り込んだ。

――サキはどこへ行ってしまったのだろうか……。

英雄は後藤からの葉書を見た。葉書はボクシング部の合宿先の伊豆から届いていた。後藤の字は外見に似ず、女性が書いたように綺麗《きれい》だった。女子テニス部の合宿先に近いので毎日が楽しい、と綴《つづ》ってあった。

英雄は浅草へ引き返して、もう一度サキを探そうかと思ったが、どこをどう探せばいいのかわからなかった。旅の疲れもあって、英雄はそのまま畳の上で眠り込んでしまった。……

まぶしい陽差《ひざ》しで英雄は目覚めた。

高速道路の工事の騒音と、玉電の走る音が、開け放った窓から聞こえた。

ドアを叩《たた》く音がして、英雄は起き上った。ドアを開けると郵便配達人が立っていた。

高木英雄さんですね。速達書留です、と若い郵便配達人が封筒を差し出した。宛名《あてな》への文字を見ると、女性の筆跡だった。英雄は判子《はんこ》を捺《お》して郵便配達人に渡し、サキからの手紙かと心躍らせて裏を見た。手紙はサキからではなく北条美智子《ほうじょうみちこ》からだった。

英雄は肩を落とし、封書を開いた。甘い匂《にお》いのするピンクの便箋《びんせん》に五百円札が二枚挟んであった。

美智子は英雄が三田尻から東京に発《た》った翌朝、高木の家に電話を入れて正雄の死を絹子から聞き、すぐに速達を出していた。正雄の死を知った驚きと悔みの言葉が認《したた》めてあり、追伸で英雄に直接逢って話がしたいから連絡が欲しいと、住所と電話番号が記してあった。

英雄は一階に降りて、管理人室で電話を借り、手紙にあった番号を回した。

落着いた女性の声が電話口に出て、英雄が美智子の名前を告げると、すぐに美智子の声が返って来た。

「英雄君？　手紙が届いたのね。この度は本当にご愁傷《しゅうしょう》さまでした……。私、英雄君のお母さんから聞いて驚いたわ。ねぇ、あなたの方は大丈夫？」

美智子が心配そうに尋ねた。

「ああ、大丈夫だよ。それに丁寧《ていねい》にお香典《こうでん》まで送って貰《もら》ってありがとう。田舎《いなか》に送っておくから……」

「ねぇ、英雄君、これから逢えない？」

「今日はちょっと用事があって……」

英雄はすぐにもサキを探しに出かけようと思っていた。

「大学に行くの？　なら授業が終った後でもいいわ」

「いや、浅草へ行く用事があるんだ」

「それなら渋谷から地下鉄で行くんでしょう。私の家は青山だもの、外苑前で途中下車してくれないかしら……。顔だけでも見たいから、お願い……」

英雄は待ち合せの場所と時間を決めて電話を切った。

外苑前の地下鉄の階段を上って行くと、美智子はむかいの交差点の角にある本屋の前に立っていた。美智子が英雄の姿を見つけて手をふった。

「ごめんなさいね。どうしてもすぐに逢いたかったから」

美智子が英雄の顔をまじまじと見た。美智子の大きな瞳《ひとみ》がうるんでいた。

「大変だったわね。正雄君、あんなにいい子だったのに、……残念だったわね。でも英雄君、元気そうなんで安心したわ」

「ありがとう。君も変わりはないの？」

英雄は改めて美智子を見た。美智子は去年の春より髪を長く伸ばしている。

「いろいろあったけど、もう元気になったわ。いっときは自分のことが嫌でしかたない時もあったけど。そんな時、英雄君に逢いたいと思った。でも、英雄君は私の大切な人だから、迷惑をかけるのはやめたの」

美智子はそう言って、肩をすくめて笑った。二人は交差点近くの喫茶店に入った。

「浅草には何をしに行くの？」

「うん、ちょっと友だちに逢いに……」

英雄が口ごもって言うと、

「友だちに逢いにって、……恋人？」

美智子は鸚鵡《おうむ》返しに訊いて英雄の顔を覗き込んだ。英雄は思わず頷いた。

「なら、ゆっくりつき合って貰ってちゃ悪いわね」

「いや、そうじゃないんだ……」

英雄は美智子にサキの話をし、昨日までの事情を打ち明けた。

「そうなの、それは心配ね。なら私も一緒に探してあげるわ。ひとりより二人の方がいいもの」

「いいよ。俺、ひとりで探すから……」

「大丈夫よ。私は、その女の子に嫉妬《しっと》したりはしないから」

美智子は浅草の警察へもう一度行った方がいいと提案した。浅草に誰か知り合いはいないの、と言う美智子の言葉に、英雄は光岡顕一《みつおかけんいち》なら警察に知人がいるかも知れないと思った。早速、英雄は顕一に連絡して事情を説明し、雷門《かみなりもん》で待ち合わせることにした。

顕一は姉の友美《ともみ》と背の高い若者の三人で雷門の大提灯《おおぢょうちん》の下で待っていた。

「急に呼び出して悪かったな。友美さんまで……」

英雄は二人に声をかけ、美智子を紹介した。

「高木君、弟から話は聞いたわ。こいつ、私と高校の同級生で、今は警察官をしてる河崎《こうざき》君。私は彼にいろいろ貸しがあるから、何でも聞いて」

友美が隣りにいる若者を指さして言った。若者が苦笑いをしながら英雄に会釈《えしゃく》した。

今日は非番で家で休んでいたという河崎は、英雄から事情を聞き、防犯課に柔道部の先輩がいるから調べて貰えるか頼んでみるので、一緒に警察へ行こうと言ってくれた。

英雄は美智子たちと警察の裏手にある今戸公園で落ち合うことにして、河崎と二人で本署へむかった。

河崎に案内され、署の二階の小部屋で英雄が待っていると、河崎は樽《たる》のような体躯《たいく》をした係長を連れてあらわれた。

英雄は自己紹介をし、〝しなの〟の話とサキを探していることを率直に男に説明した。

「こういうことは規則違反なんだが、おまえが春の柔道の対抗戦で頑張ったからな……」

そう言って係長は河崎に目くばせをすると部屋を出ていき、ほどなくして書類を片手に戻って来た。

「千束三丁目の〝しなの〟だな。売春防止法違反と未成年者の雇用違反だ。中畑チカ子、三十九歳か。こりゃ、ワルだ。前科がある。それで君の探している女の子は、この十五歳の娘かな？　他にも二名、女性を逮捕してるが」

係長が書類を見ながら訊いた。

「いや、仁科《にしな》サキは二十歳《はたち》です」

「二十歳の女はいないな。あとの二人は三十五歳と四十歳近いしな……。その女の子も客を取っていたのか」

係長の言葉に、英雄は強い口調で否定した。

「サキは、そんな女じゃありません」

係長がじろりと英雄を見返した。

「警察に連れて来られたのは、中畑チカ子と女性従業員が三名に調理師が一名だ。すでに書類は送検されて、罰金刑も済んでいる。店は営業停止処分になっとるから、その娘は義姉と田舎にでも帰ったんじゃないのか」

係長は素っ気なく言うと部屋を出て行った。

英雄は河崎に礼を言い警察を出ると、三人の待つ今戸公園へむかった。英雄の姿を見て美智子が走り寄って来た。

英雄がサキは警察に捕まっていなかったことを話し、手がかりがないことを告げると、顕一も友美も顔を曇らせた。

四人は浅草公園に戻り、屋台の食堂で昼食を摂《と》った。

「どうしたらいいのかしらね……」

美智子が溜息《ためいき》混りに言った。

「顕一はサキさんに逢《あ》ってるんでしょう？　なら二人で探そうよ」

友美が言った。

「だけど、この浅草中を探すのは大変だよ。それにどこを探せばいいんだろう……」

顕一が力なく呟《つぶや》いた。

「いや、皆の気持ちだけで充分だよ。サキが警察に捕まっていなかったことがわかったただけでも有難かった。大丈夫だ、あとは俺ひとりで探してみるから」

英雄が言うと、顕一も友美も夕刻まで探してみようと言った。四人はふた手に分れて、屋台の店や若い女性が働いていそうな店を探して回った。

夕暮れ時、四人は雷門の提灯の下で肩を落して再会した。英雄は二人に礼を言って別れ、美智子と二人で仲見世《なかみせ》通りを歩き出した。夕刻から人の数が増え、往来する人に身体がぶつかるほどだった。二人は浅草寺《せんそうじ》の境内《けいだい》に入ってお参りをした。

「私、その人はどこかで英雄さんを待っているような気がするわ……」

美智子が観音様に手を合わせながら言った。

「私にはわかるの。英雄君がそんなに探している人なら、その人もきっと英雄君のことを待っているわ。何かの事情があって、どこかにいるのよ」

もう少し探してみる、と英雄は言い、美智子を地下鉄の駅まで送って行った。

英雄は夜まで浅草を歩き回ったが、サキの姿はどこにも見当たらなかった。

それから一週間、英雄は朝早くアパートを出て、毎日浅草の町を歩いてサキを探し続けた。

六区の通りに半日立って往き来する人の群れの中にサキの姿を探したこともあったし、言問《こととい》通りの交差点や職業安定所の前に立ったこともあった。サキと歩いた隅田川沿いの道も何度も往復した。背恰好《かっこう》がサキに似た人のうしろ姿を見つけると足早に近づいて行き、正面に回って振り返ったりした。

浅草でサキが働いていそうな店はあらかた英雄は覗いて回った。浅草の中心街だけでなく、花川戸《はなかわど》、芝崎町、田島町、象潟《きさかた》、猿若、千束、今戸、吉野、石浜、清川……、山谷《さんや》まで英雄は足を伸ばした。

その日の夕暮れ、英雄は浅草公園のベンチに腰を下ろして瓢簞池《ひょうたんいけ》を見つめていた。

——サキはもう浅草にいないのだろうか？

英雄は水面を走るミズスマシがつくる無数の波紋を見ながら呟いた。これだけ探して逢えないのは、サキがどこか遠い町へ行ってしまったからではないだろうか。

——サキは俺のことなど忘れてしまったのだろうか……。

冷たい風が英雄の首筋を撫《な》でた。遠くで雷が鳴っている。空を見上げると、六区のむこうから濃灰色の雨雲が流れてくる。雷鳴がまた轟《とどろ》いて、すぐに大粒の雨が足元に落ちてきた。水面に大きな波紋がひろがり、ボート遊びをしていた男女が慌《あわ》てて舟を岸につけた。周囲から走り出す人たちの足音が聞こえてくる。英雄はゆっくりと立ち上り、観音堂の方へ歩き出した。

閃光《せんこう》が走り、本堂が光の中に浮き上った。激しい雨が降り出した。

本堂の庇《ひさし》の下に立った英雄は、閃光の走る空を見つめ、サキもこの稲妻をどこかで見ているのだろうかと思った。瓦《かわら》屋根を叩き、滝のように目の前に落ちる雨を見ているうちに、英雄はサキと二人で過ごした待合い旅館での夜を思い出した。

「どこへ行ってしまったんだ、サキ……」

足元を流れて行く雨が、英雄にはひどく冷たく感じられた。身体《からだ》の力が抜けて、英雄は雨の中にしゃがみ込んでしまいたい気持ちになった。

「す、すみません……」

かたわらで声がした。英雄はじっと雨垂《あまだ》れを見つめていた。

「あの、この間の人ですよね？」

また声がして英雄は顔を上げた。すぐ左手で雨宿りをしていた警察官が、英雄の顔を覗《のぞ》き込んでいる。

「やっぱりそうだ。私ですよ。光岡の友美ちゃんに言われて、一緒に本署へ行った。河崎です」

警察官は帽子の鍔《つば》に指先を当て、笑って敬礼した。制服を着ていたので英雄にはすぐには相手がわからなかった。

「ああ、あの時の……。その節はどうもお世話になりました」

「いや、役に立たなくて申し訳ない。まだ彼女を探してるんですか？」

英雄が、そうだと言うと、

「そうですか……。大変ですね。浅草は広いからね。私も気をつけておきますよ」

その時、英雄の背後から黒い影が飛び出して来て、雨の中を走り抜けた。少年だった。素足の少年が泥を蹴立《けた》てて瓢簞池の方へ駆けて行った。

「こらっ、待て。待たんか」

河崎は大声で言った。しかし河崎は怒鳴っただけで少年を追い駆けようとはしなかった。英雄が木蔭《こかげ》に逃げ去った少年の影を目で追っていると、

「施設から逃げ出した孤児なんですよ。盗みをするもんでね。目を光らせてるんですが、何しろすばっしっこい奴等《やつら》だから、捕まえてもまた逃げ出して来るし、鼬《いたち》ごっこ

なんですけどね。……ところで、探している女の人の名前は何て言いましたっけ？」

河崎は手帳を取り出して英雄に訊《き》いた。

英雄は雨の中を木蔭に消えた少年を見た時、サキに初めて出逢った日のことを思い出し、彼女を探す手がかりが頭の隅に閃《ひらめ》いた。

「仁科サキです。すみません。ちょっと教えて欲しいことがあるんですが……」

英雄は改めて河崎の顔を見た。

翌朝、雨音で目覚めた英雄は勢い良く起き上り、顔を洗って身支度をすませると、アパートの階段を小走りに降りた。

階段の下に青地に白の水玉の傘が開いて、誰かが座り込んでいた。

ちょっと、すみません、と英雄が声をかけると傘が斜めに下って、レインコートを着た美智子があらわれた。

「おはよう。昨日の朝も来たんだけど、一足違いで英雄君は出かけたあとだったの。今日もまた浅草へ行くんでしょう？　私、文化祭で学園が休みだからつき合ってあげる」

美智子は笑って言い、はい朝食、と紙ナプキンに包んだサンドウィッチを差し出した。

二人は傘を差して玉電の駅まで歩いた。サンドウィッチを食べながら歩く英雄の隣りで、美智子はひとり言のように言った。

「英雄君は、あれからずっとサキさんを探してるんだ。羨《うらや》ましいな、サキさんが……」

美智子は、英雄の横顔をちらっと見て続けた。

「昨日もそう思ったんだけど……、何だか、変な気持ちだよね。今朝もサンドウィッチをこしらえながら、私は何をしてるんだろうって思ったの。昔、とっても好きだったボーイフレンドの恋人探しにつき合ってるんだけども、その人に今、私はどんな感情をいだいてるんだろうかって……。嫉妬はちっともないって先週は言ったけど、やっぱり少しあるんだな。けど、そのサキさんにも逢ってみたい。英雄君にこんな切い想《おも》いをさせてる相手を叱《しか》ってやりたいような、羨ましいような……。何だか、変な気持ちなの」

美智子は立ち止まり、英雄を正面から見据《す》えた。

「でもひとつだけ確かなことがあるの。それは、英雄君が私にとって、大切な人だっていうこと。だから一年前に、好きな人にも逢って貰《もら》ったの。英雄君は何も言わずに、それを受け入れてくれた。だから私もサキさんを一緒に探すことにしたの」

さっぱりした口調で言って美智子は笑った。英雄は美智子に、ありがとうと言った。

浅草へむかう電車の中で、英雄は美智子にサキとのいきさつを詳《くわ》しく話した。

「へえー、頑張ってる女の子なんだ。私と同じ歳《とし》なのにね……。英雄君が好きになる理由もわかる気がする」

「俺、働いてる女の人を見てると、とてもまぶしく見えるんだ。きっと俺が子供の時から見て来た女の人たちは、皆汗を流して働いていたからじゃないかって思う」

「それって、私もわかる。私は何かを懸命にやってる男の人が好きだもの」

「それに、サキは俺が守ってやらなきゃいけないと思うんだ」

「うん、それは英雄君らしいな。私の恋人は結局、自分のことしか考えてなかったもの。口では上手《うま》いこと言っても、大人は最後は自分が可愛《かわい》いのね。それに住む世界が違うってこともわかった。同じ空気が吸えなかったもの……」

美智子は過ぎた事を思い出すように淋《さび》し気な顔で言った。

英雄は昨夕、浅草寺の境内で、美智子も先日逢ったことのある浅草警察署に勤務している河崎に偶然出逢って、その時に本堂の床下から少年が逃亡するのを見て、サキと初めて逢った日に見たイサムという少年を思い出したことを話した。河崎にサキの名前とイサムという少年のことを話すと、河崎は本署の少年課と福祉事務所で調べておくと言ってくれた。

「その少年に逢えたら、サキの居処《いどころ》がわかるような気がするんだ」

「そうね、見つかるといいわね」

二人は浅草で地下鉄を降りると、浅草警察署へ行った。河崎は福祉事務所に問い合わせ、イサムらしき少年が棲《す》んでいる場所を教えてくれた。

河崎は手書きの地図を英雄に渡しながら説明した。

「ここらはバラック建ての〝仕切り場〟が集まっている一帯でね。そこにちいさな教会があって、その裏手に楠瀬《くすのせ》という男が小屋を建てて少年たちと暮らしているそうだ。イサムという少年は結構有名らしくて、福祉事務所員がイサムに似た少年が楠瀬の所でリヤカーを曳《ひ》いていたのを見たと言うんだ……」

「そうですか、ありがとう。助かりました」

英雄と美智子は河崎に礼を言って、警察署を出た。

雨の中を二人は、河崎の地図を手に急ぎ足で歩いた。

山谷の、〝ドヤ〟と呼ばれる簡易宿泊所が並ぶ一角を通り過ぎ、泪橋《なみだばし》を渡り南千住に入ると、二人は隅田川にむかった。白鬚橋《しらひげばし》を渡って、堤道を北へ進むと、やがて前方に崩れかけた煉瓦《れんが》の塀だけが残った傾斜地が見えた。道を左にカーブすると雨の中に白煙があちこちから立ち昇っている一角に出た。そこには、トタン屋根の家と言うより箱と呼ぶ方がふさわしい建物が寄り添うように密集し、それぞれの住処《すみか》の周囲には屑鉄《くずてつ》やボロ布、段ボール等が山と積まれていた。英雄は懐《なつ》かしい風景に再会した気がした。少年の頃、英雄の生家の周《まわ》りには、辰巳《たつみ》開地《かいち》、新開地、中洲《なかす》と呼ばれる入江沿いに、この風景とまったく同じような建物が立っていた。そこは英雄たち少年にとって絶好の遊び場であり、また大勢の友人が住んでいた場所でもあった。

「あれが教会でしょう」

美智子が指さす方角の平家建ての屋根に、十字架が掲げられているのが見えた。板を打ちつけただけの十字架だったが、小雨に煙る粗末な家並みの中で、雨に濡《ぬ》れて光る十字架には奇妙な美しさがあった。

「何だか素敵な教会ね……」

美智子が隣りでぽつりと呟いた。英雄には十字架の放つ光がサキの清廉《せいれん》さを象徴しているように映った。

教会から人影があらわれた。老婆《ろうば》と少年だった。少年は老婆に傘を差しかけ、二人は雨の中を静かに歩き去った。すぐにまた二人の男が出て来て、数人の女たちが続いた。ミサが終ったのだろうか。

英雄は近づいて来た女に、教会の裏手に楠瀬という家があるか、と訊いた。女は教会の背後に突き出した鉄屑の山を指さして、あそこが楠瀬さんの家だと教えてくれた。女の言葉遣いは丁寧だった。

二人は教会の裏手へ回った。そこには板やトタンで囲まれた塀から溢《あふ》れ出しそうなほどの屑鉄が積まれていた。飛び出した鉄棒や電線が、針鼠《はりねずみ》のように見えた。入口には頑丈な木の柵《さく》が設けられ、侵入者を寄せつけない住人の意志のようなものが感じられた。塀のむこうから金属音が聞こえてきた。

英雄は入口に立って大声で、楠瀬の名前を呼んだ。返事はなかった。金属音だけが響いていた。もう一度声を張り上げたが同じだった。美智子が柵の間から中を覗いた。

「二、三人の男の人が働いているわ。聞こえないのかしら……」

英雄も中を覗いてみた。鉄屑の山に埋もれるようにして人影がハンマーを振り上げていた。背恰好からして少年のような者もいた。

「おい、そこで何をしてるんだ？」

背後で声がした。英雄が振りむくと、リヤカーを引いた少年が鋭い目つきで英雄を睨《にら》んでいる。少年の顔に見覚えがあった。サキと初めて逢った時、言問橋の袂《たもと》で倒れた男の子を介抱していた少年だった。観音裏の暗がりでサキと話していたのも、この少年だった。

「君はイサム君だろう。俺は高木英雄という者だ。ここにサキがいると聞いて逢いに来たんだ。本当にいるのか？」

英雄の言葉にイサムの表情が一瞬変わった。

「俺はおまえなんか知らねぇ。いい加減なことを言うんじゃねぇ。手前等《てめえ》、昼の日中から盗みをしに来やがったんだろう。ただじゃおかねぇぞ」

イサムの背後にいたもうひとりの少年が、リヤカーの荷台から棍棒《こんぼう》のようなものを取って身構えた。

「そうじゃないんだ。サキがいるなら、俺が、高木英雄が来たと伝えてくれ。そうサキに言えばわかるから……」

「サキ、サキって、呼び捨てにしやがって、とっとと消え失《う》せろ。でなきゃ……！」

イサムがリヤカーを持つ手を離して、足元のコンクリートの破片を摑《つか》んだ。英雄は後ずさりながら、美智子に離れるように目くばせをした。少年たちと諍《いさか》いたくはなかった。

「俺はおまえたちと喧嘩《けんか》なんかはしない。本当にサキの知り合いなんだ。頼む、伝えてくれ」

英雄が両手を合わせて、少年たちに懇願《こんがん》した。

「何をしてるんだ、イサム」

野太い男の声が左方からした。黒い雨合羽を着て両肩に大人の胴体ほどもありそうな木箱を担《かつ》いだ男が、英雄と少年たちを見ていた。

「剛《つよし》さん、こいつが前から家を荒してた盗《ぬす》っ人《と》だ」

イサムが英雄を指さして言った。

「違うって。俺はサキに逢《あ》いに来ただけだ。本当だ。それを君たちが誤解して……。あなたが楠瀬さんですか？」

英雄の言葉に男は荷物を地面に置いて、イサムたちを睨みつけた。

「俺が楠瀬だ。いったい何の用だ？」

「俺は高木英雄と言います。事情があって七月に山口県の実家に戻っていて、九月に帰って来ました。そうしたら、サキの行方がわからなくなって……、ずっとサキを探していました。警察でここにサキがいるかもしれないと聞いてやって来たんです。サキがいるのなら、俺が、高木英雄が来たと話して下さい。わかるはずです」

「おまえはサキさんの何なんだ？」

「友人です」

「なら、そこで待っていろ。サキさんに聞いてみるから……」

楠瀬はイサムの背後にいた少年に、サキに伝えて来るように言った。少年は英雄を睨んだまま家の中に入った。しばらく少年は戻って来なかった。楠瀬は地面に置いた大きな木箱を軽々と担いで中へ運びはじめた。楠瀬が歩く度に木箱が大きく上下した。楠瀬の右足は内側に曲っていた。

イサム、リヤカーを中に入れろ。楠瀬が言うと、俺は、こいつを見張っている。こいつはサキさんの知り合いなんかじゃない。こいつはこそ泥だ。とイサムが声を上げた。いいから中へ入れろ、と楠瀬が唸《うな》るように言った。その時、先刻《さっき》の少年が戻って来た。

「サキさんは、こんな奴は知らないって言ってる」

英雄は驚いて少年の顔を見返した。

「そんなはずはない。高木英雄が来ているとちゃんと言ったのか」

「ほら見ろ。やっぱり嘘《うそ》をついてやがった。この野郎、叩《たた》き殺してやる」

イサムが足元のコンクリートの欠片《かけら》を拾った。もうひとりの少年は鉄パイプを手にしていた。

「待て、本当にサキさんは知らないと言ったのか？」

「ああ、そんな名前は聞いたこともないって言ってた」

「ごちゃごちゃ言うな」

イサムが英雄にむかって間合いを詰めて来た。もうひとりの少年も英雄の背後へ回ろうとした。

「待て、おまえたちはそこで少し待っていろ」

楠瀬は二人の少年に、手を出すんじゃないぞ、ともう一度念を押すようにくり返して、家の中に入った。

少年たちは黙って英雄を睨んでいる。雨足が強くなった。足元を泥水が流れて行く。

楠瀬はなかなか戻って来なかった。英雄と同様に少年たちも苛立《いらだ》っているのが伝わって来る。

「美智子、さっきの教会へ入ってろ」

英雄が低い声で言った。美智子は英雄の言葉に目を見開いて、少年二人を見つめた。

女を逃がすなよ、とイサムがもうひとりの少年に言った。少年が美智子の方へ歩み寄ろうとした。

「その女に手を出したら、俺はおまえたちを叩き潰《つぶ》すぞ」

英雄は声を上げ、美智子、走れ、と叫ぶと少年に体当たりをした。相手が転んだ隙《すき》に木の柵を肩で突き倒し、サキ、俺だ、と叫びながら中に入った。柵の中はちいさな広場になっており、粗末な家が二軒あった。その一軒の家の前に、サキが誰かの赤児《あかご》を抱いて立っていた。そのかたわらに楠瀬がいた。

「サキ、そこで何をしてるんだ」

サキは赤児を抱いたままじっと英雄を見つめた。背後から少年たちの足音が聞こえてきた。

英雄はサキにむかって走り出した。

「来ないで、来ないで下さい」

サキの声が響いた。英雄は立ち止まった。

手を出すな、と楠瀬が少年たちに言った。

「何を言ってるんだ？　サキ、俺だよ」

「帰って下さい。帰って、もう二度とここへは来ないで下さい」

サキは右手で赤児を抱いたまま左手で持った傘を楠瀬と赤児に差しかけている。その背後に、二人に寄り添うようにして、ちいさい少女が立っていた。

「サキ、俺が悪かったよ。連絡が遅くなって。正雄が、弟が海で遭難してしまって、台風でなかなか遺体が見つからなかったんだ。それで、帰るのが遅くなって……」

英雄はサキに正雄が死んだことを打ち明けた。

「そうじゃないんです。あなたは悪くなんかない。でも、私たちは住むところが違うの」

サキはきっぱりと言った。

「違う。それは違う、サキ、俺は約束したろう。おまえと一緒にやって行くんだ。俺にはおまえが……」

英雄は地面に両膝《りょうひざ》をついて、サキに頭を下げ、言い続けた。その言葉を遮《さえぎ》るようにサキが叫んだ。

「私はあなたのことなんか何とも思ってはいないの。私は、この人が好きなの。この人と、この人の子供たちのために生きて行くの。ここが私の生きて行く場所なの。もう二度と、ここへ来ないで下さい」

サキの声が震《ふる》えていた。サキは傘を楠瀬に渡すと、踵《くびす》を返して家の中に駆け込んだ。

待て、待ってくれ、サキ、と言って英雄は立ち上り、家にむかって走り出した。英雄の前に楠瀬が立ちはだかった。そこをどけ、邪魔《じゃま》をするな、と怒鳴りながら、英雄は楠瀬に拳《こぶし》を振り上げた。英雄の右の拳を楠瀬はこともなげに摑んで、その腕を捩《ね》じ伏せた。英雄は抗《あらが》いながら、左の拳で楠瀬の顔を殴りつけた。鈍い音がした。しかし楠瀬は表情ひとつ変えずに摑んだ英雄の右手を捻《ひね》ると、英雄を地面に叩きつけた。畜生、サキを返せ、と英雄は地面を這《は》いながら、楠瀬の歪《ゆが》んだ足にしがみついた。楠瀬がもんどり打って倒れた。英雄が馬乗りになろうとすると、楠瀬は身をかわした。逆に英雄の上に馬乗りになると、楠瀬は英雄の襟首《えりくび》を絞め上げ、サキさんのしたいようにさせてやるんだ、ここへは二度と来るんじゃない、もし来たら、俺は本気でおまえを叩き殺すぞ、とドスの利《き》いた声で言って、英雄の顔面を殴りつけた。英雄の頭の芯《しん》がぐらりと揺れた。遠くで、やめて、やめて頂戴《ちょうだい》、と叫ぶ、美智子の声がかすかに聞こえた。……

「英さん、おまえさん、ぼろぼろだな……」

新宿の酒場、〃那智《なち》〃のカウンターで隣りに座った森田が英雄をまじまじと見て言った。

「あらっ、モリちゃん、上手《うま》いこと言うわね。本当ね。こういうのをぼろぼろって言うんでしょうね」

カウンターの中からママのカナエが英雄をちらりと横目で見て言った。カウンターの上に置いた英雄のギプスをした右手と、骨折した鼻先の大きな包帯を森田はもう一度見直して、口元をゆるめた。

「ともかく英さんは、ここひと月、一言も喋《しゃべ》らない人になってますからね。だからって人が嫌いになったのかというと、これがそうでもないのね。ここのところ毎晩のお出ましだから……」

カナエは英雄が左手で差し出したグラスにウィスキーを注いだ。そりゃ、よほどのことがあったんだろうな……、英さんをここまで痛めつける相手はそうは居ないものな。森田の声に、カナエがカウンターから身を乗り出して耳元で何事かを囁《ささや》いた。二人の様子をカウンターの奥からレイコが見て、心配そうな目で英雄を見返している。

――またママが、美智子の大袈裟《おおげさ》な話の受け売りをしている……。

英雄はグラスのウィスキーを一気に飲み干しながら胸の中で呟《つぶや》いた。

数日前に英雄は、美智子を連れて〝那智〟へ来ていた。美智子は山谷で見たことを大袈裟にカナエに話した。

英雄がこの一カ月ほど、誰とも口をきいていないのは本当だった。鼻の骨が折れていて、口を開けると激しい痛みもあるのだが、山谷のあの出来事以来、英雄は人と話をすることが億劫《おつくう》になっていた。

美智子が英雄の心情を気遣って、冗談っぽくサキとのことをカナエに話してくれたのはわかっているのだが、正雄に次いでサキを失ったことの痛みを、他人にどう話したところでわかるはずはないと思った。

人の話も聞かないが、自分からも話さない。こうして人と話をしなくなってみると、英雄はそれが案外と楽なのがわかった。

「そんなに飲んで大丈夫？」

レイコが目の前に来て、空になった英雄のグラスに氷を入れながら訊いた。英雄はゆっくりと瞼《まぶた》を閉じて、大丈夫だと告げた。

「湯島の千社札《せんじゃふだ》ね」

レイコが英雄の右手のギプスに貼《は》ってあるお札を見て言った。今日の午後、大学で後藤が貼ったものだった。千社札の隣りには、美智子が貼ったハートのシールがあった。美智子は大失恋の記念にと、そのハートにマジックで罅割《ひびわ》れを書き加えていた。その他にも落書きがあった。その悪戯《いたずら》を、馬鹿《ばか》にされていると英雄は思わなかった。そんなことさえ気にならなくなっていた。どうにでもなれという気持ちだった。

あの日、楠瀬たちに立ちむかって行った折、英雄は右手の拳を複雑骨折し、鼻の骨も見事に折られていた。

――あの男が本気でむかって来たら、どうなっていただろうか……。

サキのこととは無関係に、英雄はいつか楠瀬と思いっきり闘ってみたいと思った。

「そうか、女を取り合って叩きのめされたのか……。そりゃ羨《うらや》ましいな、英さん」

隣りでカナエの話を聞いていた森田が、英雄の右肩を勢い良く叩いた。ギプスの中に痛みが走って、英雄は顔を歪《ゆが》めた。ちょっとモリちゃん、内緒の話だって言ったのに……、とカナエが言った。英雄は森田のボトルを左手で掴むと、自分のグラスにウイスキーをなみなみと注いだ。

「おうっ、飲んでくれ、飲んでくれ。俺の酒で、英さんの憂《う》さが晴れるんなら嬉《うれ》しいじゃないか。そうか良かったな、英さん」

森田がまた肩を叩いた。英雄は痛みを堪《こら》えるようにグラスのウイスキーを喉《のど》に流し込んだ。

――まったくここの連中は、どうして人の不幸をこんなに嬉しがるんだろうか？

英雄は昨夜も雪野《ゆきの》老人から、

「そりゃいい経験をしましたね。人間で一番肝心なのは、痛みを身につけることです。さぞ痛いでしょう。うん、そりゃいいな……」

とわがことのように喜ばれた。

美智子がカナエに事情を話した時も、カナエに、

「そりゃ悲しいわね。切ない話だわ。そこまで行ったら、泣いて泣いて、泣きまくって、あとは笑うしかないもんね」

と陽気に言われ、乾杯までされた。

どうやってそこを離れたのか記憶になかった。目を覚ましたら、顔を包帯で巻かれて薄目しか開けられない視界の中に、病院の白い天井が見えて、美智子と看護婦が顔を覗《のぞ》き込んでいた。高木さん、気がつきましたか？　大丈夫ですか、頭がぼんやりしてるのはまだ麻酔が効いてるせいですからね……。看護婦の声に、英雄君、大丈夫？　という美智子の声が重なった。頭の芯が重かった。その頭の隅に、サキが赤児を抱いて走り去る姿があらわれると、涙がとめどなく溢《あふ》れ出した。少年の頃から人前で泣くことが一番嫌いなことだったのに、英雄は赤児のように顔を歪め、次から次へと涙が出て来た。止めようとしても止まらなかった。それなら泣くだけ泣いてしまえと思った。

美智子は三軒茶屋のアパートに毎日見舞いに来てくれた。こしらえて来てくれるサンドウィッチや弁当もほとんど食べる気がしなかった。身体《からだ》の力がどこかへ失せてしまったようで、自分が自分ではない気がした。そんな英雄に美智子はひとり言のよう

に話しかけた。

「もうあの恋は英雄君でも修復不可能ね。サキさんは女になっているし、その上、あの子たちの母親にもなっているもの。母親になった瞬間に女は変わるのよ。きっぱりと諦《あきら》めなさい」

「住む世界が違うことに気づいたら、男と女は離れるしかないのよ……」

「私もあんなふうに男に奪い合って欲しいわ。サキさんが羨ましい」

英雄は美智子の話を聞いていて、怒りも湧《わ》かなければ、反論する気持ちも起こらなかった。

美智子は、あのピアノ弾きとの恋愛のことを話した。男の子供を妊娠し堕胎《だたい》したこと、ひどく裏切られたことも打ち明けた。

――そんなこと話してくれなくてもいいんだよ、美智子……。

そう言いたかったが、話しながら涙を流している美智子には言えなかった。美智子がいてくれて、英雄は救われた気がした。

明日の仕事が早いという森田が店を引き揚げ、その夜は〝那智〟も早仕舞いした。

英雄は帰る方角が同じレイコと一緒に店を出た。

「本当に大丈夫なの？　英雄君」

新宿の路地を歩きながらレイコが心配そうに訊《き》いた。英雄は黙っていた。

「英雄君は自分のことは我慢する人だから、何だか心配だわ。怒る時はもっと怒ってもいいんじゃないかしら……。あっ、そうだ。言い忘れてたわ。清治《せいじ》叔父さんが今日か明日、日本に戻って来るの」

レイコは立ち止まり、急に明るい表情になって言った。

「えっ、本当に？」

英雄が大声を上げた。

「それなら、これから君の家へ行ってもいい？」

レイコは驚いて英雄を見返した。

「かまわないけど。叔父さんの帰国の日は当てにならないから……」

二人は上野毛《かみのげ》にある角永《かどなが》の家へむかった。

「あっ、叔父さん、帰ってるわ」

レイコがぽつんと点った家灯《いえあか》りを見て嬉しそうに言った。

角永はアトリエの中央にしゃがみ込んで、部屋中に紙をひろげ、ひとりで酒を飲んでいた。

「お帰りなさい」

レイコが言うと、角永は振りむいて、

「やあ、ひさしぶりだな。元気にしてたか？」

とレイコに声をかけ、背後に立つ英雄を訝《いぶか》しそうな目で見た。

「高木英雄君。ほらっ、酔っ払って一度泊ったでしょう」

「おうっ、あの高木君か。今日はまた、えらく派手な恰好《かっこう》をしてるな」

「ご無沙汰《ぶさた》しています」

英雄が丁寧《ていねい》に頭を下げると、

「さあ、一緒に飲もう」

と角永は英雄を手招いた。レイコが、支度《したく》をしますからと言って、台所の方へ小走りに消えた。レイコ、酒だけあればいいんだ、と角永が声をかけたが、わかっていまーす、レイコの弾んだ声が廊下の奥から響いた。

英雄が角永の隣りに座ると、角永は英雄にグラスを渡し、手にしたボトルから透明な酒を注いで、一別以来だな、とグラスを掲げた。英雄は一気に喉《のど》に流し込んだ。喉から食道にかけて、燃えるように熱くなった。英雄は大きく息を吐《は》き出した。

「美味《うま》いだろう。帰りの船の中で知り合ったロシアの船員がくれたウオッカだ」

「ソビエトにも行ったんですか？」

「ああ、シベリア鉄道に乗って、ナホトカから戻って来た。日本に入るには日本海を渡って帰るのが一番美しい。この国に昔、渡って来た者たちは、さぞ美しく思っただろうな……」

「俺も一度見てみたいです」

「見られるさ。大陸へ行って船に乗って戻って来ればいいだけだ。さあ、もう一杯」

レイコが酒の肴《さかな》を載《の》せた盆を手に、アトリエに入って来た。

「これ、スペインのスケッチですか？　清治さんの絵を見るのは何年ぶりかしらへ……」

レイコが目をかがやかせて床にひろげられた素描を見た。

「モロッコ、スペイン、ポルトガル、オランダ、ノルウェー、ポーランド、チェコスロバキア、スウェーデン、ソビエト……、あっという間に旅が終ってしまったな」

「あっと言う間ですって、一年と三カ月も行ってたんでしょう」

レイコがスケッチを見ながら笑った。

英雄はスケッチを眺めて、角永はいったい何を見て帰って来たのだろうかと思った。いずれ、その話をゆっくり聞いてみたかった。

「おうっ、口子《くちこ》か懐《なつ》かしいな……」

角永は皿の上に載った薄茶色の干物《ひもの》を手にして歯で千切った。

「もうすぐ戻って来られると手紙にあったので、田舎に連絡して送って貰《もら》いました」

「そうか、能登の連中は元気かな？」

「はい、茂三《しげぞう》さんも徳江《とくえ》さんも元気にしていると手紙に書いてありました」

「これは鯣《するめ》ですか？」

英雄が干物を手にして訊くと、レイコが、海鼠《なまこ》の卵巣を合わせて干したもので口子と呼ぶ、と説明してくれた。嚙《か》んでみると淡い香りと汐《しお》の味がした。

「俺の田舎では海鼠は冬しか食べません」

「これは能登の珍味だな。酒によく合う……。その口子で海鼠百匹分は優にあるな」

角永の説明に、英雄は海鼠百匹の量を想像して、手元の口子を見直した。

「ひさしぶりの故郷の味で美味《おい》しい酒を飲んで、ゆっくり休んでください」

「明日は昼から横浜へ行く」

「えっ、また旅に出るんですか？」

レイコが驚いて、角永を見た。

「そうじゃない。スペインで世話になった貨物船が横浜港に着いてるんだ。船長たちにお礼を言いに行くだけだ」

「外国航路の貨物船ですか？　俺も一緒に行っていいですか」

英雄が言うと、角永は笑って頷いた。

翌日、英雄は角永と二人で横浜へ出かけた。

「レイコから聞いたが、弟さんが海で亡《な》くなったそうだな。残念なことをしたな」

角永は腕組みしたまま前方を見て言った。英雄は黙って頷《うなず》いた。

「俺たち人間は元々海から生まれたのだから、弟さんは海へ帰って行ったのかもしれないな。身近な者の死というものは残されて生きる者にいろんなことを教えるものだ。俺の親父《おやじ》も海で死んだ……」

角永は表情を変えずに言った。

「海の仕事をなさってたんですか？」

「いや違う。親父は絵描きだった。冬の或《あ》る朝、突然、ひとりで海へ出て行って、それっきり戻って来なかった」

「事故か何かに遭《あ》われたんですか？」

英雄が訊くと、角永は首を横にふった。

「わからない。船も、親父も二度と戻って来なかった。どこかで生きているのかもしれんが、親父が船を出した朝は、能登でもその冬一、二というほど厳しい北西の風が海に吹き荒れていた。まず生きてどこかに辿《たど》り着くことはないというのが土地の者の判断だ。俺もそう思う」

「どうしてそんな日に海へ出られたのですか？」

「わからない。俺は、その日の親父がしようとしたことが今でもわからない。わかっていることは、人間というものは理屈だけでは生きて行けないということだ。人間は不可解な生きものなのだろう。それは自分のことを考えてみればわかる。俺は、俺自身のことがよくわからないものな。たとえ家族であっても、心の底の底は見えないものだ」

「父上はどこかで生きていらっしゃるのではないでしょうか？」

「そうかもしれん。が、確かなことは、俺たち親子は二度と逢《あ》うことがないということだ」

「どうしてそう思うんですか？」

「俺の家は代々が船乗りの家系だ。北前船《きたまえぶね》を知っているか」

「はい。昔、日本の海を船で往《ゆ》き交《か》い貿易をしていた船ですね」

「そうだ。俺の家は、その北前船の廻船問屋《かいせんどんや》だった。北前船が衰退してからも家長はずっと船の仕事を続けていた家だ。親父はそんな家の長男に生まれたが、家訓に逆らって画家になった。母親も、俺たち子供も置いて、東京で絵を描いていた。そうして或る冬、ぶらりと家に戻って来ると、毎日、海ばかりを眺めていたと思ったら、突然、ひとりで海へ出て行ってしまった。親父はまともに船なんか操れる男ではなかった。その日の朝は土地の漁師でさえ船は出せない海だった。だからもう生きて戻ることはないと皆確信したんだろう。……俺も、そうだ」

「そうですか……。大変だったんですね」

「大変なんかじゃない。かたちこそ違え、世間にはよくあることだ。どんな人間でも何かを背負わされている。それが生きるということだろう。……つまらない話をしたな」

角永は最後にそう言って、ほどなく終点の桜木町に着くという車内アナウンスを聞いて立ち上った。

港へ行く途中で角永は酒屋へ寄り、船員たちに渡す酒と食料を買った。英雄は酒の入った箱を持った。

「そう言えばどうしたんだ？　その怪我《けが》は？」

訊かれて英雄は頭を掻《か》いた。

「喧嘩《けんか》でもしたのか……。よほど力が余ってるんだな」

角永は苦笑いをしながら食料品の入った荷物をかかえた。

港湾管理事務所で船が停泊している埠頭《ふとう》を教えて貰い、二人は港の中を歩き出した。

「角永さん、俺の田舎の家も数年前まで船を持っていました。今だからわかるんですが、時々、親父は密航者も運んでいたようです」

「そうか、そりゃいい仕事だ。元々、海の上には国境なんかないんだ。海へ出てみればわかる。どこにもそんな境界線なぞありゃしない。日本人だって、元を辿れば大陸から渡って来た人間たちだ。北から南から、いろんな連中が海へ漕《こ》ぎ出して、この島に流れ着いたんだ。それを権力者がいつの間にか神の国などと言い出して、おまけに戦争をおっぱじめやがった。そしていつも死ぬのは弱い者たちだ。戦争をはじめた連中は今でも大勢のうのうと生き延びている。死んだのは兵隊や空襲に逢った連中だけじゃない。大勢の海の男たちも犠牲になっているんだ。戦争が終ってからも能登じゃ、海軍のばら撒《ま》いた機雷で何人もの男たちが死んでいる……。馬鹿げたことだ」

険しかった角永の表情が、前方の船を目にしてかがやいた。

「おうっ、あれだ。相変らずオンボロだな……」

角永が目をむけた先の埠頭に、茶褐色の船体が見えた。所々ペンキの剝《は》げ落ちた二層の機関室があり、その後方からクリーム色の煙突が斜めに突き出している。周囲に停泊している大型貨物船と比べると、その船はひどくちいさく見えた。船体にはSOFIA BARCELONAとある。

「ソフィア号って言うんですね」

「そうだ。このソフィアお嬢さんは一見か弱そうだが、たいした暴れん坊でれ。少しくらいの荒海なら平気で突っ込んで行ってしまう。もうお嬢さんと呼ぶより、お婆《ばあ》さんの方が正しいかもしれんがな……」

懐かしそうに船を見ていた角永は、船首から上半身を出した人影を見つけて、大声で名前を呼んだ。褐色の肌をした上半身裸の男が角永の方を訝《いぶか》しげに見た。そうして急に甲板で飛び跳ねると、セイジ、セイジと大声で角永の名前を呼んで、機関室にむかって叫び声を上げた。機関室の窓から男が二人顔を出した。角永を指さして声を上げ、手を大きくふった。皆が船縁《ふなべり》に出て来た。八人の男が角永に話しかけた。角永は手をふりながら船の真下へ行き、タラップを上って行った。英雄も角永の後に続いて船に上った。

船員たちは角永の肩や頭に触れながら、それぞれ声をかけ合っていた。彼等の背後に青いシャツを着た小柄な男がひとり立っていた。角永はその男にむかって両手をひろげると、抱き合った。二人は抱き合ったまましばらく動かなかった。

「高木君、船長のリュイだ」

角永が英雄を船長に紹介した。リュイ船長の顔は英雄には東洋人のように見えた。英雄がギプスの手を差し出して握手をしようとすると、船長はギプスを指さして角永に何事かを言った。他の船員が声を上げて笑った。角永は首を横にふって、船長の言葉を否定するような仕種《しぐさ》をした。船員たちが囃《はや》し立てた。

「船長がやっぱりおまえの家族は皆喧嘩好きなんだろうと、そのギプスを見て言ってるんだ」

角永が苦笑いをしながら言った。すみません、と英雄は頭を下げた。

皆と船室へ行き、酒盛りになった。角永は片言のスペイン語に英語を混じえて、船員たちと楽しそうに話していた。

「角永さん、俺、船の中を少し見て回ってもいいですか？」

英雄が言うと、角永が船長に話をした。先刻、船首で角永を見つけた男が立ち上って、英雄を手招いた。男は船室を出ると、褐色の胸元を指でさし、ロペスと自己紹介した。英雄も、ヒ、デ、オと自分の名前を告げた。ロペスは英雄のギプスを小首を傾《かし》げて見つめ、美智子の貼《は》ったハートのシールの上の落書きを発見して、英雄をからかうように大声で笑った。

外からはさして大きく見えなかった船が中を歩いてみると、さすがに長い間航海を続けているだけあってかなりの広さがあった。積荷を降ろして空になっている貨物室もたっぷりとしていた。近くで見ると煙突もマストも大きかった。船室のあちこちにマリア像がかけてあったり、聖人の絵が貼ってあった。船員たちのキャビンには家族の写真があった。ロペスは英雄を彼の部屋に案内してくれた。寝室の枕元《まくらもと》にちいさな十字架が貼りつけてあり、そこにロザリオがかけてあった。ロペスは彼の家族の写真を見せてくれた。彼は家族の写真を目をしばたたかせて見ていた。ロペスは枕元からちいさな木箱を出し、その中から一枚のカードを出して英雄に渡した。それは少女の祈りをしている姿が描かれた、御絵《ごえい》と呼ばれるものだった。ロペスはカードを指さし、ラッキーと言って笑った。機関室の手前の壁が凹んだ場所に少し大きめのマリア像が置いてあり、ロペスはその前へ行くと頭を下げて胸の前で十字を切った。

英雄は故郷の水天宮《すいてんぐう》に、海の男たちが無事を祈って参詣《さんけい》に来ていた姿を思い出した。

夕刻、皆して中華街へ出かけることになった。タラップを降りて歩きはじめると、英雄はロペスの姿が見えないのに気づき、角永に尋ねた。今夜はロペスが当直の日らしい、と角永は言った。英雄は角永にロペスに挨拶《あいさつ》をして来ていいか、と訊《き》き、タラップを走り上った。ロペスが顔を出した。英雄はポケットからライターを出し、それをロペスに渡した。ロペスは目を見開いてライターを見ていた。英雄はライターを指さし、ラッキーと笑って言うと、タラップを駆け降りた。英雄の背後から、ロペスが声をかけた。英雄は立ち止まり、ロペスに手をふった。

中華街の店は〝海員閣〟という名前で、角永も船長も顔馴染《なじ》みのようだった。皆驚くほどよく飲んで食べた。食事が終りに近づき、茶と中華饅頭《まんじゅう》がテーブルに出ると、角永はジャンパーの大きなポケットから四角の包みを出し船長に渡した。船長は目を丸くして包みを開けた。中からちいさな額縁に入った絵が出て来た。船長は、その絵を目を細めて眺め、満足そうに二度、三度と頷き、角永の手を握りしめた。他の船員たちにも絵を回すと、船員たちは、ソフィア、リュイ・キャプテンと声を上げて手を叩《たた》いた。英雄もその絵を見た。船首を少し波に持ち上げられたソフィア号の甲板に、船長が仁王立ちしている絵だった。まるで子供が描いたような絵は、昨夜アトリエで見た精緻《せいち》なスケッチとはまるで違っていた。甲板の上に立つ船長の顔も腕白坊主《ぼうず》のようだった。

——いい絵だな……。

英雄は角永の顔を見た。角永は照れたような目をして老酒《ラオチュウ》を飲んでいた。

店を出る時、角永と船長が少し言い争った。それを見て船員たちが笑っていた。角永の真剣な表情に比べて、船長の目は笑っていた。

英雄たちは彼等と中華街の出口で別れた。角永と船長は路上で抱き合っていた。角永の目はうるんでいた。船員たちの中にも涙ぐんでいる者がいた。

角永は彼らに一礼すると、足早に駅の方角に歩き出した。角永は怒ったような目をしていた。しばらく歩くと、

「高木君、もう少し海を見て行くか」

と角永が言った。

二人は山下公園の中へ入った。目の前に停泊する船と埠頭の灯りが、波間に揺らめいていた。その灯りのむこうを夜の海を滑る船の灯りが重なっていた。

「店を出る時、何かあったんですか？」

英雄は角永と船長が言い合っていたことを訊いた。

「あれか……。あの中華料理の代金を俺が払うと言っても、船長がそれを断わるんでな。こっちも腹が立ったから言い返してやったんだ。あいつは絶対に俺たちに金を払わせない。それがカタルーニャの海の男の決まりらしい。その上、船長は俺が絵を描くために旅をしているのを知ってしまったしな……」

「絵を描くことと金を払うことが何か関係があるんですか？」

「あいつらカタルーニャ人はスペインの中でも誇り高い男たちでな。絵でも詩でも音楽でも、自分たちを高めてくれる仕事をしている人間に人一倍敬意を払うんだ。それにあの船長は元々バスクの出身だ」

「バスクですか？」

「そうだ。フランスとスペインの国境にある人口五、六十万人ほどの狭い地域に住む人たちだ。大昔にヨーロッパで民族の大移動があった時もバスクの人たちだけは土地を守り通した。山のバスクと海のバスクがあって、船長は海のバスクの出身だ。彼等の母港のバルセロナはスペインの大航海時代の出発点だ。あそこには昔から海を知りつくした男たちが住んでいたんだ。彼等は海へ乗り出すことを誇りに思って生きて来た。だからあんな老朽化した貨物船ででも平気で日本までやって来るんだ……」

英雄は角永の話を聞いていて、荒れ狂う海の波間を渡って行く、あの船員たちの姿を思い浮かべた。

「あの船長の顔、東洋人みたいでしたね」

英雄が船長の顔を思い出して言った。

「俺も最初は驚いた。バスク人のルーツはモンゴル地方だと言う説もあるらしい。ひょっとして、俺たちと同じ祖先かもな。いや、俺は半分そうだと信じてる。肌の色や目の色が違っていたって、人間の始まりは皆同じはずだからな。俺の身体《からだ》の中に流れる血の中にも海へ漕ぎ出そうとする血脈があるんだろう。あの船長の身体の中にも似たような血脈が続いているんだろう。逢った瞬間に感じるんだ。こいつと俺には同じ種類の血が流れてるに違いないってな……」

「俺にも同じようなことがあります」

「そうだろう。それは誰かから教わって覚えることじゃない。言葉の必要のない伝達器官が、人間の身体の中にはあるんだよ。俺はそれを信じる。ひとりが海を渡ろうとしたら、同じ気持ちの人間が、そいつのあとから絶えることなく続くことをな」

英雄は角永の言葉を聞いていた時、目の前の暗い海に、一瞬、ボートを沖へ漕ぎ出す人影を見た。その人影が正雄なのか、あの船長や角永の祖先なのかはわからなかった。英雄は幻をさらに見つめようとしたが、夜の海を渡る船の汽笛に幻は消えた。角永は黙って海を見つめていた。

「角永さん、俺、今日見せて貰った角永さんの絵、好きです。上手《うま》く言えませんが、あの絵、大好きです」

「俺は今夜初めて自分の描いた絵を人に渡したんだ。俺に出来ることはそれしかなかったからな。あの船と船長は二度とこの湾へ入って来ることはないんだ。それを知っていたから俺はどうしても、あの船と船員たちに逢いたかった。でも、そのことは終りってこととは違うんだ。二度と逢えない、それだけのことで、連中のことは俺が生きてる限り、ここに生き続けているからな」

角永はそう言って胸を叩いた。

東横線で渋谷へ出て、英雄は角永と別れた。角永は帰りの電車の中で、もし訪ねることがあったらと、彼の故郷の住所を教えてくれた。

「一度、見てみるといい。それも冬の日本海がいい。岬《みさき》に立ってじっと眺めていたら、水平線の彼方《かなた》に大きな稜線が見えてくるぞ」

角永はそう言って、英雄に笑いかけた。……

学舎のレンガにからまる蔦《つた》の葉色が少しずつ黄ばんできた。チャペルの入口には、二カ月以上も先の聖誕祭の寄付を呼びかける手作りのポスターが貼ってある。聖歌の練習をする合唱隊の声が聞こえていた。

先日、終ったばかりの学園祭の仮設ステージに被《かぶ》せたビニールシートが、秋風に音を立て揺れている。

剣道着をつけた数人の部員が英雄の脇《わき》をかけ声をかけながら走り過ぎた。

英雄は学生課の掲示板前に立って、貼り出された一枚の応募要項を読んでいた。

それは東京の新聞社が主催する海外留学生の募集のポスターだった。関東の大学生が対象になっており、学科試験の科目の中で語学試験にマジックでアンダーラインが引いてある。

——語学試験が重要だってことか。けどこの数名ってのは、いったい何人なんだろうか……。

英雄が呟《つぶや》きながら試験日の日付けを読んでいると、

「退学の通知でも貼り出されているのかい、高木君」

と背後で声がした。振りむくと、左目の上に白いテープを貼った後藤憲太郎が学生帽を阿弥陀《あみだ》に被って立っていた。後藤は英雄が見ていたポスターを覗《のぞ》き込んで言った。

「ほうっ、高木君は海外へ留学しようと思っているのか？」

「いや、そうじゃないけど、つい目についたものだから」

「これに応募しても、俺たちじゃ、まず受からないな。ほらっ、語学試験のところに赤線が引いてあるだろう。相当な語学力でも落ちるっていうんだから」

「そうなんですか？」

「常識だよ。留学なんてのは頭が特別にいいか、金持ちの家に生まれなきゃできないようになってるんだよ。高木君、そんな夢みたいなものを見てないで、学生食堂へ行こうぜ」

「まだ十時ですよ？」

「ボクサーは試合の後はお腹《なか》が空《す》くのよ。今回は減量で苦労させられたから、昨日の夜から食べっ放しさ」

「対抗戦の試合はどうでした？」

「聞いてくれるなよ。素人《しろうと》相手で、このざまだぜ」

後藤は包帯を巻いた左手の甲で目の上を摩《さす》った。

二人が食堂に入ると、後藤の姿を見つけた体育会の後輩が立ち上って直立不動で挨《あい》拶《さつ》した。後輩のひとりが駆け寄って来て、後藤と英雄に茶を注いだ。おい、新聞だ。それとテニス部の部室へ行って、今日の体育会の連絡会に出席する女子部員の名前を調べて来い。それと、カツ丼《どん》に大盛カレーだ。高木君、それでいい？　と後藤は英雄に訊いた。

「あっ、俺は自分のは払いますから……」

「いいって、飯くらい奢《おご》らせてよ」

後藤は言って、後輩をぎょろりと睨《にら》むと、後輩があわててレジの方へ駆け出した。

「おや、またドンパチだ、派手にやってるね」

「ベトナムですか？」

英雄がカレーライスを食べながら後藤が開いた新聞を見た。

「違うよ。関西のヤクザの抗争だ。先週も一人殺されて、その報復だな、こりゃ。二人死んで五人が重軽傷だってよ。関西のヤクザはとことんやるらしいな。ボクシング部の先輩にも組を持ってる人がいてね。関西の連中は手加減がないらしいね。いきなりズドンと来るって、いつか関東と正面衝突する日が来るって言ってたな。高木君は関西だろう。そんななのかい？」

「確かにむこうは血の気が多いですよね……」

英雄は少年の頃、高木の若衆が喧嘩《けんか》をしていた姿を思い出して言った。

「そうだろうね。しかし死んでるのは皆、若い奴等《やつら》だな。鉄砲玉だったんだろうね。可哀相《かわいそう》に……」

後藤は言って、新聞を英雄の脇に放った。

先刻の後輩が英雄たちのテーブルに来て、後藤に何事かを耳打ちした。すると後藤

は急に立ち上って、

「堂本《どうもと》さんが部屋の前にいるって、それを早く言わんか」

後藤は、いつか英雄も見たことのあるテニス部の女性の名前を口にして、後輩の頭を怪我《けが》しているはずの左手で音がするほど叩き、高木君、悪いが急用ができたんで、また、と言い残して外へ駆け出した。英雄は苦笑して後藤のうしろ姿を見ていた。

英雄はテーブルの上に後藤が置いて行った四つ折りの新聞を見た。三面記事のトップに後藤が読んでいた関西のヤクザの抗争記事が掲載されていた。

〝無法地帯の惨劇・市民の怒り〟と大きな見出しがあり、〝年間に死傷者十六名・真昼の商店街での銃撃戦〟と小見出しが続いていた。英雄は新聞を開いて、その記事を読みはじめた。関西の対立する組同士の縄張り争いで昼間の商店街で銃撃戦がくりひろげられていた。記事の論調は厳しく、一般市民を巻き添えにしているヤクザの抗争を糾弾《きゅうだん》していた。英雄は死亡した組員の名前を目で追った。

スプーンを持つ英雄の手が止まった。英雄は活字の文字をもう一度読み返した。二人の死亡した組員の名前の一方は、宋建将組員（二〇）とある。

「同姓同名の者が、いるのか……」

英雄は食い入るように記事を初めから読み直した。そうして宋建将の名前の活字を見つめた。

今夏、高木の家に正雄の仏前に線香を上げに来たツネオが言った言葉がよみがえって来た。

——あいつ、大阪でヤクザになっとるらしいぞ……。

ツネオの声が耳の奥に響いた。

「まさか……、建将のことじゃないだろう」

英雄は呟きながら、一家で台湾から来た宋建将という名前が、そんなに多くあるとも思えない気がした。その上、年齢も合っている。英雄は新聞を握りしめて立ち上った。

学生課の前にある公衆電話にむかって駆け出した。英雄は一面に載っている新聞社の電話番号を確認してダイヤルを回した。

はい、大東新聞、東京本社です、と女性の声が返って来た。英雄は相手に今日の朝刊に載っている記事の中に自分の友人の名前があり、詳《くわ》しいことを教えて欲しいと告げた。女性は担当部署に電話を回すと言った。すぐに、社会部、と男の声が返ってきた。英雄はもう一度同じ話をした。ああ、三面のトップのヤクザの抗争だね。うん、それで死んだ組員が、お宅の身内なわけ？　そうなの？　あっ、まだ本人かどうかわからないわけ。それで確認したいってことか……と相手の対応はひどくぞんざいだった。その男はさんざ質問した挙句、掲載記事は大阪からの配送記事だから、そちらに連絡してくれと、大阪の電話番号を教えた。

英雄は腹を立てながら、教えられた番号を回した。

「はい、社会部です」

ひどい濁声《だみごえ》の男がいきなり電話に出た。英雄は抗争記事のことと死んだ組員が自分の友人と同姓同名なので確認したいことを告げた。

「そうですか……、そりゃ心配なことやな。すぐに調べるよって、悪いが君の名前を聞かせてくれますか？」

と声に似ずやさしい口調で訊き返して来た。

「高木英雄です」

「職業は？」

「学生です」

「あっ、君、これ公衆電話からかけてるんと違うか？　電話代が大変やろうから、着信払いで電話すればええわ。電話番号を言うから書いて下さい。私は社会部のシライ、ガン言います。シライでいいですから、電話待ってますから、人違いやとええなあ」

英雄は電話番号と相手の名前を確認し電話を切った。男が最後に言った、人違いやとええなあ、という言葉が耳の奥に残った。

英雄は学生課へ行き、事情を話して電話を借りた。

電話はすぐに繋《つな》がって、社会部、と若い男の張りのある声がして、英雄がシライの名を告げると、部長、部長、と相手のシライを呼ぶ声が続き、ガンさーんと最後に大声が聞こえた。

「ああ高木君か、電話待ってたで、ありがとうな。この電話は着信払いにしてくれたか？ そうか。なら安心してゆっくり話がでけるわ。それで君の友人かもしれんという××組の宋建将のことやが、今のところ詳しいことは記事にあるだけなんや。今、急いで調べさせとるんやけど、君の友人の方の話を逆に聞かせて貰《もら》えると助かるんやけどな」

英雄はシライに建将のことと、友人が松山で出くわし大阪でヤクザになっているかもしれないと聞かされた話をした。

「そうか、たしかに珍しい名前やな。けど大阪にはいろんな国の人が生きてるよって同姓同名言うこともあり得るよってにな……。それでももし亡《な》くなったのが君の友だちやとわかったら、君はどないするつもりなんや？」

「大阪へ行って線香を上げて……、建将の骨を家族に届けます」

英雄が言うと、シライはしばらく黙っていたが、

「高木君、君の連絡先教えて貰えるか？　事実がわかり次第、こちらから連絡するわ。君、大阪まで来られるか？　電車賃とか大丈夫なんか？」

と訊いてきた。英雄がアルバイトをしているから大丈夫だと返答すると、

「そりゃ感心なこっちゃ。人違いである事を僕も祈ってるわ」

シライは英雄の住所を聞き、夕刻に一度電話を入れるからと言って電話を切った。昂《たか》ぶっていた気持ちがシライという男のやわらかな話しぶりでおさまった気がした。

英雄は講義を二時限受けて、三軒茶屋のアパートに戻って電話を待った。

夕刻六時に管理人室に電話がかかって来た。

「高木君、大東新聞大阪本社のシライです。残念やけど、どうやら亡くなった宋建将さんは君の友だちらしいな。警察にあった当人の前科歴から戸籍謄本《とうほん》を調べたら、君が言うてた三田尻《みたじり》の新町へ八年間住んでるわ。まず間違いないな……。ほんまに可哀相なことをしたな、悔みを申し上げるわ……」

シライの悔みの言葉を聞きながら、英雄は大きな溜息《ためいき》をついた。

「高木君、大丈夫か？　それで君、宋さんに線香を上げて、骨を家族に返したい言う

てたな。そのことで僕の方で協力できることがあったらできるだけのことはするから……。高木君、話を聞いてくれてるか？」

「はい、聞いてます」

「そうか、それで君、どないする？　大阪へ来ますか？」

「行きます」

「今夜が仮通夜《つや》で、明日が本通夜や。葬儀の方は、あの世界はややこしゅうて、えろう日を置いてやるらしいんや。いずれにしても明日の通夜に行くのがええやろが、何しろ今は抗争の真っ最中やから通夜の席になかなか入ることができん。僕も何とか方法を考えるから、どうやろ駅で待ち合わせへんか？」

「は、はい。でも通夜のある場所を教えて頂ければひとりで行けますから大丈夫です」

「いや、えらい数の機動隊が囲んどる所やから、友だち言うても通してはくれんやろう。そっちの方は僕が方法を考えるから……」

　シライは明朝、東京発の新幹線の時刻まで教えてくれて、英雄がその列車で大阪へ来るなら新大阪まで迎えに行くと言った。……

新幹線が新大阪駅に着いたのは、午後の一時過ぎだった。

出発前、シライに教えられた彼の自宅に、英雄は東京駅から電話を入れた。たしかにシライの言うとおり、建将の通夜の席に入ることは大変かもしれないと思った。電話で話しただけの見ず知らずのシライが親切過ぎるのが気になったが、彼しか大阪に伝《つて》がなかった。

プラットホームに降りると、グレーの帽子を被った男とカメラを手にした男が心配そうに降車する客を目で追っていた。帽子の男の右手には新聞が握られていた。シライは逢《あ》った時の目印に自社の新聞をお互いが右手に握っていようと言った。その男がシライだと思った。英雄は男の様子をしばらく観察して、ジャンパーの中に隠していた新聞を出して握りしめると歩き出した。

シライは英雄の手の新聞を見つけ、自分の手の新聞を突き出してから嬉《うれ》しそうに笑った。

「高木英雄君ですか？　シライです。遠いところからご苦労さん」

「初めまして、高木英雄です。今回はいろいろありがとうございます」

「そんなことあらへん。君の友情に僕は打たれたんや。近頃なかなかないことや」

シライは英雄に名刺を出した。社会部長、白井巌《いわお》、と記してあった。

「高木君、ちょっと写真を撮《と》らせてくれるか。社のカメラマンや。列車から降りた感じがええな」

カメラマンが英雄の肩を押して、停車している新幹線の脇へ立つように言った。

「人の肩に勝手にさわらんでくれるか」

英雄はカメラマンの手を払いのけて、二人を睨み返した。

「何じゃ、これは？ いきなり写真を撮らせてくれってどういうことじゃ……。えらい親切じゃからおかしいと思っとったわ。俺のことを記事にして笑い物にでもするのか」

カメラマンが驚いて英雄を見た。白井はカメラマンに目くばせし、

「いや、気を悪くしたなら勘弁してくれ。僕等は今、暴力団撲滅《ぼくめつ》のキャンペーンをしてるんで、その中に君と宋建将さんのことを書きたいと思ったんや。君の了解も……」

英雄は白井の言葉を遮《さえぎ》るように階段にむかって歩き出した。

「待ってくれ。どこへ行くんや」

「葬儀の場所は警察で聞きます。もう結構ですから……」

英雄が階段を降りようとすると、白井は大声で言った。

「君の了解を取らないで写真を撮ろうとしたことは謝る。このとおりや。僕は宋建将いう若者がなぜヤクザになって死ななあかんかったかいうことを知りたいんや。その真実を記事にして、若者に読ませたいんや」

白井は帽子を取り、深々と英雄に頭を下げた。顔を上げた白井の目は真剣に見えた。

「わかりました。ただ建将を、宋を笑い物にだけはしないと約束して下さい」

「わかった、約束しよう」

英雄が頷《うなず》くと、白井も安堵《あんど》したように口元に笑みを浮かべた。少年のような笑顔だった。その笑顔を見て、英雄は白井が悪い男ではない気がした。途端に、英雄の腹の虫が大きな音を立てた。白井はそれを聞いて、

「腹が空いとるんやろう。梅田の駅裏に美味《うま》いうどんを食わせる店がある。僕も今日は昼飯がまだなんや」

阪急裏の狭い路地には新しいビルの陰に隠れるように屋台風の店が並んでいた。白井が路地を歩き出すと、各店から、ガンさん、どないや、今朝の記事読んだで。ガンさん、一杯飲んで行きいや、と店の男や女が声をかけた。

「あかん、あかん。まだ仕事中や」

白井は嬉しそうに返答しながら、靴磨きの老婆《ろうば》に声をかけたり、両替所の穴場を手

で叩《たた》いたりして歩いていった。

と英雄は思いながら、白井のうしろをついて歩いた。

——気さくな人だな……。

狭いうどん屋に入ると、白井はけつね、と言って二本指を立て、皿の上の握り飯を二個取って英雄にひとつ渡した。

「高木君、君、ええ身体《からだ》をしてるが、何か運動をしてたんか？」

「野球をやってました」

英雄が答えると、白井は握り飯を口に入れたまま相好《そうごう》を崩して、大きく二度、三度と頷いた。

「やっぱりそうか。そうやないかと思うた。野球をやっとった奴に悪い奴はおらへんもんな。僕も学生時代はずっと野球をしとった」

うどんを食べ終ると、白井は近くの喫茶店へ英雄を連れて行き、ポケットの中から一枚の写真を出してテーブルの上に置いた。髪型は変わっていたが、建将の写真だった。

「間違いないか？」

英雄は黙って頷いた。

「そうか、残念なことをしたな……」

英雄は写真の中の建将の顔を見ながら、

「建将も、俺と田舎で野球をやってました」

と言って、黙り込んだ。

「ずっと野球がでけてたら、こないなことにはならんで済んだのにな……。世の中はいつも、ええ奴から先に死によるわ。なんでこないなるんやろな」

白井の声が詰まった。英雄が顔を上げると、白井は頬に零《こぼ》れた涙を拭《ぬぐ》おうともせずに建将の写真を睨みつけていた。

白井の説明では浪花《なにわ》、阿倍野《あべの》、西成《にしなり》一帯でヤクザの抗争が去年の秋口から相次いで起きた。特に西成ではドヤ街に三千人を越す日雇労働者が住んでおり、折からの大阪湾の拡張工事で労働需要が急増して、労働者の周旋に伴うヤクザの縄張り争いが頻繁に起こっていたという。元々この一帯は戦前から人足の〝寄せ場〟であり、それが戦時中に空襲で家を失《な》くした者や外地からの引き揚《あ》げ者、他所《よそ》から大阪へ流れ込んで来た者などが住みつき、大きなドヤ街を形成するようになった。ヤクザも戦前から地場を守っていた旧勢力と戦後の復興に合わせて台頭してきた新興勢力とが、縄張りをめぐって争うようになっていた。

「宋君のおった組は戦前からあった組で、大阪湾の埋立工事をやっとった。それが先代が病に倒れ、新しい組長になってから組がごたごたするようになったらしい。宋君は飛田《とびた》新地《しんち》の遊廓《ゆうかく》の方でちいさな事務所をまかされとったようや。西成の警察の話では、勢力争いの真《ま》っ只中《ただなか》に籠城《ろうじょう》させられとる砦《とりで》のようなもんやったいうことや。遅かれ早かれ、こうなると見とったらしい。警察はわかっとったやろう。せんないこっちゃな……、ほな、ぼちぼち行こか」

白井は言って、応援に来ていた二人の身体の大きな記者と立ち上った。

四人は地下鉄に乗って動物園前で降りた。駅の階段を登って表へ出ると、通りは大勢の人で賑《にぎ》わい、両脇《りょうわき》に並ぶ店から客を呼び込む声が聞こえて来た。まだ夕刻になったばかりなのに、街は活気に溢《あふ》れ、屯《たむ》ろする人の熱気で空気までが膨《ふく》らんでいるように思えた。

「高木君は、大阪は初めてかいな?」

白井の言葉に英雄が頷くと、あれが通天閣《つうてんかく》や、と後方の塔を指さした。英雄は秋の夕空にネオンを点《とも》してかがやく通天閣を仰いだ。

——建将も、あの灯りを見ていたんだな……。

英雄は建将がどんな思いで、この街を歩いていたのだろうかと思いながら、恥ずかしがり屋だった建将には、この街は賑やか過ぎるような気がした。

やがて女たちが店の前に立って客待ちしている一角へやってきた。英雄にも、それが旧遊廓であることはすぐにわかった。女たちが笑いながら白井たちに声をかけてくる。

「こういうもんやな。何軒かの店はあの組の世話にもなっとったんやろうに……。ヤクザがひとり死んでも、虫けらが潰《つぶ》れてしもうたくらいにしか思うとらんのやろうな」

前方に人だかりが見えて提灯《ちょうちん》の灯りが零れていた。白井は立ち止まって、あれやな、と若い記者に確認するように呟《つぶや》いた。白井が歩きはじめると、前方から濃紺の制服を着て警棒を持った機動隊員が二人近寄って来て、この先はあかん、引き返せ、と威嚇《いかく》するような低い声で言った。

「あっ、ご苦労さんです。大東新聞の者です」

と白井と二人の記者が記者章を隊員に見せた。

「取材も禁止されとる。帰りなさい」

「それが取材とちゃいますねん。死んだ組員の身内を連れて来ましたんや。この高木君です。わざわざ東京から線香を上げに来られました」

「身内? そんな下手《へた》な芝居して取材しようとしてもあかん。帰れ」

隊員が右手をふって引き返せと言った。

「芝居なんかじゃない。俺は、殺された宋建将の友だちです」

英雄が大声で言うと、前方から数人の男が駆け寄って来て、英雄たちの顔を探るようにして、何じゃ、おまえら、とわめき立てた。血走った目をした男たちの上着の前が開《はだ》けて、肩口から刺青《いれずみ》が見えた。隊員たちが男衆を制した。その背後から、ほらっ、何をしとんのや、とハンチング帽の男が顔を出し、英雄たちを見回した。男は白井を見つけて言った。

「おう、ガンさん。今日は取材はあかんで、記者クラブへ通達が回っとるやろう」

「それが巡査部長さん、取材とちゃいますねん。今、この人たちにも説明してたんですがね……」

白井はハンチング帽の男に近寄って、英雄の方を指さし事情を説明していた。ほんまかいな、ガンさん、手の込んだことしとるんとちゃうやろな、とにかく今夜はあかんて、連中は皆いきり立っとるし、いつ敵にむかって飛び出して行くかわからへんような状態や。諦《あきら》めなはれ、男の声が聞こえた。白井が小声で相手を説得していた。

「なぜ、友だちに線香も上げられんのですか」

英雄は大声で言った。また男衆が駆けて来た。何をごちゃごちゃほざいとんのや、と男衆のひとりが怒鳴り声を上げた。通夜の行なわれている家の方からも数人の影が走って来た。ハンチング帽の刑事が、何でもない、戻れっと両手を広げて声を上げ、彼等を制した。たちまち十人近い男衆が英雄たちを囲んだ。何をしとんのや、いてまうど？　男衆たちの怒声が飛び交った。

「怪しい者ちゃいます。亡くなられた宋建将さんの友だちを連れて来たんですわ。幼な友だちで東京からわざわざ見えたんです。それをこの人たちが通してくれませんのや」

白井が男衆にむかって言った。男衆が静かになり、それはどいつや、という声がした。

「俺です。線香を上げさせて下さい」

英雄は二の腕を摑《つか》んだ機動隊員の手を振り払って前へ出た。

ちいさな事務所の中に十数人の男たちが座っていた。その中央に祭壇が設けられ、棺《ひつぎ》がふたつ並べてあった。右の棺の周りには、家族らしき男女がハンカチを鼻に当てて座っていた。左の建将の棺のそばには白髪《しらが》の老人と若い男がぽつんといるだけだった。老人の背後から、長身の男がひとり出て来て、よう見えてくれました。組を預かっておる板東《ばんどう》と申します、と英雄に頭を下げた。白井が香典の袋を男に渡した。

男は英雄たちを仏壇の前へ案内すると、白髪の老人に英雄のことを話した。老人は口を半開きにしたまま、天井の電球の灯りを見ていた。電球に群れている虫の影が老人の顔を揺らしていた。老人は羽織の下に寝間着を着ていた。英雄が焼香を済ませて仏前に頭を下げると、先ほど板東と名乗った男がそばに来て、建の顔を拝んで行かれますか、と耳元で囁《ささや》いた。英雄が頷くと、板東は老人の前を会釈《えしやく》して通り抜け、英雄を棺の方へ案内した。若衆が棺の蓋《ふた》を開けた。

建将は顔を少しむこうにむけて目を閉じていた。板東が建将の顔を両手で包むようにして正面にむけた。死化粧がしてあるのか、頬は青白かった。上唇に白粉《おしろい》がついていた。右耳から顎《あご》にかけて大きな傷跡が走っている。英雄の知っている建将には、こんな傷跡はなかった。

「本当にいい奴《やつ》でした……」

背後で板東の囁く声がした。

「親父《おやじ》も、あんなふうじゃなくて、元気な時は建を身内の中で一番可愛《かわい》がってました。俺にとっても一番の弟でした……」

英雄は板東の声を聞きながら、少年時代に原っぱで一緒に野球をした頃の、建将の人なつっこい笑顔と、投手をしていた英雄のバックで励ましてくれていた明るい声がよみがえった。

——英ちゃん、こんなバッターへっちゃらだ。打てっこなんかないわ。頑張れよ。

英雄が振りむくと、建将がグローブを手に笑い返していた……。その笑顔が、最後に建将と別れた入江の中洲《なかす》の夜に見たちいさな影と重なった。中学校の教師の虐待《ぎやくたい》に立ちむかって行き、教師を刺して逃亡した建将が夜の入江をさまよい、昔、二人で遊んだ中洲の廃工場で英雄は建将を見つけた。雨の中で聞いた建将の嗚咽《おえつ》と、建将、大丈夫だよ、俺も、父さんたちも、皆で守ってやるから、と約束した言葉が思い出された。あれからずっと再会したいと思っていた建将が白い顔で沈黙していた。虫の影が建将の顔を揺らし、その顔が泣いているように歪《ゆが》んで見えた。

「逃げ切れんかったのか、建将……」

英雄は呻《うめ》くように言った。建将の顔を見たら泣いてしまうのではと思っていたが、涙は出て来なかった。棺のむこうにいた若衆が蓋を閉じようとした。英雄はそれを制して、建将の顔を見つめたまま訊《き》いた。

「家族は来とらんのですか？」

「御袋は二年前に広島で亡《な》くなったそうです」

板東が背後で答えた。

「姉さんがおったはずですが……」

「おい、建には兄弟がおったのか？」

板東が若衆に尋ねた。誰からも返事がなかった。

「さあ、そっちはよくわかりません」

英雄は膝《ひざ》の上に置いた手でズボンを鷲掴《わしづか》みにした。その手の甲に一粒だけ涙が落ちた。泣いてたまるかと思った。英雄は歯ぎしりをして、板東を振りむいた。

「兄弟がいたかどうか、わからない？　あんたはさっき建将が身内だと言ったじゃないか。一番の弟だと言ったじゃないか。その弟に姉がいるのも知らないんですか。建将はあんたたちのために、こんなになって死んだんじゃないですか。いったい建将が何をしたって言うんです。建将は人に恨まれるようなことをする奴じゃない。何で皆、虫けらみたいに死ななきゃならないんだ。あんたたちが建将を死なせたんだ」

英雄が大声で言うと、周囲の若衆が詰め寄って来た。板東が若衆を制し、白井が英雄を背後から抱き締めた。

「高木君、さあ、引き揚げよう」

白井の手を振りほどいて、英雄が、

「返答してくれ。なぜ、建将は死んだんだ？」

と声を上げた時、外から数人の機動隊員とハンチング帽たちが中へ入って来て、英雄の襟首を摑んで外へ連れ出した。

……

鳥の囀《さえず》りを耳の底に聞いて、英雄は目覚めた。まぶしい陽差しがガラス越しに差し込んでいた。起き上ろうとすると、頭の中が割れるように痛かった。頭をふると、後頭部から背中にかけてがずきんと痛んだ。

英雄は蒲団《ふとん》から畳にはみ出した足に力を込めて起き上った。ぱたぱたと布の当たる音がする。

――ここはどこだろうか？

立ち上ろうとすると、また背中に激痛が走った。英雄は顔を歪めて、呻き声を上げた。

「目覚められましたか？　おはようございます」

エプロンをかけた若い女性が叩《はた》きを手に顔を覗《のぞ》かせた。

「はあ、おはようございます。あの……、ここはどちらのお宅でしょうか？」

英雄の言葉に女性は口元をおさえて笑いながら、廊下を駆け出して行った。すぐに先刻の女性に目元が似た中年の女性が茶碗《ちゃわん》を載せた盆を手にあらわれて、

「えらい二日酔いでしょう。渋茶です。主人から連絡があってほどなく戻ってまいりますから……、迎え酒でもなさいますか？」

迎え酒と聞いて、英雄は喉《のど》の奥から異物を戻しそうになって、結構です、と首を横にふった。女性は口元に笑みを浮かべて奥へ引っ込んだ。

「あの……、ここはどなたの……」

と声をかけると、先刻の女性があらわれ、

「ここは大東新聞の酔いどれ記者、ガンさんの家です。私は娘の白井倫子《みちこ》です」

と言って深々とお辞儀した。英雄も畳に手をついて頭を下げようとしたが、背中の痛みで上半身を捩《よ》じらせた。

「い、痛い。何をしたのかな？」

「何をしたかって覚えていないんですか？」

「えっ、何かしたんでしょうか……」

「まあ、呆《あき》れた。昨夜、ふらふらになって皆さんと家に見えて、まだ飲み足らずに家の酒を全部飲みつくして、それでも酔わないからと、最後は庭に出て相撲を取られた

んですよ。それも近所中が目を覚まされるほど大声で、こん畜生、こん畜生、皆、くたばっちまえって……、それは痛いはずですよ。あなたが相手にした記者さんは、ひとりは相撲部で、もうひとりが柔道部ですもの、その上、父は無類の相撲好きなんですから。酔っ払ってるあなたは何十回と放り投げられてましたよ。覚えてないんですか？」

相手の話したことに英雄はまるで記憶がなかった。

「最後は庭に大の字にのびてしまって、死んでやる、死んでやるって……、今朝、母と二人で近所に謝りに回ったんですからね」

怒ったように頬を膨らませ腕組みをしている相手に、英雄はちいさく頭を下げた。

あっ、酔いどれ記者が帰って来たわ、と明るい声で言って、倫子はまた廊下を走って行った。

廊下が軋《きし》むような足音がして、白井が笑いながらあらわれた。

「起きたかね。どうや気分は？　ええわけはないいな。風呂《ふろ》へ行って水を浴びてきなさい。時間がないさかい、早うしてな。待ってるから、五分やで」

白井が時計を見て、倫子、風呂に入れるで、と大声で言うと、奥から、支度してあります、と甲高《かんだか》い声が返って来た。

風呂へ入ると、本当に水風呂が張ってあった。英雄は衣服を脱ぎ捨てて湯舟に飛び込んだ。頭に水をかけて目を閉じると、昨夜、西成の町を引き上げて、白井たちに連れられ鶴橋《つるはし》の屋台の焼肉屋へ行って、怒鳴り声を上げていた自分の姿がよみがえって来た。二人の身体《からだ》の大きな記者が英雄に説教するようにがなり声を上げていた顔が浮かんだ。

——何の話をして、あんなに怒鳴り合っていたんだろうか……。

水の中に顔を浸《つけ》ると、建将の死顔が浮かんで来た。

——なぜ、俺たちばかりがこんな目に遭《あ》うんじゃ。何か悪いことをしたのか！

——何が新聞記者じゃ。人の不幸を記事にして食べてるんじゃないか！

英雄は自分が大声で怒鳴っている姿を思い出していた。断片的にあらわれる記憶はどれも尋常ではなかった。英雄は風呂を出て、白井にどんな顔をして逢《あ》えばいいのだろうかと思った。

風呂の戸口を叩《たた》く音がした。こん畜生さん、時間ですよ。遅れると叱《しか》られますよ、と女性の声が聞こえた。英雄は湯舟から飛び出し、急いで身体を拭《ふ》いて外へ出た。

白井は庭先で犬を撫《な》でていた。見ると犬の左前足の第一関節から先がなかった。それでも犬は器用に、その欠けた足先を白井の膝の上に乗せて尾をふっていた。

「おまえが兵隊さんやったら、名誉の負傷で、一緒に天神さんの祭りでアコーディオンでも弾いて、酒代くらいは稼げるんやけどな……」

「お待たせしました」

英雄が声をかけると、白井は犬を撫でたまま言った。

「高木君、君は子供の時に犬を飼っとったやろう」

「はあ……。はい、飼ってました」

「昨夜、君が大の字になって、この庭にのびとる時、こいつは君の顔を嬉《うれ》しそうに舐《な》めとったわ。こいつらにもわかるんや。ええ人間とどうしようもない人間の違いがな……。いや、こいつらやからわかるのかもしれん。さあ、行こうか？」

「は、はい。あのう、どこへ行くんでしょうか？」

「何？　君は昨夜言うたことを何も覚えてないのんか？」

「は、はあ……」

「そりゃ、高木君、君、酒やめなあかんわ」

白井が呆《あき》れ顔で英雄を見た。

二人は白井の家の前で待っていた車に乗った。白井は腕組みをして、社へ行ってくれ、と運転手に告げた。

「高木君、僕も大阪では虎《とら》と評判やけど、君のは大虎やな。ひさびさに猛獣使いをやらされたで。しかし君、負けず嫌いやな。僕と相撲取って三十戦全敗やで。そんな弱い相手は初めてや。お陰で身体のあちこち痛いわ」

「あのう、俺、何しに行くんでしょうか」

「君は昨夜、僕と社《うち》の記者二人に新聞の仕事で聞き捨てならんことを何度も口にした。それで相撲に我々が勝ったら、新聞社の仕事を手伝わせる約束をした。君はあの二人と合わせると七十戦全敗やで。言い訳はできん」

「はあ……」

車は畑の続く一帯から街中に入った。

「高木君、ここらあたりは、ついこの間まで空襲で焼け野原やった。僕は風が吹き抜けるしかない大阪の荒廃を見て、もう僕等の知っとる大阪は二度と見ることはでけんと思うてた。ところがどうや、人間いうもんはたいしたもんや。もうすぐ、戦争の前より大きな街になりよる。これが人間の底力なんやな。その人間が戦争をくり返し、社会にはいつも不正と腐敗が蔓延《はびこ》っておる。物を持っとる者と持たれへん者にどんどん分けられて行く。何もない時は平等に頑張れるのにな。おまけに差別を平気ではじめる。人間の知恵いうもんは使い方を誤ると怖いことになるんや……。今日またべトナムへアメリカは三万人の兵隊を送りよった。いったい人間は戦争でどれだけ人間を殺せば気が済むんやろな。……着いたで、ここや」

車を降りると、古い三階建てのビルに新聞社の名前を刻んだ大きな看板が見えた。中から書類を手にした若者が飛び出して自転車に乗って走り去って行く。逆に上着を手に駆け込んで来る記者たちの姿もあった。

どうも、部長。こんにちは、ガンさん。記者たちは白井の顔を見て大声で挨拶《あいさつ》して行く。

英雄が連れて行かれた部屋は扉に写真部と資料部と記された三階の一番奥にある部屋で、中に入ると、衝立《ついたて》てで仕切られた右半分は壁のあちこちに写真が貼《は》りつけてあり、天井から吊《つる》した針金に何本ものフィルムがかけてある。電話が鳴り続け、デスクの男が怒鳴り声を上げ、カメラマンたちがひっきりなしに出入りしていた。

それに比べると左側半分はいくつもの棚が並び、各棚には何段にも分厚い本や古い紙袋が山と積まれ、奥へ行くと足の踏み場もないほど散らかっている、巨大な屑箱《くずばこ》のような部屋だった。その部屋の突き当たりに傾いた扉があり、白井は扉を叩いて、水《み》木《き》君、入るで、と言った。中から、はーい、と甲高い女の声が返って来た。部屋に入ると、机の上に積まれた段ボールのむこうから若い女性が顔を覗かせて笑った。白井は英雄の背中を押して言った。

「遊軍《ゆうぐん》や。高木英雄君や、君と同じ大学生やさかい仲良うやってな」

「はい、わかりました。初めまして、水木敬子《けいこ》です。部長、長崎の原爆資料のリストアップが出来たんですけど見て貰《もら》えますか？」

「わかった。高木君、夕方、社会部へ来てくれるか。ほな、よろしゅう頼むで」

白井はそう言って部屋を出て行こうとした。

「俺、ここで何をするんでしょうか？」

英雄が白井に訊くと、

「仕事の内容は水木君に訊いてくれ。それと、高木君。会社の中で、〝俺〟というのはやめてくれ。それでなくとも、この頃、記者の柄が悪いと批判されとるんやから」

白井が扉を閉めると、扉が音を立てて傾いた。

「私、T女子学院に通っている二回生。あなたは何回生？」

「あっ、俺、いや、僕は二年生だ」

「じゃ同級生やさかい、高木君でかまへんね」

水木の説明によると、英雄たちの仕事は新聞社にある太平洋戦争の写真と資料を整理し、それと一般公開するのに必要な他の資料を探し出すことだった。

英雄は水木が整理していた長崎の原爆被害の写真と資料を見せて貰った。目を覆《おお》いたくなるような写真が次から次にあらわれた。

「あなたはこの写真を見て平気なのね？　私は最初、気持ちが悪くて、食事が喉を通れへんかったわ。家へ持って帰って見せたら妹なんかは泣き出したわ」

水木が英雄の顔を見て言った。

「平気じゃないよ。ただ俺の、いや僕の生まれた町には広島の原爆の被爆者が大勢いたし、お腹《なか》にいる時に被爆して、その後遺症で死んだ友だちもいる。原爆資料館にも行ったし……」

「へぇー、見かけよりは真面目《まじめ》なのね。お酒の匂《にお》いがするから、また新聞社に入社するためにコネを探してアルバイトにでも来たのかと思ったわ」

「じゃ僕が広島をやろう」

英雄はジャンパーを脱ぐと、テーブルの上の段ボールの山を整理しはじめた。

夕刻になって、二人の作業場を昨夜の若い記者が様子を見にやって来た。

「おうっ、やっとるな。あと二時間したら部長が飯を奢《おご》ってくれるそうや。それまで頑張りや」

水木は先に引き揚げ、英雄は時間になって社会部の部屋へ行った。白井は一番奥の机の所でシャツを腕まくりして立ち、大声で記者たちに何かを命じていた。英雄のことなど目に入らないほど真剣な顔をしていた。記者たちも皆目の色を変えて原稿を書いたり、額を突き合わせて打ち合わせをしていた。部屋の空気が張り詰めている。「写真部へ連絡してくれ。この写真じゃあかん。もっと悪人面《づら》をしとる写真があるやろう」

白井が怒鳴り声を上げている。英雄はしばらく男たちの仕事ぶりを眺めていた。

白井が英雄に気づいたのは小一時間ほど過ぎてからだった。白井は英雄の顔を見つけると、白い歯を見せて、大虎が来よったで、と言って英雄を手招きした。英雄が白井の机へ歩いて行くと、周《まわ》りから、兄ちゃん、西成じゃ、えらい啖呵《たんか》を切ったそうやな、機動隊に取りおさえられたらしいやないか、社《うち》の若いのを鍛えてくれたそうやな、と記者たちが口々に声をかけてきた。

その夜、英雄は白井に連れられて阪急裏の居酒屋へ出かけた。十数人の男たちの中には、大阪駅で逢ったカメラマンもいた。

「そうか、やり甲斐《がい》のある仕事でよかったわ。水木君が言うとったが、君は高校生の時に原水禁の行進にも参加しとったらしいな。やはり僕の睨《にら》んだ目に狂いはないな……」

「部長、またひとり記者の卵が見つかりましたか？」

「いや、高木君は記者とはちゃうな……。まあええわ。高木君、今夜は大虎は勘弁してや」

白井の言葉に英雄が頭を掻《か》くと、他の記者たちは、かまへん、かまへんと酒を注いだ。

皆と別れてから、白井は英雄をちいさなバーへ連れて行った。

「どうや一日目の仕事は？」

「はい。あの資料と写真を見ると、大阪でも空襲で大勢の人が死んでるんですね」

「そうや。このおばちゃんも生き残りや」

白井がカウンターの中の女性を指さした。女性は何も言わずに英雄に笑いかけた。

「このおばちゃんの旦那《だんな》さんと三人の伜《せがれ》は戦地へ連れて行かれて死んだんや。残った娘さんは勤労動員された工場が空襲に遭《お》うてあかんかった。その上、親戚《しんせき》も皆死んでもうた。たったひとり生き残ったんや。高木君、君は、昨夜、自分の周《まわ》りの人間が皆死んで行くと言うてたけど、別にそんなんは君だけとちゃうねん。一家全員が亡《な》くなった者はごまんとおるし、通り魔に両親を殺された者もおる。だから言うて泣いて、誰かを恨んでばかりいたんでは、人は生きて行けるもんちゃう。そんなことを乗り越え平気で皆生きてんのや。命ある限り生きぬくしかあらへんのや。だから人は偉いんや。今、やって貰うとる仕事は、来年、僕等の手で〝戦禍展〟をするんや。人は偉大ではあるが、一方ですぐに過《あやま》ちを犯す、愚かなところもある。このままじゃ、日本人はまた戦争を起こしよる。誰かが、戦争がどんなに愚かなことかを叫び続けなあかんのや。僕等新聞記者の仕事は、不幸な目に遭うた人たちの、その叫びを代弁してあげることも大事な使命のひとつなんや……」

白井の話には聞いていて、自然と胸の奥に入って来る熱気のようなものがあった。

その日から、英雄は白井の自宅に寝泊りして、資料室で仕事を続けた。またたく間に一週間が過ぎた。夥《おびただ》しい数の戦争の被災者たちの残酷な写真を見て行くうちに、英雄は白井がやろうとする〝戦禍展〟の意味が少しずつわかってきた。毎晩のように白井に連れられて、屋台を回っていると、大阪の町の喧噪《けんそう》にはたしかに戦争が忘れ去られてしまうほどの活気があった。

仕事でもそうだが、それ以上に酒場で聞く白井の話には引き込まれた。

「殺人犯だけが悪いんとちゃうんや。そいつかて生まれた時は可愛《かわい》い赤ん坊やったはずや。そいつに凶器を手にさせて人を殺してしまう状況にさせた社会にも問題があるんや。社会は人間が作っとるもんや。人間の中に善良なもんと悪になるもんがあるんや。それがそのまま社会の中に巨悪となってひろがって行く。僕等が憎むべきもんは、常に糺《ただ》していかなならんもんは、その悪や。悪の悪たるものを事実として知って貰うんや。君は初めて逢った夜、僕等新聞記者は人の不幸を記事にして食べとるというとったが、人の不幸は、君と僕の不幸でもあるんや……」

社会の悪の話をする時の白井の眼はおそろしいほど鋭かった。かと思うと、

「あかんな、阪神は。辛抱《しんぼう》が足りんわ……」

白井は野球の話をする時は少年のようになった。

英雄は時折、新聞社の中を歩いた。編集局、販売局、広告局、工務局、出版局、経理局……、とさまざまな部局があった。部局によって人間の表情が少しずつ違った。その中でも、編集局はやはり活気があった。政治部、経済部、科学部、文化部……、英雄は運動部へ行って、プロ野球や大相撲の取材写真を見るのが楽しみだった。それでも白井が統括する社会部が一番魅力があった。英雄は白井を見ていて、彼が記者たちの父親であり、兄貴のような存在に映ったし、いつも最後まで会社に居る彼には社会部の部屋が我家のように見えた。英雄は生まれて初めて、大人の男たちが真剣に働いている職場を見た気がした。

一度、英雄は白井から、その日一日のアルバイトで何をしたか、という報告書を書

けと言われた。英雄が一枚の報告書を白井に提出すると、白井はそれを赤鉛筆で直しはじめた。たちまち英雄の文章は赤字だらけになった。

「君が何をして、何がわかったかを書かなあかん。言葉は生きとるんや。人間を誤った方向に行かせもするし、正しい方向にむかわせもする。こないだの戦争の時、新聞は大きな過ちを犯した。その結果何百万という数の人間が死んだんや。文章は真実を見つめて、人間を正しい方向に導くためにもあるんや」

その夜、白井は自宅の書斎に英雄を入れ、山と積まれた本の中から、一冊の本を取り出し、

「君は文学部やろ。これは戦争の正体を書いた小説や。言葉いうもんが持つ真実の力が、ここにはある。僕は言葉を信じとる。君もそうあって欲しい……。もらってくれるか」

と縁がすり切れた黄色い表紙の本を渡してくれた。

授業のこともあり、二日後には東京へ戻ることを白井に話した日の翌朝早く、彼は英雄を連れて西成へ行った。

焚火《たきび》が燃えて、大勢の労働者たちが屯《たむ》ろしていた。屋台の車を引いて出て来た女たちの、飯や煮込みを炊《た》く白煙が上っていた。次から次にトラックが入って来て、男た

ちを荷台に乗せて走り去って行く。中には逞《たくま》しい女たちの姿もあった。

「都会を作っとるのはコンクリートや鉄骨とちゃう。あの連中の腕や足が作っとるんや。機械だけで物を作ったら、そんなもんはすぐに毀《こわ》れてしまう。あの連中の魂が、この街を、国を作っとる。それを忘れたら、また戦争がはじまるやろう。戦争を失《な》くすのは、最後は人間の胸の中にある情念なんや」

白井は言って、英雄を天王寺の商店街へ連れて行った。朝早くから人が出ていた。

「ほれっ、あそこに看板かけた事務所があるやろう。その隣りに喫茶店が見えるか？」

白井が指し示した通りのむこうに二階建ての事務所があり、その隣りにちいさな喫茶店があった。喫茶店の前に数人の男女が立っていた。

「あれが××組の板東の事務所や。それに喫茶店の前に人が屯ろしとるやろう。あの連中はな、板東のところへ頼み事があって駆け込んで来た連中や」

「頼み事ですか？」

「そうや、警察も、裁判所も、役所もやってくれんことを連中は板東に頼みに来とんのや。警察が歯牙《しが》にもかけてくれへんことを、法律はわからんし弁護士雇えん者を、役所が面倒臭がってやらんことを連中はああして頼みに来るんや。世間には理不尽《りふじん》なもんがぎょうさんある。その理不尽を受けるのは弱い者や。それをどうにかして貰おうと駆け込んで来る。板東たちはその話を聞いて、ひとつひとつ片づけて行くんや。ほんまは僕等新聞記者がやらなあかんことかも知れん。けど弱い者は知っとんのや。新聞かて権力やということを。僕はヤクザは好きやない。しかしこの光景を見てると、すべてを否定はできんのや。人間には皆生きて行く領域があるんや。これは千年、二千年変わってへん。力のない者はない者同士で身を寄せ合って生きて行く。たぶんここで交わされとる会話が、生きてる言葉やないかと僕は思うことがある。新聞はそれを書かなあかんのや。君は宋君がヤクザになってつまらん生き方をしたと思うとるやろうが、そうとは言い切れんもんがあるから、彼等はこうして世の中に存在しとるんや。だから君も友だちのすべてを否定することはないと思う」

白井は言って、歩きはじめた。見ると喫茶店から長身の男が出て来た。板東であった。老婆《ろうば》がひとり板東の手を握って頭を下げていた。

高木君、行くぞ、白井の声がして英雄は走り出した。……

松林の間から秋の陽差しにかがやく日本海が見えていた。

海原をきらめかせている陽差しはトラックの荷台に座る英雄の肌に夏の陽のように当たる。車が凸凹道を通る度に荷台に積んだ箱が音を上げて揺れた。海風とエンジン音の中に運転席で談笑している記者とカメラマンの声が届いた。

今朝の一番の列車で大阪駅を出て、大東新聞の金沢支局に寄り、そこからトラックで能登を北上していた。

阪急裏の居酒屋で、英雄が白井に能登の岬から日本海を見てみたいと洩《も》らしたら、白井は、それはええこっちゃ、僕も学生時代に能登を旅したことがある、と能登取材をしていた文化部に連絡して、取材記者とカメラマンに途中まで同行できるように手配してくれた。

「何かあったら連絡してくれ。僕はいつでも社会部におるから。つまらんことをたくさん話したが、それも僕の性分や……」

「いいえ、そんなことはありません。俺、いや僕、とても楽しかったし、勉強になりました。ありがとうございます」

「そうか、ほな気いつけてな」

自宅前で英雄を見送ってくれた白井の顔が浮かんだ。

トラックがまた山径《やまみち》に入った。ちいさな峠径を登り切ると、雑木林が切れて左方に海がひろがった。羽咋《はくい》の海岸線が淡く霞《かす》んで続いている。天気が良いせいか、能登の海は英雄が想像していたより穏やかに見える。しかし、沖合いの空と水平線がおぼろに重なるあたりの海は風が強いのか、重い銀鼠色《ぎんねずいろ》をしていた。

——一度、見てみるといい。それも冬の日本海がいい。岬に立ってじっと眺めていたら、水平線の彼方《かなた》に……。

英雄は角永清治の言葉を思い出し、白井に日本海を見たいと話したのだ。大阪まで来ているのだから、足を伸ばして見てこようと思った。

峠径をだらだらとトラックは走った。今度は右側に海が見えて来た。陸に囲まれた内海は水面が湖のように光っていた。やがて前方にちいさな町並みが見えて来た。

おーい、もうすぐ穴水《あなみず》だ、と運転席からカメラマンが顔を出して言った。英雄はナップザックを摑《つか》んで腰を上げた。

穴水の駅前でトラックを降り、記者たちに礼を言って、門前《もんぜん》行きのバスに乗った。

バスはすぐにまた山の中に入り、エンジン音を高めながら杉木立ちの並ぶ急勾配《こうばい》の山径を登って行った。ふたつの峠径を越え、バスは谷間の集落が点在する川沿いの平《へい》坦《たん》な径を走った。やがて陽差しに光る屋根瓦《がわら》の群れが見え、車掌が終点の門前町へ着くと告げた。

英雄はバスを降り、車掌に黒島《くろしま》へ行く次のバスの時間を訊《き》いた。少し時間に余裕があったので、案内板に能登一番の名刹《めいさつ》と書かれていた〝總持寺《そうじじ》〟を見物することにした。寄る気になったのは、その案内板に曹洞宗《そうとうしゅう》大本山とあり、高木家の墓を受け入れてくれたあの三田尻の寺と同じ宗派だったからだ。

禅寺は見事な欅《けやき》造りの山門が九月の空に聳《そび》えるように構え、門を潜ると回廊が香積台《こうしゃくだい》、仏殿、法堂、僧堂を繋《つな》いでいた。英雄は境内にある放生池の脇《わき》の楓《かえで》の木の下に佇《たたず》み、和尚《おしょう》の言葉を思い出した。

——人が死ぬのは、たとえ誰かに殺《あや》められても運命じゃ。世の中で起きることはすべてが人の手によるもんではない……、弟さんは新しい世界でゆっくりしておるじゃろう。

そう言われたが、英雄には正雄の死を運命だけで受け止めることはできない。建将の死とて同じだ。神がいるのなら、正雄と建将に与えられた運命はあまりに理不尽に思えた。

修行僧たちが僧堂へ入って行く。英雄と同じような年恰好《としかっこう》の若い僧侶《そうりょ》の姿もあった。彼等は仏門に入り、この先の人生を過ごすのだろうが、自分にはそれはできないと英雄は思った。遠くで車のクラクションの音が聞こえてきた。

バス停へ戻り、富来《とぎ》行きのバスに乗った。開いた窓から入る風が山の匂《にお》いから潮の香りに変わった。英雄はバスの前方を首を伸ばして見つめた。水平線がフロントガラスにくっきりと浮かんだ。

英雄は、角永に教えられた黒島の停留所でバスを降りると、バス停のそばの雑貨屋で、角永の家へ行きたいのだがと尋ねた。雑貨屋の主人は丘の上の鳥居を指さして、角永さまの家は若宮八幡《はちまん》の真下の大きな家です、と教えてくれた。

海岸沿いの道を歩くと、海に面した家々の前には、細竹を隙間《すきま》なく編んだ塀が張りめぐらされていた。丘の上の鳥居がはっきり見えはじめると、小舟が二隻《せき》揚げてある狭い浜へ突き出すようにして、平家《ひらや》造りの立派な瓦屋根の光る家があらわれた。大きな門構えの家で、板塀で四方が囲まれ、武家屋敷のようだった。家は雑貨屋が目印に教えてくれた八幡様へ続く石段にむかって迫《せ》り上っていた。

英雄は家の中にむかって声をかけた。脇の木戸がゆっくりと開いて、老婆が出てきた。老婆は怪訝《けげん》そうな顔で英雄を見上げた。英雄が自分の名前を名乗り、東京で角永清治にここを訪ねるように言われたことを話すと、老婆は急に明るい表情になって、奥へむかって声を上げた。奥から老人があらわれ、老婆に耳打ちされると、首に巻いていた手拭《てぬぐ》いを取り、英雄の顔を見つめて、

「これは、これは。こーんな遠い所まで、よう来てくんなさったね。さあ、さあ、上ってくだっしね」

と深々と頭を下げて英雄を家の中へ導いた。

家の中は驚くほど広く、老人二人で留守を守っているせいか、閑散《かんさん》としていた。

二人は嬉《うれ》しそうに英雄を見つめ、清治様な、おたっしゃかいね、と尋ねた。英雄が外国の旅行から戻った夜に逢《あ》った話をし、二人が送った口子《くちこ》を美味《おい》しそうに食べていたと言うと、徳江《とくえ》は目を少しうるませていた。英雄が角永に、ここの海を見るように言われて来たことを話すと、茂三《しげぞう》は大きく頷《うなず》き、ゆっくりして行って欲しいと言った。

英雄は明日は東京に戻らなくてはならないことを話し、茂三と浜へ出た。

陽は西に傾き、海には風が出はじめていた。

「あの竹の塀のようなものは風避《よ》けですか？」

「ええ、風と塩避《よ》けですわいね。間垣《まがき》というて、ここら辺の家ゃ、皆、昔からこんねしとるげわいね。冬になって寒《さぶ》い沖の風が吹いてくると、時化《しけ》の時らちゃ、波上《のた》ってきて、堤防《ちつこう》も道もかぶさって、家《うち》の壁までかぶるげぞいね。大人のもんでさえ、歩いとりゃ、波《のた》に攫《さら》われてしもうほどやわいね」

——そんなに強い風が吹くのか……。

英雄は朱色に染まりはじめた水平線の上の雲を見つめた。

「高木さん、あんた今日は、めったになえ美しい日の入りやぞいね。ようごじんしたね」

もう少し早ければ船頭に言って、船を出させたのだが、と言う茂三に礼を言って英雄はひとり浜を歩いた。陽が海に傾きはじめた。英雄は若宮八幡の石段を登り、鳥居の下に腰を下ろして水平線に沈む夕陽を眺めた。

眼前に百八十度の海がひろがり、水平線が膨《ふく》らんでいるのがはっきりとわかった。空が朱色から藤色へ、そして紫色に変わると、海の色は少しずつ濃くなり、その中に太陽が黄金色《こがねいろ》にきらめきながらゆっくりと落ちて行った。

英雄は、あの太陽は海へ沈んで行くのではなく、彼方にある大陸へ陽差しを注いでいるのだと思った。果てしない大陸の、山や、河や、草原に陽が燦々《さんさん》とかがやいている風景を想像すると、そこに立ち、風に吹かれてみたい衝動にかられた。奇妙な感覚が足元から英雄の身体《からだ》を押し上げた。それは周囲の木立ちに音を上げさせている海からの風で身体が揺れているのではなく、地面の底から、眼前にひろがる海の底にも繋《つな》がる大地の中心から、英雄の身体を突き上げてくるような力だった。こんな感覚が身体の中に湧《わ》いて来たのは初めてのことだった。その力は胸元に当たる風を引き裂いて、英雄を海へむかって押し出すように感じられた。

英雄は握りしめていた拳《こぶし》を開いて、掌《てのひら》を見た。指は何かを摑もうとするように力を滾《たぎ》らせて小刻みに震えている。

「この感覚はいったい何なんだ？」

英雄は呟《つぶや》いて、沖合いを見つめた。すでに陽は失《う》せて、かすかに星灯《あか》りが浮かんでいた。その時、星灯りを掻き消すように一条の光が海を走った。光の流れて来た方角を見ると、右の岬の上に燈台があった。

——あれが、角永さんの言っていた岬か。

英雄は何かを自分に告げているような燈台の灯りをじっと見つめていた。……

第十章　岬へ

何千というイルミネーションで象《かたど》られた樅《もみ》の木が、デパートの壁面に光りかがやいている。

各店から流れるクリスマス・ソングや鈴の音《ね》も、通りを往《ゆ》く人々の喧噪《けんそう》に掻《か》き消されてしまう。赤ら顔のサラリーマンが、ケーキの入った小箱を片手に、家路にむかって小走りに地下鉄の構内へ消えてゆく。まぶしいショーウィンドーの灯《あか》りの前で、コートの腕をしっかりと絡《から》めあった若い男女が何事かを囁《ささや》き合っている。

英雄は銀座四丁目の交差点で信号が青に変わるのを待ちながら、十二時をさす大時計を見上げていた。大時計の彼方《かなた》の空は、低い雲が垂れ籠《こ》めている。

「先輩、信号、変わりましたよ」

かたわらで、夜食のローストチキン二十人分が入った大きな紙袋を両手でかかえた手嶋功《てじまいさお》が声をかけた。英雄は人の群れに押されるように横断歩道を渡った。

三原橋《みはらばし》の方角へ歩き出すと、急に人通りは少なくなった。

「チキンを二十人前も注文したら、何だかあの店の店員、変な目で見てましたよ。別に売れ残りを買ってやってるんだから、いいじゃないですかね。クリスマスの銀座を見ることができるから喜んで来たけど、皆、僕の恰好《かっこう》を見て避けるんですよ。嫌になっちゃうな……」

三日前から浅葉《あさば》の工事現場に入って来た、デザイナー志望で専門学校へ通っているという手嶋が、口を尖《とが》らせて言った。

「仕方ないだろう。俺たちの、この泥だらけの恰好じゃ、銀座の女の子は嫌がるさ。あの鬼《おに》アサが、クリスマスのチキンを食べさせてやる、と言い出しただけでも有難《ありがた》いと思え」

英雄は苦笑しながら空を仰いだ。白いものがはらはらと舞っていた。この冬、初めて東京で見る雪だった。

「手嶋、早いところ現場へ戻るぞ。本格的に雪が降り出したら、チキンどころじゃなくなっちまう」

英雄は工事現場の昭和通りにむかって走り出した。先輩、待って下さい、と手嶋の声が背後から追って来た。

関西から戻って、英雄は大学の授業がない日は工事現場へ通った。大学が冬休みに入ってからは、昼も夜も働いた。森田がまた旅に出て、いつの間にか現場で英雄は古株になり、掘削《くっさく》工事などは、他の工事も受けている浅葉に代わって、監督のような役割りをさせられていた。その分、手間賃も多く貰《もら》えるので、英雄には有難かった。

案の定、雪は夜中の二時を過ぎて本格的に降りはじめ、工事を中断しなくてはならなくなった。英雄は送迎バスで渋谷まで送って貰い、そこからタクシーで三軒茶屋《さんげんぢゃや》のアパートに帰った。

三日ばかり月島《つきしま》の木賃宿《きちんやど》に泊っている間に、アパートの郵便受けには二通手紙が入っていた。

英雄は部屋に入ると灯りを点《つ》け、作業着を脱ぎ炊事場で身体《からだ》を拭《ふ》いた。隣りの部屋からラジオの音がかすかに聞こえてくる。湿った作業着を窓辺にかけると、カーテンの隙間《すきま》から舞い落ちる雪が見えた。ガラス窓に顔を近づけると、建設中の高速道路の支柱に雪が積り、それが街燈に照らされてクリスマス・ツリーのように見えた。少年の頃、今夜のようにクリスマス・イブに雪の降った夜があったことを思い出した。十二月に瀬戸内海沿いの町に雪が降るのは珍しいことだった。翌日の朝、英雄は正雄と二人で母屋《おもや》の屋根に登り、雪化粧《ゆきげしょう》された町を眺めた。

「兄ちゃん、これが全部砂糖だったらええのにな……」

正雄は屋根の上の雪を手で掬《すく》って口に入れ、そう言った。あの時、正雄はまだ五歳にもなっていなかった気がする。英雄は正雄の残念そうな声を聞いて笑い出した。ガラス窓に幼かった頃の正雄の横顔と、雪の中を仔犬《こいぬ》のように飛び跳ねていたうしろ姿が浮かんだ。英雄は正雄の白いうしろ姿に微笑《ほほえ》み、幻の映った窓ガラスに息を吹きかけた。ガラスは白く曇り、正雄は失《う》せた。

英雄はカーテンを閉じて、部屋の中央に座ると、冷えた足を手で擦《こす》り、毛布を抱くように被《かぶ》って、卓袱台《ちゃぶだい》の上の手紙を手に取った。一通は美智子《みちこ》からで、もう一通は絹子《きぬこ》からだった。美智子の封筒を開くと、中から赤く縁取りされたクリスマス・カードが出て来た。クリスマスもバイトだと言ってたけど、淋《さび》しくなったら連絡をくれてもかまわない、と書いてあった。美智子らしいメッセージだと思った。絹子の手紙は、今年の暮れは早く帰って来て欲しいことと、幸吉夫妻に可愛《かわい》い女の子が生まれたことが記されてあった。

英雄は卓袱台の脇《わき》に置いたナップザックを引き寄せ、今夜浅葉から受け取った三日分の賃金の入った封筒を出し、金を数えた。その金を本棚の隅の木箱に放り込んだ。

英雄は本棚の上の壁を見つめた。そこには地図が二枚とちいさなカードが貼《は》ってあった。右の地図は、夏の終わりに三田尻《みたじり》の家で斉次郎《さいじろう》が焚火《たきび》にくべてしまおうとしていたものだ。大陸側から日本を見た地図で、日本列島がへの字に連なっている。英雄はこの地図が好きだった。日本海が湖のように見える。これと似た地図が角永《かどなが》の生家にもあった。角永の家を守っている茂三《しげぞう》という老人が、英雄が泊った夜に北前船《きたまえぶね》の話をしながら、昔の地図を見せてくれた。その地図も日本海は庭の池のように描いてあった。茂三老人は、二百年も前に金沢にいた北前船の船主が、ロシア、樺太《からふと》、朝鮮、へそしてオーストラリアからアメリカまで渡航したという話があると教えてくれた。百年前にひとりでロシアに渡り、シベリアを横断した男もいると聞いた。

——そんなに遠くまで行っていたんですか？

英雄が訊《き》くと、

——風せえありゃ、押せ押せって押し出してむこう岸まですぐ着いてしもうわいね。

茂三老人のむこう岸という言い方が可笑《おか》しかった。

もう一枚の地図は、英雄が買って来た世界地図で、そこには角永清治《せいじ》から聞いた日本から出発する貨物船の寄港地が書き込んであった。それとは別に、英雄は自分の行ってみたい地名に印をつけ、それらの国や町を赤い線で結んだ旅のルートが幾通りも引いてあった。この二カ月の間に、英雄は上野《かみの》毛《げ》の角永のアトリエを三度訪ねていた。

角永から旅の話を聞いていると、英雄は身体《からだ》の芯《しん》のところが熱くなるのを感じた。しかし、地図に記された赤い線は、英雄の漠然とした夢であり、何のためにそこへ行くのか、英雄にはよくわからなかった。それでも地図を眺めていると、身体の中で何かが膨《ふく》らんでくるのがわかった。

英雄は地図から目を離し、卓袱台の上の紙袋からローストチキンを出して食べはじめた。食べはじめて、自分が空腹だったことがわかった。浅葉がくれた分まで英雄はぺろりと食べた。身体がいつの間にか温まっていた。英雄は美智子のクリスマス・カードを手に取って、もう一度見つめた。癖のある右上りの美智子の文字が妙に懐《なつ》かしかった。英雄はずいぶんと昔に美智子から、これと同じような文面の手紙を貰った気がしたが、それがいつのことだったか思い出せなかった。このまま雪が続くなら、美智子に連絡してみようかと思った。

英雄は立ち上って炊事場で水を飲むと、天井《てんじょう》の灯りを消して横になった。闇の中に、隣室からラジオのクリスマス・ソングがかすかに洩《も》れてきた。

ドアを叩《たた》く音で目覚めた。時計を見るともう正午《しょうご》だった。

ドアの外からアパートの管理人が、電話が入っていると告げた。英雄は階下へ降り、受話器を取った。寝惚《ねぼ》けた頭の中にオクターブの高い声が響いた。美智子だった。

「起こしちゃったかな。アルバイトから帰って寝たばかりだった？」

「いや、昨夜は雪で早く終った」

「一昨日《おととい》も、昨日の夜も電話したのよ。クリスマス・カード見てくれた？」

「うん、ありがとう」

「今、三宿《みしゅく》の駅だから、そっちへ行くわ」

「これからか……」

「いけないの？」

「いや、わかった」

受話器を置いて、まぶしい光の照り返しに表を見ると雪が積もっている。管理人が危なっかしい手つきでスコップを持ち玄関先の除雪をしていた。英雄は表へ出て、やりましょう、と管理人からスコップを取り、素早く雪を掻き出した。上手《うま》いもんだね、管理人が感心したように言った。空を見上げると、透き通るような冬の空がひろがっていた。これでスモッグもなくなったでしょうね、管理人の声を聞きながら、英雄は空の青に見とれていた。

ほどなく美智子がやって来た。美智子は部屋に上ると、卓袱台のチキンの骨を見て言った。

「あら、淋しいイブだったのね」

美智子は手にした紙袋を、はい、クリスマス・プレゼント、と笑って差し出した。受け取った包みはやわらかだった。ありがとう、悪いな……、と英雄が戸惑ったような顔をしていると、早く開けてみてよ。まだ寝惚けてるの、と美智子は自分で包みを開いた。中から臙脂色《えんじいろ》の毛糸のマフラーが出てきた。美智子は、そのマフラーを英雄の首に巻きつけた。

「あらっ、可愛い。お坊ちゃん、みたい。さあ、それを巻いて表へ行きましょう。私のために今日はつき合ってね。英雄君は私に大失恋の時の恩があるでしょう。さあ、早く着替えて、私はむこうを向いてるから」

英雄は着替えながら美智子に言った。

「今日は俺《おれ》がご馳走《ちそう》するから、どこでも行きたいところへ行っていいよ」

「本当に？　嬉しいな。あらっ、英雄君、クリスチャンになったの」

美智子は壁の隅のちいさな御絵《ごえい》を見て言った。

「違うよ。それはスペインの船員に貰ったんだ」

「これは聖女よ。ねぇ、この地図はなんなの。どこの国の地図かしら？」

「首を横にして見てごらん」

美智子は首を傾《かし》げて地図を眺め、素頓狂《すっとんきょう》な声を上げた。

「これは、日本じゃないの。へぇー、こうしてみると日本って、大陸の赤ちゃんみたいね」

美智子の驚き様に、英雄は苦笑した。

「この世界地図に引いた線は何なの？　ひょっとして、英雄君、どこかへ行こうとしてるんじゃない。ダメよ、こっちは。こんなところへ行ったら死んでしまうわよ。シベリアなんて何もないところじゃないの」

美智子が心配そうに言った。

「別に行くわけじゃないよ。そうやって行けたらいいだろうって、夢みたいなことを考えてるだけだ」

「ダメ、絶対に行っちゃダメよ。行くならアメリカにしなさい。ハリウッドもあるし」

「戦争を平気でやってる国になんか、行かないよ」

英雄が強い口調で言うと、美智子が肩をすくめ、本棚の本の背表紙をピアノの鍵盤《けんばん》のように指で音を立ててなぞった。ねぇ、『夏の花』って綺麗《きれい》な題名ね。恋愛小説なの、と美智子が本棚から本を抜いて訊いた。違うよ、広島に原爆が落とされた直後の話を書いてるんだ。いい小説だよ、と英雄が説明すると、何だ、そうか、と言ってから、黄色い表紙を眺めて、これ、借りてっていいかな、と英雄を見た。英雄が頷《うなず》くと、美智子はかたえくぼを見せて嬉しそうに笑った。

二人は三軒茶屋から東京駅行きの都バスに乗り、麻布《あざぶ》台《だい》で降りた。

「ほらっ、あの教会。素敵でしょう。もうすぐスペインに帰るシスターにお別れを言いに行くの。それに、ここの聖歌隊の歌声はとても美しいのよ」

美智子が指さした坂の中程にちいさな教会が見えた。ちょうど子供の手を引いた家族連れが中に入るところだった。彼等の後に続いて二人は教会に入った。美智子は入口で顔見知りの信者に挨拶《あいさつ》していた。

すぐに少年を従えた神父が奥の扉からあらわれミサがはじまった。英雄は正面のキリスト像の背後に光るステンドグラスを見ていた。三面あるステンドグラスの中央に、幼いキリストを抱くマリアが青い衣をまとって立っている。見つめ合う母と子の横顔が差し込む冬の陽《ひ》にかがやいていた。その姿が、生まれたばかりの正雄と絹子の姿に重なり、光の中で二人が微笑《ほほえ》んでいる顔がはっきりと見えた。耳の底に赤児《あかご》の時の正雄の泣き声がかすかに聞こえてきた。泣き声に笑い声が被《かぶ》さった。笑い声はひとりではなかった。絹子の声と斉次郎の声に、源造《げんぞう》や小夜《さよ》の声も混じっているように思えた。笑い声とともに英雄を覗《のぞ》き込んでいる皆の笑顔があらわれた。どの顔も皆若くて、斉次郎は青年のようである。源造の肌も赤銅色《しゃくどういろ》に日焼けしている。絹子の白い頰が動いて唇から吐息《といき》が洩《も》れた。ぬくもりの中に絹子の匂いがした。英雄は思わず指で自分の頰を拭《ぬぐ》った。指先に熱いものが触れた。見ると指先が濡《ぬ》れていた。英雄は驚いて、目をしばたたかせた。

いつの間にか讃美歌の合唱がはじまって、信者たちは聖歌を口ずさんでいた。かたわらを見ると、美智子が聖歌集を開いて歌っていた。

ミサが終って教会を出ると、二人は芝公園を散歩し愛宕山《あたごやま》に登った。山頂から、美智子は冬の陽差しに光る東京の街を見つめていた。

「早く大人になりたいって思っていたのに、今は、大人になるのがすごく不安なの……。人をとても愛したのに報われなかったわ。報われることを望んでいた私がいけなかったと、理屈ではわかっていても、やはりその時は相手を恨《うら》んだし、その人が不幸になればいいと思った。お祈りをしていると、それではいけないってわかるんだけど……。ひとりになるといろんなことを思い出して不安になるの。専門学校の友だちと騒いでいても、顔では楽しそうにしていても、とても淋《さび》しくなってしまうの……」

美智子は淡々と話し続けた。

「この胸の真ん中に、どうしようもなく埋められない空洞《くうどう》みたいなものがあるの。ねえ、英雄君、私たちが初めて逢《あ》った日のことを覚えている？　ほらっ、華羽山《はなわやま》の林の中……」

振りむいた美智子に、英雄は笑って頷いた。

「あの時、私が火葬場の煙りを見て、私の周《まわ》りの人は、私を置いて皆居なくなってしまうと言ったら、英雄君はそんなのはおまえひとりじゃないって言ったわ。なら人は皆同じように哀《かな》しかったり淋しかったりしてるの？　私には、そうは思えない。人を傷つけても平気な人はいっぱいいるし、自分さえよければいいって人で街は溢《あふ》れている気がする。そんな人たちにも哀しみがあるの？　何だか生きるってことは哀しいことみたいに思ってしまう。そうなの？……」

英雄はどう答えていいのかわからなかった。ただ辛《つら》いとか、苦しいことを口にしても仕方がないように思えたし、自分ひとりがとり残されている気はしても、それはどうしようもないと思うようになっていた。正雄を探してボートで沖へ出た時に、自分の生命《いのち》と引き換えに正雄を生きさせてくれと口にした自分が情けなく思えた。自分以外の誰とも、自分は替ることはできない。おろおろと狼狽《うろた》えていた自分が恥ずかしかった。英雄は美智子に何かを言ってやらねばと思ったが、何を言ってよいのかわからなかった。

「ごめんなさい。変なことを訊いて……。何だか英雄君だと、私、思っていることが皆話せてしまう。迷惑だとはわかっているのに……。本当にごめんなさい」

美智子は恥ずかしそうに笑って頭を下げた。

「そんなことないよ。俺、そういうふうに正直に話してくれる美智子が好きだよ」

「好きって、どういう感情？　私を恋人にしてくれるの？」

美智子が悪戯《いたずら》っぽい目で英雄を睨《にら》んだ。

英雄は美智子に連れられて、虎ノ門《とらのもん》にあるシチューの専門店へ行った。

大通りから路地に入ったビルの地下にあるドイツ人の経営する店のシチューは美味《おい》しかった。英雄はドイツのビールを頼んだ。日本のビールより苦かった。

英雄は美智子にツネオが結婚したことを話した。美智子は、その話を聞いて驚いていた。

「来年には父親になるらしいよ」

「へぇー、どんなお嫁さん？」

「うん、働き者の女じゃと、ツネオは言ってたな。松山の市場で働いとるらしい」

英雄はツネオの妻のサトの顔を思い出して言った。

「ツネオ君もよく働いてたものね。逢いたいな、皆と……。隆君《たかし》は元気なの？」

「あいつは予備校をさぼっていたのが親父《おやじ》に知れて、今は田舎《いなか》へ帰されとる。けどもうすぐ上京するらしい。今度は映画じゃなくて、テレビ局にアルバイトに行く言うてたな」

「そうなの、さすがに時代に敏感だな、隆君は……。太郎君はどうしてるの？」

「大阪に就職したって聞いた。連絡は取れないな。けどあいつのことだから、きっと頑張ってるよ」

「英雄君は家を継がないって言ってたけど、大学を卒業したらどうするの？　どこかの会社へ就職するの？」

「どうして、まさかなんだ？　まさかね……」

「だってネクタイして鞄《かばん》を手に歩いている英雄君の姿は想像がつかないもの」

そう言って美智子は笑い出した。英雄が不快そうな表情をすると、

「ごめんなさい。でも英雄君は何をしたいの？」

美智子が英雄の顔を覗き込んだ。英雄は黙ったままビールを飲み干し、テーブルの上のバラの花を見つめて言った。

「就職するなら、新聞記者になってみたいな。でも本当にしたいことが何なのかはわからん。けど俺は、日本以外の国を見てみたいと思う。親父もひとりで海を越えてこの国へやって来た。俺は親父に負けたくはない。親父にできたことなら俺にだってできると思う」

「それって外国で生きて行くってこと？」

「それもわからん。でもどんな人間がどんなふうに生きとるのかを、この目で見てみたい」

美智子は英雄の話を聞いてしばらく俯《うつむ》いていたが、急に顔を上げて言った。

「でも、あの地図に書いてあったようなところには行かないで。私は反対よ。ソビエトへ行ったりしたら、どうなるかわからないじゃないの。それならアメリカがいいわ。日本と仲がいい国だし……。シベリアへなんか行ったら生きて帰れないわ。それは絶対に反対。私、許さない」

美智子は真剣な目で言って、テーブルの上の英雄の手を握りしめた。美智子の指先が小刻みに震えている。

「心配するなよ。行くって決めたわけじゃないし。旅費だってまだ足りないんだ」

英雄がそう言っても、美智子は子供が駄々をこねるように激しく首を横にふった。

「英雄君がいなくなったら、嫌だ」

「おいおい、まるで死んでしまうような言い方をするなよ」

英雄は唇を噛《か》み目をうるませている美智子に困ったように言った。

英雄は美智子を不機嫌にさせてしまった詫《わ》びにと、シチューの店を出て彼女を新宿の〝那智《なち》〟へ連れて行った。

クリスマスの夜をひとりで過さねばならない男たちで〝那智〟は一杯だった。壁に凭《もた》れて飲んでいる客もいた。

「あらっ、いらっしゃい。二人で珍しいわね。クリスマス・デートなの、いいわね。さあ、ヤモメは席を譲ってあげてよ」

三角帽子を被《かぶ》ったカナエが客にむかって大声で言った。

ちょうど引き揚《あ》げる客が居て、二人はカウンターの奥の席へ座った。隣りの席にいた雪野《ゆきの》老人が二人に笑いかけた。レイコも帽子を被っている。

カナエが二人の前に来て美智子のカウンターの上の手を握って言った。

「私、お嬢さんを気に入ってんの。あらっ、今夜は元気がないわよ。今度はあなたが失恋したの？」

美智子が肩をすくめて言った。

「ねぇ、ママ。男の子はどうして夢ばかりを追って生きようとするのかしら」

「そうよね。男は皆、夢ばかりを追い駆けるのよ。女を泣かしてさ。それでも女は、その愚かな男を待ってしまうのよ。いったいどちらが愚かなのかしらね……」

カナエが首をふりながら言うと、

「愚かが美しい、と、愚鈍なれ、と、かのパスカルは言っておる。愚かな男と女が一番であるよ、乾杯だ」

かたわらで雪野老人がグラスを掲げた。

「先生、それは男どもの勝手な言い分じゃないの……。まあ、いいや。乾杯」

皆の乾杯がかわるがわるに続き、流しのギター弾きが入って来て、『柔《やわら》』と『網走番外地』を唱《うた》い、最後は『涙の連絡船』の大合唱となった。

夜が更《ふ》けて、美智子を送って行こうと英雄が立ち上ると、レイコが寄って来て、角《かど》永《なが》からの手紙を渡した。

「これ、どうしたの？　明日にでも俺、角永さんのところへ行こうと思ってたんだ」

「実は、叔父は昨日、また旅へ出てしまったんです。どうしても行きたいところがあるからって……。それで、この手紙を英雄さんに渡してくれと頼まれたんです」

「えっ、本当に……。俺、角永さんに訊《き》きたいことがあったのに」

「私もゆっくり話したいことがあったの……」

レイコが淋《さび》しそうな顔で言った。

英雄は店を出て、路地の角の店灯りの下で手紙を開封した。数枚の便箋《びんせん》が入っていた。一枚目には急に旅へ出ることと、以前、角永が英雄に話してくれたソビエトへ渡る貨物船に乗船する手蔓《てづる》と、世話をしてくれる船会社の男の名前と住所が記してあった。英雄は一枚目を読み終えると、便箋を封筒に戻した。

「もっと飲みたいんじゃないの。私のことならいいわよ。子供じゃないんだから……」

手紙を読む英雄の真剣な顔つきを見て、美智子が言った。

「いいよ。送って行くよ。俺も明日、田舎《いなか》へ帰るつもりだから……」

「じゃ、明治通りの交差点まででいい」

二人は靖国《やすくに》通りへ出た。すれ違う人の肩が触れ合うほどの賑《にぎ》やかさだった。

交差点の手前まで来ると、美智子は立ち止まり、英雄を振りむいた。

「英雄君、私、あなたがどこへ行ってもいいと思う。シチューの店では変なことを言ってごめんなさい」

信号が青になって、二人にぶつかりながら通行人が交差点を渡り出した。美智子は英雄の目をじっと見つめて話し続けた。

「どこへ行ってても何をしてもかまわない。けど約束して。必ず帰って来て、私に逢いに来てくれるって。私、初めて逢った時からあなたが好きだった。でも、あなたと国が違うことが、私には壁になっていたの。ママは反対してたし、表面では気にしてないふうにしてたけど、私の中に何か越えられないものがあったの。ごめんなさい。私、自分が恥ずかしい。私、今日半日、考えてた。あなたが日本を出ようとするのは、私が思っていた壁を、あなたは子供の時から他人に対して感じていて、それが嫌で海を渡ろうとしているんじゃないかって」

「そんなんじゃないよ」

「うん、わかったの。英雄君が海を渡りたいのは、そんなことじゃないって……。今夜のあなたと、あなたと逢ってからのことを思い返したら、英雄君はちっとも私にそんなことを感じてなかったって。私、もう一度、英雄君と歩いてみたい。だから必ず帰って来て」

むかいの通りから横断歩道を渡って来た人の群れが美智子の背中を押した。真剣に見つめ合う二人を通行人が物珍《ものめずら》しそうに見て行った。

「約束して……」

信号が変わって車の発進音が響いた。

「うん、約束するよ」

「じゃ、約束のキスをここでして」

美智子は言って目を閉じると、少し顎《あご》を上げた。信号待ちの人の群れが二人を見ていた。英雄は戸惑いながら、美智子の顔を見直した。ビルの灯りに映し出された美智子の顔は清らで美しかった。英雄は美智子の背中に手を回した。おい、おい、本当かよ。嘘《うそ》だろう、こいつら……。周囲の人の声が耳に届いてはいたが、美智子の吐息を顔に感じると、喧噪《けんそう》は遠のいて行き、二人は抱き合って唇を重ねた。……

工事の音が、朝の冷たい空気の中に響いていた。

英雄は東の棟《むね》の部屋から出ると、広場の洗い場で顔を洗った。

「おはようございます、英さん」

小夜が洗い物の入った籠《かご》を両手でかかえて広間から出て来た。母屋《おもや》の仮普請《かりぶしん》をするので、斉次郎たちは広間で寝起きをしていた。

母屋の庭先から幸吉たちの声がした。見ると葡萄《ぶどう》の木を若衆が掘り返している。絹子がその作業を見守っていた。

昨夜、広間で皆で夕餉《ゆうげ》を摂《と》っている時、絹子が母屋の庭の木をどこへ移し代えるかを心配そうに斉次郎に訊いていた。

絹子のかたわらにちいさな男の子が寄り添うようにして立っている。一昨夜、源造《な》に紹介された、東の棟に入って来た新しい家族の子供だった。絹子は男の子の頭を撫でている。

東の棟の方から、白菜の束を両手に持った老婆《ろうば》が歩いて来た。老婆のうしろから赤《あか》児《ご》を背負って、やはり白菜を手にした若い女がついて来た。幸吉の女房のトミ子だった。トミ子は白菜を洗い場に置くと、額の汗を拭《ふ》きながら、英雄に気づいて頭を下げた。幸吉に呼ばれて、トミ子は老婆に声をかけ庭の方へ小走りに行った。絹子がトミ子に近寄り、赤児にかけた襷《たすき》を解《ほど》いて、その子を抱いた。幸吉が絹子に頭を下げている。トミ子は駆け戻って来て、納屋《なや》から箒《ほうき》を手にして庭へむかった。若衆の力《りき》むかけ声がはじまり、葡萄の木が揺れはじめた。絹子が何事か若衆に声をかけた。その声で赤児が泣きはじめ、絹子が赤児に頬を寄せてあやしはじめた。大きくなった葡萄の木を移すのに、大柳の根元から一本だけ伸びた枝が邪魔になるようだった。英雄は庭へ出た。こっちを半分切りましょうか、と若衆のひとりが葡萄の幹に斧《おの》を当てて言った。

それはいかん、葡萄が枯れてしまう、と幸吉が声を荒らげた。

「その葡萄の木もずいぶんと大きくなってたんだなあ……」

英雄が感心したように言うと、

「あの葡萄は、私がここへ嫁《とつ》いで来た時に、お祖父《じい》さんが下関から運んで来たものですもの」

絹子がじっと葡萄の木を見つめて言った。

少し待て、と幸吉が若衆に言った時、背後から声がして、斉次郎と源造が戻って来た。

「お帰りなさいませ。すぐに朝食の支度をしますから……」

絹子が小夜を呼んだ。

「どうした？　葡萄の木の具合はどうだ」

斉次郎が幸吉と若衆に声をかけた。幸吉が事情を説明すると、斉次郎は庭に入って葡萄の木と大柳の枝を交互に見較《みくら》べ、

「源造、柳を切ってしまえ」

と大声で言って、足早に庭を出て広間の方へ歩き出した。よし、まずは飯を食べてしまおう。それから柳を切り倒すぞ、と源造が皆に言った。源造はぼんやりと立って

いる絹子に、これで女将《おかみ》さんの花壇も陽当たりが良くなりますな、と笑って言った。

大柳を切り倒すのに半日かかった。根を掘り起こそうとしたが、半分が限度で、あとは土を埋めて整地した。柳の木が消えると、家の中心が失《う》せたように思えたが、その分、冬の青空がひろがり、広間の前に差し込む陽光が増え明るくなった。

翌日は朝から東の衆総出で餅搗《もちつ》きが行なわれた。

餅米を蒸す蒸籠《せいろ》から湯気が空に立ち昇った。斉次郎が十臼《うす》を搗き、英雄は二十臼を搗いた。

広間では次から次に搗き上って来る餅を女衆たちが延板《のべいた》に打ち粉を撒《ま》き、千切り投げてはかたちを整えて行く。そのかたわらで女衆の子供たちが貰《もら》った餅をほっぺたに粉をつけながら頬張っている。

英雄は夕刻前に、搗いた餅を包んで貰い、加文《ますふみ》先生の家へむかった。

道を歩きながら、英雄は角永の手紙にあった、もし日本海から旅発《たびだ》ちたいのなら、と紹介された人物のことと、大陸を越えての旅は世界の広さを教えてくれるであろう、という一節を思い出していた。その誘いは英雄の夢を膨《ふく》らませるのだが、美智子が言ったように危険な旅であることは事実だった。主義、思想の違う大国へ行き、そこに何が待ち受けているかはわからなかった。二度と戻って来ることができない可能性は大きかった。それでも自分は海を越えて行けるのだろうか。自分が旅の途中で倒れたら、そこで人生は終り、絹子は二人の息子を失なってしまう。そうなれば絹子は生きて行けないかもしれない。それほどまでして、海を越えて行かねばならない理由は何なのかとも思ってしまう。斉次郎は海を越えて来る時、同じような気持ちを抱いていたのだろうか。いや、もっと厳しい時代だったはずだ。そのことを斉次郎に訊いてみたい気がするが、斉次郎はおそらく誰にも相談せずに海へ漕《こ》ぎ出したに違いない。自分の不安を斉次郎に打ち明けるだけで、斉次郎は失望するかもしれない。それ以上に、父にできたことが自分にできないのが口惜《くや》しい。ひとりでやらなくてはいけないことはわかっているのだが、無謀なことをやろうとしているのでは、という不安が残る。

……

英雄は加文先生に、この気持ちを打ち明けるべきかどうかを迷っていた。

家の前に着いて、英雄は大声で先生の名前を呼んだ。中から亜紀子《あきこ》夫人の声が返って来た。

先生はまだ学校から戻っていなかった。亜紀子夫人は出かける支度をしていた。託児所に預けた息子を引き取りに行き、先生を学校まで迎えに行くところだった。夫人は餅の入った包みを見て、加文《かもん》は餅が好きだから喜ぶわ、と言って、包みの中から餅をひとつ取り出すと、ひとつ口頬張った。

二人は夕暮れの町を歩き出した。夫人は十月から養護学校の教師になったことと、学校の子供たちの話をした。

「英雄君、私のお腹《なか》の中には次の子供がいるの。あと二人、いや三人でもいい。私、子供を産んで育てるつもりなの。正吾《しょうご》を育てて、初めて私、自分の母親のことが少しわかった気がする。まだ母親として百分の一もわかってはいないけど、正吾が私にちいさな手を伸ばしてすがって来るのを見ていて、私も同じように母親に手を差し伸べていたんだろうって……。そうして私が母の言いつけに逆らって家を出たように、やがてあの子も私の下《もと》を離れるんだろうってことがわかった。もしかして将来、私は正吾と憎み合うことがあるかもしれない。でもともかく真剣に私が生きていさえすれば、それが、私が彼に教えられる唯一《ゆいいつ》のことじゃないかという気がする。

英雄君、私の短歌、この頃、変わったの。正吾を産んだことと、養護学校へ行くようになって、口がきけない子供たちと肌を触れ合っていて、私、言葉の力を信じるようになった。加文は学生時代に私に、会話の原初は肉体の会話だったと教えてくれた。その意味が少しわかるような気がするの。肉体の会話の中に、一番たしかな言葉があるのよ。その言葉が人間をここまで歩かせて来たんじゃないかしら……」

前方に託児所の灯りが見えて来て、二人は歩調を早めた。

託児所の女性の手から英雄が正吾を抱きかかえると、秋に見た時より、正吾はずいぶんと大きくなっていた。正吾が泣き出した。夫人が笑って正吾を抱いた。二人は託児所から加文先生の学校へむかった。

正門の門燈の下に人影が見えた。その人影を見て、夫人が嬉《うれ》しそうに笑った。先生は門の石柱の下にしゃがみ込んで本を読んでいた。二人が近寄っても、先生は読書に夢中で気づかない。英雄は夫人と顔を見合わせて笑った。

「哲学的ですね、加文」

夫人が声をかけると先生はゆっくり顔を上げて英雄たちを見た。

「やあ、高木君、ひさしぶりだね」

先生は英雄の顔を見て言った。

「高木君の家から餅を頂いたのよ」

「そうか済まんな、高木君」

先生は帰り道でおでんの屋台を見つけ、英雄と夫人を振りむいて笑った。一杯だけよ、加文、と夫人が言って、皆で暖簾《のれん》を潜《くぐ》った。おでんの湯気のむこうで正吾を見つめる夫人の横顔が英雄にはひどく清々《すがすが》しく映った。

「英雄君、何かやりたいことは見つかったの？」

夫人がコップ酒を美味《おい》しそうに飲みながら訊いた。

英雄は十月に見た能登の海と斉次郎から貰った海図の話をして、日本海を越えて大陸へ行ってみたい、と言った。

「それはいいわ。私の生まれた島根の海沿いの家に大きな欅《けやき》の木があったの。その木がね、冬になると海からの風に音を立てるの。その音が、私には欅が囁《ささや》くように聞こえたの。〝亜紀子、そんなところで何をしているんだ？　もっと大きな世界へおいで〟ってね。大昔、島根には大陸から人が渡って来て、島根からも大陸へ乗り出して行ったのね。私が女でなかったら、海へ乗り出したいと思ったわ」

夫人は遠くを見つめるような目をして言った。

「それこそ、コスモポリタンだよ。海には国境なんかない。ユーラシア大陸と島々は皆ひとつで、そこに住む者は、同じ人間なんだよ。人間も海の潮と一緒なんだ。民は移り住むんじゃないんだ。海流が混り合うように、人と人は共生できるはずなんだ。これなんだなあ、ぜひ行きたまえ」

加文先生がコップを掲げた。三人は乾杯し、先生がおはこの美空ひばりの歌を歌い出した。その歌声が木枯らしに流れて行った。……

新しい年が明けて、高木家と高木の衆は総出で華羽山《はなわやま》の麓《ふもと》にある菩提寺《ぼだいじ》へ墓参に出かけた。

澄み渡った冬の青空の下、去年の秋にこしらえた正雄の骨を納めた墓と、その隣りに並ぶ高木の衆の墓前に、線香の煙りが海風にゆっくりと流れていた。墓参の後、皆して華羽山の中腹にある公園に登った。

眼前に冬の瀬戸内海がかがやいていた。右田岬《うだみさき》の方角からひろがった雲が三田尻《みたじり》の湾の沖合いに溶けるように落ち、雲を映した海原は白く揺れて佐多《さた》岬へ寄せていた。湾の中央に二年前から工事を進めている新桟橋が沖にむかってのびている。

「春になれば、あの桟橋に新しい高木《うち》の船が着きますなあ……」

目を細めて海を見つめる源造の声に、斉次郎が力強く頷《うなず》いた。斉次郎はまた海の仕事をやり直す決心をしていた。その隣りに立つ絹子のうしろ姿がこころなしか憂鬱《ゆううつ》そうに、英雄には映った。

十二月三十日の夜、英雄は絹子に、来年、大学を休学して外国へ旅に出るつもりだと話した。どこの国へ行くのかと尋ねた絹子に、英雄は角永の手紙に紹介してあった能登の港からソビエトに入り、そこから鉄道で大陸を横断してヨーロッパへ行くと答えた。旅のルートを聞いて絹子は目を見開いて訊《き》き返した。

「シベリアを通るのですか？　あそこは大勢の日本の兵隊さんが凍死したところではないの。どうしてそんな国を通るの」

「大陸を見てみたいんだ」

英雄が言うと、絹子は古町《ふるまち》にもいるソビエトに抑留されていた人の話を口にした。

「年が明けたら、父さんに話すつもりだ」

英雄の言葉を絹子はうわの空で聞いていた。

その夜から絹子は英雄の顔を見ると、眉間《みけん》に皺《しわ》を寄せて何か言いたげな表情をした。英雄が斉次郎に新年の挨拶《あいさつ》をした元旦《がんたん》の朝も、絹子はじっと英雄の顔を見つめていた。

墓参に行った夜、高木の家と商《あきな》いの取引がある客を招いて東の広間で宴会が行なわれた。正雄の死後、久びさに行なわれた宴会は賑《にぎ》やかな宴になり、斉次郎も上機嫌で挨拶に来た造船会社の者や取引業者と酒を酌《く》み交わしていた。

客が引き揚げて、身内だけの宴になった時、絹子が斉次郎にすすめられた盃《さかずき》に口をつけた。斉次郎も源造も盃を飲み干す絹子に驚き、絹子はすすめられるままに何杯かの酒を飲んで頬を赤く染めた。

いや、これは知りませんでした、女将さんが上戸《じょうご》な方だとは、と源造は嬉しそうに絹子の盃に酒を注いでいた。絹子の様子を見て大丈夫なんでしょうか、と英雄に耳打ちする小夜の言葉を英雄は黙って聞いていた。

絹子が立ち上って席を離れた時に、英雄は明日から広島の呉《くれ》にある造船会社へ行くという斉次郎の席へ行き、五日には東京へ発つことと、今春、大学を休学して貨物船に乗って外国へ旅行に出かけることを報告した。

「そうか……」

と斉次郎は言ってから、しばらく黙って英雄の顔を見ていたが、

「どこから船に乗ると言うた？」

と訊き返した。

「能登の七尾《ななお》港か、新潟港です。まだはっきりしないので、東京へ帰る途中に紹介された人を訪ねて詳しいことを聞いて来ます」

英雄が説明すると、斉次郎のかたわらで話を聞いていた源造が、三年前から材木船がナホトカから入りはじめた話を斉次郎に告げた。

「大丈夫なのか？」

斉次郎が源造に訊くと、源造は新潟港には昔、高木の船も数度入ったことがあるので、知り合いの船会社に連絡いたしましょう、と言った。

「いいえ、俺は自分の力で船を見つけて行きます」

英雄は強い口調で言って斉次郎の目を見た。斉次郎は英雄を見返して言った。

「そうか、船旅はおまえが考えているほど楽なものじゃないぞ。それに船乗りでさえ他所《よそ》の国へ揚がったら相手まかせだからな。何があるかわからんからな。よほど覚悟をして行け」

「わかりました」

斉次郎はまだ何か言いたげに源造の顔を見て、立ち去る英雄のうしろ姿を目で追っていた。英雄が広間を出ようとすると、絹子が入口に立っていた。

「お父さんに外国へ行く話をしたのですか？」

絹子の言葉に英雄は頷いて外へ出た。

英雄は部屋に戻ろうとして、整地された母屋《おもや》の庭に目を留めて、そこへ入った。大柳の木が消えた庭はどこか主を失ったようであった。水を抜いた池の底に東の衆の子供が忘れて行ったのか、ちいさなゴム草履《ぞうり》がひとつぽつんとあった。

ひょっとしてあれは、自分か正雄が少年の時に履《は》いていたものかもしれない、と英雄は思った。一瞬、英雄の脳裡《のうり》に正雄と二人で池の掃除をした夏の日のことが浮かんで来たが、英雄はその記憶を追い払うように視線を池から上方の空に移した。冬の星座がきらめいていた。風が強いせいか、星明かりは冴《さ》えて、強い光を放っていた。英雄はこの場所から、こうして星を仰ぎ見ることがもう二度とないかもしれない気がした。先刻《さっき》、斉次郎が言ったように、外国へ行けば何が待ち受けているのか想像もつかなかった。

英雄を呼ぶ声がして、振りむいた。絹子が庭に立っていた。

「英さん、お父さんはあなたの旅を許してくれましたか？」

「うん、覚悟して行けと言われたよ」

「そうですか……。やはりあなたの身体《からだ》の中にはお父さんの血がたくさん流れているんですね。暮れにあなたの話を聞いて、あれから私は夜眠れませんでした。どうしてそんな危険な場所にわざわざあなたが行こうとするのか、何度考えてもわかりませんでした。あなたに嫌われてもいいから、私は今回のことに反対しよう。言うことを聞いて貰えないのなら、私の命にかえても、旅へ出ることをやめさせようとも思いました。愚かな母親と言われてもかまわないと思いました。正雄を奪われて、あなたまで奪われるのは嫌だと……」

そこまで言って絹子は言葉を止め、ちいさく吐息を洩《も》らした。絹子がどんなふうに説得しても、英雄は意志を翻《ひるがえ》すつもりはなかった。

「でもう私はあなたが出て行くことを止めません。お父さんがなさったように、あなたも海を越えたいのでしょうから……。あなたがお父さんをどう思っているかわかりませんが、お父さんは、私や皆や、そして、誰よりあなたのために懸命にやってこられたことを忘れないで下さい。お父さんは一度だって自分だけのために何かしたことはない人です。お父さんのようにあなたが生き抜いてくれると、私は信じます。どんな場所で暮らしても、私はあなたが生き抜いてくれると信じます。そうすることが、あなたがお父さんの子供であることの証《あかし》であり、誇りなのです。私は、この家で、あなたのことを祈っています。無事であることと、誇りを持って生きてくれることを……」

「ありがとう、絹さん」

英雄が静かに礼を言うと、絹子は夜空を見上げて言った。

「私は昨夜、あなたが生まれた日のことを思い出しました。私も嬉しかったけど、今まであんなに喜んでいたお父さんを見たことはありません。あなたは私たちの喜びでした。あなたから何度も喜びを貰《もら》いました。その喜びは源造さんたちも同じでしょう。英さん、喜びというものは何人もの人で分かち合えるけど、哀《かな》しみや苦しみはひとりで受け止めるものなんでしょうね……」

星明かりで、絹子の目がうるんでいるように見えた。

「絹さん、俺……」

　英雄が言いかけると、絹子は黙って庭を出て行った。絹子のうしろ姿が広間の方へ消えると、葡萄《ぶどう》の木があった花壇のむこうで、ガサリと物音がして、大きな影がゆっくりと立ち去った。

　一月五日の夜行列車で三田尻の駅を発《た》った英雄は六日の朝に大阪へ着き、白井巌《いわお》の手紙にあった梅田のデパートでの大東新聞社会部主催の〝戦禍の悲劇展〟を見に行った。〝戦禍の悲劇展〟は大盛況だった。展覧会には英雄と水木《みずき》敬子《けいこ》が手伝った報道写真の展示だけではなく、会場の中央には、敵戦艦に体当たり攻撃した全長八メートルの特攻機が置いてあった。機体の一部は木製で、車輪は離陸とともに落下させたと説明書きがあり、いかに愚かな戦争だったかを訴えていた。その他にも白井たち社会部が新聞に連載していた〝戦禍〟シリーズの取材で出逢《であ》った人々から、兵隊へ行った息子の持っていった水筒、戦場の父親からの最後の手紙、夫の千人針……、といったゆかりの品々も展示してあった。会場で、それらの品々や写真に手を合わせる老婆《ろうば》や涙する人々がいた。家族連れで見学に来ていた中学生や小学生までが、親の説明に真剣な顔をして見入っているのを英雄は目にした。中には南方戦線で死んだと報告を受けただけの家族から、肉親の消息がわからないものかと相談を受けることもあった。英雄は白井がこの展覧会を開いた理由がよくわかった。

「高木君、君たちのお陰でいい展覧会ができたわ。これを見に来た人は戦争がどんなに愚かなことかをわかってくれると思う」

白井が嬉《うれ》しそうに礼を言った。

その夜、英雄はひさしぶりに白井をはじめ社会部の記者たちと再会し、阪急裏の小料理屋で酒を飲んだ。英雄は白井にこの春、外国へ旅することを話した。

「そりゃ、ええこっちゃ。頭の中だけで学ぶことより、人間は自分の目と耳と、この身体で学ぶ方がはるかにためになる。外国へ行けば、日本人がどのくらいのものかがようわかるはずや。何も日本だけで生きて行くことはあらへん。僕があと三十年若ければ、きっと君のようにしてたと思う。いや、羨《うらや》ましいな……」

白井は言って、記者たちから餞別《せんべつ》の金を集めて英雄のポケットに捩《ね》じ込んだ。

「まだはっきり行くと決めたわけではありませんから……」

英雄が金を辞退しようとすると、

「阿呆《あほ》やな。餞別いうもんは、出発前の祝い酒代なんやで、何年先に行こうがかまへんのや」

そう言って白井は笑った。何ならその金で次の二次会を奢《おご》って貰おうか、と若い記者がからかった。英雄は頭を掻《か》きながら、皆に礼を言った。

翌朝、英雄は大阪を出発し、北陸線で金沢へむかった。

七尾港へ行き、角永の手紙にあった人物を訪ね、ナホトカ行きの貨物船へ乗船するための手立てを教えてもらうつもりだった。去年の内にその人物には手紙を出しておいた。その時、もう一通角永の生家へも手紙を出した。七尾へ行く前に、門前町にある角永の生家へ立ち寄り、昨秋世話になったことの礼をするつもりだった。

英雄は列車の中で角永からの手紙を読み返した。手紙にはナホトカ行きの説明の他に、角永の旅への想《おも》いが綴《つづ》ってあった。


――人類は何万年も前に、旅をはじめたのだと私は思っている。人類学者に諸説あるが、ともかくユーラシア大陸から旅人は歩きはじめ、或《あ》る者はアジアから日本へ辿《たど》り着き、また或る者はベーリング海峡を越えアメリカ大陸へ渡り、地球の上に生きるにふさわしい土地を見つけていったのだろう。私が日本から大陸へむかおうとするのは、故郷へむかって歩くことかもしれない。旅はつまるところ出逢いだと思う。それも己自身と出逢うことのね。いつか私は君に、私の父が家の前から船で旅発った話をした。周囲の人は画家の父が創作上の悩みで自死を選んだと噂《うわさ》した。しかし私は、父は旅へ出たのだと信じている。茂三も徳江《とくえ》も同じ気持ちでいる。考えてみれば絵を描くことも、創造の旅をしていることだ。だから父は旅人になったのだと思う。私はまた旅へ出る。君もやがて君自身の旅へ出発することだろう。その君に私が岬から海を見つめながら口ずさんでいた一編の詩を送ります。ロシアの詩人が詠《よ》んだこの詩が私は好きです。

見よ　あれは黒き稲妻《いなずま》か
荒らぶる波を　鉛の雲を裂く影よ
否《いな》　あれは海を越える燕《つばくろ》
与えられし羽をひろげ　嵐《あらし》の海へむかう
ピピリィ　ピピリィ　燕の声か　船笛か

私はこの詩を読むたびに、弱い自分をふるい立たせるのです。ちいさな燕でさえ、嵐の海を越えて行くのですから。いつか再会の時に、二人でこの詩を謳《うた》えれば幸いです。

英雄もこの詩が好きで、手紙を受け取った後に何度か口ずさんでいた。少年の時に辰巳開地の入江で見た燕を思い出した。

金沢で乗換えた列車が海岸寄りを走りはじめると、時折、木々の間から海の気配が漂う雲が車窓に映った。

昨秋に見た雲とはまるで違った濃灰色のいかにも重量感のある雲だった。

英雄は羽咋《はくい》駅で列車を降り、駅前のバス停で富来《とぎ》行きの北陸鉄道バスに乗り換えた。

乗客はまばらで、ほとんどが年寄りだった。

志賀町《しかまち》で乗り込んで来た老婆の荷籠《にかご》の脇《わき》から水仙の花が一輪、赤児《あかご》の手のように覗《のぞ》いていた。いつかレイコから水仙の花が能登の海岸の断崖《だんがい》に強風に晒《さら》されながらも健気《けなげ》に咲いている話を聞いたことを思い出した。バスの車窓を流れる寒々しい色彩と薄暗い車内で、水仙の花弁の純白だけが、英雄には凛々《りり》しく映った。白い花色に、先刻、列車で読んだ嵐の波間を飛翔《ひしよう》する海燕《うみつばめ》の影が重なった。

富来で乗り継いだ門前行きのバスが黒島について、海岸へ降り立った時、英雄は身体を押し上げるほどの海風に思わず身を低くした。

——これが冬の能登の、沖の風か……。

英雄は呟《つぶや》き、海を見た。

海は地響きを立てるような音を上げながら、白波を岸に押し寄せていた。波は強風にあおられ、それぞれが生きているかのように盛り上り、声を上げ、岩場にぶつかっては散っている。噴霧とも波飛沫《しぶき》ともつかぬ白い煙りが英雄の足下を攫《さら》い、身体に当たり、頬を濡《ぬ》らして行く。

英雄は身をかがめ、角永家のある海岸に目をやった。波煙りの中に家は霞《かす》んで、わずかに丘の上の若宮八幡の鳥居が見えた。背後で声がした。振りむくと、バス停のそばにある雑貨屋に雨合羽《あまがっぱ》を着た茂三老人が笑って立っていた。

「やがてござる頃かなあと、ここで待っとりました」

「わざわざ、すみません。その節は、大変、お世話に……」

英雄が茂三老人に声をかけても、話す端から声が風の音に掻き消された。茂二は英雄に持ってきた雨合羽を着せると、先に海岸を歩き出した。英雄は茂三の背中を見ながら歩いた。

表玄関から屋敷に入ると、徳江が手拭《てぬぐ》いを手に、よういらしてくんさったねえと、上り口に湯の入った桶《おけ》を用意して迎えてくれた。ほんの十数分歩いただけで雨合羽の下の英雄の衣服はひどく濡れていた。

湯を使わせて貰い、徳江の用意してくれた浴衣《ゆかた》の上に褞袍《どてら》を着込んで居間へ行くと、膳《ぜん》が準備してあり、鮑《あわび》の粕漬《かすづ》け、がんず和《あ》えが古い小皿の上に盛られていた。茂三が酒徳利を差し出した。

「先日《こないだ》は、大していいもんもおませませんでのう。今日は、ござることがわかっとったもんで、徳江が美味《うま》いもんを作っとります。そやけど田舎《ざいご》の料理《ごっそう》やさかい……」

「いや、俺はそういうつもりでは……」

茂三の酒を盃で受けていると、徳江が鰤《ぶり》の刺身や鱈《たら》の粉付《こづ》けを盛り合わせた皿を運んで来た。

「なあーもござんせんが。お酒が好物やと聞いとったもんですさかい、このあたりの地酒です」

徳江が頭を下げて言うと、すかさず茂三が言った。

「あんた様のおかげで、私達《おらちゃ》は、初めて清治さまから手紙もらいました。徳江なんかは、今でも、寝る前にいつも枕元《まくらもと》において拝んどります。その便りの中に、あんた様がお酒が好物やちゅうので、ござったら、せい一ぱい飲んでもらえと書いてありました。そやさかい、今夜《こんにゃ》は、何升でも飲んでくだせえ」

「そんなに俺は飲めません」

その夜、徳江も宴に加わり、英雄は二人から角永家の昔話や清治の子供の頃の思い出話を聞かせて貰った。

「俺、明日、燈台のある岬へ登ってみようと思っています。清治さんもよく登ったとおっしゃってましたから……」

「はい。子供の頃は、清治様、おやじ様とよう登っとりました。茂三も、何度《なあんど》もお供しとりました。門前の町から出ていく日の前の日も登っていっとりました」

茂三が懐《なつ》かしそうな目をして言った。

「何か特別なものでも見えるんですか？」

英雄が訊《き》くと、二人は顔を見合わせて笑った。

「北前船のころも、よう男衆は、猿山《さるやま》へいっては海を眺めたということが、書いたもんに残っとります。もっともっと昔も、ようけ男衆は、この岬《へさき》から海を眺めとったんだろうね」

「そう言えば、このあたりには燕はいるんですか？」

「おります。おります。春先に南から飛んでくる燕《つばくろ》が、この屋敷の軒にも巣をつくって子を育てとります。冬ごえする岩燕もおりますさかい。あんな小さななりして、平気で南まで飛んでいくげえねえ。そやしき人間な海渡っていくことなんか、昔から当たり前のことやったがでないかいね」

茂三が当たり前のように言った。

「燕だけではござんせんよ」

徳江が酒に赤く染まった頰に手を当てて言った。

「他にも海を越えて来るものがいるんですか？」

はい、と徳江は頷《うなず》いて、ちいさな手を羽のように上下に動かして言った。

「蝶々《ちょっちょ》も海を飛んできとります」

「えっ、あの蝶々《ちょうちょう》がですか？」

英雄が目を見開いて言うと、二人は楽しそうに笑っていた。

夜になって風はさらに強くなり、夜半から雪になるという茂三の言葉どおり寝室の窓ガラスに顔を寄せると、白いものが千切れながら舞っているのが見えた。大きな波が海岸に打ち寄せる度に屋敷が揺れた。

英雄は暗黒の海の上を飛ぶ燕の群れと蝶の姿を思い浮かべながら眠った。

翌朝、英雄は自分の名前を呼ぶ声で目覚めた。

目を開いて周囲を見たが、寝所には人の気配はなく、窓を小刻みに振動させている海風が、笛の音色のように響いたり、人の悲鳴のように聞こえているだけだった。

——誰かが夢の中で自分を呼んでいたのか……。

英雄はつぶやいて、蒲団《ふとん》から跳ね起きた。海側の窓辺に寄り、二重になった内側の格子《こうし》を開くと、ガラス窓の桟に吹き溜《だま》った雪のむこうに濃灰色に煙る日本海が見えた。一晩中、北西の風は吹き続けていたのだろう。

英雄は寝所を出て居間へ行った。開け放たれた障子戸のむこうの土間に竈《かまど》の煙りに包まれた徳江の姿が見えた。これと同じ冬の朝の光景を、少年の日に見たような気がした。

「よおく寝られましたかいね」

背後で声がして振りむくと、茂三が笑って立っていた。

「はい。昨夜はご馳走《ちそう》さまでした」

徳江が茶を載《の》せた盆を運んで来た。

「なあもなあも、ろくなもんができんがでねえ。昨晩《よんべ》は、沖の風がやかましくて……よう寝られましたかいね。すうぐ朝飯を、おませますさかい」

茶を出しながら丁寧に頭を下げた。

「猿山のてっぺんまで、一緒に上りますわいね。あそこぁ狭い山径《やまみち》やさかい、こんなぐずついた日ゃ足元が滑るさかいねえ」

茂三は、英雄が昨夜、猿山岬へ登ってから七尾へ行く話をしていたから、岬まで案内をすると言い出した。

「いや、ひとりで行きます。山を登るのは子供の時から得意でしたから……」

「そうですか、ほんなら深見《ふかみ》まで、一緒に行って山径の上り口まで案内させてくだっしね」

朝食を摂《と》り、徳江の作った弁当を持って英雄は角永の家を出た。裏玄関で徳江がちいさな袋を差し出した。

「どうぞ何事ものう行ってくだっしね。これは朝方、總持寺《ほんざん》でもろうてきた峨山《がざん》さまのお守りでござんすわいね。禅師さまな九十の歳《とし》まで羽咋から山径越えて總持寺《ほんざん》までござったそうやさかい、これであんた様の旅守ってくださるわいね」

英雄は徳江のちいさな手の中の白い袋を見ながら、この天候の中を徳江が総持寺まで自分のために出かけてくれたのかと思うと胸が熱くなった。

「ありがとう、徳江さん。大切にするよ」

英雄は徳江の手を握り、別離《わか》れの言葉をかけて茂三と歩き出した。そうして二度ばかり屋敷を振りむいた。ちいさな影がいつまでも手をふっていた。

八《はっ》ケ川《がわ》を渡り、鹿磯《かいそ》から深見まで海風に吹かれながら二人は黙々と歩いた。数軒の家屋が寄り添うようにしている深見の入口へ着くと、茂三は海とは逆方向の山径を歩きはじめた。やがて前方に枯葉を残した槲《かしわ》の大木が見えた。そこから先は径はふた手に岐《わか》れている。茂三は槲の下で立ち止まると、左手の径を指し示し、こっから岬の上までは三キロほどやわ。いっぺん崖《がけ》の突端へ出て、ほれからもういっぺん山側に入ってからずっと登りゃあ、燈台の裏手に出るげわ、と説明した。

「本当になっともないかいね？」

茂三が心配そうに訊いた。

「大丈夫だよ。これくらいの山径をひとりで登れなければ何もできはしないよ」

英雄が笑って言うと、茂三は大きく頷いて帰りはゆっくりと下るように言ってから、岬へ

「どうぞ、能登の海を見てやってくだっしいね」

と深々と頭を下げた。

英雄は茂三の目をじっと見つめて、じゃ、また、と大声で言い、山径を登りはじめた。英雄はうしろを振り返らずに、一歩一歩足元をたしかめながら登って行った。それは径というより、険しい沢が流れ落ちている傾斜地に、そこだけ木々が生えていない土が細く連なっているだけのものだった。ところどころ、径の先を隠すように昨夜

の雪が積っていた。何本かの欅《けやき》の木の下を通ると、上空を吹き抜ける海風が枝を鳴らす鋭い音色が林の中に響いた。英雄は何度か足を滑らせながら、曲りくねった山径を少しずつ登って行った。

径がやや左へ折れはじめると、上空が明かるくなり、木々が激しく揺れ、茂三の話していた海に面した崖上に出た。わずかに海面が覗けたが、吹き上げて来る風は英雄の上半身を諸手《もろて》で突くように強かった。英雄は海から目を離し、右方向の山径に素早く入った。

冬は燈台守も引き揚げていると茂三が話していた。この寒風の中で岬へむかっているのは、自分ひとりだけなのだろうと英雄は思った。周囲の木々が低木に変わり、雪は消え、足元が固くなった。頂上が近いのだろう。海風がはっきりと聞こえはじめた。前方に茨《いばら》の木々と熊笹《くまざさ》が密集している藪《やぶ》が目に入った。そのむこうに白い燈台の先端が見えた。英雄は歩調を早めた。笹藪を手で掻《か》き分けながら抜け出ると、英雄は全身を風の手で鷲摑《わしづか》みにされた。前かがみになって数段の丸太を埋めた階段を登り切ると、右手に真っ白な猿山燈台が鉛色の空にむかって聳《そび》えていた。ひろがった視界の前方を、鞭《むち》のように撓《しな》る木々の枝が海を隠していた。英雄は築山《つきやま》になった草地を駆け上った。

そこで英雄は息を飲んだ。

海が巨大な山のように迫っていた。無数の白波の立つ海原が、球形に膨《ふく》らみながら空を覆《おお》い尽くし、大きな壁のように盛り上っていた。英雄は思わず後ずさった。英雄を、燈台を、岬までをも飲み込んでしまいそうな海が、地鳴りのような不気味な音を立てて押し寄せている。英雄は激しく頭をふり、いったん目を閉じて両手で頬を叩《たた》いた。瞼《まぶた》の底に、海全体が大きな波のように盛り上った日本海の残像が揺れている。

英雄は奥歯を噛《か》み両の拳《こぶし》を力を込めて握りしめ、深く息を吸い込んで言葉にならぬ大声を上げた。

水平線が揺れていた。英雄は水平線を辿《たど》るようにゆっくりと、左端から右へ目で追った。右手の小崎の岬の沖合いは北西の風に舞い上る吹雪《ふぶき》にまぎれて、白く霞《かす》んでいる。英雄は大きく息を吐《つ》いた。築山を数歩前に踏み出した。山のように映った海は視界の下にひろがっていたが、それでも海面が膨らんでいるのがはっきりと見てとれた。

「これが、大陸につながる海なのか……」

英雄は呟き、水平線上を見上げた。濃灰色の、雲とも吹雪ともつかぬ冬の空が、陸と海を抑えつけるようにひろがっている。それでも荒れ狂う海は、空を裂くような勢いでうねりをくり返していた。時折、足元が揺れる。それが強風のせいなのか、岬を削り取るほどの勢いで押し寄せる波のせいなのかわからなかった。

「この海を越えて船乗りたちは大陸へ行ったのか？」

英雄は唸《うな》るように言って、海上に船影を探した。どこにも生きているものの気配はなかった。この波間に乗り出す船の姿を想像しようとしても荒波に掻き消されるだけだった。動悸《どうき》が高鳴った。膝《ひざ》が震えているのは強風のせいでも寒さのせいでもなかった。それでも英雄は目を見開き、築山の上に立ち続けた。

——その岬へ立てば、水平線の彼方《かなた》に大きな稜線《りょうせん》が見えて来るぞ。

耳の底で角永の声がした。

英雄はアパートの壁に貼《は》った地図を思い浮かべ、この水平線の彼方に連なるはずの大陸の姿を想《おも》った。しかしそこには濃灰色の空と鉛色の海原があるだけだった。

英雄は築山を降りて、岬の突端へ出ようとした。その時、前方の木々の枝の間から、ちいさな影が舞い上り、風に千切れるように右手に失せた。何だ？　今のは……。英雄は目を凝《こ》らして影の消えた木蔭《こかげ》を見た。それっきり何も動かなかった。すると先刻、影が舞い上った木の方角から口笛に似た音がかすかにした。英雄は目の前の木蔭へ入った。すぐ真下に、崖に打ち寄せる白波のひろがる海面が見えた。足が竦《すく》んだ。英雄は思わず木の幹を握り直した。引き返そうと身体を持ち上げようとした時、眼前に羽をひろげた鳥影が横切った。鳥は風にあおられながら、それでも身を翻《ひるがえ》し海へむかって飛翔しようとしていた。

「燕だ」

英雄は燕の影を追った。鳥影はすぐに海の鉛色に重なり、消えた。たしかに燕が、この強風の中を飛んでいた。英雄は築山に引き返し腰を下ろした。今しがた見た鳥影を思い出し、眼前の海を見直した。先刻より海はおとなしくなったように見えた。振り返ると燈台の建物にもぬくもりが感じられた。いつの間にか吹雪は止《や》んで、北西の風もやわらかに吹いていた。見上げると雲間からかすかに陽光の揺れる気配がした。時計を見ると、角永の家を出てから四時間が過ぎ、正午になろうとしていた。英雄は燈台の裏手へ回り、燈台守の宿舎の軒下に腰を下ろして、ナップザックから弁当を出した。握り飯にはまだ温《ぬく》もりが残っていた。朝方見た徳江の姿とちいさな手の感触がよみがえった。弁当を食べ終り、煙草《たばこ》を一服喫《の》んで、英雄は立ち上った。

築山に戻ろうとすると、水平線上の雲が割れはじめ、雲間から帯状に光る陽差しが海を照らしはじめた。美しい光の柱があちこちの海面へ伸びていく。英雄は宝石を散らしたようにきらめく、海景に目を奪われた。光の中で揺れる波頭が、生きもののようにかたちを変え、魚影の群れに映った。やがて揺れる影の中に、鋭い舳先《へさき》を波間に突き上げて船影があらわれた。あんな沖合いに船が、と英雄は胸の中で呟《つぶや》き、船影を凝視した。

——正雄……。

それはひとりでボートを漕《こ》ぎ出す正雄の影に見えた。何度も夢の中にあらわれては、英雄を置き去りにして消えて行った正雄とボートが、光の中に浮かび上っている。荒波をものともせず、正雄は櫓《ろ》を両手で力強く操《あやつ》りながら海を越えようとしている。その正雄の周囲にいくつもの光の柱が立ち昇り、そこにも船影がいくつか見えた。どの船も波を蹴《け》散《ち》らしながら進んで行く。船の甲板には男たちが群れている。仁王立ちしているあの大きな肩幅の男は斉次郎で、そのかたわらの小柄な影は源造である。江州《ごうしゅう》も、笠戸《かさと》も、幸吉《こうきち》のうしろ姿も見える。懐かしい影が振りむいた。リンさんだ。どの影も駿馬《しゅんめ》の背のように膨らみ、躍るように揺れている。太鼓《たいこ》の音が聞こえる。どこから聞こえているのかと水平線を見ると、そこに緑にかがやく稜線が連なっていた。光の柱の間に大陸の影がはっきりと浮かんでいる。船と人の群れは白い軌跡を残して陸へむかって進んで行く。その周囲には夥《おびただ》しい数の、鳥とも蝶ともつかぬ群れが飛翔《ひしょう》し、光の中へ、少しずつ消えて行く。……

「おーい、おーい。俺も行くから」

英雄は数歩前へ踏み出し、叫び声を上げた。

その時、雲を裂いて太陽があらわれ、英雄の全身を包んだ。英雄は一瞬、視界を失なった。

……風は止み、波音は失《う》せ、銀色に静止した海が、英雄の前にひろがっていた。英雄は肩で息をしながら、沖合いを睨《にら》んだ。きらめく幻影はすでにどこにもなかった。日本海を音を立てて流れて行く潮音《しおね》が耳に迫った。

海潮音《かいちようおん》の中に、かすかに鳥の声がした。英雄はもう一度、水平線をゆっくりと見渡し、踵《くびす》を返すと、一気に岬を駆け下りて行った。夕刻までに七尾港へ行かなくてはへ……。

英雄の背後を波音と美しい笛の音が追いかけた。

見よ　あれは黒き稲妻か
荒らぶる波を　鉛の雲を裂く影よ
否《いな》　あれは海を越える燕《つばくろ》
与えられし羽をひろげ　嵐の海へむかう
ピピリィ　ピピリィ　燕の声か　船笛か

至福のマッサージ

長友啓典

伊集院の文章を読んでいると、ちょっとした肩の凝りがとれる。相性の合ったマッサージにかかった後のスッキリ感と同じ様なものが読後感として残る。下手な文章を読むと、力まかせに腕力だけで肩を揉《も》まれて打身状態になる、いわゆる揉み返しというやつで妙な倦怠《けんたい》感が残る。上等のマッサージは薄皮を剝《は》ぐように雲母を丁寧に剝離《はくり》させるような神経と技術が必要らしい。このところ巷《ちまた》で騒がれている癒《いや》しとでもいうのだろう。痒《かゆ》いところに手が届くという「あぁ、そこそこ」「それそれ」「来た来た」と感じる、それが伊集院の文章にはある。作家と読者の関係が、例えが卑近で申し訳ないが一等賞のマッサージにかかった後の気分に似たものがある。偉そうな事を言って恐縮だが、ツボとコツを心憎い程に手の内に入れているという事だと思う。そんなところに力まかせの絵を付けようものなら、折角気持ちの良い文章で治療を受けている読者の皆さんに水を差すようなものだ。僕も含めて伊集院の読者が新刊書、新刊雑誌を待ちこがれるのは、そんなマッサージ効果だと思うのだが、如何《いかが》なもんだろう。

伊集院とは何かと理由をつけて飲んでいた。三六五日のうち三〇〇日は行動を共にし、食べるもの、睡眠時間までほぼ同じという日が続いた。アルコール性下痢、さし込みの時刻も申し合わせた様に一緒で、どこのトイレが快適かなどと情報交換までしていた。だからといってお互いの全《すべ》てを分かり合っている訳でもない。装丁とか挿絵の仕事もわざわざ会議をもつまでもなく、日常会話で事が足りていた。そういう仕事の進み方になっていた。その道すがらというか、酒場から酒場への梯子《はしご》の途中に、次に出る単行本の装丁は「こんなんどうやろか」タイトルは「これとこれ、それにこんなものがある」と二、三案が出てきたりする。「これが良いのんと違う」と言ったところで四、五杯のグラスが空き、次の店へと移動をするという具合だ。

＊

皆さんから多くのお誉《ほ》めの言葉を頂いた『でく』の装丁はまさにそうして銀座で出来上がった。お店でそんなこんなの話をしている時に、伊集院が何本かの割《わ》り箸《ばし》の先を包丁でペンに仕立ててお店のコースターに五、六点「でく」という字を書き上げた。勢いがあり、品のある文字だった。小学生の頃、母上よりお習字の特訓を受けられたようだ。飲んでいる時のこの手のものは、得てして次の日に見ると「なんじゃ、これぇ！」と却下したくなるものだが、この時は神がおりた様に全員納得。口をはさむ事が出来なかった。

神がおりたといえば『海峡』の単行本の装丁も梯子の途中で出来上がったものだ。僕の相棒である黒田征太郎の話になり、NYから毎日のように来る絵ハガキの事、ライブペインティングの事を説明していた時に、伊集院が「それ見たいなぁ」という事から、とんとん拍子に黒田の絵を使う話となった。伊集院の装丁、挿絵は僕がやるというお約束のようなものがあったなかで良く判断が出来たものだと思う。

銀座と言わず、六本木、新宿、赤坂、外国の取材先でまでそんな話をして、いくつかの仕事が出来上がった。もちろん、酒がもれなく付いてきた。

＊

人を知る、人の有様を知る表現の一つとして、品、品位という言い方がある。絵の場合にも時として使われるのが、画品という言い方だ。「力作、労作なんだけど画品がない」と言われた日にゃガクッとくる。あくまでも酒場話のもので、新聞紙上などでのオフィシャルな批評では決して使われない言葉ではある。何がどうと聞かれても、データめいたものがないので明確に説明が出来にくいが、画面からそこはかとなく感じるオーラの様なものである。

その伝でいえば伊集院の文には文品がある。人様に、やれ無頼派だとかフェロモンのかたまりとか騒がれるが、何を言われようが何を書かれようが、伊集院静という文学者の視線、視座というか、ものを見る目が人として品があり厳としている。だから表現するものに品があるという事になる。見事に文品がある。

＊

絵描きの文章が面白いとよく言われるのと共通したところが伊集院の文章にある様な気がする。それは何かと思うのだが、言葉の扱い方選び方が、画家がキャンバスに向って構図構成を思い浮かべ、パレットにチューブから絵の具を取り出し、赤と黄を微妙に混ぜて橙色《だいだいいろ》にしたり、足したり引いたりしながら思い浮かべてイメージをキャンバスに定着していく、極めてアナログ的作業と通じるものがあるのかなぁと勝手に思っている。最近、亡《な》くなられた田中一光という僕の先生が常々言っておられた事をそのまま借りれば「色は言語におけるボキャブラリーの一つで、豊富な語彙《ごい》の持主はそれだけにコトやモノを表現できる」とある。僕の考えもずーっと変わらない。伊集院の場合まさしくそれにピタリ当てはまる。もちろん、キャンバスに定着する前に熟成する色々なものがあるのが、ものを創《つく》る人の基本だと思う。

絵画を見ている様に、あるいは映画を見ている様に、伊集院の文章は映像として浮かびあがってくる。「高木の家の大きな柳」にしてもそこに出入りする「人間模様」にしろ、しばしば出てくる「花」の見方、『海峡』に出てくる「燕《つばめ》」の観察表現には驚かされる。窓際《まどぎわ》に佇《たたず》み、欄干に片ひじを置き、潮の香りをふくんだ風がそよと流れ、女は髪の毛をなでる。けだるい夕刻を何気なく過ごす女を軽く描いた文章を目にしたが、絵描きが絵の具から数万色の色を駆使して描き上げた一枚の美人画に、伊集院の文章はひけをとらない。そういった名画が見る者の心持を癒してくれるのと同じで見事なものだ。

＊

いつの日からか銀座を徘徊《はいかい》したり、どこかでめしでも食おうかとか、そういった共通の時間を持つ事が少なくなった。どうも最近、肩は凝るわ腰は痛むわと調子が悪いのは、そのせいかも知れない。挿絵を描く時にしても装丁を考えている時も、作家と読者の橋渡しの気持ちでかかわっている。だから読者と同じ気持ちで伊集院の作品を待ち望んでいる（『海峡』から『春雷』まで八年もかかってます）。まわりくどい話になってしまったが、我々と伊集院はマッサージ関係という事になる。

仕上がって来た本のページを繰っていった時にインクの匂《にお》いがプワーッと鼻腔《びこう》をくすぐり、文章、挿絵、装丁がそういう感じで上手《うま》くはまった時が、まさしく読者の皆さんにとっても僕にとっても至福の時となる。

という事で、マッサージ、これからもよろしく「なッ」。

（平成十四年七月、イラストレーター）

解説

北上次郎

高校から大学にかけての青少年を主人公にした小説はたくさんある。それが高校生なら、庄司薫《かおる》『赤頭巾《あかずきん》ちゃん気をつけて』をまず真先にあげなければいけないのだろうが、もし高校生小説を一冊だけ選ぶなら、片岡義男「箱根ターンパイクおいてけぼり」が私には忘れがたい。これは作品集『ハロー・グッドバイ』に収録されている短編で、男子高校生と女教師の恋を乾いたタッチで描く傑作である。女教師がいつも肉まんじゅうを持って部屋を訪れるとの設定もいいし、ラストの切れ味も冴《さ》えわたっている。

旧制高校小説というのもあって、こちらには、佐藤紅緑『あゝ玉杯に花うけて』や、川端康成『伊豆の踊り子』、そして中野重治『歌のわかれ』などの名作がずらりと並んでいるが、このジャンルから一冊選ぶなら、井上靖《やすし》『北の海』か。これは『しろばんば』『夏草冬濤《ふゆなみ》』と続く自伝小説の第三部で、舞台は金沢の四高である。

それぞれのベスト1を選ぶ場ではないのだが、行きがかり上続けると、最後が大学生ということになり、柴田翔《しょう》『されどわれらが日々』から、石原慎太郎『野蛮人の大学』

まで、こちらにも傑作が目白押し。しかし、このジャンルは、とても一冊に絞れない。そこでこのジャンルは、学園内を主たる舞台とするものと、学園外を舞台にするものにわけてみる。ようするに物語の舞台が大学のキャンパスなのか、それとも街中なのか、という分類だ。そうすると、前者の代表に、宮本輝『青が散る』や、干刈《ひかり》あがた『ウォークinチャコールグレイ』などの作品が上がってくることは容易に推察できる。そうして後者のパターンの代表に、有力候補として浮上してくるのが本書なのである。

本書『岬へ』には、高校時代の出来事が回想として挿入される箇所はあるものの、主人公英雄の大学生生活が中心となって展開していく。その意味では、大学生小説といっていい。ところがこの長編でキャンパスの風景はほとんど描かれない。その代わりに描かれるのは、街で生活を開始した英雄の日々である。それはまず、アルバイトに出かけた工事現場の日々だ。そこで知り合った森田に案内されて入り浸る酒場の日々だ。英雄がさまざまな人と知り合うのはキャンパスではけっしてなく、そういう街の中である。そこで多くのことを学び、傷つき、成長していく姿が描かれる。若者を高みに導いてくれるものはキャンパスではなく、むしろ街の中にあるというこのメッセージこそ、本書を貫く主調音にほかならない。これが一つ。

もう一つ、英雄を導くのがさまざまな大人たちであるとの構造も、本シリーズの顕著な特徴となっていることに留意したい。幼い英雄を見守り、さまざまな助言をしてくれた大人たち、たとえばリンさん、サキ婆《ばあ》さん、江州《ごうしゅう》、笠戸《かさと》、そして詩人てぃふぃなどとの関わりを私たちはこれまで『海峡』や『春雷』で見てきたが、その年長者と英雄の関係が、この『岬へ』にも形を変えて存続していることに注意。つまり、本書では「人は何ものかに出逢《であ》う。出逢った瞬間に魂をわかち合う。肉体は滅んでもわかち合った精神は、そいつが生きている間は生きている。それが、真理だ」と言う放浪の画家角永《かどなが》清治であり、あるいは新聞記者の白井が、サキ婆さんや江州に相当する。この大河小説では、英雄に助言を与え、導いてくれる人間として、いつもこのように年長者が登場する。同年代の友人との間に、もちろん友情が芽生えて、『春雷』のラストシーンのように感動的な場面もあるけれど、同年代の友は、本書で語られる筧浩一郎《かけい》や宋建将《そうけんしょう》の挿話にみるように、どちらかといえば危うい存在として描かれる。嫁さんを連れて帰ってくるツネオの挿話のように、必ずしもそれは道を誤った存在として登場するわけではない。英雄の中にある危うさ（それを青年の持つ危うさと言え換えてもいい）を映す鏡なのだ。そこれに対して、年長者はいつも英雄を現実の世に案内する人間として登場する。このことこそ、この大河小説を決定的に特徴づけている。

高木の家の母屋《おもや》と広場の境にそびえる大柳の木を、ここで想起されたい。木への信仰というべきものが伊集院静の小説にはあると前作の解説で書いたが、それは「古くからあるもの」に対する信仰なのではないか、という気がする。英雄に助言を与え、進むべき道を示唆《しさ》してくれる存在として、いつも年長者が登場するのも、同じ道筋だと思う。つまりは、年長者への敬意だ。『海峡』から始まり、『春雷』『岬へ』と続くこの自伝的小説三部作を特徴づけるものをもし一つだけ上げるなら、背筋がぴんと伸びた折り目正しさということが上げられるだろうが、それもこの年長者への敬意が物語の底に流れているからにほかならない。

かくて英雄は、街の中でさまざまな年長者と知り合い、少しずつ成長していく。その模索と成長のディテールこそが本書の読みどころといっていい。大学に入って上京した英雄は浅草の飲み屋で働いている娘を好きになるが、はたして彼の初恋は実るのかどうか。回想として描かれる高校時代で初めての性体験が語られるのも興味深いが、青春小説では避けて通れないその性の目覚めも、じっくりと描かれる。

本書は三部作の最終篇なので、寛浩一郎や宋建将や、そして江州、弟の正雄など、これまでの登場人物が勢ぞろいして、それぞれのドラマに決着をつけていく。それらの挿話が入り乱れて展開していくので読みごたえはたっぷりだ。もちろん英雄も決着をつけなければならない。彼が現実の世に出ていくために、父親との対決は避けて通れない。それが本書の最大のドラマだが、伊集院静が巧妙なのはその対決を別のドラマに託して描くことだろう。いや、もちろん、直接的な場面はある。斉次郎《さいじろう》が「わしはもう一度、この家を建て直してみる。わしのやり方でやる。おまえが何かやりたいことがあるならやってみればいい。但《ただ》し、敗れて戻ることは許さん。くたばるならおまえひとりで死ね。絹子をこれ以上泣かせるわけにはいかん。それを覚悟で生きて行け」と言うシーンがそれだが、これは表面的な決着にすぎない。父親との対決は、父との別れを意味するわけではないのだ。父の視線を背後に感じながら一人で生きていく覚悟にほかならない。この長編が秀逸なのは、その変わりゆく人間関係と、それでも変わらない絆《きずな》を、一つのシーンに集約して描いていることだ。それが、父親のもとを離れた江州が配下の男たちを連れてやってくる場面である。裏木戸の前に正座し、斉次郎に頭を下げて、江州は言う。「おやじさん、どうもご無沙汰《ぶさた》しております。駆けつけるのが遅くなりまして申し訳ありません」。ここで、どっと目頭が熱くなってくるのも、人と人との繋《つな》がりがそう簡単に途切れるわけがないという強さに、胸を打たれるからである。

こういう秀逸なシーンを幾つも重ね合わせて、この大河小説は成り立っている。だから我々は、『海峡』『春雷』『岬へ』を読み終えると、一人の青年の誕生と成長に、そしてこれから荒野に向かう英雄の旅立ちに、ふうとため息をつくのである。

（平成十四年七月、文芸評論家）

この作品は平成十二年十月新潮社より刊行された。

岬《みさき》へ [海峡 青春篇]

新潮文庫 い-59-3

平成十四年九月一日発行
令和六年十一月二十五日九刷

著者 伊《い》集《じゅう》院《いん》静《しずか》

発行者 佐藤隆信

発行所 株式会社 新潮社

郵便番号 一六二―八七一一
東京都新宿区矢来町七一
電話 編集部(〇三)三二六六―五四四〇
読者係(〇三)三二六六―五一一一
https://www.shinchosha.co.jp

価格はカバーに表示してあります。

乱丁・落丁本は、ご面倒ですが小社読者係宛ご送付ください。送料小社負担にてお取替えいたします。

印刷・大日本印刷株式会社 製本・加藤製本株式会社

ISBN978-4-10-119633-6 C0193